말하기 위한 말

LES MOTS POUR LE DIRE
by Marie Cardinal

말하기 위한 말

Les mots pour le dire
Marie Cardinal

마리 카르디날 장편소설
김희진 옮김

문학동네

일러두기

1. 주석은 모두 옮긴이주다.
2. 본문의 고딕체는 원서에서 이탤릭체나 대문자로 강조한 부분이다.
3. 프랑스어 외 다른 언어는 음차하여 고딕체로 표시했고, 필요한 경우 소괄호 안에 뜻을 병기했다.
4. 장편소설과 기타 단행본은 『 』, 시와 단편 등은 「 」, 영화와 곡, 잡지 등은 〈 〉로 구분했다.

내가 태어나도록 도와준 의사에게

1

막다른 골목은 포장 상태가 엉망이었고, 여기저기 구멍이 나고 울퉁불퉁했으며 양옆으로 일부가 무너진 좁은 보도가 나란히 뻗어 있었다. 다닥다닥 붙은 1층이나 2층짜리 단독주택들 틈을 파고든 듯한, 터지고 갈라진 손가락 같은 그 길 끝에는 볼품없는 덤불에 뒤덮인 철책문 두 짝이 통행을 막고 있었다.

창문들에서는 친밀함도 활기도 전혀 새어나오지 않았다. 시골에 온 것 같지만 엄연히 파리 한복판, 14구였다. 빈곤도 부유함도 아닌 소시민의 삶이, 이 빠진 덧창, 녹슨 빗물받이 홈통, 벗어진 칠이 조각조각 떨어져나오는 벽 뒤에 소중한 돈

주머니를 감추고 있는 곳. 그러나 문들은 튼튼했고 1층 창문들 또한 견고한 창살로 보호되어 있었다.

도무지 어울리지 않는 모던 건축양식의 흔적이 건물들에 남아 있는 것으로 보아, 도시 속 이 고요한 골목 틈새는 오십 년 전쯤 형성된 듯하다. 누가 여기 살았을까? 색유리창, 도어노커, 부속 설비의 자취를 보건대 은퇴한 예술가들이 이 벽들 뒤에서 경력을 마무리하지 않았을까 싶었다. 늙은 떠돌이 화가, 나이든 성악가, 지난 시절 무대의 거장들이.

칠 년 동안, 일주일에 세 번, 나는 이 골목길 끝까지, 왼쪽 철책문이 있는 지점까지 걸어갔다. 나는 여기서 비가 어떻게 내리는지, 주민들이 어떻게 추위를 막는지 안다. 여름이면 제라늄 화분들과 양지바른 곳에 잠든 고양이들이 시골 비슷한 정경을 만들어낸다는 걸 안다. 막다른 골목의 밤과 낮 모습을 안다. 골목이 언제나 텅 비어 있다는 것도 나는 안다. 행인 하나가 서둘러 어느 대문으로 향하거나 차고에서 누군가 차를 몰고 나올 때조차 골목은 비어 있다.

맨 처음 철책문을 지났을 때가 몇시였는지는 이제 기억나지 않는다. 작은 화단에 방치된 식물만 보았던가? 비좁은 길의 자갈을 느꼈던가? 현관 앞 일곱 계단을 세었던가? 현관문이 열리길 기다리면서 사암 벽을 바라보았던가?

그랬던 것 같지는 않다.

하지만 흑갈색 머리의 키가 자그마한 남자가 내게 손을 내밀던 모습은 보았다. 몹시 호리호리하고, 아주 단정하게 차려입었으며, 대단히 깍듯하던 그 남자는 보았다. 못대가리처럼 윤기 있는 그의 검은 눈을 보았다. 그가 벽걸이 천을 들추자 방 하나가 나왔고, 나는 그의 지시대로 거기서 기다렸다. 앙리 2세풍의 식당이었는데, 완벽하게 갖춰진 가구 일체─식탁, 의자, 찬장, 서빙테이블─가 공간 대부분을 차지하고 있었고, 처음 들어선 내게 난쟁이와 덩굴이 새겨진 나무 세공품, 빙빙 꼬인 형태의 기둥들, 구리 쟁반들, 중국 도자기들을 위협적으로 과시했다. 그 흉함은 대수롭지 않았다. 나를 짓누르는 건 침묵이었다. 나는 귀를 쫑긋하고 긴장한 채 기다렸다. 벽걸이 천 오른쪽에서 이중문이 열리는 소리, 뒤이어 누군가 지나가며 벽걸이 천을 스치는 소리─두 사람이 지나가는 소리─이윽고 현관문이 열리며 "안녕히 계세요, 선생님" 하는 소리가 났고, 대답 없이 문이 닫혔다. 다시금 첫번째 문 쪽으로 다가서며 천이 스치는 소리가 나지막이 들리더니, 문을 열어뒀는지 깔개 아래 마루가 삐걱이는 소리가 났는데 그게 무슨 의미인지는 알 수 없었다. 마침내 벽걸이 천이 들춰지고 자그마한 남자가 내게 진료실로 들어오라고 했다.

이제 나는 책상 앞 의자에 앉아 있다. 그는 책상 옆 검은 안락의자에 깊숙이 앉았는데, 너무 옆쪽이라 그를 보려면 몸을 비틀어야 할 정도다. 맞은편 벽에는 책이 가득한 책장이, 그 중간에 긴 베개와 작은 쿠션이 놓인 밤색 장의자가 놓여 있다. 의사는 내가 먼저 입을 열기를 기다리는 것 같다.

"선생님, 전 오래전부터 아팠어요. 선생님에게 진찰받으려고 다른 병원에서 나왔어요. 더이상 살아갈 수가 없어요."

의사는 귀기울여 듣고 있으니 계속해보라는 눈짓을 보낸다.

기운이 빠질 대로 빠지고 나만의 세계에 틀어박힌 내가, 그에게 전할 말을 어떻게 찾을 수 있을까? 격렬함과 고요함, 밝음과 어둠을 연결해줄 다리를, 의사와 나를, 다른 이들과 나를 갈라놓는 수렁, 부패하는 물질로 가득한 커다란 강물, 무시무시한 공포의 흐름을 가로지르는 다리를 어떻게 놓을 것인가?

내게는 할 이야기들이, 일화들이 있었다. 하지만 내 안에 자리한 이야기, 그것, 내 존재의 기둥, 밀폐된 채 꿈틀거리는 어둠으로 가득한 그것에 대해 어떻게 말한단 말인가? 빽빽하고 두터운 그것, 경련과 헐떡임으로, 동시에 해저처럼 느린 움직임으로 퍼져나가는 그것을 말이다. 내 눈은 더이상 창이 아니었다. 열려 있음에도 내가 눈을 감아버렸음을, 내 눈은 두 안구의 단면에 불과함을 알고 있었다.

내 안에서 일어나는 일이, 그 요란한 소동과 무질서와 동요가 수치스러웠다. 누구도 안을 들여다보거나 알아서는 안 되었다. 의사조차도. 나는 광기가 수치스러웠다. 어떤 식의 삶이라도 광기보다는 나을 것 같았다. 나는 급류와 폭포와 표류물과 소용돌이가 가득한 극도로 위험한 물속을 끊임없이 나아가면서, 백조처럼 호수 위를 수월하게 미끄러져나가는 척해야 했다. 나 자신을 더 감추기 위해 내 몸의 모든 출구를 막았다. 내 눈, 코, 귀, 입, 질, 항문, 모공, 방광을. 그 구멍들을 더 철저히 틀어막기 위해 내 몸은 적절한 물질들을 넉넉하게 생산했고, 그 일부는 더이상 흐르지 않고 구멍을 막아버릴 정도로 농밀해졌으며, 다른 것들은 반대로 끊임없이 흘러나와 무엇도 들어가지 못하게 막았다.

"지금까지 어떤 치료를 받았는지 말씀해주시겠습니까? 어떤 전문의들을 만났는지도요."

"네."

그 얘기라면 할 수 있었다. 의사들과 약들의 이름을 늘어놓을 수 있었다. 나는 피에 대해, 삼 년도 더 전부터 내 허벅지 사이로 부드럽고 미지근하게 흐르던 느낌에 대해, 하혈을 멈추기 위해 받았던 두 차례의 소파술에 대해 말할 수 있었다.

하혈 증세와 흘러나온 피의 다양한 양상은 내게 익숙했다. 이 이상 증상은 눈에 보이고, 측정하고 분석할 수 있는 것이었기에 마음이 놓였다. 나는 하혈을 내 병의 중심이자 원인으로 삼고자 했다. 사실 그렇게 계속해서 피를 흘리는데 어떻게 두려워하지 않을 수가 있겠는가? 자신의 진액이 그처럼 흘러나오는 것을 보고 겁먹지 않을 여자가 어디 있겠는가? 내밀하고, 거북하고, 눈에 띄고, 부끄러운 그 근원을 끊임없이 감시하면서 어떻게 진이 빠지지 않을 수 있겠는가? 내가 더이상 남들과 함께 살아갈 수 없다는 사실을 어떻게 그 피로 설명하지 않을 수 있겠는가? 나는 너무나 많은 안락의자, 너무나 많은 보통의 의자, 너무나 많은 장의자, 너무나 많은 소파, 너무나 많은 깔개, 너무나 많은 침대에 자국을 남겼다! 너무나 많은 응접실, 식당, 대기실, 복도, 수영장, 버스, 그외의 다른 장소에 크고 작은 피 웅덩이와 핏방울을 남겼다! 더이상 외출할 수가 없었다.

피가 멎은 듯한 나날, 갈색이었다가 황갈색이 되었다가 노르스름한 흔적으로만 비치는 나날 내가 느꼈던 기쁨을 어떻게 말하지 않을 수 있을까. 그런 날이면 나는 아프지 않았고, 움직이고, 보고, 나 자신으로부터 벗어날 수 있었다. 피는 마침내 제 폭신한 주머니 속에 사린 채 전처럼 이십삼 일 동안 잠을 자리라. 그런 희망 속에 가능한 한 무리하지 않으려 애썼다. 나는 지극히 조심스럽게 몸을 움직였다. 아이를 안아 올리지 않고, 장바구니를 들지 않고, 가스레인지 앞에 너무 오래 서 있지 않고, 빨래도, 유리창을 닦지도 않았다. 천천히, 가만가만, 부디 피가 사라지도록, 칠갑을 해놓는 일이 멈추도록. 나는 뜨개질을 하며 누워 있었고, 그러면서 세 아이를 살폈다. 남모르게, 습관에 의해 재빠르고 능숙해진 손놀림으로 계속 내 상태를 살폈다. 그 행동을 어떤 자세에서도, 누구도 눈치채지 않게 할 수 있었다. 상황에 따라 나는 뻣뻣하고 곱슬거리는 음모 위로 손을 미끄러뜨려 따뜻하고 부드럽고 축축한 성기에 댔다가 곧바로 빼냈다. 아니면 엉덩이와 허벅지 사이 골짜기를 수월하게 지나 단번에 둥글고 깊은 구멍으로 들어갔다가 황급히 나왔다. 그 즉시 손가락 끝을 보지는 않았다. 놀라움을 유보해두었다. 만일 아무것도 없으면? 어떤 때는 묻어나는 게 너무 적어 엄지손톱으로 검지와 중지의 살갗을 힘주어 긁어 색이 아주 희미하게 배어나는 스며나온 물질을 확인해야 했다. 그러면 지고의 행복과도 같은 감정이 나를 사로잡았다. '아예 움직이지 않으면 완전히 멎을 거야.' 나는 다시 정상이 되기를, 남들처럼 되기를 간절히 바라며 잠든 양 꼼짝 않았다. 그리고 여자라면 정통한 그 셈을 끝없이 하고 또 했다. "월경이 오늘 끝나면, 다음 예정일은…… 가만, 이번 달이 30일까지더라, 31일까지더라?" 그렇게 계산에, 기쁨에, 꿈에 푹 빠져 있다가, 피와 함께 밀려나오는 덩어리의 강하고 정확하고, 몹시 은밀하고, 몹시 부드러운 애무에 깜짝 놀라고 만다. 분화구에서 뿜어져나온 농밀하고 응축된 용암이 움푹 팬 곳으로 흘러들고 뜨겁게 쏟아져내린다. 그러면 다시 심장이 뛰기 시작하고, 불안이 찾아들고, 나는 희망을 잃은 채 욕실로 뛰어갔다. 선명하고 강렬한 붉은색 피는 이미 무릎이나 발까지 방울져 흘러내렸다. 영원한 기다림 속에, 그 피에 대한 강박 속에 얼마나 많은 해를 보냈는지!

부인과의사를 셀 수 없이 만났다. 다리를 벌려 받침대 위에 올린 뒤 진료대 가장자리에 엉덩이를 어떻게 갖다대야 하는지 나는 한 치의 오차도 없이 알고 있었다. 램프의 열기에, 의사의 눈에, 얇은 고무장갑을 낀 손가락에, 아름답고 무시무시한 철제 기구에 내 뱃속을 내맡겼다. 내 몸 한복판에서 철저한 수색이, 조심성 없는 탐험이, 학술적인 탐사가 이루어지는 동안은 눈을 감고 있거나 천장을 뚫어져라 바라보았다. 유린당한 채.

이 모든 일이―내가 보기에는―내 신체의 고장을 입증하고, 수용 가능하고 덜 모호한 것으로 만들어주었다. 여자가 피를 흘리고 그걸 두려워한다는 이유로 정신병원에 넣지는 않는다. 내가 피에 대해서만 말하는 한, 사람들은 그것만 볼 뿐 그 너머에 감춰진 것에 대해서는 알 수 없을 터였다.

그리하여 나는 거기, 조용한 막다른 골목 끝에 자리한 바로크양식의 고요한 집안에, 의사 곁에 앉아 있었다. 내 뱃속 빈 공간에서 내 피가 그래야 했듯, 온순하고 얌전하게. 이 장소와 이 사람이 모든 것의 출발점이 되리라는 것을 나는 몰랐다.

나는 몇 주 전 유명한 부인과 전문의를 만난 일에 대해 기꺼이 이야기했다.

미국 스타일로 짧은 흰색 가운과 바지를 입은 전문의가 오른손을 내 몸에 집어넣고, 왼손으로는 복부 한쪽을, 다른 쪽을, 한가운데를 눌러 장기들을 아래쪽으로 밀어가며 장갑 긴 손가락으로 촉진했다. 마치 단번에 닭 내장을 훑어내는 살림꾼 같았다. 나는 내 내장들이 진흙처럼 부드러운 소리를, 꿀렁, 찰싹, 철썩 소리를 내길 기다렸다. 천장은 거짓말처럼 새하앴다. 뒤틀리고 닳은 질이 사라져버릴 만큼 한없는 흰색, 내 상상의 역겨운 이미지를 삼켜버릴 만큼 깊은 흰색.

기나긴 진찰이 끝난 후 의사가 몸을 일으키고 장갑을 벗더니, 내가 여전히 거기, 진료대 위에 다리를 벌리고 있는데 말했다. "지금으로서는 자궁섬유종일 뿐이에요. 하지만 최대한 빨리 제거하는 게 좋겠습니다. 안 그러면 생각보다 빨리 심각한 문제가 발생할 거예요. 수술 날짜를 잡죠. 수술하고 나면 다 괜찮아질 겁니다. 미룰 것 없이, 다음주에 수술받으시죠…… 어디 보자, 언제가 편하십니까? 월요일 아니면 화요일?" 나는 "화요일"이라 답했다. 의사는 수술 전 검사와 입원 절차를 설명했다. 나는 일정을 잡고 감사 인사를 한 뒤 나왔다.

나는 기껏해야 서른 살 남짓이었다. 이 주머니 같은 것과 두 개의 공 모양 장기를 제거하고 싶지 않았다. 거기서 피가 흘러나오는 건 싫지만 뱃속에 고스란히 간직하고 싶었다. 그것이 머릿속에서 요동쳤다. 나는 대리석 계단을 달음질쳐 내려갔다. 계단 난간 기둥, 카펫, 구리로 된 카펫 누름봉, 층계참에 걸린 거울이 스쳐지나갔다. 정신을 차려보니 아름다운 동네의 넓은 회색 보도였다. 나는 달렸다. 지하철 안으로 뛰어들어갔고, 이번에는 그것이 내 자궁섬유종에 제 뿌리를 정확히 박아넣고는 나를 가득 채우고 있었다. 섬유종. 뭐 이런 단어가 있을까! 핏빛 해초가 빽빽하게 뒤덮인 굴. 괴이하게 부풀어오른 물길. 농포투성이 두꺼비. 문어.

정신질환자에게 말이란 사람이나 동물과 같은 살아 있는 대상이다. 말들은 고동치고, 사라지고, 확대된다. 말들 사이를 지나온다는 것은 군중 속을 걷는 것과 같다. 기억에서 빠르게 사라지는 얼굴과 윤곽이 있는가 하면, 이따금 알 수 없는 이유로 오랫동안 간직되는 것들도 있다. 그 시절 한마디 말이 다른 말들의 무리와 동떨어져 존재하기 시작하더니 줄곧 머물며 나를 괴롭혔고, 떠나지 않은 채 밤이면 다시 나타나고 내가 깨어나길 기다리는 중대한 것이, 어쩌면 가장 중대한 무언가가 되었다.

나는 가만히 눈을 뜨고, 신경안정제가 선물한 무겁고 화학적인 잠, 끈적끈적한 잠에서 깨어났다. 가장 먼저 나는 내 몸의 온전함을 느꼈다. 다음으로 시간을, 햇빛을 느꼈다. 괜찮다. 나는 의식의 표면으로 떠올랐다. 일 초, 이 초, 아마도 삼초, 섬유종! 철썩! 깨끗한 벽에 크게 튄 페인트 얼룩처럼 펼쳐진 채. 즉각 온몸이 달달 떨리고, 심장은 두방망이질하며 땀과 공포가 몰려온다. 이것이 하루의 시작이었다.

나는 잊힌 여인을, 잊혔다기보다 와해되어버린 여인을 기억하고 찾아내야 했다. 그녀는 걷고, 말하고, 잠을 잤다. 그녀가 눈으로 보고, 귀로 듣고, 피부로 느낀다는 생각에 나는 동요했다. 이 여자는 내 눈, 내 귀, 내 피부, 내 심장으로 살고 있었다. 나는 내 손을 바라본다. 똑같은 손, 손톱도 똑같고, 반지도 똑같다. 그녀와 나. 내가 바로 그녀다. 미친 여인과 나는 완전히 새롭고 희망이 가득한 삶, 이제는 잘못되지 않을 삶을 시작했다. 나는 그녀를 보호하고, 그녀는 내게 창조력과 자유를 아낌없이 베풀었다.

그 과정을, 탄생을 이야기하려면 내게서 미친 여인을 떨어뜨려놓아야 한다. 그녀와 거리를 두어야, 나 자신을 둘로 나눠야 한다. 거리에 있는, 다급한 그녀가 보인다. 정상으로 보이려는 노력, 시선 너머의 두려움을 멈추려는 그녀의 노력을 나는 알고 있다. 고개를 잔뜩 수그린 채 슬퍼하는 그녀, 점점 더해가는 내면의 동요에, 눈을 가려버리고 싶다는 생각에 사로잡혀 서 있는 그녀의 모습을 기억한다. 아무것도 보이지 않았으면! 무엇보다도 길에서 쓰러져선 안 되고, 남들에게 붙들려선 안 되고, 병원으로 실려가선 안 된다. 더이상 광기를 억제할 수 없다는 상상, 점점 불어난 광기가 어느 날 둑을 무너뜨리고 넘쳐흐르리라는 상상에 그녀는 몸을 떤다.

그녀의 외출 시간은 점점 짧아졌다. 그러다가 어느 날, 그녀는 더이상 시내에 나가지 않게 되었다. 그다음에는 자신의 공간을 집안으로만 한정 지어야 했다. 덫이 늘어갔다. 의사들에게 맡겨지기 전 마지막 몇 달은 욕실에서 지낼 수밖에 없었다. 타일이 붙은 하얀 공간. 반달 모양 채광창 하나로만 희미하게 빛이 드는 어둑한 공간. 바람 부는 날이면 유리창을 긁어대는 커다란 소나무 가지가 그 채광창을 거의 다 가려버린다. 소독약과 비누 냄새가 나는 청결한 공간. 구석에 먼지 하나 없다. 얼음 위를 미끄러지듯 손가락이 타일 위를 미끄러진다. 부패도, 발효도 일어나지 않는다. 썩지 않는 물질, 혹은 썩기까지 너무나 오래 걸리기 때문에 부패라는 생각이 들 수 없는 물질뿐이다.

비데와 욕조 사이, 그녀가 더이상 내면을 다스릴 수 없을 때 가장 편안함을 느끼는 자리다. 약효가 나타나길 기다리며 숨어 있는 곳. 몸을 움츠린 채, 엉덩이를 뒤꿈치에 대고, 양팔로 무릎을 끌어안아 가슴팍에 붙이고, 손톱이 손바닥을 파고들어 상처가 날 정도로 주먹을 꽉 쥐고, 무거운 머리는 앞뒤로 혹은 양옆으로 까닥이는 동안 몸에서 피와 땀이 흘러나온다. 내면에서 끔찍하게 우글거리는 이미지와 소리와 악취가 빚어낸 그것은, 모든 이성적 사고를 엉망으로 만들고 모든 설명을 엉터리로 만들며 바로잡으려는 시도를 모두 허사로 돌려버리는 파괴적인 충동에 의해 그 이미지, 소리, 악취가 사방으로 날뛰며 강렬한 경련과 불쾌한 땀흘림을 통해 외부로 드러난다.

처음으로 정신분석의를 찾아갔던 때는 저녁이었던 것 같다. 아니면 내가 기억하는 것은 막다른 골목 끝에서 추위와 다른 사람들과 미친 여인과 밤을 피해 갔던 그 이후의 다른 날인지도 모른다. 내가 성숙하고 있으며 세상에 나왔음을 자각했던 어느 치료의 날. 커다란 출구가 생기고, 길이 넓어지고, 나는 이해했다. 미친 여인은 더이상 몸을 떠는 증세를 숨기려고 식당 화장실에 틀어박히고, 이름할 수 없는 적으로부터 달아나고, 보도에서 피를 흘리고, 욕실에서 공포를 땀으로 분출하던 여자, 사람들이 자신을 만지는 것도, 바라보는 것도, 말 거는 것도 싫어하던 병자가 아니었다. 미친 여인은 다정하고 섬세하고 다채로운 존재가 되었다. 나는 미친 여인을 받아들이고 사랑하기 시작했다.

처음에는 나를 입원시키지 않을 의사에게 얼마간 나를 맡겨보자는 생각으로 그 막다른 골목을 찾았다. (정신분석의는 환자를 입원시키지 않는다는 것을 알고 있던 터였다.) 복부를 가르는 수술만큼이나 나는 병원에 수용되는 것이 두려웠다. 막다른 골목에 오기 위해 병원에서 도망쳤건만, 너무 늦게 왔다는, 정신병원으로 돌아가게 되리라는 생각이 들었다.

더욱이 환시로 인해 그것이 심해졌기에 피할 수 없는 일 같았다. 나는 의사에게 환시에 대해 말하지 않기로 결심했다. 그 말을 하면 의사는 나를 치료하지 못할 것이고, 즉각 내가 온 곳으로 나를 돌려보낼 것 같았다. 때때로 나타나 나를 쳐다보는 생생한 한쪽 눈, 정말로 존재하지만 나에게만 존재할 뿐인(그 점은 알고 있었다) 그것은 진짜 광기의 증거, 치료할 수 없는 병의 증거 같았다.

나는 서른 살이었고, 건강했다. 앞으로 오십 년간 감금될 수도 있고, 어쩌면 아이들과 완전히 떨어지게 될지도 몰랐다. 아이들이 없었다면 나는 병과의 싸움을 그만뒀을 것이다. 무척 힘겨운 싸움인데다, 나를 멍하고 유순한 무無의 상태로 빠뜨리는 약에 점점 더 유혹되었기 때문이다. 내 아이들은 내가 한없이 갈망하는 인간들이었다. 아이들은 우연히 태어난 것이 아니었다. 아주 어릴 때부터 나는 생각했다. '언젠가 나는 아이들을 낳고 아이들과 함께, 그애들을 위해 따스함과 애정과 관심과 즐거움으로 가득한 삶을 꾸려갈 거야.' 그것이 내가 어릴 때부터 꿈꿔온 모든 것이다. 완전히 새롭고, 튼튼하고, 제각각 다른 인생을 부여받아 세상에 온 아이들. 아이들은 잘 자라났다. 우리는 서로 사랑했다. 나는 아이들이 웃는 게 좋았고, 노래하는 게 좋았다.

그러다 엉망진창이 되었다. 그것이 찾아왔고, 되돌아온 뒤로 나를 떠나지 않았다. 그것이 나를 완전히 쇠진하게 해 다른 무엇에도 신경쓸 수 없는 지경이 되었다. 초반에는 그것을 안고 살아갈 수 있으리라 생각하던 때도 있었다. 눈이나 다리가 한쪽밖에 없는 사람이나 위장이나 신장 질환을 안고 살아가는 사람처럼. 몇몇 약은 실제로 그것을 한구석으로 몰아넣어 꼼짝하지 못하게 했다. 그러면 나는 듣고, 말하고, 걸을 수 있었다. 아이들과 산책을 가고, 장을 보고, 디저트를 만들어주고 웃기는 이야기를 들려줄 수도 있었다. 그러다가 약효가 줄어들었다. 그래서 정량의 두 배, 세 배를 복용했다. 그러던 어느 날 눈을 떠보니 그것의 포로가 되어 있었다. 나는 수많은 의사를 만나보았다. 피가 끊임없이 흘러나오기 시작했다. 이따금 시야가 흐려졌다. 안갯속에서 사는 듯했고 모든 것이 불분명하고 위험해졌다. 머리는 어깨 사이로 움츠러들고, 주먹은 방어 태세로 꽉 쥐어졌다. 심장이 온종일 분당 130번, 140번씩 뛰었는데, 마치 흉곽을 뚫고 튀어나와 모두가 보는 앞에서 펄떡거릴 것 같았다. 심장의 리듬에 나는 진이 빠졌다. 심장 뛰는 소리가 남들에게까지 들리는 것 같아 수치스러웠다.
　내게는 두 가지 강박, 하루 천 번씩 되풀이하는 두 가지 행

동이 있었다. 하나는 이미 말했듯 피가 흘렀는지 확인하는
것이고, 다른 하나는 맥박수를 세는 것이었다. 하혈을 확인
할 때처럼, 맥박 역시 남몰래, 아무도 눈치채지 못하게 확인
했다. 내가 손목을 짚는 것을 보고 누군가 "왜 그러세요, 몸
이 좋지 않으세요?"라고 물을까봐서였다. 피와 맥박은 내 병
을 나타내는 예민하고 분명한 두 중심 지표였다. 이따금 더
이상 견딜 수 없어지면 "나는 심장병이 있어요. 나는 자궁암
에 걸렸어요"라고 말할 수 있게 만드는 두 증상 말이다. 그러
면 나는 다시 이 의사 저 의사를 전전하기 시작했다. 그리고
죽음은 악취 나는 액체와, 부패와, 벌레와, 갉아먹힌 뼈와 함
께 한층 뚜렷한 존재감을 드러냈다.

내 병에 대해 이야기하기로 마음먹은 지금, 과거의 사건들
에 대한 기억이 내 안에 자아낸 추악한 이미지와 고통스러운
감각을 묘사할 수 있다는 고문 같은 특권을 부여받고 보니,
꼭 내가 카메라를 든 감독이 된 것 같다. 크레인의 거대한 팔
끝에 몸을 싣고 낮게 내려가 얼굴의 세세한 부분을 근접촬영
으로 거대하게 확대해 찍을 수도 있고, 촬영장 위쪽으로 높
이 올라가 장면 전체를 담을 수도 있다. 그러니까, 이 첫번째
방문 때, 가을의 야간 조명이 밝혀진 파리를 보고(가을이었

나?), 파리의 알레지아 지구를, 그 안의 막다른 골목을, 골목 안의 어느 작은 집을, 그 집안, 한 남자와 여자가 이야기를 나누는 은은하게 조명이 밝혀진 사무실을, 그리고 그 방의 장의자 위, 자궁 속 태아처럼 몸을 웅크리고 있는 한 여자를 말이다.

하지만 당시 나는 내가 이제 막 분만되기 시작했으며 칠 년이라는 긴 잉태 기간의 초반부를 살고 있다는 걸 인식하지 못했다. 나 자신이라는 거대한 배아를.

나는 의사에게 피와 심장을 뛰게 하는 그것에 대해 이야기 했다. 환시 이야기는 하지 않으려고 했다. 최근의 날들과 병원에 대해서만 말할 참이었다. 그렇게만 해도 다 말한 셈이리라.

의사는 무척 주의깊게 귀를 기울였으나 내 긴 이야기에 특별한 반응을 보이진 않았다. 내가 욕실과 불안 발작에 대한 이야기까지 했을 때, 그가 물었다.

"그 순간 기분이 어떻죠? 신체적인 불편함을 제외하고 말입니다."

"두려워요."

"무엇이요?"

"전부 다요…… 죽음이 두려워요."

솔직히 내가 무엇을 두려워하는지 몰랐다. 죽음이 두려웠지만 죽음을 포함한 삶 역시 두려웠다. 바깥이 두려웠지만 바깥의 반대인 안쪽도 두려웠다. 타인들이 두려웠지만 또다른 타자인 나 자신도 두려웠다. 나는 두렵고, 두렵고, 두렵고, 두렵고, 두려웠다. 그뿐이었다.

두려움은 나를 정신질환자들 세계에 밀어넣었다. 내가 간신히 벗어난 가족이 다시 내 주위에, 내 병세가 깊어질수록 점점 더 단단하고 두껍게 고치를 휘감았다. 나를 보호하기 위해서만이 아니라 자신들을 보호하기 위해서이기도 했다. 특정 계급에서 광기는 나쁜 것, 무슨 수를 써서라도 감춰야 하는 것으로 취급된다. 귀족이나 평민의 광기는 기벽이나 결함으로 여겨지는, 설명 가능한 것이다. 그러나 신흥 유력자 계급에서 광기는 용납되지 않는다. 광기가 혈통이나 불행에서 비롯한 것이라면 괜찮다, 그건 이해받을 수 있다. 그러나 열심히 벌어들인 돈이 주는 안락함, 유복함, 건강, 안정에서 광기가 비롯된다는 건 있을 수 없다. 그건 수치다.

처음에 가족들은 내게 늘 그저 "별거 아니야, 신경이 예민해져서 그래. 휴식을 취하고 운동을 하렴"이라고 말할 뿐이었다. 그러다 마지막에는 명령이 되었다. "아무개 박사님을 만나봐라. 네 삼촌의 친구인데, 대단한 신경계통 전문의야." 대단한 전문의이자 삼촌의 친구인 그는 "의학적 감시하에" 치료를 명했다. 나는 삼촌이 근무하는 병원 꼭대기 방에 갇혔다.

처마밑 다락을 개조한 방. 커다란 침대가 있고, 조용하고, 편안한 전원풍 문양의 투알드주이*가 걸려 있다. 양떼를 모는 지팡이를 든 양치기 소녀, 잎이 무성한 마디 많은 올리브 나무. 양치기 소녀, 양떼, 나무, 양치기 소녀, 양떼, 나무. 평화로운 반복. 같은 천으로 된 가리개가, 가장자리가 둥근 아름다운 흰색 도기가 딸린 안락한 세면실을 가리고 있다. 맞은편에 의자와 탁자가 놓여 있고, 창문으로 개조된 채광창 너머로 일드프랑스의 매력적인 풍경이 내다보인다. 나란히 늘어선 채 살랑대는 포플러나무, 엇갈려 심긴 사과나무, 지평선까지 완만한 내리막으로 펼쳐진 곡식밭. 드넓은 하늘.

그 투알드주이는 정말로 내 병실에 있던 것이었을까, 아니면 어릴 적 내 침실에 있던 것이었을까? 병원의 투알드주이는 여린 줄기에 달린 커다란 꽃 문양이 아니었던가? 벽에 투알드주이가 걸려 있었나, 아니면 광이 나는 파란 칠만 되어 있었나? 이제는 모르겠다. 내가 어떻게 거기에 갔는지, 누가

---

* 목면 등에 전원 풍경이나 문양을 단색으로 날염한 것.

나를 데려갔는지도 모르겠다. 병실로 이르는 좁은 나무계단은 똑똑히 기억난다. 방의 크기와 가구들, 창문, 세면실도 기억난다.

나는 옷을 벗고, 완전히 새것인 환자복을 입고, 새 시트가 깔린 포근한 침대에 들어가 눕고, 누군가 내 혈압과 맥박을 재도록 두어야 했다. 의학에 나를 내어놓았다. 그리고 외적으로는 온전히 내맡겼으니 이제 내면의 투쟁을 이어가기 위해 나는 눈을 감았다. 몸을 쭉 뻗고, 팔은 팽팽하게 덮인 시트 위에 얌전히 올리고, 두 손을 폈다. 외적으로 나는 정상이었다. 내적으로는 맥박을 진정시켜야 했다. 그들이 내게 팔띠를 채웠다. 공기주입기에서 쉭쉭 소리가 들리더니 그것이 점점 더 강하게 나를 조이는 느낌이 들었다. 팔꿈치 안쪽에 차가운 금속판이 닿자 몸이 약간 움찔했다. 의사는 내 혈압이 몹시 낮다며, 네 시간마다 혈압을 확인한 뒤 약을 주겠다고 했다. 혈압이 낮거나 말거나 나는 개의치 않았다. 중요한 건 맥박, 미친듯이 뛰는 심장이었다. 혈압 측정 덕분에 맥박을 진정시킬 시간을 조금 벌었다. 팔띠가 벗겨지고, 누군가 내 가까이로 다가왔다.

누구였을까? 삼촌? 친구라는 그 박사? 또다른 사람? 모르겠다. 당시 나는 스스로를 통제하고 눈에 보이지 않는 그것과 싸우는 일에 너무 몰두하느라, 마치 장님이 된 기분으로 사람이나 사물에 부딪치지 않게 해주는 본능적인 직관 같은 것에 의지하고 있었다.

마침내 네 손가락 끝이 내 손목을 능숙하고 지그시 누르는 느낌이 들었다. 네 개의 작고 부드러운 공. 손가락은 살갗을 더듬대지도 않고, 맥박이 뛰는 곳을 바로 짚어냈는데, 그 즉시 그것에 휘저어지고 뒤섞인 피가 그 손길 아래서 날뛰기 시작했다. 손가락이 맥박을 느끼자마자 박동이 증폭되어 내 몸 전체를, 방안 전체를 울렸다. 90, 100, 110, 120, 130, 140…… 내가 꽁꽁 숨기고 빠져나갈 수 없도록 전부 막아버렸는데도, 그것은 내 혈관과 피부를 통해 모습을 드러냈다. 못된 것, 그것은 거기 있었고, 나를 조롱했고, 내 말을 듣지 않았고, 미치광이처럼 손가락을 치받았다. 손가락들이 떨어졌다. 이제 그들도 알았다. 누군가 다시 움직였고, 무섭지 않은 작은 소음이, 악의 없는 소란이 이어졌다.

"이제 약을 드실 거예요. 알약 반의반 개만, 일주일 동안 하루 네 번요. 그다음에 용량을 늘리죠. 환자분께 도움이 될 거예요."

몸집이 작고 날씬한 백발의 여자가 말하고 있었다. 그녀의 눈을 보고 나는 그것이 손가락을 통해 전한 메시지를 그녀가 접수했다는 사실을 눈치챘다. 그녀는 알고 있었다.

　나는 자그마한 알약 반의반 개와 그녀가 건네준 물 한 잔을 받아 제대로 삼키는 척했다. 사실 물에 녹이지 않고는 알약을 삼킬 수 없게 된 지 몇 주 되었다. 목구멍이 하도 조여 아무것도 넘어가지 않았다. 삼키려 할 때마다 질식하는 기분이었다. 나는 눈을 감은 채 몸짓으로 이제 다 괜찮아질 테고 좀 쉬고 싶다는 신호를 보냈다. 알약 조각은 내 목구멍에 거대한 덩어리처럼 걸려 있었다. 사람이 나갔다.

　나는 곧바로 약을 뱉어내려고 벌떡 일어나 세면대로 뛰어갔고, 목구멍 깊숙이 손가락을 쑤셔넣어 나를 해방시킬 경련을 유발했다. 마침내 점액과 거품, 실처럼 늘어진 끈적끈적한 물질과 함께 아주 작고 노르스름한 삼각형 조각이 나왔다. (알약이 노르스름하던가, 불그스름하던가, 아니면 진줏빛이었던가?) 나는 차갑고 단단한 세면대 가장자리에 이마를 댄 채 비데에 앉아 온몸을 떨었다. 시간의 흐름이 느껴지지 않았다. 얼마나 오래 꼼짝 않고 있었는지 알 수 없다. 그 후에 피를 막고 있던 탐폰을 빼냈던 기억이 난다. 몸을 앞뒤로 조금씩 흔들면서 피가 천천히, 방울방울 떨어지는 것을 바라보았다. 몸을 흔들며 나를 달래고, 실은 그것을 달래고 있다는 걸 잘 알았다. 하얀 도기의 물기에 조금 희석되고 뭉

개진 핏방울들은 결국 가느다란 줄기를 이루어 배수구로 흘러갔다. 내게서 나온 피가 어떻게 되는지 정신없이 지켜보았다. 피가 이제 저만의 생을 얻어 땅과 무게와 밀도와 속도와 지속 같은 물리법칙을 알아가게 되었다는 생각이 들었다. 피는 내 벗이 되어주었다. 역시나 생의 이해할 수 없고 무심한 법칙들에 내맡겨진 채.

그것이 이겼다. 언제까지나 그것과 나 둘뿐이었다. 우리가 분비하는 피, 땀, 똥, 콧물, 침, 고름, 토사물 같은 것들과 마침내 우리 단둘이서만 유폐된 것이었다. 그것은 내 아이들을, 활기찬 거리를, 상점가의 조명을, 화창한 날 잔물결 이는 한낮의 바다를, 라일락 덤불을, 웃음을, 춤추는 즐거움을, 친구들의 따스함을, 공부할 때의 은밀한 고양감을, 오랜 시간의 독서를, 음악을, 나를 감싼 다정한 남자의 팔을, 초콜릿무스를, 시원한 물에서 헤엄치는 즐거움을 쫓아버렸다. 내가 할 수 있는 건 병원의 세면실, 가장 청결한 그곳에 웅크린 채 떨며 땀을 흘리는 것뿐이었다. 어쩌나 심하게 떨었는지 턱이 부딪치면서 우스꽝스러운 기계적 소음을 냈다.

다행스럽게도 좁은 계단의 발판에서는 삐걱이는 소리가 났다. 작은 소리만 들려도 나는 도로 누워 정상적인 자세를 취했다. 나는 그 백발의 여자가 싫었고 결코 그녀에게 말을 걸지 않았다. 여자는 내게 쟁반에 담긴 식사를 가져다주고 혈압과 맥박을 잰 다음 알약을 주었다. 나는 먹을 수가 없었다. 세면대 구멍에 흘려보낼 수 있는 것은 몽땅 쏟아붓고, 나머지는 창문 아래 물결처럼 휜 기와로 된 지붕 가장자리의 빗물받이 홈통에 던졌다. 시간이 얼마나 오래 혹은 잠깐 지났는지, 밤과 낮이 얼마나 지나갔는지 기억나지 않는다. 나는 죄수였다. 여기서 몸을 던지면 죽을까 싶어 창밖을 내다보았다. 그래, 죽을 것이다, 5층은 족히 되었으니까. 하지만 지붕에 건물 아래쪽이 가려져 어디에 떨어질지, 유리 위일지 식물 위일지 알 수 없었다. 그런 식으로 자살하고 싶지는 않았다. 게다가 죽음은 그것을 제거할 유일한 해결책이면서도 내게 두려운 것이었다.

탈출에 대한 격한 욕구에 사로잡힌 게 며칠이나 지나서인지 모르겠다. 어쨌든 적어도 여드레는 되었을 것이다. 그날 아침(아침이었던 건 분명하다) 백발 여자가 내게 알약 반 개를 복용하게 했는데, 나는 일주일간은 반의반 개를 복용하다가 그다음부터 반 개로 늘려야 했다는 걸 분명히 기억하고 있었다.

별안간 내가 침대에 있다는 것을, 얼굴을 드러내고 정상적으로 등을 대고 누워 잤다는 것을 깨달았다. 놀라운 일이었다. 몇 달이나 나는 웅크린 채로만 살았고, 얼굴을 시트에 파묻고서 새우잠밖에 잘 수 없었기 때문이다. 그 변화를 확인함과 동시에 목덜미에서 통증이 느껴졌다. 머리 안쪽이 무겁고 꼭 소뇌가 납으로 된 것 같았다. 순간 나는 그 통증이, 덜 뚜렷하기는 해도 이미 꽤 오래전부터 있었음을 깨달았다. 동시에 나는 그것이 전처럼 거칠지도, 조마조마하게 하지도, 민첩하지도 않다는 것을 알아챘다. 그것은 농밀하고, 끈끈하고, 진득하게 변했다. 이제 내 안에 깃든 것은 공포라기보다 절망, 슬픔, 환멸이었다. 나는 그런 걸 바라지 않았다. 어떤 본능에서였는지는 모르지만 마지못해 포기한 채 내게 달라붙은 물렁물렁한 그것과 공존하기보다 차라리 미친듯이 날뛰는 그것과 기진맥진한 싸움을 벌이는 편이 나았다.

아침나절에―점점 무겁고 고통스러워지는 머리를 베개에 처박은 채―내 현재 상태가 저 알약과 무관치 않다는 결론을 내렸다. 삼촌이 정신과의사인 친구와 나누던 대화가 떠올랐다. 그들은 새로 나온 치료법인 '화학적 전기충격요법'에 대해, 아직 다루기는 어렵지만 치료 결과가 통상적 전기충격보다 훨씬 좋다는 그 치료법에 대해 이야기했다. 그들은 내가 병풍이나 되는 것처럼 내 앞에서 이야기를 나누었다. 아닌 게 아니라, 당시 나는 그들의 대화에 아무런 관심도 없었다. 그저 당연한 결말에 이르렀다고, 나는 병원에 수용될 것이며 내가 다른 이들처럼 살 수 없으니, 아이들을 제대로 키울 수 없으니 마땅한 일이라고만 여겼다. 그리고 나로서는 더이상 어찌할 수 없으니, 그들이 나를 공포로부터, 그것으로부터, 어떤 대가를 치르더라도 해방시켜주길 바랐다.

그러나 그날 아침, 병원에서, 그 대가가 엄청날 것임을 깨달았다. 그리고 그 대가를 치르고 싶지 않았다.

나는 더이상 그들이 주는 역겨운 알약을 먹지 않으리라 결심했다! 백발 여자가 들어오면 약을 삼키는 척하겠지만 삼키지 않고 창밖에 모조리 뱉어낼 것이다. 빗물받이 홈통에다!

실제로 그렇게 했다.

그 시절의 기억을 되짚어보면, 사람과 사물의 파편으로 가득한 황무지, 과거의 불분명한 조각들이 널린 해변 풍경만 연상되다가 돌연 뚜렷하고, 명확하고, 온전하고, 완벽하게 균형 잡힌 빛나는 구조물들이 나타나 놀라고 만다. 병을 앓는 동안에도 내가 그 어느 때보다 총명하고 명철했던 순간이 있었다. 이 사실을 기억하면 가슴이 아려온다. 미쳐 있던 동안 나는 광기에 사로잡히지 않았다면 결코 발견하지 못했을 내 영혼의 여정을 발견했다. 나는 믿을 수 없을 정도의 지적 명민함을 발휘할 수 있었다. 예리하고 섬세하고 명징한 사유, 나를 둘러싼 것들을 한층 폭넓게 알고 보다 깊이 이해하도록 이끄는 사유가 찾아오는 시기가 있었다. 나는 남들을 관찰했고, 그들이 내가 발견한 것과 너무나 다른 길을 택하는 모습을 보았다. 그 길이 너무나 잘못되고 너무나 해로워 그들을 붙잡고 위험을 경고하고 싶었다. 그러나 나 스스로 병자라 여기고 있었고 나의 발상은 순전한 정신착란의 결과라 생각했기에 그러지 못했다. 나 자신이 미쳤는데 어떻게 남들이 길을 잃었다 생각하며 두려워할 수 있겠는가!

그리하여 그날 나는 내게 무슨 일이 일어날지 분명히 예측했다. 그때껏 나는 한 번도 '회복된' 정신질환자들을 만난 적이 없었다. 그후에는 몇 명 보았다. 박제된 듯하고, 무해하고, 스스로에 대해 조심스러운, 축축한 손과 이중의 시선을 지닌 사람들. 불꽃, 재, 불꽃, 재…… 나는 그것이 더이상 그들을 괴롭히지 않을지언정 여전히 그들 안에 살아 있다고 믿는다. 아직도 그것이 그들의 고삐를 쥐고 있다고.

아프고 무겁고 고통스러운 머리로(약물이 내 소뇌를 뽑아내려는 듯했다!) 나는 전부 이해했다. 나는 그런 운명을 원하지 않았다! 그리하여 나는 완벽한 탈출 계획을 세웠다. 아주 세밀한 부분까지 예상했다. 우선, 알약을 작은 부스러기조차 먹지 않는다. 그리고 밖에 나가려면 힘이 필요하니 음식을 좀 먹는다. 공원에 나가도 된다는 허락을 얻어낸다. 그다음은 쉬울 것이다. 하지만 무엇보다 약효가 작용하지 않으면 그것이 나를 다시 습격하리라는 점을 예상했다. 그것은 불안, 오한, 떨림, 공포, 땀으로 나를 공격할 것이다. 나는 다시 앞이 잘 보이지 않게 되고, 소처럼 피를 흘리게 될 것이다. 그건 유감스럽지만, 나는 여길 떠나야 한다! 스물네 시간 안에 이 연극을 꾸며야 했다. 그후에는 떠나지 못할지도 모르고, 그러면 내 모든 힘을 다시금 그것과의 격투에 쏟아야 할 것이다. 평소 내 싸움을 도와주던 진정제, 수면제 및 온갖 부적으로 가득한 내 가방은 돌려받지 못할 터였으니까. 위경련을 견디기 위한 각설탕, 텁텁한 혀를 편하게 하고 목구멍의 수축을 완화시키는 민트 사탕, 머리의 열을 누그러뜨리는 아스피린, 땀냄새를 풍기지 않기 위한 냄새 억제제, 하혈을 막는 탐폰과 티슈와 탈지면, 내 시선을 다른 이들로부터 차단하고 견딜 수 없는 빛으로부터 눈을 보호하는 선글라스. 내게 필요한 돈 역시 가방 안에 있어서 가방 없이는 시골 한복판이라 타야 할 버스나 기차, 택시를 탈 수가 없었다. 다른 방도를 찾아야 했다. 찾아내고 말리라. 마을에 가서 친구에게 전화를 걸어야지. (우체국에서는 날 알았다. "국장님 조카딸이네…… 돈은 내일 주시겠지." 전에도 그런 적이 있었다.) 가방을 달라고 하면 일을 그르칠 게 분명했다. 그들에게 조금의 의심도 불어넣어선 안 되었다. 다행히 나는 어린 시절 내 놀이터였고 나중에도 내 아이들과 산책을 자주 다니던 공원을 잘 알았다. 공원 울타리에 관리인들 눈에 띄지 않고 빠져나갈 수 있는 틈새 몇 곳이 있었다. 정신질환자 치료만 전문으로 하는 병원이 아니라서 관리인들은 내가 왜 병원에 있는지 모른다. 아마 삼촌, 숙모, 간호사만 은밀히 알고 있을 것이다. 하지만 관리인들이 얘기할 수도 있고 그러면 삼촌도 내가 공원을 빠져나갔다는 걸 알게 될 것이다. 계획 전체가 어그러질 수 있다. 우체국 사람들은 경우가 달랐다. 그들이야 병원 직원들과 계속해서 연락을 주고받는 사이가 아니니.

나는 이 계획을 내일 실행하기로 했다. 내일모레면 떠나 있으리라. 유일하게 나를 배반할지 모르는 것은 내 맥박이었다. 약이 충분히 오래 효과를 발휘해줄까?

점심 약 시간에 나는 침대에 앉아 있었다. 간호사가 들어왔다.

"안녕하세요."

"안녕하세요. 오늘은 한결 좋아 보이네요."

"네, 좋아졌어요."

혈압, 맥박, 작은 금속 쟁반에 놓인 물컵과 알약 반 개. 머칠 전부터는 물에 녹일 필요가 없어져서, 나는 아무렇지 않게 약을 삼켰다. 반달 모양 알약을 혀 아래 치아 옆에 교묘하게 밀어넣은 채 물을 삼킨다.

간호사가 미소를 지으며 나간다. 알약은 빗물받이 홈통으로.

오후가 되어 이제 나는 세면실에 서 있다.

"날씨가 좋네요."

"네, 화창한 날이에요."

"삼촌을 만나뵙고 싶어요. 밖에 나가고 싶어요."

"천천히, 천천히요. 외출은 안 될 것 같아요, 한창 치료중이니까요."

"삼촌을 뵐 수 있을까요? 책을 좀 읽고 싶어서요."

"그럼요."

혈압, 맥박, 알약은 빗물받이 홈통으로. 얼마 후 삼촌이 나타났다.

"책을 읽고 싶다니 많이 나아진 모양이구나! 잡지와 추리소설 몇 권 가져왔다."

"조금이라도 움직이고 싶어요. 내일 공원을 한 바퀴 산책하면 안 될까요?"

"담당 의사에게 물어봐야 해."

"전화해서 물어봐주세요. 나갔다 오면 훨씬 좋아질 거예요. 너무너무 나가고 싶어요."

"전화해보마. 원래는 모레 와서 널 봐주시겠지만."

"그때까지 꼼짝 않고 지낼 수는 없어요. 삼촌도 아시겠지만, 전 훨씬 나아졌다고요."

삼촌은 내 침대 발치에 앉아 활짝 웃는다. 나와 간신히 눈을 맞춘다. 생각을 정리하려는 듯 삼촌은 내 혈압과 맥박, 처방되는 약의 용량이 적힌 기록부를 들여다본다. 이미 다 외우고 있으면서. 삼촌은 매일 아침 간호사에게 기록부를 전해받는다.

"과연 나아진 것 같구나. 아주 좋아. 네 담당 의사가 어떻게 생각하시는지 바로 전해주마."

내 담당 의사라니! 나는 그 사람 이름도 모르는데!

삼촌이 돌아오길 기다리며 나는 몸단장을 한다. 머리를 앞뒤로 한참 공들여 빗고 이를 닦는다. 피곤하고 숨이 차다. 나는 그것의 동태를 살피지만 움직임이 없다. 그래서 가만히 자리를 잡고 비데에 흘러가는 내 피를 지켜본다. 병원에 온 뒤로 제일 좋아하는 소일거리다. 그러고 있자면 한숨지으며 해변에 밀려와 절을 하는 파도와 바다가 그려진다. 일정한 주기로 회전하는 행성들도 생각난다.

계단 삐걱이는 소리가 들리자마자 나는 팬티를 올리고 탁자 앞 의자에 앉아 잡지를 편다. 가슴이 깊이 파인 옷을 입고서 치아를 드러내며 활짝 미소 짓는 지나 롤로브리지다의 사진이 실려 있다. 하느님 맙소사, 이 여자는 어떻게 이토록 행복할 수가 있을까!

삼촌이 들어온다. 여전히 배가 약간 조이는 흰 가운 차림에 작고 하얀 수술 모자를 쓰고 있다.

"네 담당 의사가 허락하셨다. 내일 산책 나가도 돼. 상태가 빠르게 호전되고 있다며 만족스러워하시더구나. 신약이 가끔 환자들에게 부작용을 일으키기도 하는 모양이야. 무기력증이나 편두통이 생긴다나봐. 간호사가 함께 갈 거야. 숙모가 우리집에 와서 같이 식사하겠느냐고 묻더라."

"아뇨, 감사하지만 오늘 저녁은 말고요. 식사는 벌써 했고 이제 잘 거라서요. 내일 산책하고 별일 없으면 그때 갈게요. 대신 감사하다고 전해주세요. 제가 못 가도 숙모님은 이해하시겠죠."

"당연하지. 숙모는 네가 곧 털고 일어나리라 한 치의 의심도 없이 믿고 있어. 이런 건 우리 집안 내력이 아니니까. 너 혼자 아이들을 키우느라 너무 지친 게지. 단지 그래서 그런 걸 거야. 숙모는 무엇보다 걱정하느라 반쯤 정신이 나간 네 엄마가 신경쓰이는 모양이더라. 두 사람이 서로 얼마나 사랑하는지 알잖니. 둘 다 하루종일 전화기에만 매달려 있단다. 불쌍한 네 엄마는 아이들을 돌보느라 지쳐서 서 있지도 못할 지경이야."

"금방 나을게요. 엄마가 마음놓을 수 있게 해야죠. 오래 걸리지 않을 거예요."

"내가 이런 말을 하는 건…… 무엇보다도 네 엄마를 위해서야. 그 가엾은 양반은 그동안 별별 일을 다 겪었으니 이젠 좀 쉴 때도 됐어…… 이런, 내가 너에게 마치…… 다 큰 어른 대하듯 말하고 있구나. 너무 부담스럽게 받아들이진 말거라."

"아뇨, 아니에요. 삼촌 말씀 이해해요. 어쨌든 곧 다 끝날 거예요. 전 느껴져요, 나을 거예요."

"잘 자렴, 우리 다 큰 조카."

삼촌은 내 이마에 입을 맞추고 나간다.

엄마 생각은 하고 싶지 않다. 아이들 생각을 해서도 안 되고……

그다음은 모든 게 혼란스럽다. 그것과의 싸움은 맹렬했다. 약물의 도움 없이, 아무것도 없이 맨손으로 그것과 오래 싸울 힘이 없을 것 같았다. 그럼에도 버텼다. 나는 간호사 없이 외출했다. 들판을 달려갔다. (밀이 다 자랐었는지 기억해보려는데, 기억나지 않는다.) 친구에게 전화를 걸었다.

"내일 이 시간에 오겠다고 약속해줄래? 국도와 좁은 길이 만나는 곳, 마을에 들어서기 1킬로미터 전, 왼쪽에 병원 표지판이 서 있어."

"나만 믿어, 그리로 갈게."

저녁, 삼촌과 숙모 사이에 끼어 텔레비전 앞에 앉아 있으니 마치 거대한 수족관 속에 있는 기분이었다. 삼촌과 숙모가 평화롭게 해초를 뜯어먹는 얌전한 물고기라면, 나는 문어였다.

절대 그들을 괴롭히지 말 것, 기분 상하게 할 짓은 아무것도 하지 말 것. 말 한마디도, 행동 하나도.

내가 그들을 영원히 떠나게 되리라는 건 알지 못했다. 그저 내가 그들을 속이리라는 것만을 알았고, 그래서 마음이 편치 않았다. 무엇보다 그들은 가족 중 가장 성공한 사람들이었다. 그들과 멀어진다는 건 곧 올바름에서 멀어진다는 뜻이었다. 하지만 내가 선택한 길이었다. 생각해보면, 나는 정상이었던 적이 한 번도 없었고, 그들처럼 정상으로 사는 법을 전혀 알지 못했다. 차라리 사라져버림으로써 그들을 내게서 자유롭게 해주는 게 나을 것 같았다.

다음날 그 자리에 차가 와 있었다. 우리는 당장 출발했고 나는 마음껏 몸을 떨고 이를 부딪칠 수 있었다.

"괜찮아? 내가 어떻게 해줄까?"

"아무것도. 네가 해줄 수 있는 건 없어. 미셸네 집에 데려다줘. 걱정 안 해도 돼, 이러다 괜찮아질 거야. 그다음에 병원에 전화해서 내가 무사하다고, 찾을 필요 없다고 말해줘. 하지만 내가 어디 있는지 말하면 안 돼. 더이상 그 사람들을 보고 싶지 않아."

다음날, 나는 처음으로 막다른 골목에 갔다.

누가 의사에게 전화했었더라? 나였나? 미셸이었나? 지금은 모르겠다. 미셸이 그 의사를 안다는 얘기를 들은 적이 있었는데. 아니면 나였을 수도 있다. (미셸네 집에서 나는 진정제를 찾았고 그것을 억누를 수 있었다.) 이제는 모르겠다.

자, 나는 다 털어놓았다.

나는 피에 대해 얘기하고 싶었지만 결국 가장 많이 말한 건 그것에 대해서였다. 의사가 나를 돌려보낼까? 차마 그를 쳐다볼 수가 없었다. 여기 이 작은 공간에서 나 자신에 대한 이야기를 하니 기분이 좋았다. 혹시 덫이었을까? 최후의 덫? 그를 믿지 말아야 했던 건 아니었을까?

의사는 말했다. "그 약을 복용하지 않은 건 잘한 일이에요.

매우 위험한 약입니다."

온몸의 긴장이 풀렸다. 나는 이 자그마한 양반에게 깊은 감사의 마음이 들었다. 어쩌면 나와 다른 누군가 사이에 길이 있을지도 몰라. 그렇기만 하다면! 내 말을 진정으로 들어주는 사람과 이야기를 나눌 수 있다면!

그가 말을 이었다. "제가 도와드릴 수 있을 것 같군요. 괜찮다면 내일부터 함께 분석을 시작하죠. 일주일에 세 번 총 세 차례 진행하고, 매회 사십오 분씩 이어갈 거예요. 하지만 응할 경우 꼭 미리 알아야 할 점이 있는데, 하나는 정신분석이 당신의 삶을 송두리째 뒤집어놓을 위험이 있다는 것이고, 다른 하나는 지금부터 약 복용을 완전히 중단하셔야 한다는 겁니다. 하혈을 막는 약이든 신경과 약이든 말이죠. 아스피린도 안 됩니다. 마지막으로, 정신분석은 최소 삼 년이 걸리고 비용도 만만치 않다는 점입니다. 한 회에 40프랑*, 주당 120프랑이 청구될 겁니다."

그 진지한 어조에서 내가 잘 듣고 숙고해보길 바라는 마음이 느껴졌다. 아주 오랜만에 누군가가 나를 정상인으로 대한 것이다. 그리고 나는 아주 오랜만에 책임감 있는 사람처럼

---

* 유로화 통용 이전 프랑스의 옛 화폐 단위. 40프랑은 약 6유로다.

행동했다. 그제야 나는 사람들이 내게서 그런 책임들을 조금씩 앗아갔음을 깨달았다. 나는 아무것도 아니었다. 이제 나는 현상황과 그가 한 말에 대해 곰곰이 생각하기 시작했다. 내 인생이 어떻게 뒤집힐 수 있다는 걸까? 아마 이혼하게 되겠지, 그것이 자리잡은 것은 결혼하고 나서부터니까. 어쩔 수 없어, 이혼해야지, 두고 보면 알 거야. 그것 말고는 내 인생에서 변화할 만한 부분이 없는 것 같았다.

돈 문제는 보다 까다로웠다. 나는 돈이 없었다. 남편이 벌어온 돈과 부모님 돈으로 살고 있었다.

"선생님, 전 돈이 없는데요."

"그럼 돈을 버셔야지요. 직접 번 돈으로 비용을 지불하셔야 합니다. 그게 좋아요."

"하지만 전 외출할 수가 없어요, 일을 할 수 없다고요."

"할 수 있을 거예요. 상황이 될 때까지 저는 석 달이건 반년이건 기다릴 수 있습니다. 같이 해결할 수 있어요. 제가 원하는 건, 제게 비용을 지불해야 하고 비용이 상당할 거라는 점을 유념하시라는 겁니다. 상담을 빼먹는 날도 다른 날처럼 비용이 발생합니다. 어떤 방식으로든 비싼 값을 치르지 않으면 정신분석을 진지하게 받아들이지 않게 되거든요. 공인된 사실이지요."

그는 사뭇 담담한 말투로, 사무적인 어조로 이야기했다. 목소리에서는 연민이 조금도 느껴지지 않았고, 의사나 아버지 같은 태도도 전혀 보이지 않았다. 내가 즉시 상담을 시작하겠노라 함으로써 이미 환자들이 넘쳐나는 그의 인생에서 일주일에 세 시간을 더 빼앗게 되었음을 그땐 알지 못했다. 그는 자신의 과로에 대해서도, 내 상태가 심각했기에 예외적으로 행동했다는 사실도 전혀 내색하지 않았다. 그런 말은 한마디도 없었다. 겉보기에는 간단한 거래 같았다. 그는 위험을 감수하고 내게 선택권을 주었다. 그러나 자신을 제외하면 내게 해결책이 둘뿐이라는 걸 알고 있었다. 정신병원, 아니면 자살.

"할게요, 선생님. 비용을 어떻게 지불할지는 모르겠지만, 하겠어요."

"좋습니다. 내일 시작하죠."

그는 작은 수첩을 꺼내 방문할 날짜와 시간을 일러주었다.

"만일 하혈을 하면 어쩌죠, 선생님?"

"아무것도 하지 마세요."

"하지만 이미 그것 때문에 입원해서 수혈을 받고, 소파술도 받았는걸요."

"압니다. 아무것도 하지 마세요. 내일 뵙겠습니다…… 한

가지만 부탁드리죠. 정신분석에 대해 환자분이 알고 있는 사실은 무시하세요. 그런 지식에 의지하지 않으려 노력하고, 분석 용어에 해당하는 일상적인 동의어를 찾으세요. 많이 알수록 회복이 늦어질 뿐입니다."

나는 내면 성찰에 대해 알 만한 것은 다 안다고 생각하던 터였다. 마음 깊은 곳에서는 이 치료법이 아무짝에도 쓸모없으리라 여겼던 것도 사실이었다.

"하지만 선생님, 제 병은 대체 뭔가요?"

그는 모호한 손짓을 해 보였다. 마치 "진단이 무슨 의미가 있겠습니까?"라고 말하듯이.

"환자분은 피곤하고 불안하신 겁니다. 제가 도와드릴 수 있을 거예요."

그는 문까지 나를 배웅했다.

"안녕히 가세요. 내일 뵙겠습니다."

"안녕히 계세요, 선생님."

2

방문 첫날의 밤은 힘들었다. 그것이 내 안에서 부글거렸다. 오래전부터 나는 고용량의 약물을 복용하고 완전히 나가떨어질 지경이 되어서야 잠들 수 있었다. 하지만 의사는 "약복용을 완전히 중단하셔야 한다"고 하지 않았던가.

나는 침대에 누워 땀범벅이 된 채 숨을 가쁘게 쉬며 뒤척였다. 눈을 뜨면 외부 세계의 사물과 공기의 부패를 경험했다. 눈을 감으면 내부의, 내 세포와 살의 부패를 경험했다. 그래서 무서웠다. 누구도 그 무엇도, 그 파괴를 단 일 초도 막을 수 없었다. 나는 가라앉았고, 숨을 쉴 수가 없었다. 사방에 세균이, 구더기가, 부식성 산이, 고름이 찬 종기가 널려 있었다. 이 생은 왜 스스로를 먹잇감으로 삼는가? 죽음의 고통으로 가득한 잉태는 왜 일어나는가? 왜 육체는 노화하는가? 육체는 왜 악취 풍기는 액체와 물질을 생산하는가? 내 땀과 똥, 오줌은 왜 생기는가? 이 오물은 왜 발생하는가? 살아 있는 모든 것, 세포 전체가 벌이는 전쟁은, 남을 죽이고 그 시체를 집어삼키는 전쟁은 왜 벌어지는가? 식세포의 피할 수 없는 장중한 순환은 왜 일어나는가? 누가 그 완벽한 괴물을 지휘하는가? 어떤 지치지 않는 동력이 쟁탈전을 이끄는가? 누가 이토록 기운차게 원자들을 뒤흔드는가? 누가 빈틈없는 시선으로 자갈 하나, 풀잎 하나, 거품 하나, 아기 하나를 감시하며, 그들을 부패와 죽음으로 몰고 가는가? 죽음을 제외하면 그 무엇이 항구적인가? 부패 그 자체인 죽음이 아니라면 쉴 곳은 어디인가? 죽음은 누구의 소관인가? 아름다움, 기쁨, 평화, 사랑 따위에 무심하며, 나를 깔고 누워 질식시키는 이 거대하고 푹신한 것은 무엇인가? 누가 똥과 다정함을 아무 구별 없이 똑같이 사랑하는가? 다른 이들은 그것을 버틸 힘을 어디서 찾는가? 그들은 어떻게 그것과 더불어 살아갈 수 있는가? 그들은 미쳤다! 다들 미쳤다! 나는 숨을 수도 없고, 아무것도 할 수 없이, 천천히 무자비하게 다가와 나를 잡아 먹잇감으로 삼으려는 그것의 손아귀에 놓여 있다!

내가 원하든 원치 않든, 부패한 생의 흐름이 나를 휩쓸어 공포 그 자체인 절대적으로 불가피한 죽음으로 데려간다. 그 사실이 끔찍하고 견딜 수 없는 공포를 불어넣는다. 그 혐오스러운 뱃속으로 떨어지는 것 말고 내게 다른 운명은 없으니, 최대한 빨리 떨어지는 게 나을지도 모른다. 나는 자살로 모든 걸 끝내고 싶었다.

마침내 아침이 되어서야 진이 다 빠져 태아처럼 몸을 둥글게 말고 잠이 들었다.

깨어나보니 피가 밑에 흥건하고 매트리스를 지나 침대 밑판까지 스며들어 바닥 마루에 방울져 떨어지고 있었다. 의사는 말했다. "아무것도 하지 마세요, 내일 뵙겠습니다." 아직도 여섯 시간을 기다려야 하는데, 도무지 견뎌내지 못할 것 같았다.

나는 죽은 사람처럼 뻣뻣하게 꼼짝 않고 침대에 누워 최악을 기다렸다. 두 가지 강렬한 두려움의 기억이 아주 세세하게 되살아났다. 두 번의 무너짐, 잠들지 않은 채로 꾼 두 개의 악몽. 하나는 피가 어찌나 큰 덩어리로 나왔는지 마치 나 자신이 터무니없는 생각에 고집스레 사로잡혀 내 간을 썰어내고 그 간이 미지근하고 부드럽게 나를 어루만지듯 흘러나온 것만 같던 기억이다. 그때 나는 긴급히 병원으로 수송되어 소파술을 받았다. 다른 하나는 반대로 피가 끝없이 풀려나오는 붉은 실처럼 흐르던 기억이다. 꼭 수도꼭지를 틀어놓은 것 같았다. 처음에 그것을 목도하며 느꼈던 경악과 공포가 떠올랐다. "이대로라면 십 분 만에 온몸의 피가 다 빠져나올 거야." 다시 또 병원, 수혈, 피를 뒤집어쓴 채 내 팔과 다리, 손에 매달려 혈관을 찾느라 밤새 싸우는 의사들과 간호사들. 그리고 아침이 되면 수술실, 다시 또 소파술.

출혈 그 자체에 몰두함으로써 내가 그것을 가리고 감추고 있었음을 나는 깨닫지 못했다. 어떤 때는 그 저주받은 피가 내 존재를 모조리 잠식하고 기운을 빼앗아, 그것과의 대면에서 나를 더욱 약하게 만들었다.

약속한 시간에 나는 수건과 솜으로 무장하고, 직접 만든 기저귀 같은 것들로 꽁꽁 싸맨 채 막다른 골목 끝에 있었다. 일찍 도착한 터에 조금 기다렸다. 내 앞 사람이 밖으로 나왔다. 전날처럼 문 두 개가 열리고 닫히는 소리가 들렸다. 마침내 나는 안으로 들어가 곧장 말했다.

"선생님, 전 과다 출혈을 일으켰어요."

과다 출혈이라는 말이 멋지다고 생각하며 사용했던 것이

분명하게 기억났다. 그러면서 비장한 표정과 태도를 내비치려 했던 것도. 의사는 조용하고 침착하게 대꾸했다.

"그건 정신신체적 문제입니다. 난 출혈에는 관심이 없어요. 다른 이야기를 해주시죠."

장의자가 있었으나 거기 앉고 싶지 않았다. 서서 싸우고 싶었다. 방금 이 사람이 한 말에 따귀를 정통으로 얻어맞은 것 같았고, 그토록 세게 맞아본 적은 없었다. 얼굴을 정통으로! 내 출혈 증상에 관심이 없다니! 그렇다면 다 망한 거야! 그 말에 숨이 막혔고, 벼락을 맞은 기분이었다. 나더러 출혈 이야기를 하지 말라고? 그럼 무슨 다른 이야기를 하라는 거지? 무엇에 대해서? 출혈을 제외하면 공포뿐 다른 건 아무것도 없었고, 나는 공포에 대해 이야기할 수 없었다, 생각조차할 수 없었다.

나는 주저앉아 울었다. 너무나 오래전부터 울 수 없었는데, 여러 달 전부터 눈물이 주는 위안을 찾고자 노력했지만 실패했었는데, 커다란 눈물방울이 흘러내리며 내 등, 가슴과 어깨를 풀어주고 있었다. 한참을 울었다. 그 폭풍 속에 빠져 뒹굴었고, 폭풍이 내 팔을, 목덜미를, 꼭 쥔 주먹을, 배 위로 구부린 다리를 휩쓸게 놔두었다. 슬픔이 주는 안온한 평안을 느끼지 못한 지 얼마나 되었던가? 침과 콧물이 조금 섞인 뜨끈한 눈물에 얼굴을 적시지 못한 지 얼마나 되었던가? 손 위로 적잖이 떨어져 흐르는 미지근한 고통의 액체를 느껴보지 못한 지 얼마나 되었던가?

나는 젖을 배불리 먹고 요람에 누운 아기처럼, 입술에는 아직도 젖이 묻어 있고 소화과정에서 오는 나른함에 휩싸인 채 엄마의 시선 아래 보호받는 아이처럼 거기에 있었다. 반듯하게 몸을 쭉 펴고 누워 전적으로 신뢰하는 태도로 얌전히 있었다. 내 불안에 대해 말하기 시작했고, 그것에 대해 오래 말하게 되리라고, 아마 여러 해가 걸리리라고 생각했다. 마음 가장 깊숙한 곳에서 어쩌면 그것을 죽일 방법을 찾게 되리라는 느낌이 들었다.

그럼에도 나는 첫 상담을 마치고 나오면서 등뒤에 문이 닫히는 순간부터 다시 출혈을 떠올렸고, 이 의사는 미치광이에 돌팔이라고, 이번에도 그렇다고 생각했다. 내가 어떤 술수에 넘어간 걸까? 이제는 재빠르게 행동해야 했다. 택시를 잡아타고 진짜 의사를 만나러 가야 했다.

원래 수다쟁이인지 아니면 내 표정이 이상하다는 걸 알아챘는지, 아무튼 택시기사는 쉼없이 입을 놀렸고, 백미러로 나를 유심히 바라보는 그와 계속 눈이 마주쳤다. 이런 상황에서, 게다가 의사를 만나러 오느라 몸을 천으로 동여맨 상태로는 재빠르고 은밀하게 출혈 여부를 확인할 수가 없었다. 내가 알려준 의사의 진료실 주소가 가까워질수록 출혈을 확인해야 한다는 욕구가 다급해졌다. 나는 불안해지고, 날카로워졌다. 운전사가 멈춰주었으면 하는 동시에 계속 주행해주었으면 했다. 그는 아무것도 몰랐다. 결국 나는 좌석 끄트머리에 앉아 왼팔을 앞좌석 등받이에 얹고 그 위에 턱을 괴었다. 나는 운전사의 이야기를 듣는 척했다. 그러는 동안 오른손을 원피스 안에 넣어 지퍼를 열고 옷핀으로 고정해둔 수건을 찢어 마침내 출혈의 근원에 도달했다. 별다른 일은 없었다. 하혈은 심해지지 않았고, 심지어 잠잠해진 것 같기도 했다. 어떻게 된 거지? 한 시간 전 집에서 나올 때는 피가 많이 흘렀는데.

그래서 나는 마음을 바꿔 운전사에게 미셸의 주소를 알려주며 택시를 돌렸다. 그러곤 택시 깊숙이 몸을 웅크렸다. 내 일모레까지 버틸 수 있을 것 같았다. 다음번 상담까지.

나는 너덜너덜해진 옷을 움켜쥐고 몇 계단씩 서둘러 뛰어올랐다. 서둘러 욕실로. 더러워진 누더기들이 발 사이 바닥에 떨어지고, 나는 비데에 앉았다. 피는 더이상 나오지 않았다! 내 눈을 믿을 수가 없었다. 피가 나오지 않는다니!

이제 전처럼 피가 몇 달 몇 년이나 멈추지 않고 흐르는 일이 결코 없으리라는 사실을 그날 나는 알지 못했고, 알 도리도 없었다. 그저 출혈이 잠시 멈춘 거라 여기며, 눈물짓던 순간을 음미했듯 그 순간을 음미하고 싶었다. 나는 몸을 씻고서 알몸으로 다리를 벌리고 침대에 누웠다. 깨끗하다. 나는 깨끗했다! 나는 성스러운 단지, 피의 제단이자 눈물의 성체현시대였다. 청결하고 티 없는!

의사는 말했었다. "몸에 어떤 일이 일어나는지 이해하도록 노력해보세요. 무엇이 발작을 유발하고 누그러뜨리는지, 혹은 악화시키는지. 모든 게 중요합니다. 소음, 색채, 냄새, 동작, 분위기…… 전부요. 생각과 이미지를 서로 연결하며 계속 관찰해보세요."

당시 나는 정신분석에 관해 완전히 미숙했지만, 그럼에도 하혈과 지혈 사이의 관계를 추측해보기는 어렵지 않았다. 따귀를 올려붙이는 듯하던 의사의 말, "난 출혈에는 관심이 없어요. 다른 이야기를 해주시죠." 그리고 연이은 내 눈물바람.

그날 밤 피에서 해방된 내 정신은 축제를 즐기듯 쉬운 성찰과 단순한 계산, 편안한 생각 속으로 모험에 나섰다. 내가 놀이터로 여기던, 그러나 너무 오래 머물렀다간 그것에 통째로 붙들릴 위험이 있는 정신활동이었다. 내 지성이 가장 예리할 때, 내가 깊은 상상에 빠져 있을 때, 무한함과 불가해함과 수수께끼와 마법의 길에 있을 때가 아니면 나는 그것에 맞서 싸울 수 없었다.

바로 그렇게, 너무나 평범하게, 샘물처럼 여유롭고 구름처럼 가볍고 달걀처럼 단순하게, 내가 그동안 검진, 방사선촬영, 검사, 분석 수십 가지를 받았으나 그중 어떤 것에서도 내 몸의 다양한 기능에 비정상인 부분이 있다는 결과가 나오지는 않았다는 사실을 깨달았다. 호르몬에도, 세포에도, 순환계에도, 기관에도, 심지어 혈액 성분에도 이상이 없었다. 나는 내 피가 의사들과 나를 불가해함이라는 바다에 떠 있게 만든 구명대였음을 명백하게 이해했다. 나는 피를 흘린다, 그녀는 피를 흘린다. 왜? 뭔가 문제가 있으니까, 뭔가 체질적인 것, 뭔가 생리학적인 것, 뭔가 대단히 심각한 것, 뭔가 아주 복잡한 것, 뭔가 섬유종과 관련된 것, 퇴행적인 것, 찢어진 것, 정상이 아닌 것. 분석에는 무엇도 나오지 않지만, 그건 의미가 없다. 이유 없이 그렇게 피를 흘리지는 않으니까. 몸을 열고 직접 보아야 한다. 피부, 근육, 혈관을 길게 절개하고, 복부의 살갗과 내장을 벌리고, 장밋빛 뜨거운 기관을 낚아채 절제하고, 적출해야 한다. 그러면 더이상 피가 나지 않겠지. 부인과의사, 정신과의사, 신경과의사 가운데 그 누구도 피가 그것에서 비롯된다는 것을 알아차리지 못했다. 반대로 사람들은 그것이 피 때문이라고 했다. "여자들은 자주 '신경질적'이 되지요. 부인과적으로 불안정하고 매우 취약하니까."

그날 저녁 나는 그것이 본질임을, 모든 권력을 쥐고 있음을 깨달았다.

나는 그것과 대면했다. 무어라 정의할 수는 없지만, 적어도 전만큼 모호하지는 않았다. 그날 밤 처음으로 미친 여인을 받아들였다. 그녀가 실재한다는 사실을 인정했다. 내 병을 있는 그대로 받아들이고 싶었다. 내가 곧 미친 여인임을 이해했다. 그녀가 두려웠던 건 내게 그것을 전달하기 때문이었다. 그녀는 마치 성인의 유골이 담긴 호화로운 성유물함처럼 혐오스러우면서도 매혹적이었다. 그 금과 보석, 그 모든 아름다움이 썩은 치아와 두개골, 누렇게 변색된 정강이뼈, 말라붙은 피를 담기 위한 것이라니! 향로, 닫집, 깃발을 든 사제들이 주변을 둘러싸고, 넋 나간 군중이 주문을 외우며 행렬을 지어 흉하고 비루한 유물 뒤를 따른다! 우물거리는 모든 입에서, 멍한 눈에서, 굽은 등에서, 묵주를 만지작거리는 손가락에서 나오는 탄식과 황홀! 광기! 꼭 이처럼, 그것은 미친 여인을 최대한 이용해 그녀가 역겨운 것을 발견하게 만들었다.

한 가지는 확실해졌다. 그것은 내 정신 내부에 있다는 것, 내 몸의 다른 곳이나 외부에 있는 것이 아니라는 점이었다. 나는 그것과 단둘이었다. 내 인생 전부가 그것과 나 사이의 이야기에 다름 아니었다. 그때부터 나의 고립은 새로운 의미를 띠었다. 아마 그건 하나의 통과 단계, 탈피 기간일지도 몰랐다. 어쩌면 다시 살게 될 수도 있지 않을까? 내가 피난처로 삼은 그 정신이상으로 인해 몹시 고통받고 있던 터였다. 나는 찢겼고, 다른 이들이 해결책을 주길 기다렸으나, 정작 주어진 해결책은 매번 나를 상처 입히거나 더 멀리 밀어낼 뿐이었다. 누가 내게 닿을 수 있었을까? 내 주변 사람들의 야단법석이 어떤 의미를 지닐 수 있었을까? 이해할 수 없이 뒤섞이는 말, 움직임, 법적이고 문명화된 행동, 야만적 행위에 어떤 의미가 있었을까?

나는 인생을 해로, 해를 달로, 달을 날로, 날을 시간으로, 분으로, 초로 나누는 구분을 이해할 수 없게 되었다. 왜 사람들은 모두 동시에 똑같은 일을 할까? 나는 더이상 어떤 것도 이해할 수 없었고, 나를 둘러싼 이들의 삶에는 아무런 의미가 없었다.

나는 내게 적대적이거나, 아니면 무심한 세상에 떨어졌음을 알게 되었다. 그 세상에 해명해야 하고, 끊임없이 내 못된 행동을 자책하고 그런 짓을 저지른 것을 속죄해야 했다. 생각이 너무도 뒤죽박죽된 나머지 해가 지날수록 나는 더더욱 악이나 불완전함, 잘못됨, 부적절함, 부도덕함 속에 깊이 파고드는 기분이었다. 나 자신에게 결코 만족할 수 없었다. 스스로를 폐기물, 쓰레기, 비정상, 치욕으로 여겼고, 더 끔찍하게는 내 못된 천성이 내가 잘못에 빠지도록 묵과했다고 믿었다. 약간의 용기, 약간의 의지만 있다면, 남들이 아낌없이 주는 조언을 듣는다면, 올바른 이들의 진영에 들어설 수 있을 거라 믿었다. 그러나 비겁함, 게으름, 범속함, 천함 때문에 나는 나쁜 쪽을 택했고 돌이킬 수 없이 나락으로 기울었다. 몸조차 살이 찌고 쇠약해졌다. 내 내면만큼이나 외면도 추해졌다고 생각했다.

그리고 그날 밤, 피가 더이상 흐르지 않았고 의사가 내게 평범하게 말을 걸었으므로, 나는 자신을 다른 각도에서 검토하고, 달리 보게 되었다. 그 자그마한 남자는 어떤 움직임을 일으킨 걸까? 어떤 본능이 내 등을 밀었던 걸까?

나는 새로운 길을 악착스레 나아가기 시작했다. 꿀을 모으는 꿀벌, 최고의 꽃가루를 고르는 일에만 몰두해 그 무엇에도 정신 팔리지 않는 꿀벌 같았다. 꿀이 곧 나의 균형추가 될 것이었다. 그 밖에는 어떤 것에도 관심이 없었다. 다른 생각은 전혀 없었다. 삼촌에게 전화해야 한다는 생각도 들지 않았다. 남편에게 알린 것도 한참이 지나서였다.

3

　가을, 겨울 무렵이었다. 막다른 골목은 여전히 축축했고, 여전히 침침한 조명에 빛나는 물웅덩이투성이였다. 이따금 내 앞이나 뒤 시간에 상담이 잡힌, 외투로 몸을 푹 감싼 채 벽에 바싹 붙어 서둘러 걸어가는 사람들과 마주쳤다. 익명의 사람들처럼 시선을 주고받았지만 우리는 모두가 환자이며 같은 의사, 같은 소파, 같은 천장, 벽지의 똑같은 흠집, 소파 맞은편 똑같은 가짜 들보 위쪽의 똑같은 멍청한 장식 석조물을 공유한다는 사실을 알았다. 모두 길 잃은 자들, 쫓기는 자들 연맹의 일원이었다. 그들 또한 나처럼 두 군경찰 사이에서 걷듯 자살과 두려움 사이를 나아갔다.

또 나는 내가 거기서 일주일에 세 차례 폭포수처럼 쏟아부었던 말이 그들의 말과는 다르다는 사실을, 그들에게는 그들만의 이야기가 있고, 내 이야기만큼이나 고통스럽고도 별것 아닌 이야기, 남들은 이해할 수도 참아줄 수도 없는 이야기가 있다는 것도 알았다.

정신분석을 시작하고 처음 석 달간 나는 내가 집행유예중이며 그 기간이 그리 오래가지 못할 거라는, 곧 발각되어 잡혀가리라는 생각으로 살았다. 그러나 피는 이제 정상적으로 월경 기간에만 나왔다. 불안증은 완화되고, 완전히 가라앉는 날도 점차 늘어났다. 하지만 내 환시에 대해서는 내내 입을 다물었다. 그 이야기를 하면 필연적으로 정신병원에 보내질 거라 믿었기 때문이다.

나는 여전히 방어적인 자세를 취했다. 머리를 양어깨 사이로 넣듯 고개를 움츠리고, 등을 굽히고, 주먹을 꼭 쥐고, 내 눈과 귀와 코와 피부 뒤에서 경계했다. 모든 것이 나를 공격했고, 도처에 위험이 있었다. 보면서 보지 않고, 들으면서 듣지 않고, 느끼면서 느끼지 않아야 했다. 내게 중요한 단 한 가지는 내 정신에 자리잡은 그것과의 싸움, 거대한 궁둥이 두 짝이 내 뇌엽과 같은 역할을 하는 그 못된 것과의 싸움이었다. 때때로 그것은 제 커다란 엉덩이를 내 머릿속에 들이 밀고(그것이 자리잡는 것을 느낄 수 있었다), 고개를 숙인 채 신경을 조종해 내 목과 배를 조이고 땀구멍을 열었다. 그것이 얼음처럼 차가운 공기가 감돌게 하면 미친 여인은 겁에 질리고 환시에 쫓겨 달리기 시작했다. 소리지를 수도, 말할 수도 없이, 어떤 방법으로도 감정을 표출하지 못한 채, 식은 땀에 젖어, 온몸을 떨며 마침내 태아처럼 몸을 웅크릴 수 있는 깨끗하고 어두운 장소를 찾을 때까지.

그렇지만 분석이 시작된 이후 나는 미친 여인에게 사로잡히는 일이 점점 줄었다. 나는 관찰했다. 그것은 내가 저를 그렇게, 외부에서 바라보는 걸 좋아하지 않았고, 어느 순간이 지나자 손을 놓았다. 그것은 여전히 거기 있었으나 마치 자신이 기세를 부리던 날들을 그리워하는 듯 슬프고 지친 상태였다.

월요일, 수요일, 금요일. 내 주행 경로에 자리한 세 번의 정류장이자 내가 수확을 얻어가고 누군가와 소통할 수 있는 날이었다. 타인들의 삶과 이어진 유일한 접점이었다. 금요일에서 월요일이 되기까지의 긴 공백은 매주 도저히 건너갈 수 없을 것만 같았다. 일요일 내내 나는 힘을 아끼며, 가능한 한 몸을 사리며 기다렸다. 그리고 월요일이 오면 엄청난 기쁨과 깊은 희망을 품고 내 축축한 골목을 찾았다.

처음에 나는 당시 그저 불안이라 칭했던 그것과의 첫 대면에 대해 이야기했다. 다음에는 내 인생을 이루는 주요 요소들, 내가 아는 내 존재의 중요한 부분들에 대해 말했다.

최초의 불안 발작은 암스트롱의 콘서트장에서 시작되었다. 열아홉 살에서 스무 살 정도 되었을 때였다. 당시 나는 철학 학사과정을 마친 뒤 아리스토텔레스를 주제로 한 학위논문을 도와줄 논리학 교수를 찾고 있었다. 수학을 좋아했던 나는 철학과 학생이 으레 그러듯 현학적인 허세 때문에 수학 과목을 선택했다. 특히 여학생들이 그랬다. 우리는 모두 교수 자격시험을 통과할 확률이 지극히 낮다는 걸 알았다. 백 명 중 둘도 되지 않았다. 그 공부에 매진한다는 건 우리에게 종교에 입문하는 것, 다리와 팔과 머리카락이 달린 철학 그 자체가 되는 것이나 다름없었다.

나는 수학을 좋아했지만, 가족들은 수학이 여성스러운 학문이 아니라고 했다. 수학을 하는 여자는 '결혼 못할' 여자 혹은 수학 교사와 짝이 될 여자라 보았다. 어려운 앞날이 예정된 셈이었다. 반면 철학을 하면 논리학 쪽으로 방향을 잡을 수 있었다.

"수학을 공부하더라도 문학적인 형태로……"

그러면 여의치 않을 때 이공계 출신, 해병대 장교, 심지어 은행가까지 잡을 수 있었고, 수학 교사보다는 훨씬 나았다! 그렇게 나는 논리학으로 나아가거나 아니면 이공계 출신 남자를 만나 결혼하겠다는 생각으로 철학 학사과정을 시작했다. 하지만 논리학은 별로 인기가 없었다. 그 시절에도 벌써 심리학이나 사회과학 등이 인기였다. 그래서 나는 그 과목들을 모조리 수강했다. 일단 수료증을 손에 쥔 후에 논리학 학위를 받고, 박사논문을 쓸 생각이었다. 나는 숫자들의 명백한 엄밀성 속으로 파고들 꿈에 부풀었다. 그곳에서라면 커다란 발견에 마음껏 빠질 수 있으리라 생각했기 때문이다. 내 우상들은 당연히, 먼저 리만과 로바쳅스키, 그리고 아인슈타인이었다. 수학적인 이유로 나는 바흐와 재즈를 좋아했고, 청소년이었던 그 시절 음렬주의*와 문자주의**를 발견하고 경도되었다.

그리하여 암스트롱의 콘서트장에 도착했을 때 나는 몹시 흥분한 상태였다. 특히 주최측에서 콘서트가 잼세션으로 구성될 거라고 알렸기 때문에 더욱 그랬다.

---

* 정해진 음렬이 끝나기 전에는 동일한 음을 반복하지 않는 작곡 기법.
** 말의 뜻보다 조합된 문자가 내는 소리를 중시하는 프랑스의 문학운동.

암스트롱은 트럼펫 즉흥연주를 할 것이고, 음 하나하나를 긴요하게 사용해 그 자체로 이 음악의 밤 전체에 필요한 가치를 지닌 음악을 만들어낼 터였다. 실망은 없었다. 분위기는 빠르게 달아올랐다. 아름다운 음악적 구조물이 쌓여 올라가기 시작했다. 재즈 악기들이 만드는 비계와 버팀벽이 암스트롱의 트럼펫을 떠받치기도 하고, 트럼펫이 올라가고 자리를 잡고 다시 나아갈 수 있도록 공간을 마련해주었다. 악기에서 나는 소리는 때때로 서로를 짓누르고 뒤엉키고 부딪치며 음악적 층을, 정확하고 유일한 음이 태어나는 일종의 모태를 형성했는데, 그 균형과 지속성이 공고해질수록 소리의 길을 따라가기가 고통스러울 지경이었다. 따라가는 이의 신경을 긁어대는 소리였다.

심장이 세차고 급하게 뛰기 시작했다. 정도가 너무 심해져 음악을 압도했다. 심장이 내 흉곽의 갈비뼈를 뒤흔들고 부풀어오르며 폐를 짓눌러 공기를 들이마실 수 없게 되었다. 거기서 발작을 일으켜 경련하며 군중의 발 구르는 소리와 고함 속에 죽을지도 모른다는 공포에 사로잡혀 나는 도망쳤다. 미친 사람처럼 길을 달렸다. 춥고 아름다운 겨울밤이었고, 사람들은 따스하게 제집에 있었다. 나는 뛰었고, 그 발소리가 대로와 골목에 트럼펫 무용곡처럼 울려퍼졌다.

"난 죽을 거야, 죽을 거야, 죽을 거야."

심장이 박자를 맞춰 빠르고 거세게 뛰었다. 시멘트 화분에서 윤기 흐르는 꽃을 피운 동백이 기억난다. 파퀼테 터널*로 휩쓸리듯 들어가기 직전, 어느 길모퉁이였다. 도톰하고 반질거리는 그 꽃들의 아름다움! 나는 달렸고 동백은 이미 등뒤로 멀어졌으나, 찰나의 순간 인식한 그 꽃들 중 한 송이 꽃의 심장이 내 곁에 남아, 내가 동요한 만큼 침착하고 내가 상처입은 만큼 매끈하게 나와 함께 뛰었다. 파퀼테 터널은 내부가 밝고 많은 차량이 실제로 자주 이용하는 통로였기에 마음 놓였다. 차들이 쌩쌩 지나갔다. 행인들 역시 인도를 따라 서둘러 걸었다. 터널 끄트머리에서 네온사인 광고판이 유혹적으로 빛났다. 그러나 무엇도 내 심장을 진정시킬 순 없었고 나는 계속해서 뛰었다.

집에 도착해 엘리베이터를 타는 대신 몇 계단씩 뛰어올라 6층까지 갔고, 현관문 앞에서 내가 방금 엄청난 육체적 노력을 했음을 깨닫고 생각했다. '나한테 심장병이 있었다면 난 이미 죽었을 거야, 내가 방금 한 것의 십분의 일도 못했을 거야.' 그 생각에도 침착해질 수 없었다. 방으로 들어가 침대에

---
* 알제리 알제에 있는 120미터의 터널.

늘어져 가쁜 숨을 가라앉혔다. 나는 혼자였고, 눈을 감고 있었고, 펄떡이며 소스라치는 심장 말고는 아무것도 안중에 없었다. '나는 죽을 거야, 난 심장병이 있어.' 그때 처음으로 맞닥뜨린 불안이 나를 사로잡아 그 차디찬 땀으로 나를 뒤덮고, 근육이 기이하게 떨리게 만들고, 음탕한 여인처럼 나를 가지고 놀았다. 나는 맞은편 방에서 잠자던 엄마를 불렀다. 한 번, 두 번. 몇 번인지 잊을 만큼 수차례, 점점 크게 불렀다. "엄마, 엄마, 엄마!" 잠에서 막 깬 탓에 몸이 붓고 흐트러진 모습으로 엄마가 내 방에 들어왔다. 틀어올린 긴 밤색 머리칼들이 풀어져 삐져나와 얼굴과 어깨 주변에 뻗쳐 있었다. 내 모습을 보면 엄마의 얼굴과 초록색 눈에서 눈물이 터질 거라고, 엄마가 내 공포 속으로 녹아들어 곁을 지켜줄 거라고 생각했다. 엄마의 아기가 괴로워하니까, 다 큰 딸이 죽어가고 있으니까! 그러는 대신 엄마는 옷매무새와 머리를 정돈했다. 동정의 눈길로 나를 보더니 침대 쪽으로, 내 곁으로 다가와서 내 손을 잡고는 침대에 앉았다. 묘지에 찾아갈 때 보이던 슬프고도 짠하며 비통한 만족감이 뒤섞인 표정이었다. "불안증이야, 아무것도 아냐, 겁먹을 것 없다, 별일 아냐, 신경성이야."

나는 엄마의 침착함이, 유능함이, 체념이 마음에 들지 않왔다. 내가 겪은 일이 어떻게 아무것도 아닐 수 있단 말인가? 내게 밀려오는 이 끈적끈적한 액체의 물결이, 갈고리와 칼날과 썩어가는 물질로 가득한 물결이 어떻게 아무것도 아니란 말인가? 아무것도 아니기는커녕 내게는 분명 목숨이 달린 일이었고, 죽은 것을 다루듯 하는 엄마의 태도가 불안을 증폭시켰다. 숨이 막혔다. 공기가 폐로 들어오지 않았고 간신히 들이쉰 얼마 안 되는 공기는 날카롭고 우스꽝스러운 획획 소리를 냈다.

"숨이 막혀요, 죽을 것 같아요."

"아니야, 그렇지 않아. 이건 신경성이야. 맥박은 빠르지만 괜찮아. 날 믿으렴, 넌 죽지 않아."

우리 사이의 이 묵계가 마음에 들지 않았다. 나는 엄마의 상냥함과 관심을 너무나 원했고, 나를 부드럽게 훑는 그 시선을 너무나 기다려왔다. 이 순간 내 얼굴, 짙은 눈, 곱슬곱슬한 머리, 주먹코, 입, 턱, 넓은 어깨와 강인한 몸에 와닿는 시선을 말이다. 엄마는 마치 나를 불과 조금 전 알게 되었고 또 그와 동시에 알아보는 것 같았다. 조금 슬프고 다정한 만남. 아니, 이런 건 싫었다. 이런 상태에선 아니었다. 내가 온 힘을 다해 그 시선을 원했던 것은 물에 뛰어들 때, 달리기할 때, 웃을 때, 내가 승리의 월계관을 받을 때였다. 그때마다 나는 엄마가 자랑스러워해주길 바랐다. 나의 힘이 엄마의 것이지, 나의 불편함과 두려움은 아니었다. 그날 밤 엄마가 내게 준 따스한 관심과 공모, 친밀함에서 내가 태어나자마자 엄마는 나에게 죽음을 부여했음을, 엄마가 내게 돌려받길 원하는 건 죽음이었음을, 우리 사이의 유대, 내가 그토록 갈구하던 그 유대는 바로 죽음이었음을 알아차렸다. 그 사실이 무서웠다.

발작 이후 며칠은 평온했지만 불안과 불안에 대한 기억, 발작이 또 일어날지 모른다는 두려움이 가시지 않았다. 나는 엄마와 함께 병원에 갔다. 의사는 엄마의 진단이 옳았음을 확인했다. "아무것도 아니에요, 신경성이에요. 빈맥이 좀 있었던 모양이군요, 가벼운 공기삼킴증이 있고요." '좀' '가벼운'. 얼마나 하찮은 말인지! 내가 겪었던 것보다 더 심한 일이 뭐가 있을 수 있단 말인가? 그보다 더 괴로울 수도 있을까? 인간이 겪을 수 있는 더 지독한 혼란이 있다는 건가? 의사는 엄마에게 의학계에 보고된 빈맥과 공기삼킴증의 위중한 사례에 대해 이야기하기 시작했다. 그 불행한 이들에 비하면 나는 확실히 별게 아니었다. 의사와 엄마는 나를 다정하게 놀리듯 바라보고, 내 뺨과 손을 토닥였다. "자, 아무것도 아니에요. 아직 젊고 건강해요." 의사는 자신도 가끔 공기삼킴증으로 고생할 때가 있다면서, 그 증세가 빨리 지나가게 하는 자신만의 비법을 알려주었다. 시범을 보이기까지 했다. 손과 무릎을 짚고 엎드린 뒤 편한 쪽 다리 하나를 가볍게 들라고. 가로등에 대고 오줌을 싸는 개와 비슷한 자세로. 그러면 과도하게 들어차 횡격막을 압박하고 숨막히는 느낌을 자아내는 가스가 쉽게 배출된다고.

애정어린 설명을 하는 그들의 얼굴은 미소로 가득했고, 그들의 말은 '청춘' '사랑' '결혼'이라는 단어로 장식되었다. 무슨 말을 하려는지 잘 알았기에 나는 눈을 내리깐 채 그들의 말을 흘려들었다.

대학에서 심리학, 특히 정신분석에 대해 배운 내용, (정신공학연구소에서) 이 년 동안 받은 신경생리학 수업 덕분에 나는 스스로를 규정하고, 내 현상태를 파악하고 나 자신을 이해하고 있다고 생각했다. 아버지가 돌아가실 때까지 부모님이 지겹도록 싸우다 결국 이혼한 사실 때문에 나는 몹시 괴로워했다. 엄마가 무의식적으로 내 존재를 탓했다는 것도 알았다. (나는 이혼 과정에 태어났으니까.) 그래서 나는 아버지에 대해 전혀 아는 바가 없었다. 부모님의 불화가 내 안에서 복잡한 문제를 야기하고 내 성性에도 영향을 주었다는 것도 알았다. 왜, 어떻게 영향을 받았는지도 안다고 나는 믿었다. 당분간은 동정을 지키는 게 좋을 것 같았다.

몇 달 동안은 첫번째 불안 발작이 유일했다. 그러다가 한 차례 더, 전보다 약한 발작을 겪었다. 내가 동정을 잃은 밤이었다.

벌거벗고 발기한 남자를 보았을 때, 벨벳처럼 부드럽고 오 븐에서 갓 나온 빵처럼 따뜻한 그의 성기를 내 손으로 만졌을 때, 나는 엄청난 기쁨을 느꼈다. 그 자리에 있는 것이 자랑스럽고 행복했다. 젊은 남자의 늘씬한 몸이 눈물겹게 아름다웠고, 그의 모든 근육과 피부와 털이 전부 성기를 불뚝 세우기 위해 있는 것 같았다. 그가 내 다리를 벌린 뒤 그 사이에 무릎을 꿇고 부드럽게 내 동정을 앗아갈 때, 그 무엇도 그의 행위를 멈출 수 없으며 나는 그저 그에게 몸을 맡겨야 한다는 걸 깨닫게 만드는 완고한 기세를 느꼈을 때, 나는 그의 행위가 유용하고 필연적이며 내 안 깊은 곳과 완벽히 조화를 이룬다는 사실을 느꼈다. 그가 야기하는 내 허리의 깊숙한 움직임과, 발뒤꿈치에서 목덜미까지 훑고 가는 일렁이는 느낌을 너무나 오랫동안 가둬두었던 자신이 한순간 원망스럽기까지 했다. 무엇도 충격이 아니었고, 무엇에도 나는 놀라지 않았다. 리듬이 거칠어지고 안에서 뭔지 모를 부드러운 장벽이 무너지는 것을 느꼈을 때조차 그랬다. 무엇보다 나를 놀라게 한 건, 일이 끝난 뒤 그가 보인 부드러움, 연약함, 취약함이었다. 마치 내게 자신의 힘을 다 주기라도 한 듯했다. 나는 고마움을 느꼈다.

성적 쾌감을 느끼지는 못했지만 불쾌하지도 않았다. 그가 떠나고 다시 혼자 남았을 때 내 피로 더러워진 침대 시트를 빨았다. 날이 더우니 곧 마를 터였다. 나는 어둠 속에서 매트리스 위에 그대로 누웠다. 잠들기는 불가능했다. 그 남자애는 능숙하다는 소문을 듣고 내가 고른 상대였다. 여자가 많은 인기남으로 명성이 자자했다. 그애가 나보다 나이 많은 유부녀에게 푹 빠진 걸 알고 있었다. 그에게 호감이 있었고, 그라면 자신이 할 일을 잘 알 거라 생각했다. 그는 진지하게 내 첫 상대가 되어주기로 했다. 내가 만족했고 내일 다시 그와 사랑을 나누고 싶다는 확신이 들었으니 그는 자기 소임을 다한 셈이었다.

그럼에도 심장이 뛰고, 나는 짓눌렸다. 내 행위의 중요성을 알았고, 이로써 내 안의 작은 바다를 온통 뒤흔들었다는 것, 폭풍마저 일으켜버렸다는 것도 알았다. 나는 스물이 넘은 나이였다. 그때껏 동정이었을 뿐 아니라 가벼운 연애조차 한 적이 없었다. (열네 살 무렵, 햇빛이 쨍쨍한 모래밭에 누워 키스를 한 번 받은 일 말고는. 골루아즈 담배 향이 나는 달콤한 침이 입술에 잠깐 느껴지는 순간이었다. 두꺼운 책 속 말린 꽃처럼 감춰진 작은 추억이랄까.) 내가 그렇게 처신 했던 건 엄마의 규칙에 순종하기 위해서였다. 나는 자위 행 위마저 거부했다. 그저 내 방의 시원한 타일에 배를 깔고 엎 드려, 침대의 부드러움을 피해, 타임과 재스민과 지중해의 먼지 냄새를 피해, 시끄러운 매미 소리와 아랍 피리의 부드 러운 곡조를 피해, 내 욕망과 욕구가 아우성칠 만큼 긴장한 상태로 지옥 같은 낮잠 시간과 밤을 보냈다.

그러다 갑자기 내 계급의 원칙을, 우리 가족의 편견을, 엄 마의 법을 무시하기로, 거대한 종교를 뒤엎기로, 사랑하지도 않고 열정이나 이성적 판단 때문이라는 핑계를 댈 수도 없는 남자와 관계를 갖기로 결심했던 것이다. 나는 그냥 육체관계 를 맺고 싶었고, 원해서 그렇게 했다.

불안이 찾아왔을 때 나는 즉시 알아차렸다. 하지만 이번에 는 불안이 찾아온 게 당연하게 여겨졌고, 덜 무서웠다. 내가 잘못된 문을 통해 성의 세계로 들어섰음을 알았다. 아버지가 집에 들이던 여자들과 같은 길을 택함으로써 수치스러운 그 들 무리에 합류한 셈이었다. 엄마는 그 여자들을 '계집들'이 라 불렀는데, 엄마의 입에서 나온 그 단어의 천박함은 생각 만 해도 몸이 떨릴 지경이었다. 오래전 나는 그들 중 몇몇을

언뜻 본 적이 있었다. 내가 집에 들어갈 때 여자가 안에서 나오며 마주친 것이다. 아버지는 평범한 손님을 배웅하는 척했다. 억지 미소를 짓고 지나치게 정중한 태도를 보였다. 아버지는 냉정을 유지할 줄 알았다. 문턱을 넘을 때의 자세와 작별인사, 아버지를 쳐다보는 시선, 나를 향한 손짓, 그 여자들의 행동은 많은 것을 말해주었다. 매번 나는 그들 사이의 끔찍한 친밀감, 소름 끼치는 공모, 의심할 수 없는 쾌락의 흔적을 감지했다. 그것이 나를 혼란스럽게 했다. 아버지의 애인들은 기도대에 무릎 꿇은 우리 엄마를 조롱했다. 엄마의 미덕…… 그들의 악덕…… 나의 악덕…… 천사 하나, 악마들. 그날 밤 그 모든 것이 나를 잠들지 못하게 했다. 그리고 뭔가 알 수 없는 것, 내 심장을 꼬집고 뛰게 하는 다른 무엇이 있었다.

내 방은 마차 임대업체가 있는 골목길 쪽으로 창문이 나 있었다. 휴가 때만 쓰는 환기가 잘 되지 않는 방이라 곰팡내와 음지 특유의 냄새가 여전히 남아 있었다. 이른 새벽에 한 남자가 와서 인도를 따라 말들을 세우더니 낡아빠진 마차의 가로대 사이로 뒷걸음쳐 들어가게 했다. 곧 관광객들을 싣고 종려나무들 아래로 해변까지 산책을 떠날 마차였다. 동이 트면서 덧창의 비늘살 사이로 새어든 햇살이 회색과 검은색 줄

무늬를 그리다 이윽고 노란색과 검은색 줄무늬를 뚜렷이 그리던 모습이 기억난다. 날이 더워지고 파리들이 주간 활동을 시작하자 아스팔트 위의 말발굽소리가 점점 더 반복적으로 울렸다. 싼 지 얼마 안 된 말똥 냄새가 내 방까지 올라왔다. 불면의 밤이 끝난 것이다. 나는 깨끗한 시트를 깔고 침대를 정돈했다. 들키지도, 눈치채이지도 않았다. 내가 침대 시트를 왜 빨았는지 굳이 이유를 찾으려 들지 않았다. 밖으로 나가 이미 모래가 뜨거워진 해안으로 향했다. 모래 속으로 발을 찔러넣어보면 아직 멀어지지 않은 밤의 선선함과 축축함을 느낄 수 있었다.

그후로 지나간 모든 세월(십여 년)은 천천히 잉태되는 광기에 잠식되었다. 물론 나는 자각하지 못했다. 그저 움직이고, 나를 표현하고, 행동하거나 생각하는 게 점점 귀찮아졌을 뿐이다. 나만의 길을 찾으려 애쓸수록, 태어날 때부터 내게 주어진 토양에서 그 길을 찾는 일에 절망을 느꼈다. 나는 무겁고 느리고 뚱뚱해졌고, 사람들이 나의 '정열'이라 부르는 동요의 순간들을 겪었다. 남들은 나를 현명하고 균형 잡힌 사람으로 보았다. 그 시기에 나는 여러 시험을 치고, 물이 차가울 거라 생각하며 그 안에 뛰어드는 사람처럼 성생활에 뛰어들었다. 물이 차갑지는 않았지만 그 속에서 내 환상대로 마음껏 헤엄칠 자유는 얻지 못했다. 나는 결혼했고 고등학교에서 교편을 잡았다. 그리고 세 아이를 낳았다. 아이들에게 내가 한 번도 누리지 못한 행복과 따스함과 관심을, 언제나 곁에 있고 서로 사랑하는 아빠와 엄마를 주고 싶었다.

하지만 그 대신 존재라는 것의 더딤과 끈적임과 부조리함이 매일 내 정신 속에서 명확해져, 결국은 그것이 되었다.

4

　파리의 첫 겨울. 광채 없는 햇빛. 앙상한 나무들. 그리고
계속 반복되는 노래의 후렴구처럼 막다른 골목으로 이르는
괴로운 발걸음. 안개의 불분명함, 추위의 공허함, 비의 음울
함, 구름의 무미건조함 속에서 나는 눈부신 열기와 하얀 거
리에 우글거리는 인파와 유년 시절의 들썩임과 청소년기의
폭발을 다시 겪었다. 수많은 유령이 나를 따라왔다. 울퉁불
퉁한 골목에서 추억은 정확하고 생생하게, 고동치고 조롱하
며 나를 쫓아 밀려들었다. 그것은 상담실 안 장의자까지 들
썩이고 카니발 축제의 장식 수레처럼 퍼레이드를 벌이며 지
나갔다.

어린 시절 내 인생에는 남자가 단 한 사람도 개입하지 않았다. 나는 여자들 손에 자랐다. 엄마, 할머니, '하녀들', 수녀이자 교사들.

　　아버지에 대해서도 거의 알지 못했는데, 그는 함께 살지 않았고 내 청소년기에 세상을 떠났기 때문이다. 내가 기억하는 아버지는 각반을 차고 모자를 쓰고 지팡이를 든 활기찬 남자였다. 짧게 기른 콧수염, 고운 손, 환한 미소. 나는 아버지가 무서웠다. 남자의 세계에 대해 아무것도 몰랐다. 아버지 집에 가면 면도기와 면도솔이 있는 욕실, 셔츠와 커프스단추 서랍이 놓인 방에 마음이 끌리면서도 불안했다. 표범 가죽이 덮인 커다란 싱글 침대에는 유독 관심이 갔다.

　　아버지는 나를 '우리 강아지'라고 불렀다. 또 나를 어린아이라기보다 아직은 어린 여자아이처럼 대했고, 나는 그게 불편했다.

　　어릴 때는 가정교사와 함께 아버지 집에 갔다. 그후에는 혼자 가서 오전과 오후 수업 사이에 아버지와 점심을 함께 먹었다. 식사 시간은 힘들었다. 아버지는 나에게 무섭게 대하거나, 나를 전전긍긍하게 만들었다. 나는 몸짓과 말에 신경을 써야 했다. 아버지는 종종 나를 꾸짖기도 했는데, 그 질

책에서 아버지가 겨냥하는 사람이 엄마임을 깨달았다. 나를 기르고, 옷을 입혀주고, 교육하는 엄마 말이다. 나는 아버지가 나를 사랑하며 내게 상처 주지 않으려 한다는 걸 느낄 수 있었다.

아버지는 내 학업에 굉장히 신경을 썼다. 나에게 뭐든 전부 배워야 한다고 했다. 라틴어, 그리스어, 수학, 모두…… 성적은 좋은 편이었지만 나는 아버지에게 성적표도, 공책도 보여주지 않았다. 그게 엄마를 옹호하는 일이라는 걸 알았다. 양육권은 엄마에게 있었고, 나는 엄마의 편에 섰다. 내 금고이자 보물, 내게 중요한 것이었던 책가방은 아버지에게 열어 보이지 않았다. 나는 그렇게 아버지와 거리를 둔 채 그가 내 세계에 들어오는 것을 금했다. 나는 그 점을 의식했다.

부모님이 함께 있는 모습을 본 건 세 번뿐이다. 첫번째는 내 첫영성체 때였다. 두 사람은 같은 공간, 같은 테이블에 있었지만 나란히 앉지는 않았다. 그날은 다정한 아버지의 존재가 불편했다. 누가 nougat와 슈크림을 몇 층인지 모를 정도로 쌓아 만든 커다란 장식 케이크를 자르는 동안 엄마 혼자 엄격한 시선으로 나를 지켜보는 게 차라리 나을 것 같았다. 그랬으면 더 잘해냈을 것 같다.

두번째는 내가 열두 살 때인데, 내 기드드프랑스* 선서식에
참석하기 위해서였다. 행사는 야외에서 진행되었고 다른 학
부모들도 참석했다. 부모님은 가까이 있었지만 서로 말을 주
고받지는 않았다. 두 사람은 행사에 집중했다. 그날 빛나던
가을 하늘을 기억한다.

세번째는 아버지의 생애 말년, 내가 열댓 살쯤 때였다. 각
혈을 한 아버지는 죽음을 예감하고 엄마를 불렀다.

결핵! 내 어린 시절의 무시무시한 괴물. 할아버지는 폐병으
로 돌아가셨고, 삼촌은 요양원에서 사망했고, 생후 십일 개
월에 죽은 내 언니는 결핵성뇌막염이었고, 오빠는 "검사 결
과가 나빴"으며 척추측만증이 있었다.

BCG, 코흐균, 흉곽성형술, 기흉, 횡격막절제술, 공동空洞,
가슴막, 가래, 레쟁**, 방사선촬영, 백신, 칼메트와 게랭***.

이 모든 말, 이 모든 불행이 아버지 때문이고, 아버지의 병
때문이고, 1차대전 때 들이마신 가스에 의해 망가진 폐 때문
이었다.

---

* 걸스카우트와 유사한 프랑스 청소년 단체.

** 요양지로 유명한 스위스의 소도시.

*** 결핵 예방 백신인 BCG를 개발한 세균학자 알베르 칼메트와 카미유 게랭.

"나랑 결혼하기 전에 제대로 치료받을 수도 있었잖아. 그 사람은 내게 미리 알리지도 않았어. 수치스러운 일, 부정직한 일이야."

전쟁, 참호, 질식한 병사들 무더기에 깔리고, 두껍게 쌓인 시체 더미 덕에 목숨은 건졌으나 가슴을 갉아먹히게 된 내 아버지.

"방사선사진을 봤는데, 간단히 말해서 폐가 스펀지 같더라."

아버지 집에 들어갈 때와 나올 때 지켜야 했던 주의사항들!

"애한테 너무 많이 입맞추지 못하게 해요. 그 사람 손수건은 절대 쓰면 안 돼요. 90도짜리 알코올이랑 솜을 챙겨가요. 나올 때 그걸로 애를 닦아주고요. BCG를 맞았는데도 이애는 양성반응이 안 나왔거든요. 대체 이해할 수가 없어요. 정상이 아니에요. 난 이미 결핵으로 아이 하나를 잃었어요. 그걸로 충분해요."

세균. 걱정스러운 세균의 존재.

"그건 아주 작고 눈에 안 보이는 생물이야. 사방에 있지. 네 아버지가 기침할 때마다 굉장히 위험하게 세균을 내뿜는 거야. 엄마 말 듣고 믿어라. 그것 때문에 네 언니가 죽은 거

알지? 되도록 아버지 가까이 가지 마."

아무튼 나는 그렇게 세번째로 부모님이 함께 있는 모습을 보았다.

아버지는 전화로 엄마를 불렀다. "와줘, 부탁할게. 이제 마지막이니."

엄마는 전화를 끊은 뒤 아버지가 연극을 한다고 잘라 말하더니 나를 데려갔다. 왜 그랬을까? 스스로를 보호하려고?

아버지는 입꼬리에 붉그레한 거품을 묻힌 채 턱 밑에 대야를 받치고 사방에 수건이 널린 그 커다란 침대에 있었다. 나는 그때껏 아버지가 침대에 누운 모습을 한 번도 본 적이 없었고, 잠옷 차림도 마찬가지였다. 밤새 구깃구깃해진 시트와 베개, 그의 강박을 드러내는 세세한 것들이 거북하게 느껴졌다. 아버지는 엄마한테 사랑한다면서 말을 걸기 시작했다. 엄마는 그 말에 면박을 주었다. "징그러운 양반. 대체 생각이라는 게 없는 거야. 아이 앞에서 말조심해."

나는 패잔병처럼 복도로, 현관으로, 마침내 층계참으로 물러났다. 계단에 앉아 부모님의 말소리를 듣지 않으려고 손으로 귀를 막았다. 엄마는 너무나 무정했고, 아버지는 너무나 딱했다!

나는 방금 보고 들은 것을 떨쳐내려 애쓰며 승강기를 물끄러미 바라보았다. 그 커다란 기계를 훤히 알았다. 그것이 내 흥미를 끌었다. 그 안에 있으면 위험에 처한 기분이지만 그래도 무섭지는 않았다. 말을 잘 안 듣는 금속 문이 아코디언처럼 접혔다 펼쳐지며 여닫히는 털털거리는 상자. 승강기를 부르면 지붕에 솟은 쇠줄들이 허공을 후리느라 끽끽거리고 덜컹대면서 상자를 끌어올렸고, 아래쪽에서는 둥글고 검은 기름으로 축축한 강력한 강철 기둥이 힘차게 상자의 상승을 도왔다. 근사하고 매끄러운 기둥의 정확하고 일정한 움직임이 승강기의 시끄러운 덜컹거림과 도무지 어울리지 않는 듯했다.

그 기계가 아버지의 집을 지키는 탓에 그곳은 접근하기 어려운 구역, 좀 위험한 구역이었다. 나는 그 기계에 대해 죄다 알았지만, 강철 기둥이 박힌 구멍의 깊이만은 예외였다. 아찔한 깊이겠지. 아니 어쩌면 그 구멍은 그렇게 크지 않을 거라고, 기둥은 그저 용수철처럼 그 자리에 도사리고 있을 뿐인지도 모른다고 생각했다.

나는 그 승강기 안에서 오줌을 눈 적도 있다. 아버지 집에서는 차마 볼일을 보겠다는 말을 할 수 없어서였다. 어느 날, 더이상 참을 수 없고, 화변기가 설치된 학교 화장실까지 가려면 두 시간이나 걸린다는 걸 알았던 나는 그 낡은 상자 안에 당당히 오줌을 누었다. 승강기의 요동과 흔들림 때문에 정확한 조준을 못해서 구두 속이 흠뻑 젖지만 않았다면 참으로 시원했을 것이다. 마음 편히 일을 보기 위해 나는 승강기를 3층과 4층 사이에 정지시켰다. 하지만 끔찍하게도, 내 몸에서 나온 소변은 온통 닳아빠진 매트와 바닥을 통과하고 방울져 연속적으로 떨어지며 강철 기둥을 1층에 고정하는 금속판에 끝없이 부딪치는 소리를 울려댔다. 빗방울 소리가 들리자마자 잽싸게 6층 버튼을 눌렀지만 시작한 일을 멈출 수는 없었다. 공포와 그릇된 행동의 부끄러움을 느끼며 나는 울려 퍼지는 급류 소리를 들었다. 아버지 집에 도착했을 땐 흠뻑 젖어 있었다.

어린 소녀, 승강기…… 그 모든 기억이 얼마나 아득했는지! 남자와 여자의 대화가 모든 것을 바꾸어놓았다. 부모님이 진정으로 함께 있는 모습을 본 건 그때가 처음이었다. 내가 그들에게서, 그들의 가련한 욕망에서, 그들의 가련한 증오에서 태어났음을 깨달았다. 나는 단숨에 나이들었다. 돌연 모든 것이 먼 옛일이 되었다.

어린 시절을 과거로 내던지는 대전환은 이런 것과는 다른 배경에서 일어나야 하지 않나 하는 생각이 들었다. 봄이나 가을의 푸른 하늘, 잔물결이 이는 명랑한 바다, 꽃과 향기 같은 것이 있어야 하지 않나. 어리석게도 나는 첫사랑이나 첫 키스가 나를 어른이 되게 해주리라 여겼었다. 그렇지 않았다. 나를 어른으로 만든 건 내 부모인 두 낯선 이의 대화였다. 각혈한 피, 엄마의 신랄함, 계단실이었다. 계단실은 점점 어두워지고 있었는데, 날이 저물어가는데다 알제리에서는 해가 무척 빨리 지기 때문이었다.

몽상의 한가운데에 엄마가 나타났다. 깔끔하고, 조금 당황한 모습으로. "아! 여기 있었구나. 사방으로 찾아다녔어. 계단에서 뭐해? 누가 널 보진 않았니? 자, 가자, 그 사람은 멀쩡해. 평소처럼 꾀병이야. 더이상 속지 않을 거다. 다 우스꽝스러운 연극이지!"

나는 아버지가 죽지 않을 걸 알았다. 엄마가 짜증이 났다는 것도 알았다. 그들의 이야기 속에서 내가 완전히 기만당한 걸 알았다.

그리고 몇 달 뒤, 나는 다시 그들이 함께 있는 모습을 네번째로 보았는데, 이번에는 아버지가 죽어 있었다.

아버지의 죽음을 알게 된 날은 찌는 듯한 여름날이었다. 그날 오후 나는 친구들과 함께 있었다. 안뜰의 그늘에 모인

한 무리의 청소년. 우리는 열기가 좀 가셔 놀 수 있을 때를 기다렸다. 낮잠을 자지 않아도 된다는 허락을 받아낸 지 얼마 지나지 않은 때였기에 그 시간, 그 장소에 나타난 엄마를 보자 오래된 방어본능이 발동했다. 핑계와 변명과 거짓말이 언제든 나올 수 있게 순식간에 착착 준비되었다. 어린애다운 이중성의 기교가 녹슬지 않았던 것이다. 어찌나 긴장이 되었는지, 엄마가 외출복 차림에 이상한 표정으로 내 앞에 서서 어색하고 난처하게 나를 바라보고는 잠시 후 안쓰러운 어조로 "네 아버지가 방금 돌아가셨다. 가서 옷 갈아입으렴. 같이 알제로 돌아가야 해"라고 말하자 오히려 마음이 놓였다. 나는 아름다운 하늘을, 눈부신 바다를, 빨갛고 노란 꽃이 별처럼 핀 무성한 식물을 보았고, 안도했다. 엄마는 내게서 그 모든 것, 친구들과 놀이를 빼앗으러 온 게 아니었다. 그 밖의 것은 내 인생이 아니었다. 그런데 늘 아버지의 나쁜 점만 말하던 엄마가 왜 그렇게 동정적인 어조를 띠었을까? 죽었기 때문에? 죽음이 그를 작고, 불행하고, 애처롭게 만든 것일까? 내게 아버지는 변함없이 그대로였다. 알 수 없고, 독신이고, 어렵고, 나를 가까이 끌어당기려는 서툰 몸짓을 할 때면 조금 무섭고 거북한 사람. "우리 강아지, 내게 뽀뽀해주렴." 평소 엄마는 아버지를 성으로 불렀다. "드라포에게 아직 양육비를 안 보냈다고 전해라." "드라포에게 네 신발 사줘야한다고 해라." 그런데 그날 엄마는 "네 아버지"라고 했다. 마치 그가 자기 남편이고, 두 사람이 부부인 것처럼. 죽음이 그들을 연결하고 부부로 맺어준 것 같았다. 나로서는 상상할수 없는 일이었다. 이유는 알 수 없지만 무언가 잘못되었고해로운 것 같았다. 나는 차마 엄마를 쳐다볼 수 없었고, 엄마가 가주었으면 했다.

하지만 엄마는 그 자리에 서 있었다. 나는 생각했다. '혹시이 와중에 엄마가 울기까지 하면 나는 여길 박차고 달아날거야.' 아니, 엄마는 울지 않았다. 엄마는 심한 충격에 휩싸여 있었고, 나를 기다렸다. "우린 알제로 돌아가야 해. 전부준비해야 해."

한여름 오후 그 시간에 차를 타는 건 드문 일이었다. 게다가 시골에는 아무도 없었다. 나는 반듯하게 줄 맞춰 선 포도밭 행렬, 유칼립투스 길, 해안송숲, 갈대밭, 하늘을 향해 긴꽃대를 뻗은 알로에, 꽃과 과실을 머리에 인 부채선인장, 그리고 언덕 옆으로 마치 내 앞에 납작하게 그려진 듯한, 작은오렌지나무 정원을 둘러싼 네모진 사이프러스나무들이 흘러가는 모습을 바라보았다. 뒤창 너머에서는 우리가 일으킨 붉은 먼지가 너무나 높고 멀리까지 소용돌이치며 피어올라 풍경을 완전히 가리고 있었다.

그 먼지에 질식할 것 같아 우리는 창문을 닫았다. 견딜 수 없이 더웠다. 누가 운전했더라? 모르겠다. 떠오르지 않는다. 어쨌든 말이 없는 누군가였다.

우리는 태풍의 눈이었다. 차는 소음을 내며 빠르게 달렸고, 먼지는 미친듯이 소용돌이치며 우리를 따라왔고, 저 앞쪽, 열기에 짓눌린 시골 풍경은 끓어오르는 공기의 떨림에 마비된 것만 같았다.

엄마가 차 안에서 말을 시작했다.

"방금 전보를 받았는데, 우체국 파업 때문에 여드레나 늦게 온 거야. 네 아버지 시신도 오늘 오후에야 도착한다는구나. 아무것도 준비가 안 됐어…… 장례 예배당을 빌릴 수도 있었을 텐데. 강변에 아주 괜찮은 예배당이 있거든. 하지만 연락을 너무 늦게 받았어. 그러니 집에서 치르는 수밖에. 장의사 사람들이 시간이 아무리 늦더라도 모리스의 시신을 6층까지 올려다주기로 했어. 관은 승객이 내리고 화물이 다 내려진 뒤 맨 마지막이거든! 늦을 텐데…… 이게 무슨 난리라니!"

'네 아버지 시신' '관' '장례 예배당' '장의사'는 무슨 말일까? 무엇보다도 '모리스의 시신'이란 무슨 의미란 말인가?

그리고 엄마가 '집'이라 부르는 그곳은 아버지의 집이지, 엄마의 집이나 내 집이, 그러니까 집이 아니었다. 여행 기념품, 수집한 흑인 가면, 무기, 면도칼, 표범가죽이 깔린 커다란 침대를 놓고 살았던 남자의 집이었다. 엄마가 말하던 그 '계집'들과 뒹굴었을 것이 분명한 그 커다란 침대.

아버지의 집은 혼란의 도가니였다. 응접실의 가구는 모두 치워져 있었다. '여기에 관을 안치하기 위해서'였다. 관이란 게 그렇게 큰가?

"생샤를성당에서 기도대를 배달해줄 거야."

여기에 기도대가 놓인다니! 큰 침대와 이렇게 가까운 곳, 면도칼과 무기와 이렇게 가까운 곳에?

"안쪽 방들에 간이침대를 놓을 거야."

"간이침대요? 왜요?"

"그야 물론 가족들을 위해서지. 밤샘을 해야 하니까."

가족? 하지만 아버지는 가족이 없었다. 홀몸이었다. 엄마가 '가족'이라 부른 건 엄마 자신의 가족, 너무나 오래전부터 아버지를 괴롭혀온 이들이었다. 그들이 여기 온다고? 염치없는 짓 같았다. 아버지는 절대 그들을 만나지 않았다. 그들이 자기 집에 발을 들이는 걸 결코 바라지 않았을 것이다. 결혼 생활을 망친 건 엄마라기보다 그 가족들이라고 내게 여러 번 말하기도 했다.

복도와 다른 방들은 응접실과 식당의 가구들로 꽉 차 있었다. 아버지가 유명인사였던 만큼, 아파트는 줄지어 방문할 온 도시 사람들을 맞이하기 위해 준비에 여념이 없는 무대 뒤 아수라장 같았다. 장례 축제의 소란이 사방을 지배했다. 베일의 가벼운 팔락임, 자수정의 반짝임, 눈물의 광채, 가장된 탄식들.

곧 두 짝으로 된 현관문이 열렸다. 사람들이 속삭이며 까치발로 걸었다. 조용하고, 조심스럽고, 추운 아파트는 죽음의 연회에 손님을 맞이할 준비가 되어 있었다. 밀랍 냄새가 풍기고 사방에 꽃이 가득했다. 식료품 저장고와 부엌에서는 부르주아 음식 냄새가 감돌았다. 밤샘하는 이들을 위한 '요깃거리'가 준비되는 중이었다.

층계참에서 나는 아버지의 관을 끌어올리는 장례 일꾼들을 엿보았다. 양쪽에 청동 손잡이가 달리고 뚜껑에 청동 그리스도상이 달린 무거운 참나무 관이었다. 검은 옷을 입은 남자 여럿이 바쁘게 헐떡거리며 굽이진 가파른 계단을 어떻게 지나가야 할지 논의하고 있었다. 승강기를 보호하는, 아칸더스 잎 장식, 소용돌이 장식, 꼬임 장식이 된 우아한 연철 철책 때문에 난처한 모양이었다. 낡고 털털거리는 승강기는 이번에도 쓸모가 없었으니, 무엇보다 너무 약해서 고인의 관을 실을 수가 없었다. 내 오줌을 너무나 쉽게 통과시켰던 그 바닥이 무너질 게 뻔했다.

그들은 끝없이 올라왔다. 한없이 길게 이어지는 여섯 층. 아버지는 짐짝처럼 그 안에 있었다! 마침내 그들이 검은 천을 씌운 단 위에 관을 내려놓았다. 엄마는 몹시 의연하고 몹시 분주하게 적절한 지시를 내렸다. 내 자리도 알려주었는데, 남들 앞에 따로 떨어진 기도대였다. 사람들이 화관과 다발로 된 꽃 장식을 가져왔다. 여름이라 대부분 백일홍이었다. 메마르고, 향기 없고, 눈부신 색을 지닌 꽃. 연보라색, 황토색, 진홍색, 금색 꽃. 나는 무릎을 꿇고 기도 자세로 앉아 지루해했다. 길거리나 성당에서 사람들을 돌아보면 안 된다고 배운 터라 누가 조심스레 방을 드나드는지 감히 확인할 수 없었다. 커튼과 카펫이 소음을 빨아들여 무언가 스치는 소리, 무언가를 더듬는 거의 들리지 않는 소리, 기도대가 부딪치는 작은 소리, 알아들을 수 없는 훌쩍임만 들려올 뿐이었다.

거기 있어야 했으므로 나는 거기 있었다. 다른 것들, 내가 두고 온 해안과 친구들을 떠올렸다. 어른처럼 검은색으로 차려입은 나를 보면 그애들은 어떤 표정을 지을까? 기도대에 팔꿈치를 대고 두 손 사이에 머리를 얹은 채, 나는 거의 졸고 있었다.

밤의 열기와 큰 촛불들의 불꽃에 이끌리기라도 한 듯 나뭇잎 냄새가 강해졌다. 초목 냄새 중에서 사이프러스나무, 아스파라거스, 딱총나무를 비롯해 화관을 엮는 데 쓰이는 식물들의 향기 속에 텁텁하고 어딘지 메스꺼운 다른 냄새가 섞여 있었다. 나는 무슨 냄새인지 알아내려 애썼다. 백일홍 냄새일 리는 없었다. 백일홍은 향이 없고, 냄새라야 고작 먼지 냄새일 뿐이다. 그 냄새는 달랐다. 식물의 냄새가 아니었다. 뭐라 꼭 집어 말할 수 없는 불안함이 있었다. 늪지의 고인물에서 나는 악취일까? 그래, 하지만 그보다는 미약하다. 그렇게 강렬하지도, 명확하지도 않다. 내밀하고 거북한 냄새, 낯선 인간의 냄새.

엄마가 다가왔다. 한 손을 내 어깨에 얹고 몸을 숙여 나지막이 말했다. 엄마의 얼굴이 내 뺨에 닿았다.

"괜찮니?"

"괜찮아요. 이상한 냄새 나지 않아요?"

엄마는 손에 한층 힘을 주어 내 어깨를 단단히 움켜잡고는 달래주듯 살며시 흔들었다.

"죽은 지 벌써 며칠이나 지났잖아. 이 더위에! 게다가 운

반 중에 관이 부딪쳤을 테니, 어디 금이 갔을 거야. 벌써 장례 업체 사람들한테 얘기해놨어. 그분들이 고쳐줄 거니까 걱정할 것 없어."

걱정이라니! 뭘 걱정한다는 거지? 내 아버지한테 썩는 냄새가 난다는 걸? 그건 바로 그 냄새였으니까, 살이 부패하는 냄새!

각반과 지팡이와 향수로 단장하고, 완벽하게 다듬은 손톱에, 새하얀 치아에, 왁스칠 한 구두를 신은 팔팔한 내 아버지. 내 아버지가, 폭풍이 지나간 다음날 바다가 모래사장에 떠밀어놓고 간 짐승의 사체처럼, 큰 검정파리가 꼬이고 악취를 풍기며 썩어가고 있다. 그의 광나는 구두에서, 소맷부리와 풀먹인 목깃에서, 완벽하게 주름잡은 바지에서, 죽음의 즙이 나온다. 내 아버지가 악취를 풍기고, 벌레로 득실거린다! 견딜 수가 없었다. 나는 거기서 나와 제일 멀리 떨어진 방으로 뛰어가 깨끗한 침대에, 세제 냄새가 풍기는 시트 위에 몸을 던졌다. 베개에 머리를 묻은 채 울고 흐느꼈다. 부패에 대한 생각을 쫓기 위해 머릿속에 살아 있는 이미지들을 불러냈다. 웃음, 행복한 활동, 여름날의 하늘, 정오의 잔물결, 풀밭에서의 놀이, 내가 사랑했고 나를 품에 안아 키스했던 소년을. 담배와 치약 맛이 감도는 그의 달콤한 침을 마셨지. 나는 잠이 들었다.

내가 처음이자 마지막으로 아버지 집에서, 아버지 곁에서 잔 날이 되리라.

그날부터는 고독이었다.

그 남자, 나는 그를 잘 알지 못했고, 고작해야 몇 번 보았다. 그러나 내가 원하든 원하지 않든 그는 유일한 내 편이었다. 나는 한 번도 그를 내 편으로 여긴 적이 없었는데, 이제는 그 없이 살아가야 했고, 그건 설명할 수 없는 커다란 공백이었다. 미묘하고 희미한 무언가가 영원히 사라진 것이다. 지금은 그 결핍이 무엇 때문이었는지 안다. 나는 무조건적이고 변함없는 애정에 대한 확신을 더이상 가질 수 없었으며 다정함을 박탈당했다. 내게 훈계를 할 때조차, 목소리를 높이고 눈을 부릅뜰 때조차 그의 시선에는 입맞춤이 담겨 있었다. 내가 거부한 입맞춤이었으나, 그것은 분명히 존재했다.

그 이후 때때로(그리고 여전히), 기쁨과 행복한 충동, 사랑받고 보호받고 싶은 기분에 휩싸여 아버지의 품으로 피신하고 싶은 갑작스러운 욕망에 사로잡히곤 했다. 아버지는 나를 안고 어르듯 가만가만 좌우로 흔들어주리라. 아버지 발등에 내 발을 얹고, 우리는 느리고 부드러운 리듬에 맞춰 함께 춤을 추리라. "자, 자, 우리 딸, 내 품에 있으니 괜찮다. 진정하거라, 얘야, 편히 쉬렴." 나보다 키가 아주 조금 더 클 뿐이라 그의 얼굴이 내 얼굴에 맞닿으리라. 아버지의 냄새는 어떨까? 힘은? 나는 알지 못한다.

내게 '아버지'는 아무 의미 없는 추상적인 단어였다. '아버지'는 '어머니'와 짝을 이루는데 내 인생에서 그 두 사람은 마치 제 존재의 확고부동한 궤도를 따라 고집스레 각자 다른 길을 가는 두 행성처럼 서로 멀리 떨어져 철저히 분리되어 있었기 때문이다. 나는 어머니의 행성에 있었고, 정기적으로, 그러나 아주 드문드문, 우리는 불건전한 후광에 감싸인 아버지의 행성과 만났다. 그러면 나는 두 행성 사이의 셔틀이 되어야 했고 어머니는 내가 어머니의 왕국에 다시 발을 들이자마자, 나를 되찾자마자 불길한 아버지의 행성으로부터 나를 얼른 떼어놓으려고 길을 재촉하는 것 같았다.

다른 행성들처럼 나 역시 고독하고 순종적인 행성이 되어 존재의 검푸르고 드넓은 하늘에서 나만의 궤도를 나아가기 시작했을 때, 나는 아버지라는 존재와 가까워지려고 오랫동안 노력했다. 그러나 나는 아버지에 대해 아무것도 모르는 채로, 지치고 슬픔조차 느끼지 못한 채로 수색을 포기해야 했다. 내가 남자들의 부성적인 측면에 대해서는 아무것도 모른다는 걸 안다. 그런 게 존재한다면 말이지만.

막다른 골목 끝, 장의자에 누워 천장을 마주한 채, 망각된 것과 문을 걸어잠근 것, 금지된 것, 이름할 수 없는 것, 생각할 수 없는 것과 더 잘 소통하고자 눈을 감은 채, 나는 아버지를 되살리려 했다. 마침내 그를 찾아내고 싶었다. 아버지의 부재, 심지어 비존재가 내 안에 아픈 상처를 만들어냈다고, 그리고 겉으로 보이지 않는 깊은 궤양 같은 그 감염된 상처 속에서 내 병의 근원을 찾아내리라고 생각했다. 그래서 나는 아버지에 대한 추억을 전부, 실오라기 같은 이미지와 아주 사소한 기억의 조각들까지 모으는 데 전념했다.

어린 시절과 청소년기에 걸쳐 나는 오랫동안 두 가지 악몽을 자주 꾸었다. 첫번째 악몽에서는 실제로 겪은 한 장면이 자꾸 되살아났다. 뱅센의 동물원에서 일어났던 일이다.

내가 사자와 호랑이를 더 잘 볼 수 있도록 아버지는 나를 동물과 관람객 사이를 가르는 깊은 구덩이 위쪽 난간에 앉혔다. 아버지는 나를 단단히 잡고 있었다. 현실에서 나는 굉장히 무서웠지만 내색하지 않았다. 악몽 속에서는 내가 두려워하던 일이 벌어졌다. 나는 구덩이로 떨어졌고, 짐승들이 게걸스레 나를 덮치려는 순간 공포로 숨막혀 깨어났다. 꿈속에서 나는 여섯 살 아니면 일곱 살이었다.

다른 악몽에서 나는 좀더 어렸다. 두세 살, 혹은 더 어린 나이. (몇 개월 된 아기일 때도 있었다.) 나는 아버지의 어깨에 목말을 타고 있고, 우리는 눈 덮인 전나무숲에서 길을 잃었다. 사진으로밖에 눈을 보지 못했던 내게 그곳은 몹시 아름답고 특별했다. 그곳이 내게 금지된 장소라고, 그곳에 오래 있을 수는 없다고 생각했지만 우리는 도무지 숲에서 나가는 길을 찾을 수 없었다. 매서운 날씨 속에서 우리는 거무스레한 전나무들 주변을 돌고 또 돌았지만 다른 전나무들과 이미 우리가 밟고 온 눈밭 말고는 아무것도 보이지 않았다. 아버지가 내 양 발목을 붙잡고 있었고, 나는 다리 사이로 아버지 머리의 온기를 느꼈다. 아버지는 걱정스러운 기색을 조금도 내비치지 않은 채 웃었다. 나는 곧 밤이 올 것임을, 우리가 완전히 길을 잃었음을 알고 있었다…… 그러다 땀범벅이 되어 잠에서 깨어나곤 했다.

그렇게 나는 아주 어린 시절부터 그것이 내 세계에 있었고 아버지가 그것으로부터 나를 보호하기 위해, 나를 위해 할 수 있는 일이 아무것도 없다는 사실을 알게 되었다. 아버지는 엄마가 그려낸 모습으로만 비춰졌을 뿐, 온전한 존재이지 못했다. 아버지는 결코 내 인생의 일부가 되지 못한, 완전히 낯선 사람이었다.

가끔 내가 가진 아버지의 사진들을 본다. 나는 말년의 아버지, 넥타이를 매고, 말쑥하고, 흠잡을 데 없이 차려입은, 내가 알던 모습의 사진들보다, 젊은 시절, 아직 어떤 태도를 꾸며내지 않던 시절의 사진을 더 좋아한다. 성미 급하고 고집쟁이에 오만했던 아버지는 열다섯 살 때 라로셸에 있던 부모님의 대저택에서 도망나와 파리에서 건설 현장 인부 일자리를 얻었고, 기능사 자격증을 손에 넣기 전까지는 집에 발을 들이지 않겠다고 다짐했다. 아버지는 혼자 힘으로 그 자격증을 얻어낸다. 젊은 노동자 모습이 담긴 사진이 한 장 있다. 커다란 작업화, 끈으로 동여맨 듯한 너무 크고 헐렁한 바지, 가슴팍을 풀어헤치고 소매를 걷어올린 셔츠 차림에 고개를 조금 뒤로 젖힌 채 들보와 널빤지를 배경으로 햇살 아래 웃는 얼굴. 손에는 야생 금어초 한 다발이 들려 있다. 누구에게 주려 했을까?

아버지는 야간수업을 듣고, 여러 시험을 치렀다. 노동자로서 계속 생업을 이으면서 결국은 국립토목학교 출신의 토목기사가 되고야 만다. 아버지는 그 시절의 이야기, 부르주아 집안 자식이었던 자신이 힘든 견습생 생활을 하느라 겪었던 어려움에 대해 이야기하는 걸 좋아했다. 짐을 지느라 등의 살갗이 벗겨지고, 밤에 작업이 끝나면 동료들이 잡석과 고철이 널린 가운데 불가에 둘러앉아 큰 냄비에 물을 데워 아버지에게 뿌려주었다고. 그래야 말라붙은 피 때문에 어깨에 달라붙은 셔츠를 벗을 수 있었다고. 다른 이들이 자신을 '왕자님 면상'이라 불렀다는 이야기도 웃으며 한 적 있었다. 고운 손과 약한 피부 때문이었다. 그때의 동료애와 고된 생활에 아버지는 일종의 향수를 품고 있었다. 그는 결코 다시 완전한 부르주아가 되지 못했다. 그 점은 아버지가 도구를 쥐는 방식에서도 드러났다. 엄마는 말했다. "그 사람은 우리랑 출신이 달라, 식사하는 것만 봐도 알 수 있지." 아닌 게 아니라, 식사할 때 아버지는 마치 팔로 접시를 보호하듯 몸을 약간 숙이고 그 안의 음식을 아주 진지하고 만족스럽게 바라보았다. 먹을 것을 함부로 남기거나 버려선 안 됐다. 아버지는 그런 걸 좋아하지 않았다.

어쩌다 우리집에 있는지 모르겠지만, 서랍 속에 아버지의 기능사 자격증과 자전거병 인증서, 내연차량 운전면허증, 그리고 세월이 흐름에 따라 그 안의 호칭이 견습생, 인부, 감독, 기능사로 변해가는, 고용주들이 써준 추천서가 있다. 그리고 그 시절의 사진 한 장. 테니스코트에서 백핸드로 공을 치는 순간의 사진이다. 방심하고 있다가 공이 반대방향으로 오는 것을 보고 뒷걸음질치는 모양이다. 발끝에서 머리끝까지 몸

을 쭉 늘이듯 펼쳐 기다란 라켓을 휘두르고, 오른쪽 손목에
온 힘을 집중한 채 왼팔은 하늘로 쳐들어 섬세하고 강인하고
아름다운 손을 뻗은 모습.

결핵에 걸리지 않았고, 엄마를 몰랐던 시절이다. 그 아름
다운 손과 빛나는 미소, 늘씬한 근육질의 몸을 보면서, 내가
그 시절의 아버지를 만났더라면 마음에 들어했으리라는 생
각이 들었다.

그는 내게 결코 상처 주지 않았고, 흔적을 남기지 않았으
며, 타격을 입히지 않았다. 아마 내가 그 말고 다른 아버지를
찾으려 하지 않았던 건 그런 이유에서일 것이다.

몇 달이 지나 환시 증상에 대해 얘기할 용기를 낸 나는 나
를 겁에 질리게 한 눈이 아버지의 눈이었음을 알아차렸고,
동시에 나를 두렵게 한 것은 아버지 자신이 아니라 그가 나
를 바라보는 데 사용하던 도구와 내가 처했던 상황이었다는
사실을 깨달았다. 그 이야기는 나중에 다시 하겠다.

5

부정 출혈이 몇 달 전부터 중단되었다. 너무도 놀라운 일이라 시도 때도 없이 다시 피가 흐르는 것처럼 느껴지곤 했다. 습관적으로 확인했다. 아니, 피는 나오지 않았다. 나는 일종의 안도감에 휩싸였다.

공포와의 싸움을 계속할 용기를 얻기 위해서라도 출혈이 멎었다는 사실에 기뻐해야 했다. 혼란이 유독 심할 때면 그것과의 싸움에 지쳐 그것을 지워주던 옛 알약이 든 서랍을 열고 싶은 유혹을 느꼈으나, 다리를 타고 흘러내리던 새빨갛고 뜨끈한 액체를, 칙칙한 얼룩으로 더러워진 속옷을, 거무스름하고 물컹한 커다란 핏덩이를, 고약한 악취가 나서 계속

갈아주어야 했던 탐폰을 떠올렸고, 그러면 다시 발버둥칠 용기가 났다. 출혈은 사라졌다. 왜 그것은 사라지지 않을까?

나는 진척 상황을 헤아렸다. 먼저 출혈이 있었고, 일주일에 세 번 혼자서 의사를 만나러 갔다. 도시로, 밖으로, 낯선 이들 틈으로 나서는 것이다. 그리 쉬운 일은 아니라 꼼꼼하게 이동 경로를 계획해야 했다. 가다가 중간에 쉴 수 있는 지점을 두었다. 주인을 아는 상점, 전화가 있는 비스트로, 남의 눈에 띄지 않는 외진 곳, 친구와 지인의 집, 아니면 그저 내가 아름답다고 생각하는 나무, 마음놓이는 골목을 낀 풍경, 무엇이든. 만일 어떤 이유에서든 정해놓은 길에서 벗어나면 공황과 마비, 발한이 찾아오고 심장은 흉곽에서 벗어나려는 듯 시끄럽게 요동쳤다. 그 모든 어려움에도 나는 약속 시간에 맞춰 도착했고, 석 달 전에는 할 수 없던 일이었다.

이제는 죽음이 피의 자리를 차지했다. 죽음은 내 정신 속에 편안하게 자리를 잡았다.

어떤 의미에서 죽음은 피보다 더 끔찍했다. 죽음은 언제나 내 생각 한구석에서 내 생각을 희미하고, 흐릿하고, 불분명하게 만들며 갈색 베일을 드리우고 있었다. 죽음은 잘 벼린 반짝이는 낫을 들고서 언제나 내키는 대로 아무 설명도 없이 단번에 썰어버릴 준비가 되어 있었다. 죽음은 언제나 그 아름다움과 유연함과 섬세함으로 내 마음을 끌었고, 그래서 나는 종종 손을 내밀어 앎과 명료함과 휴식의 영역으로 이끌려 가고 싶은 욕망을 느꼈다. 내가 기억하는 한 죽음은 아주 오래전부터 늘 내 머릿속에서 큰 비중을 차지했다. 하지만 피의 안락의자를 차지하고 앉은 지금, 죽음은 내 육체와 모든 사소한 증상의 주인이 되었다. 죽음은 항상 그 자리에 있었다. 어느 순간이라도 농양, 암, 갑상샘종, 궤양, 낭종, 체액 유출, 부패, 감염을 일으킬 수 있었다. 죽음은 눈꺼풀을 깜빡이고 호흡하고 피가 순환하고 소화를 시키고 무언가를 섭취할 때마다, 심실의 모든 팔딱임과 침방울 하나에, 손톱이나 머리카락 1밀리미터까지, 내 전신에 깃들었다. 삶 바로 그 자체 때문에 죽음이 두려웠다. 나는 급커브에서 전속력으로 달리는 운전자처럼 죽음을 마주하고 있었다. 나는 이 차를 어떻게 운전해야 하는지 배운 적이 없고, 어떻게 통제해야 할지 몰랐으며, 방향을 바꾸기에는 너무 빨리 달리고 있었다.

사람의 죽음은 왜 그렇게 부조리할까? 왜 애도, 조기弔旗, 장중한 음악, 눈물, 장례식, 장의사, 천을 씌운 북, 검은색이 필요할까? 왜 벌레, 대리석 같은 핏기 없는 피부, 주걱처럼 늘어진 발, 악취에 대해서는 결코 말하지 않을까? 왜 시신의 입을 닫고 눈을 감기며, 솜뭉치로 구멍을 틀어막을까? 왜 육체를 죽음으로 인한 변화에, 그 신비로운 작용에 자유롭게 맡기지 않을까? 아니, 그 신비는 어디 있을까? 있기는 할까? 왜 가면을 씌우고 화장을 시킬까? 장례식장에서 시신은 뜨개질을 하거나 책을 읽을 때처럼 대개는 평온해 보이는, 잠든 모습을 하고 있다. 마치 아무 일도 일어나지 않은 것처럼. 하지만 누구나 안다. 시신에서 물질의 귀중한 움직임이, 고체에서 액체로의 변이가, 액체에서 기체와 먼지로의 소멸이, 숲이 자라고 바람이 불고 땅이 흔들리고 행성이 회전하고 태양이 열기를 뿜도록 하는 조화로운 균형이 이루어지고 있다는 것을. 왜 힘과 흐름, 리듬의 균형에 동조하려 하지 않을까? 나는 아무것도 이해하지 못했고, 미쳤었다. 남들이 행하고 바라는 바를 전혀 이해하지 못했던 건 내가 미쳤기 때문이었다.

　나는 타인들이 두려웠고, 어딘가 가다가 보도에 넘어져 거기서, 도시의 먼지 속에서 숨을 거둘까봐 두려웠다. 건물들 너머 아주 멀리, 마지막이 될 하늘을 바라보며 숨을 토해내게 될까봐 두려웠다. 그 와중에 행인들은 조금 떨어져 걸음을 멈추고 죽어가는 여자를 바라보리라. 그들과 나 사이에는 가래침과 담배꽁초와 개 오줌이 널린 아스팔트가 펼쳐져 있으리라. 나는 그들의 시선이 두려웠고, 그들이 권하고 그들의 존재가 내게 강요하는, 내가 전혀 이해할 수 없는 죽음이 두려웠다. 이미 어찌할 수 없게 된 내 육체가, 생기 없고, 다리는 약간 구부러지고, 팔은 벌어지고, 눈은 번쩍 뜬 채 지붕들 너머, 새들 너머, 비행기 너머 아름다운 무한을 향해 고정되어 있는 내 육체가 보였다. 나는 더이상 고함칠 수도 없었다. "내 눈 감기지 마, 날 건드리지 마, 꺼져, 난 당신들 무리가 아니야!" 나는 그들에게, 그들의 죽음에 맡겨졌고, 그것이 날 두렵게 했다.

끊임없이 두려웠다. 두려움이 너무나 크고 강렬하고 고문처럼 고통스러워서 오직 광기로만 버텨낼 수 있었다. 공포는 내가 폭발하거나 녹아버릴 정도의 절정에 도달했다. 그러나 견디고 또 견뎠다. 전기충격요법이나 아드레날린 주사, 얼음물 샤워로 누군가 나를 때려눕히고 쓰러뜨려줬으면 했다. 내게 그 치료법들을 금지한 의사를 증오하면서도 폐에 1그램의 공기도, 혈관에 피 한 방울도, 근육 하나, 정신의 숨결 하나 없이 오직 본능만이 내 뼈와 거기 얹힌 짐들을 움직이게 할 때면 그에게 달려갔다. 빨리, 빨리, 막다른 골목 끝으로.

말하고, 말하고, 말하고, 말하기.

"말해요, 머릿속에 떠오르는 것을 전부 말해요. 선별하지 말고, 심사숙고하지 말고, 문장을 정리하지 말고요. 한마디 한마디가 전부 중요합니다."

이것이 그가 내게 주는 유일한 치료약이었고 나는 들이켰다. 어쩌면 이것이 그것에 대항하는 무기인지도 몰랐다. 그 말들의 흐름, 말의 소용돌이, 말의 덩어리, 말의 폭풍우가! 말은 불신, 두려움, 몰이해, 엄격함, 의지, 질서, 법, 규율을 휩쓸어갔고 다정함, 부드러움, 사랑, 따스함, 자유도 마찬가지였다.

나는 단어를 퍼즐조각 삼아 어린 소녀의 뚜렷한 이미지를 재구성했다. 커다란 식탁 앞에 앉아 두 손은 접시 양쪽에 올려놓고 등은 의자 등받이에 닿지 않게 꼿꼿이 세운 채 미소 지으며 과일을 건네는 수염 난 신사와 단둘이 마주한 모습. 은제 뚜껑이 달린 크리스털 소금병, 세브르산産 도자기, 천장 등에 매달린 종. 종에는 장밋빛 대리석으로 된 공에 남녀 한 쌍이 얹혀 있는데, 둘을 입맞추게 하면 식료품 보관실 안쪽에서 소리가 울렸다.

말이 그 장면에 생명을 불어넣었다. 나는 다시금 그 어린 소녀가 되었다. 그러다 이미지가 사라지고 다시 서른 살 여자가 되면, 그토록 경직된 태도에 손으로 식탁보를 움켜쥐고, 등을 꼿꼿이 세운 이유가 무엇이었는지 궁금해졌다. 아버지 앞에서 느끼는 거북함과 어색함의 이유는 무엇일까? 누가,

왜 내게 그 모든 걸 강요했을까? 나는 거기, 장의자에 앉아, 소녀를 더 붙들기 위해 눈을 감았다. 나는 정말로 그 소녀이면서 정말로 나였다. 그러자 모든 것이 단순하고 쉽게 이해되었다. 엄마의 영향력이 뚜렷하게 모습을 드러내기 시작했다. 나를 찾기 위해서는 그것을 찾아 가면을 벗겨내고, 내 가족과 계급의 비밀 속으로 빠져들어가야 했다.

나는 눈을 감았고, 침대에 누운 어린 소녀가 되었다. 팽팽하게 깔린 침대 시트, 머리맡 벽에 걸린 십자가, 닫힌 문을 향한 두 눈, 크기순으로 정돈된 인형들. 벽난로에서 꺼져가는 불이 화산처럼 불꽃을 피우며 방안을 그림자로 가득 채웠다.

엄마를 기다리고 있었다. 엄마가 들어오는 것을 놓칠세라 잠과 싸우고 있었다. 나는 착한 아이였다. "착하게 굴지 않으면 잘 자라는 인사 안 해줄 거야."

나는 엄마에 대해 말하기 시작했고, 그 이야기는 분석이 끝날 때까지 끊이지 않았다.

세월이 흐르며 나는 검은 수렁에 빠지듯 엄마에게로 빠져들었다. 그리하여 엄마가 바라던, 내가 되어주길 바라던 여자를 알게 되었다. 매일매일 나는 자신의 눈에 완벽한 존재를 만들려는 엄마의 극성이 어느 정도인지 재어봐야 했다. 내 육체와 정신을 억지로 비틀어 자신이 결정한 길을 따르게 하려는 그 의지의 강도를 측정해야 했다. 그것은 엄마가 세상에 내놓고 싶어한 여자와 나 사이에 자리잡았다. 엄마는 나를 탈선시켰으며, 그 작업은 너무나 훌륭하고 너무나 근원적으로 이루어졌기에 나는 의식하지도 깨닫지도 못했다.

이제 나는 어린 시절과 청소년기에 미칠 듯 사랑했고 이후에는 증오했으며 죽기 직전에는 마침내 자발적으로 포기해버린 존재로 그녀를 기억한다. 그리고 엄마의 죽음은 내 정신분석의 마침표가 되었다.

잠 못 이루던 어린 시절의 더운 밤들. 침대에서 이리저리 뒤척이고 눈이 피곤할 정도로 책을 읽다가 나는 맥없이 자리에서 일어났다. 나는 잠든 넓은 집안을, U자 모양 복도를 돌아다녔다. U자의 한쪽 갈래에 침실들이 늘어서 있고, 아랫부분은 손님용 방들, 다른 쪽 갈래는 식료품 보관실을 지나 부엌까지 이어졌다. 워낙 익숙한 장소였기에 조명은 필요 없었다. 게다가 나는 항상 어둠 속에 걸어다니길 좋아했으니, 그 시절 그림자와 미스터리는 아이들이 규정할 수 없고 표현은 더더욱 할 수 없으면서도 종종 빠져들던 상태, 불안 가득한 흥분감과 짜증을 어루만져주었다. 내 앞에 고스란히 놓인 인생, 내가 갈망하면서도 두려워하던 그 인생!

탄식과도 같은 그 한 치 앞도 안 보이는 길을 나아가며 복도 첫 모퉁이를 지나갈 때, 멀리서 비치는 불빛에 나의 고독이 이끌린 적이 몇 번 있었다. 불빛은 응접실 유리문에 붉은색과 금색 흔적을 남겼다. 그 반사광 중 하나가 어긋난 작은 무늬 하나 때문에 변형되어 마치 눈알처럼 둥글게 구부러져 유리의 티 없는 투명성을 해쳤다. 그 빛은 엄마가 거기 있다는 뜻이었다. 나는 더 빠르고 조용히 걸어 식기실로 난 열린 문과 마주한 현관홀에 다가갔다. 그러곤 밤의 경계에 멈춰 섰다. 복도 끝, 내가 서 있는 쪽 어둠이 짙은 만큼 더더욱 눈부시게 밝은 빛 속에, 엄마는 포도주가 가득 담긴 커다란 유리잔을 손에 들고 서 있었다. 미동도 없이, 슬프고 고요하게 멀리, 아주 먼 곳을 바라보면서. 엄마는 이따금 눈을 감고 포도주를 벌컥벌컥 들이켰다. 그러면 기분이 좋아지는 것 같았다. 잔을 비우자 엄마는 어둑한 식료품 보관실로 가서 냉장고를 열었다. 냉장고에서 나오는 밝고 편안한 불빛을 받으며 술병을 꺼내 잔을 채우고 부엌 불을 끈 뒤, 한 손에 자신의 위안거리를 든 채 어둠 속을 더듬으며 침실로 갔다. 엄마는 열쇠로 방문을 잠갔다. 다음날 아침까지 거기서 꼼짝도 않을 것임을 나는 알았다.

엄마가 혼자 환한 부엌에서 백포도주를 마시는 걸 보면서 나는 그 포도주가 되고 싶었다. 엄마를 기분좋게 하고 싶었고, 행복하게 해주고 싶었고, 관심을 끌고 싶었다. 나는 엄마를 위해 보물을 찾아야겠다고 결심했다.

보물에 대해 너무 열심히 생각하느라 나는 낮잠 시간에 흥분으로 진땀을 흘렸다. 보석은 땅에서 찾아야 한다. 그래서 내리쬐는 햇빛 속으로, 잼처럼 끈끈한 공기 속으로 나갔다. 창문으로 나가 덧창을 도로 닫고 포도밭으로 향했다. 쭈그리고 앉아 땅을 팠다. 손끝이 아플 때까지, 손톱이 빠져나갈 것 같을 때까지 팠다. 나는 다른 돌과 다르게 생긴 조약돌을 찾았다. 주머니를 그것들로 가득 채웠다. 그중에 어쩌면 다이아몬드, 에메랄드, 루비가 있을지도 모른다. 엄마가 얼마나 놀랄까! 엄마는 부드러운 표정을 지으며 내게 입맞춰주고, 나를 사랑해줄 것이다.

꽃봉오리 몇 개도 내 마음을 끌었다! 특히 칸나와 칼라꽃이 마음에 들었다. 열심히 들여다보고 있으려니 현기증이 났다. 황금과 불꽃빛의 벨벳, 방울방울 맺힌 영약, 다마스쿠스 피륙, 새틴. 보석이 담긴 전설 속의 보물상자가 틀림없었다. 나는 꽃들을 잡아뜯었지만 아무것도 없었다. 처참하게 망가진 꽃밭을 보고 저녁에 엄마가 엄한 목소리로 말했다.

"너는 꽃을 안 좋아하겠지만 난 좋아해. 꽃을 못살게 굴면 안 돼."

숨이 가쁘고, 흥분으로 머리가 빙빙 돌고, 내가 주워온 것 중에 틀림없이 존재할 놀라운 것이 엄마의 인생을 환하게 밝혀주리라는 생각에 가슴은 환희에 차 주머니에서 꺼내어놓은 작은 조약돌 무더기를 보고 엄마는 말했다.

"집에 그런 더러운 것들을 끌고 들어오지 마."

갈대와 대나무도 있었다. 줄기에 마디가 띄엄띄엄 이어진 그것은 귀중한 물건을 담는 상자 같았다. 엄마가 수집하는 중국 단추*가 들어 있을 것 같았다. 나는 잎이 무성하고 날카로운 그 식물들의 대를 잘라 작은 관管 하나하나를 자세히 뜯어보았다. 그 속에는 하얀 솜뭉치 같은 게 있었고, 가끔은 자그맣고 잘 부서지는 성찬용 빵 같은 것이 구멍 전체를 메우고 있기도 했다. 하지만 그 밖에는 아무것도, 아무것도 없었다. 거듭된 실망에 지쳐, 나는 막대 끝에 매달린 잎사귀 한가운데를 쥐고 새된 소리가 나는 피리를 만들었다. 다른 아이들도 나를 따라 했고 우리는 귀청을 찢을 듯 떠들썩한 작은 악대가 되어 숨바꼭질이나 술래잡기를 하러 갔다.

---

* 청나라 말기까지 중국의 고위 관리들이 계급을 나타내기 위해 모자에 달았던 둥글고 납작한 장신구를 가리킨다.

중국 단추도, 보석도, 금덩이도 내 머릿속에서 완전히 떠나지는 않았다.

적어도 학업 성적은 좋았다.

해가 가고 아는 것이 늘어나면서 나는 우리가 사는 곳에서는 금도, 다이아몬드도, 일반적인 보석도 나오지 않는다는 사실을 확실히 알게 되었다. 갈대에는 중국 단추가 들어 있을 수 없다는 것도 알게 되었다. 중국 단추는 우리 지역 인근에서는 찾아볼 수 없는 상아로 만들어진 것이고, 여기서 몇천 킬로미터나 떨어진 중국에 살던 관리들이 사용하던 물건이었으니까. 나는 꽃의 아름다움은 그것을 즐기는 이들에게 그 자체로 보물이며 다른 보물이 들어 있지 않다는 것을 알게 되었다.

한편 나는 돈의 존재와 가치, 물물교환과 환전에 대해 배웠다. 나는 다락방에 쌓인 오래된 책과 빈병, 〈일뤼스트라시옹〉과 〈마리 클레르〉 같은 잡지를 팔기 시작했다. 내 수중에 있는 돈을 모두 합한 금액을 골동품가게에 진열된 가장 작은 중국 단추의 가격과 비교했다. 뺄셈의 결과는 절망적이었다. 나는 엄마의 취향과 욕구를 알고 있었다. '값비싼 물건'만 좋아하는 엄마에게 줄, 내 수중의 돈으로 살 만한 것은 없었다.

따라서 엄마의 행복의 문은 내게 닫혀 있었다. 그 문은 선물로밖에 열 수 없다고 생각했기 때문이다. 내 사랑이 거기에 맞는 열쇠가 아닌 것은 분명했다.

그리하여 나는 무의식중에 꿈의 세계로 도피하며 내 어린 시절의 실수들을, 내가 추구하던 일의 아둔함을, 어리석은 희망을 품었던 자신을 경멸했다. 그 모든 노력이 헛되었으므로 나 자신을 거부하게 되었고 부끄러웠다. 하지만 혼자 몰래 숨어 나 자신을 만들어낼 수 있다는 걸 알아냈다.

학교에서 열심히 공부하는 시간을 빼면, 나를 위대하고 가치 있는 인물로 만드는 일에 모든 시간을 쏟았다.

집에 돌아오자마자 테라스로 가서 세계대회와 우주 챔피언전을 열었다. 혼자서 전 우주를 상대하지만 승리를 향한 강한 의지와 스스로를 표출하려는 강렬한 욕구가 있었기에 누구도 두렵지 않았고, 오히려 그 대결을 기대하기까지 했다.

붉은 벽돌 타일로 된 테라스에는 장작 한 무더기 말고는 아무것도 없었다. 온통 하늘뿐이었다. 무수히 많은 칼새가 내 머리 위를 맴돌며 날카로운 소리로 울었다. 도시의 소음도 분명 들렸겠지만 그 기억은 없다. 내가 기억하는 건 하늘, 칼새들, 그리고 바닥에 땅따먹기 놀이판을 그려놓은 붉은 광장뿐이었다. 우리 반 여자애들 모두가, 우리 학교 여자애들 모두가, 내가 아는 사람들 모두가 그 놀이판에 있었다. 누가 이기는지 두고보라지.

던질 돌을 고르는 데 무척 신경이 쓰였다. 가장 좋은 건 '발다'* 사탕통에 진흙을 채워 쓰는 거였다. 하지만 그렇게 미친듯이 놀다보면 금속이 금세 닳아 통조림통처럼 바닥이 튀어나왔다. 내게는 용돈이 없었으니 매우 심각한 일이었다. 가족 중 누군가 또 감기에 걸릴 때까지 기다리거나 아무 통이나 쓸 수밖에 없었는데, 그건 챔피언전의 위상을 떨어뜨리는 일이었다.

나는 번갈아가며 모두가 되어 경기했고, 어느 선수의 역할을 맡든 똑같은 열정과 힘을 쏟았다. 내 차례가 오면 두려움에 떨었다. 나는 종종 나일 때보다 타인이 되었을 때 더 잘했다.

"선수 출발!"

그 선수가 이번에는 나였다! 발목이 뻣뻣해졌다. 유연한 발목이야말로 내 승리의 보증수표인데. 불완전한 승리를 거두고 싶지는 않았기에, 특히 내 차례일 때는 모든 규칙을 극도로 엄격하게 적용했다. 신발이 선에 조금만 닿아도 탈락이

---

* 민트와 각종 허브가 함유된 사탕 상표명.

었다. 몇 번인가 내게 유리하도록 속임수를 써보기도 했지만 그렇게 얻은 영광은 즐겁지 않았다. '천국'에 도달하면, 그야 말로 천국이었다. 거기서 나는 두 발로 땅을 딛고 쉴 수 있었 다. 나는 승리의 가능성을 가늠해보았다. 지금 대회에서 1위 의 역할을 하는 게 나 자신이라는 생각은 떠오르지도 않았 다. 나는 그녀를 이기고 싶었다. 그래서 다시 깨금발을 딛고 뒤돌아 출발했다.

저녁을 먹으라며 부르는 소리가 들릴 때면 밤이 되어 있기 일쑤였지만 나의 전쟁터를 그려놓은 하얀 분필선은 확실히 보였다. 칼새들은 햇빛과 함께 떠난 후였다.

나는 벽에 공 던지기, 공기놀이, 줄넘기, 요요 선수권 대회 도 열었다. 종목은 학교 쉬는 시간에 가장 유행하는 놀이에 따라 그때그때 달랐다.

세계 챔피언이 되었을 때는 얼마나 기뻤는지, 언젠가 엄마 가 영성체의 좋은 점에 대해 했던 말을 완벽하게 이해할 수 있었다. 엄마는 그리스도를 가슴에 모시면 행복, 선함, 지혜, 평화를 얻는다고 했다. 힘겨운 챔피언전에서 우승하고 나서 느낀 감정이야말로 그랬다.

나는 한참 전에 영성체를 받았고, 성체의 거룩한 효과에 주의를 기울여온 터였다. 그런 효과는 나타나지 않았다. 그저 누더기를 걸치고 수염을 기른 그 작은 사람이 내 가슴속 텅 빈 공간을 거니는 게 두려울 뿐이었다. 동시에 그가 입에서 가슴께로, 내 목구멍의 아찔한 미끄럼틀을 타고 내려갈 일도 무척 걱정이었다. 교리문답 시간에는 주님이 아주 작은 성체 조각에도 온전히 깃들어 계신다고 가르쳤다. 전쟁중이었고, 모든 것을 절약해야 했기에 신부님은 면병을 네 조각으로 나눴다. 논리적으로 보건대 조각이 작을수록 거기 든 생명체도 작을 것이고, 그러면 복잡한 내 몸속에서 길을 잃을 확률도 높아질 것이었다.

나는 몸속에서 일어나는 일에 굉장히 염려가 많았다. 내가 어릴 때 엄마는 "체리 씨앗을 삼키면 뱃속에서 체리나무가 자란다"고 했다. 그 말에 나는 포도씨를 삼키면 포도나무가 자라고, 살구씨를 삼키면 살구나무가 자란다는 추론을 했다. 과일을 먹을 때마다 엄청나게 조심했고, 불행히도 씨 하나가 넘어가기라도 하면 밤새 잠을 이루지 못했다. 몸속에서 나무가 자라 금방이라도 과일이 달린 나뭇가지들이 콧구멍, 귀, 입을 통해 솟아날 것 같았고, 손가락이 뿌리로 변하는 느낌이었다. 마침내 토하고 나서야 잠들 수 있었다. 그런 날에는 엄마가 나를 품에 안고, 머리를 감겨주고, 옷을 갈아입혀주고, 시트와 베갯잇을 갈아주었다. 나는 천상의 행복, 완전한 황홀함 속에 있었다. 엄마가 유모에게 말하는 소리가 들렸다.

"포타주에 든 베르미첼리*가 소화가 안 됐나봐요. 봐요, 그대로 나왔잖아요."

나는 엄마 품에서 꼭 달라붙어 잠들었고, 세상에서 가장 행복한 아이가 되었다.

챔피언전 얘기로 돌아가자면, 그게 내게 무척 중요했다는 말을 하고 싶다. 왜냐하면 나는 자주 이겼고 그 승리는 내가 결코 가져본 적 없는 가치를 비밀스레 안겨주었기 때문이다. 나는 엄마에게, 엄격한 엄마의 기준에 합당한 사람이 된 기분이었다. 입맞춤, 다정함, 그 모든 것은 연약한 애들에게나 어울렸다! 나는 더이상 그런 사람이 아니었다. 나는 싸울 줄 알았고, 관대하고 정직하며 착하게 구는 방법을 알았다. 착한 아이, 엄마가 내게 바라는 게 바로 그것 아닌가. 그리고 엄마가 그토록 애착을 보이는 종교생활을 열심히 함으로써 나는 더 착한 아이가 될 것이었다. 엄마와 함께 아침 미사에 가기로 결심한 건 그런 연유였다.

사춘기라는 것이 정신을 물어뜯고, 육체를 오목하고 부드

---

* 스파게티보다 대체로 가늘고 짧은 파스타의 일종.

럽게 만들기 시작하는 나이였다. 나는 이른 아침 엄마 곁에서 걷고 있었다. 우리의 발소리가 아스팔트에 울렸다. 우리는 거의 말을 하지 않았다. 책가방이 무거웠다. 챔피언전과 엄마 생각을 하느라 숙제할 시간이 없었기 때문에 그만큼 더 무거웠다. 성당에서 나온 뒤 학교 가는 길에 버스와 전차 안에서 숙제를 할 작정이었다.

"확실히 아무것도 안 먹고 안 마셨지?"

"확실해요. 이를 닦으면서도 물을 삼키지 않으려고 조심했는걸요."

"잘했다. 고해성사 받은 지 얼마나 됐지?"

"열흘요."

"꽤 됐네. 학교에서는 고해성사를 하지 않니?"

"해요, 내일요."

"그럼 오늘이랑 내일 아침엔 영성체를 안 하는 게 좋겠다. 우리가 늦어서 미사 전에 고해성사 할 시간이 없을 것 같구나."

고해성사 때 나는 늘 똑같은 말을 했다. "신부님, 저는 거짓말을 하고, 말씀을 따르지 않고, 먹을 것을 탐하고, 상스러운 말을 썼습니다." 그게 다였다. 아무리 머리를 쥐어짜도 다른 것은 떠오르지 않았다. 하지만 그럴 리가 없었을 것이다,

엄마 말로는 성인들도 하루에 적어도 일곱 번씩 죄를 지었다고 했으니까. 그래도 어쩔 수 없지. 나는 나무 창살 너머 신부님을 감히 바라보지 못한 채 다짜고짜 늘어놓았다. "저는 거짓말을 하고, 말씀을 따르지 않고, 먹을 것을 탐하고, 상스러운 말을 썼습니다."

"그게 전부인가요?"

"네, 전부입니다."

"순수함을 거스르는 죄를 짓지는 않았나요?"

"아닙니다, 신부님."

"한 번도?"

"한 번도요."

무슨 뜻으로 하는 말인지 알 수 없었다.

"좋아요. 통회의 기도를 하세요."

자, 여기가 볼만한 대목이다. 나는 옛날 기도문과 새 기도문을 둘 다 완전히 외우고 있었다. 전쟁 때 기도문이 단순하게 바뀐 것이다. 교회가 현대화되어서 얼마나 좋은지!

"하느님, 제가 죄를 지어 참으로 사랑받으셔야 할 하느님의 마음을 아프게 하였기에 악을 저지르고 선을 멀리한 모든 잘못을 진심으로 뉘우치나이다. 하느님의 은총으로 속죄하고 다시는 죄를 짓지 않으며 죄지을 기회를 피하기로 굳게 다짐합니다."

"보속으로 성모송 3회와 주기도문 3회를 바치세요. 평화
로이 가십시오."

기도문은 묵주를 돌리며 암송했다. 처음에는 작은 묵주알
이 달린 외줄 끝의 십자고상을 잡고 성호를 긋고, 이어서 성
모송을 외며 묵주 한 바퀴를 돈다. 우리집에는 온갖 종류의
묵주가 있었다. 금으로 된 것, 은으로 된 것, 크리스털로 된
것, 자수정으로 된 것, 싸구려, 루르드에서 온 것, 예루살렘
에서 온 것, 로마에서 온 것, 교황님께 축성받은 것, 어느 주
교님께 축성받은 것, 아르의 신부님께 축성받은 것, 우리 할
머니의 것, 증조할머니의 것, 엄마의 것, 결혼식 때 쓰던 것,
첫영성체 때 쓰던 것, 약혼식 때 쓰던 것, 스무번째 생일에
마련한 것. 기도가 끝날 때 마지막 묵주알에 딱 맞게 도달하
려면 특별한 기술이 필요했다. 나는 성공한 적이 거의 없다.
마지막까지 왔는데 아직도 기도문이 절반이나 남아 있어 묵
주알을 엄지와 검지 두 손가락 사이에서 오랫동안 돌리거나,
아니면 기도는 끝났는데 아직 세 알이 남은 경우가 있어서
잘 계산해야 했다. 한 알, "그대로", 한 알, "이루어", 한 알,
"지소서".

미사가 진행되는 동안 엄마는 깊은 묵상에 잠겼다. 그리고 미사 내내 거의 무릎을 꿇고 있었다. 나도 엄마를 따라 했고, 그래서 성당을 나올 때면 기도대의 짚으로 된 바닥 때문에 무릎에 사선으로 깊은 자국이 파였다. 나는 엄마처럼 하려고 엄마를 쳐다보았다. 아름다운 옆모습, 곧은 코, 그린 듯한 입술, 초록색 눈 위로 내리감은 눈꺼풀, 물결치는 머리칼을 안개처럼 감싼 회색 미사포, 그리고 길고 희고 매혹적이며 손톱이 잘 손질된, 여왕님 같은 두 손을 모은 모습을.

성당에는 사람이 거의 없었다. 측랑 쪽 그늘에 할머니 몇 명이 틀어박혀 있었고 우리 둘은 신도석 첫 줄, 가족 기도석에 있었다. 당시 엄마는 미사 보조를 맡아 답창을 하고 종을 울렸다. 우리는 찬송가도 불렀다. 우리 둘 다 목소리가 낮았다. 축성, 영성체, 강렬한 순간들이 있었으나 나는 그 강렬함을 느낄 수 없었고 부끄러움으로 고개는 점점 더 수그러들었다. 그래서 더 열심히 기도했다. 기도문 한마디 한마디에 대해 생각하면서.

"인트로이보 아드 알타레 데이. 아드 데움 퀴 라에티피카 유벤투템 메암(하느님, 당신의 제단으로 나아가리이다. 나의 기쁨이신 하느님께로 나아가리이다).

에케 아그누스 데이, 에케 퀴 톨리트 페카타 문디(보라, 하느님의 어린양, 세상의 죄를 없애시는 분).

도미네 논 숨 디그누스 우트 인트레스 수브 텍툼 메움. 세드 탄 툼 디크 베르보 에트 사나비투르 아니마 메아."

나는 라틴어를 알았고, 번역은 간단했다. "주님, 제 안에 주님을 모시기에 합당치 않사오나, 한말씀만 하소서. 제 영혼이 곧 나으리이다."

부디 그 말을 해주시기를! 내가 은총으로 가득하기를! 엄마가 나를 사랑하기를! 아무것도 없었다. 기적처럼 떠올라 제단 뒤 스테인드글라스를 빛나게 하는 태양 말고는. 구멍난 발, 구멍난 손에, 옆구리에도 구멍이 뚫린 그리스도가 수척한 허벅지에 수놓인 옷을 걸치고 붉게 빛나는 공중에서 균형을 잡고 있었다.

그후 책가방은 열리고 교복은 흐트러진 채, 나는 한 손에 책을 펼쳐 들고서 갈랑공원의 정원을 미친듯이 내달렸다. 역사 수업, 수학 수업. 전차에서는 무릎 위에 대고 급하게 라틴어 작문과 번역, 에세이를 써내려갔다. 전차 안은 흔들리고 출렁거렸다.

"학생! 학생 공책은 엉망이군요!"

그럴 수밖에. 줄을 똑바로 긋고, 색 잉크로 제목과 부제를 쓰고, 날짜를 적을 시간 따위는 없었으니까!

"게다가 글씨도 잘 못 썼어요!"

사실이었고, 전차 때문에 상태가 더 심각했다. 글씨 쓰기는 종교와 같았다. 아무리 노력해도 되지 않았다. 솔랑주 뒤프렌처럼 D자를 쓸 수 있다거나 엄마처럼 m자를 쓸 수 있다면 뭐든 바쳤을 것이다. 게다가 공책 위 잉크 얼룩들이며 취소선들이라니. 내 펜은 제대로 써지는 법이 없었다.

"안됐군요, 숙제는 잘했지만 품행 때문에 2점 감점이에요."

상관없었다. 엄마는 내 성적에는 관심 없었으니까. 아니, 성적이 나쁠 때만 관심을 보였다. 예쁜 손가락이 숫자 행렬을 훑다가 10점보다 낮은 점수에서 멈췄다.

"6점! 6점(혹은 4점이나 3점)을 받다니."

"그건 바느질 과목인걸요."

"바느질이 얼마나 중요한데. 가장자리 감치는 법이랑 단추다는 법을 알아야지. 정말이지, 널 어떻게 해야 할지 모르겠구나. 더러운 계집애."

더러운 계집애라고! 더러운 계집애souillon는 멍청이couillon, 석탄houille, 땅파기fouille, 겁trouille, 녹rouille, 욕설pouille, 악상어touille와 같았다. 약해빠지고, 쉬어버리고, 메스꺼운 것이었다. 그건 내가 생각하는 엄마의 이미지, 내가 닮고 싶은 이미지와는 전혀 달랐다. 방금 전 미사를 마치고 나온 엄마에게선 라벤더향이 났다. 지나치리만큼 체격이 좋은 엄마의 몸, 엉덩이는 크지만 다리는 늘씬하고 매끈한 엄마의 몸은 흠잡을 데 없이 단정한 청회색 개버딘 투피스 속에 꼭 조여 있었다. 신발에서는 광택이 났다. 엄마는 버스를 타고 도시의 달동네로 갔고, 거기서 거리의 아이들을 불러모았다. 그곳은 종점이었다. 검표원, 운전사, 차장, 모두가 엄마를 알았다. 사람들은 엄마를 위해 매일 아침 축제를 벌였다. 계절에 따라 아네모네나 노란 수선화나 팬지꽃으로 작은 꽃다발을 만들어주었다. 집에서 사랑을 담아 만든 과자를 선물했다. 예식용 의상을 겹겹이 차려입힌 막내아이를 데려왔다.

헤어지기 전 엄마는 엄지손가락으로 내 이마에 작은 십자가를 그리며 작별인사를 했다. "가서 열심히 공부해."

나는 뛰어서 학교로 향했다. 엄마를 보고, 만지고, 엄마의 목소리를 들으며 행복해하는 가난한 이들 틈에 엄마를 남겨두고서.

내 이마 위 표시는 하나의 낙인이었다. 누구에게나 보일 것 같았다. 꼭 낡고 축축한 무덤의 비석에 새겨진 글자를 뒤덮는 촘촘하고 볼록하고 부드러운 이끼처럼 검지 아래 솟은 흉터 같다고 생각했다.

종교는 내 어린 시절에 매우 큰 비중을 차지했는데, 바로 종교를 통해 엄마에게 닿을 수 있었기 때문이다. 나는 결코 신앙을 가진 적도, 은총을 받은 적도 없었으므로 종교 자체는 내게 아무런 의미도 없었다. 하지만 하느님에게 나의 불안과 죄의식을 달래줄 만나*를 내려달라는 기도와 간청이 부족해서가 아니었다. 선천적으로 내게는 남들이 말하는 기독교도적 미덕이 없었다. 억지로 묵상에 잠겨야 할 때면(나는 종교계 학교에 다녔고, 엄마 역시 독실한 신자였으므로) 끔찍하게 지루했다. 아무 생각도 할 수가 없었다. 예를 들어 십오 분 동안 기독교적 자비에 대해 묵상하라고 하면 남들과 똑같이 두 손으로 머리를 감싸고 속으로 이렇게 되뇌었다. '서로 사랑하라는 말씀은 참 좋아. 맞아, 서로 사랑해야지. 그건 진실이지만 쉽지 않은 일이야. 우리가 사랑하고 싶지 않은 사람들도 있고, 사랑하고 싶어도 사랑을 받으려 하지 않는 사람들도 있으니까.' 그게 끝이었다. 그 이상 나아갈 수 없어 나는 딴생각을 하기 시작했다. 내 옷의 옷감과 직물의

---

* 이집트를 탈출한 이스라엘 민족에게 유일신 여호와가 내려주었다는 기적의 양식.

짜임에 집중한 채 애를 썼다. 그런데도 매번 딴 길로 빠져 생각하면 안 되는 일을 생각하게 되었다. 학교 쉬는 시간이나 미사가 끝나고, 아니면 다음 목요일에 무엇을 할지 같은 것을. 나는 그런 생각을 멈출 수가 없었고 그게 부끄러웠다. 탈선 행위를 멈춰보려 분투했고, 그런 산만함에서 벗어날 힘이 없다는 사실에 정말로 괴로워했다. 천국과 하느님의 용서는 희생, 고통, 고난, 불행을 통해서만 얻어지는 것이라 확신하고 있었기에, 논리적으로 추론해보면 나는 곧장 지옥에 떨어질 것이며 그 순간에도 하느님은 나로 인한 슬픔 때문에 눈썹을 찡그리고 울고 있을 것 같았다. 나는 그 양심의 시험에서 불량한 결과를 받았다. 나는 엄마가 사랑하는, 엄마가 모든 것을 희생하는 하느님에게 상처를 입혔다. 착잡했다.

내면이 기준에 부합하지 못하면 외면이라도 부합해야 했다. 올바르고, 예의바르고, 착실한 학생, 청결하고, 참하고, 얌전하고, 검소하고, 친절하고, 정숙하고, 자비롭고, 정직한 사람. 그럭저럭 그런 사람이 될 수 있었지만, 웃고 놀기를 너무 좋아했기 때문에 그러지 못할 때가 많았다. 옷과 손을 더럽혔고, 찰과상을 입었고, 공책은 얼룩과 취소선 투성이였다. 그래도 나는 착한 딸, 자랑할 만하지는 않아도 참하고 정직하고 착실한 학생이었으며 진정한 종교적 삶을 얻기 위해 눈에 띄게 노력했다.

사실 내가 종교적인 태도를 견지할 수 있었던 유일한 때는 사물이나 세세한 이야기가 빚어내는 희열의 순간뿐이었다. 뭔가 대단히 구체적인 것. 예를 들어 예수가 물위를 걸었다거나, 얼마 안 되는 빵과 생선의 양을 불렸다거나, 병자를 치유하고 죽은 자를 부활시켰다 하는 등의 기적에 관한 이야기 말이다. 그런 이야기는 나를 꿈꾸게 했고, 나는 예수님을 내가 정말 알고 지내고 싶은 진짜 사람, 갈릴리나 다른 곳에서 기꺼이 같이 산책하고 싶은 사람으로서 사랑했다. 그래, 천국에 가서 예수님을 만나고 갖가지 요술을 구경하면 참 좋을 것 같았다. 같은 이유로 나는 미사에서 빵과 포도주가 그리스도의 살과 피로 변하는 축성의 순간을 좋아했다. 어느 날 내가 면병이 빵처럼 생기지 않았다는 사실을 지적하자 엄마는 면병을 어떻게 만들고 왜 만드는지, 왜 개신교도들만 영성체 때 빵을 먹는지 설명해주었다. 그래서 나는 빵을 원함으로써 죄를 저질렀다고 생각했고, 최후의 만찬을 그린 몇몇 그림에 나오는 것처럼 딱딱한 껍질이 있는 커다랗고 둥근 빵과 면병을 같은 것으로 여기게 되었다. 어쨌든 부활절이면 나는 무척 행복했고, 대미사 때 나눠주는 작게 자른 브리오슈는 아주 맛있었다. 나는 종교음악도 좋아했다. 특히 성 금요일에 나오는 〈스타바트 마테르(슬픔의 성모)〉를 비롯해 몇몇 음악은 놀라우리만치 감동적이었다. 나는 목소리가 낮은 반면 여자 성가대의 음은 언제나 너무 높았다. 그래서 음을 올리느라 이마를 찡그리고 발가락 끝까지 집중해 몰입해야 했는데, 그러면 일종의 현기증과 가벼운 편두통이 일었고 나는 그 기분을 몹시 즐겼다. 그런 불편감이 신비주의의 증거인 것 같았다.

내 묵상이 유일하게 실제로 깊은 성찰로 채워지는 건 매일 저녁기도 후 침대 머리맡 벽에 걸린 십자고상 앞에 무릎을 꿇고 묵상할 때였다. 십자가는 흑단으로, 예수상과 그 머리 위에 'INRI'라고 새겨진 깃발 같은 것은 상아로, 못은 청동으로 된 것이었다. 첫영성체 때 선물로 받은 십자가였는데, 엄마는 나를 교화시키려고 값비싸고 귀한 재료에 대해 하나하나 설명해주었다. "너도 알겠지만 이건 아주 아름다운 십자고상이야. 아주 귀하고 진정한 예술작품이란다." 하느님을 위한 것이라면 아무리 아름다워도 지나치지 않았다. 십자고상이 너무나 아름다워서 밤마다 나는 조화를 이루는 흑단, 상아, 청동과 고통받는 예수상 전체를 감탄하며 바라보았다. 나는 못에 대해 오래 생각했다. 손에 박힌 못은 뼈 사이로 비집고 들어갔을 테니 쉽게 박혔을 테지만 발에 박힌 못은 어

128

려웠을 것 같았고, 못을 박아넣느라 갖은 수를 썼겠구나 싶었다. 그렇게 생각하니 내 발이 아팠다. 게다가 가시면류관! 머리를 뒤로 젖힐 수도 없었겠지. 그러면 십자가에 부딪쳐 가시가 머리에 더 깊이 박힐 테니까. 예수님은 최대한 나은 자세를 취한 것이다. 고개를 숙이고, 수염은 가슴에 늘어뜨린 자세를. 옆구리의 세모꼴 상처에는 그리 대단한 감흥이 들지 않았지만 너무 말라서 갈비뼈가 도드라진 상체는 버려진 보트의 잔해나 쓰레기를 뒤지는 불쌍한 개들 같았다. 상아로 된 몸통에 보일 듯 말 듯 표현된 세모꼴 상처보다 그 수척한 외양이 더 생각할 거리를 주었다. 반면 다리는 운동선수처럼 근육이 잘 발달되어 있었다. 그리고 마땅하게 성기를 가린 누더기. 그건 또다른 문제였다! 그 아름다운 다리, 누더기 뒤의 미스터리…… 나는 그 부위에 대해 아주 오래 생각하지는 않았지만 그럼에도 예수님이 나를 위해 죽었다고 생각하며 눈물을 글썽이게 되는 부분은 바로 거기였다. 마지막으로 나는 못에 손끝을 대보았다. 조금이라도 아픔을 느껴야 했다. 피까지 나면 더 좋았겠지만 한 번도 그렇게까지는 하지 못했다. 그다음에는 일종의 마술적인 혼란 속에 잽싸게 성호를 긋고, 향긋한 세제 냄새가 나는 시트 속으로, 무척 좋아해 늘 품에 끼고 자는 깃털베개로 폴짝 뛰어들었다. 나는 한여름에도 팔이나 다리를 이불 밖으로 내놓을 엄두를 내지 못했는데, 침대 밑의 추잡한 악마들이 나를 붙들어 지옥으로 끌고 갈까봐서였다. 증조할머니의 오래된 교리문답집에서 커다란 삽화 두 점을 본 적이 있다. 기독교인의 죽음과 죄인의 죽음을 묘사한 그림이었다. 기독교인은 반쯤 앉은 자세로, 죽음의 고통 속에 아름다운 날개의 천사들에게 부축받으며, 방울술 장식이 달린 닫집 위에 내리는 하느님의 찬란한 빛으로, 높은 곳으로 눈을 향한 채 죽었다. 그리고 그들은 목과 소매 단추가 다 채워진 나무랄 데 없는 잠옷 차림에, 주름 하나 없는 아름다운 시트를 덮고, 손에는 묵주를 들고 기도하는 자세로 모여 있었다. 반면 죄인은 지저분하고 초라한 침대에서 몸을 비틀며 인상을 찌푸린 모습이었다. 화살 모양 꼬리가 달린 악마들이 삼지창을 들고(삼지창 때문에 나는 늘 넵투누스가 악마인 줄 알았다) 죄인의 팔다리를 잡아 침대 밑, 지옥의 불로 끌고 가는 동안, 이 고통의 순간에 놓인 보잘것없는 다락방 안 초라한 가구들에 불길이 널름대고 있었다.

그럼에도 나는 그게 중요한 게 아님을, 아무리 성스러운 것이라 해도 그런 이미지들을 물리치고 "하느님은 순수한 영혼이시다" 혹은 "성부, 성자, 성령의 세 위격이 하나의 실체인 하느님 안에 존재한다"는 성삼위일체 같은 것을 생각해야 한다는 것을 알고 있었다. 하지만 늘 거기서부터가 문제였다. 샌들을 신고 턱수염을 기른 성부, 피 흘리며 십자가에 매달린 성자, 그리고 새의 모습을 한 성령이라니! 수수께끼였다. 새는 갈매기가 되었고, 갈매기는 내가 가장 좋아하는 해변에 있었으며, 거기에는 파도와 파라솔과 바위들, 그리고 내가 좋아하는 소년이 있었다! 나는 죄를 짓고, 짓고, 끝없이 지었다. 내 즐거움 하나하나가 그로 인해 빛이 바랬다. 나 자신을 불신했고 그 불신을 견디기 힘들었다. 엄마를 기쁘게 하려면 죄인이 되어서는 안 되었다. 그런데 나는 이미 죄인이었으며, 그것도 아주 큰 죄인이었다.

내가 엄마와 완벽하게 화합했던 유일한 순간, 내가 엄마를 이해하고 엄마의 기분을 거스르는 짓은 전혀 하지 않는다고 확신하던 순간은 오직 정원을 돌아볼 때였다.

우리는 방학과 여름 내내 우리 가족의 땅에서 시간을 보냈다. 전쟁이 닥친 터라 프랑스에서 여름을 보낼 수 없었던 것이다(나는 그래서 기뻤다). 찌는 듯이 더운 기나긴 석 달 동안 우리는 포도밭 한가운데에 자리한 농장과 바닷가의 별장을 오가며 살았다. 두 곳은 매미가 시끄럽게 울어대는 수 킬로미터의 먼지투성이 도로로 연결되어 있었다.

내 행복한 추억, 내 진정한 뿌리는 크리스마스트리 장식물처럼 그곳 농장에 걸려 있다. 왜일까? 방학을 그곳에서 보내다보니 학기중보다 나만의 시간을 더 많이 가질 수 있었기때문일까? 아니면 제한 없는 공간 때문일까? 농장은 알제리였고, 도시는 프랑스였다. 나는 알제리가 더 좋았다.

나는 포도나무가 심긴 불그레한 구릉지, 유칼립투스 가로숫길, 비틀린 소나무와 유향나무와 금작화와 소귀나무로 이루어진 숲의 거칠고 볼품없는 식물들, 백리향 덤불이 솟은 메마른 땅이 좋았다. 그 황량하고 광대한 공간과 대조적으로 관개지의 비옥함과 다양함은 내게 일상의 축제와도 같았다.

포도밭 위에서 지평선까지는 바람이 잘 드는 땅의 차분한 냄새가 떠돌았다. 정원은 아침부터 밤까지 콧속을 미치게 했다. 재스민, 오렌지나무, 무화과나무, 독말풀, 사이프러스나무, 마지막으로, 저녁에 물을 주면 땅이 가슴을 열고 시원한 공기를 받아들인 뒤 피워내는 분꽃의 섬세하고 유쾌한 향기. 색채도 마찬가지였다. 불그레한 황토색 착실한 경작지를 배경으로 암녹색 포도밭과 녹회색 올리브나무, 베이지색 그루터기와 줄기가 너무나 밝고도 한결같고 진부하게 푸른 하늘 아래 얌전히 늘어서 있었다. 반면 저수조 가까이에는 선홍색, 노란색, 남색, 흰색, 진분홍색, 오렌지색, 보라색, 에메랄드색, 터키옥색, 사파이어색, 자수정색, 다이아몬드색이 자리했다. 나는 모두가 내 행복을 소리로 들을 수 있도록 손발에 작은 방울을 달고 그 속에서 춤추고 싶었다.

집은 나지막하고 탄탄했다. 이 집을 처음 지은 보르도 출신의 조상은 그곳이 고향집과 비슷해 보이기를 바랐다. 소박하고 실용적이고 견고하며 넓은 집. 처음에는 방어 시설을 갖춘 농가로 지어, 5~6미터 높이의 성벽이 둘려 있었다. 내가 이 집을 보았을 땐 그 높은 벽의 일부만 입구 쪽 들에 남아 있고 육중한 들보로 된 거대한 대문이 뚫린 채였다. 살림집 안쪽 방들은 널찍하고 모두 서로 연결되었다. 건물 정면을 따라 난 대응접실은 포트와인과 아바나 시가, 클래식음악을 좋아하는 어른들을 위해 꾸며졌다. 유리창을 통해, 깔쭉깔쭉한 잎과 붉은 구슬 같은 열매를 떨구는 두 그루의 낭만적인 가짜후추나무* 너머로 한없이 펼쳐진 아름다운 포도밭이 보였다.

아랍인 하녀들이 느릿느릿 정성을 들여 시중을 들었고, 연

---

* 옻나무과의 상록활엽수. 열매의 냄새와 모양이 후추와 유사하다.

회 식사를 내놓을 때면 다들 수놓인 조끼, 하얀 세루알*, 요란한 스카프로 차려입고 문신한 이마에는 스팽글을 붙였다. 그들은 맨발로 흑백 타일 바닥을 소리도 내지 않고 지나 다녔고, 헤나로 물들인 붉은 손으로 경의를 담아 가문의 은그릇을 다뤘다.

하늘과 땅 사이, 집의 세모꼴 박공에는 건축 연도가 새겨져 있었다. 1837년.

농장에는 커다란 정원들이 있었다. 우선 산책용 정원에는 화단들, 다듬어진 로즈마리 길, 아치들이 있었는데 그중 정자 모양의 아치에는 커다란 재스민들이 점점이 피어 있었다. 정원사 유세프가 저녁에 여자 뒤꽁무니를 쫓아 텅 빈 들판 어딘가로 갈 때면 거기서 재스민을 따 가곤 했다. 유세프는 재스민 몇 송이를 왼쪽 귀와 실크 타르부슈**에 잘 끼워두었고, 그러면 가는 곳마다 향기가 남았다. 그는 재스민에 무척 인색해서 이따금 내게 줄 때를 빼고는 아무에게도 주지 않았다. 나한테는 이 정원이 조금 지루했다. 아름답긴 했지만 질서정연함에 압도되는 기분이었다. 나는 그보다 꽃과 식물을

---

* 이슬람 문화권의 전통의상으로. 통이 넓고 발목 끝단이 좁은 바지. 사루엘이라고도 한다.
** 이슬람 문화권에서 터번 대신 착용하는, 술 장식이 달린 원통형 모자.

꺾을 수 있는 정원과 채소밭이 더 좋았다.

　이른 아침이면 엄마는 납작한 바구니와 전정가위를 준비했고, 우리는 길을 나섰다.

　새벽빛 속 아직 선선한 푸른 초목들 틈에서 보내는 그 시간을 나는 열렬히 사랑했다. 우리는 밤이 준비해놓은 새 꽃들과 이파리들을 발견하곤 했다. 일주일 넘게 장미나 달리아의 개화를 기다리기도 했다. 매일 아침 얼마나 벌어졌는지 확인하느라 꽃봉오리 앞에서 오래 머물렀다. 처음에 꼭 다물려 있던 봉오리가 조금씩 부풀다가 위쪽부터 갈라지며, 아직 서로 단단히 붙어 있는 색깔 없는 꽃잎들을 내비쳤다. 그러다 어느 아침에 군데군데 벌어지기 시작했는데, 그 모습이 꼭 커다란 가슴을 다 가리지 못하는 에스파냐 세탁부의 브래지어 같았다.

　"활짝 피면 이 꽃을 중심으로 주변에 만수국을 넣어 꽃다발을 만들자. 노란색이 잘 어울릴 거야. 다른 연한색 장미들도 넣고. 아몬드나무 길에 핀 진줏빛 장미들 말이야. 이 꽃은 작년보다 더 예쁠 것 같구나."

　그렇게 완전히 빠져들고 만족한 채 우리는 집안에 놓아둔 꽃다발들을 새롭게 손보거나 교체하거나 쓸 만한 것들을 땄다. 엄마는 현관홀에서 모과나무 가지와 하얀 꽃들이 피라미드 모양으로 조밀하게 달린 유카 꽃대를 가지고 높이가 2미터에 달하는 꽃다발을 만들기도 했다.

꽃꽂이는 나 같은 조건의 젊은 여자가 익혀야 할 소양 중 하나였다. 엄마는 꽃꽂이 솜씨가 훌륭했고, 나는 꽃과 그 향기와 색채와 형태, 어린 시절 중국 단추가 들어 있다고 믿었던 꽃 한가운데 빈 곳의 수수께끼를 사랑했다. 나는 언젠가 엄마를 행복하게, 훨씬 더 행복하고 아름답게 해줄 무언가를, 우리 사이의 오해를 지우고, 이유는 알 수 없지만 엄마를 완전히 흡족하게 할 수 없는 그 불가능성을 없애버릴 무언가를 찾아내리라는 희망을 결코 버리지 않았다.

내가 엄마와 제일 잘 지낼 때는 엄마가 꽃꽂이를 가르쳐주는 동안이었다. 엄마는 꽃병에 꽃들을 어떻게 배치하는지 알려주었다. 먼저 꽃줄기의 유연한 정도에 따라 꽃병을 선택하는 법을 가르쳐주었고, 줄기가 잘 휘는 꽃들과 단단한 꽃들이 서로 어우러지지 않기 때문에 특정 조합은 불가능하거나 매우 어렵다는 점을 보여주었다.

아침나절 우리는 셀러리와 토마토 향이 나는 채소밭에서도 잊지 않고 오래 시간을 보냈다.

소중한 보물 같은 채소들! 가지, 멜론, 호박, 파프리카, 토마토, 오이, 잠두콩, 애호박, 강낭콩, 모두 신선하고 탱탱하고 건강하게 반짝이며 붉은 광택을 띠거나 튼튼한 잎사귀 우묵한 곳에 거뭇한 그림자를 드리웠다. 파슬리, 당근, 무, 순무, 양상추, 양파, 샬롯, 실파, 처빌은 매끄럽거나 울퉁불퉁한 녹색 덩어리로 나란히 줄지어 맛있는 요리의 냄새, 가족 식탁과 평화와 따스함의 냄새를 풍겼다. 마늘꽃은 긴 꽃대 높이 달린 붉은색, 보라색, 초록색 섬세한 꽃을 자랑했다.

그다음에는 사계절 내내 볼 수 있는 오렌지나무, 밀감나무, 레몬나무, 자몽나무, 모과나무가 있었고, 우리는 그 아래 서서 간밤의 시원함을 여전히 머금은 과즙 가득한 열매를 맛보았다.

제비꽃 철이면 언제나 우리는 그늘진 커다란 제비꽃 화단 앞에서 산책을 마치고 둥글고 향기로운 꽃다발을 만들었다. 엄마는 갸름한 손으로 이슬 맺힌 잎사귀 아래서 솜씨 좋게 꽃송이를 찾아 집어올렸다.

6

프랑스령 알제리는 죽음의 문턱에 있었다. 전문가들 말마따나, 알제리전쟁이 프랑스의 군사적 승리가 되었던 시기였다. 인도차이나에서 대패한 지 얼마 안 된 우리 정예병들은 산악지대의 자갈길에서 대규모 추격 부대를 조직했다. 소년 징집병들, 생말로와 두에와 로안 등지에서 온 젊은이들(그들은 저주받은 무리의 가축들처럼 불에 달군 쇠로 낙인이 찍히리라)은 철모와 군화와 자동화기와 장갑차로 무장하여, 수척하고 광신적인 펠라가*를 경쟁하듯 잡아죽이라는 명령을 받

---

* 아랍어로 '강도' '깡패'라는 뜻으로, 프랑스에 대항하여 독립운동을 한 알제

왔다. 이 난투 속에서 프랑스의 어린 병사들은 내장과 애국심을 토하며 쓰러졌지만 다른 이들은 더 많이 죽었다. 마침내 전투원이 부족하여 전투는 멈췄다. 목숨을 건진 펠라가들은 도시로 피신하여 영웅이 되었고, 카스바**와 서민 거주 지역에서는 동화 속 이야기처럼 그들의 말이 다이아몬드와 장미인 양 입술에서 흘러나왔다.

삼색기를 내건 전투는 그리하여 중단되었다. 파리의 육군성이 보기에 이제 알제리에 전쟁은 없었다. 대포도, 총탄도, 기관총 사수도, 수류탄도, 네이팜탄도 더는 그쪽으로 보낼 필요가 없었다. 두툼한 프랑스 경제 장부책에는 평온함만 기록되었다. 현장의 욕조, 전극, 따귀 세례, 안면 주먹질, 복부와 고환에 가해지는 발길질, 젖꼭지와 성기에 비벼 끄는 담배, 이런 것들은 사소한 일이었다. 고문은 별게 아니었으므로 셈에 들어가지 않았고, 존재하지 않았다. 고문은 그저 상상의 문제일 뿐 심각한 일이 아니었다.

그럼에도 프랑스령 알제리가 수치스러운 임종을 맞이하고 있는 것은 사실이었다. 모든 것이 파괴되는 가운데, 비천함

___

리, 모로코, 튀니지 무장 저항군을 일컫는 말.
** 알제의 중심부에 위치한 구시가지. 알제리전쟁 당시 알제리 민족해방전선의 거점이었다.

속에서, 문명의 시멘트로 연결된 기하학적인 길을 따라 보도에서 도로로 뚝뚝 떨어지며 커다란 웅덩이를 이루는 내전의 피 속에서. 아랍인들이 끔찍한 방식으로 대갚음하며 백여 년만의 반격을 이루어내는 추잡한 종말이었다. 배가 갈린 시체, 잘린 성기, 내걸린 태아, 베인 목.

그것이 영구적으로 내 안에 뿌리를 내린 건, 우리가 알제리를 말살했음을 깨달았던 때였던 것 같다. 알제리는 내 진정한 어머니였기 때문이다. 아이가 제 핏줄에 부모의 피를 담듯 나는 내 안에 알제리를 담고 있었다.

파리를 거쳐 막다른 골목까지 나는 얼마나 긴 무리를, 얼마나 많은 사람을 끌고 갔던가! 난자당한 알제리가 곪은 상처들을 백일하에 드러낼 때, 나는 사랑과 다정함의 나라, 재스민과 튀김요리 냄새가 풍기는 땅을 되살리고 있었다. 나는 내 어린 시절을 채운 일꾼, 고용인, '하녀'들을 의사 앞에 불러들였다! 나를 웃고 뛸 줄 아는 아이로 키워준 이들. 늙은 아메드의 쟁반에서 블리블리나 트라무스*를 슬쩍할 줄 알고, 〈라룰릴라〉를 노래할 줄 알고, 다라부카** 장단에 맞춰 춤출 줄 알

---

* 알제리 전통 음식. 블리블리는 구운 병아리콩에 소금 등의 양념을 곁들인 음식이고, 트라무스는 루핀콩을 삶아 소금에 절인 것이다.
** 중동과 북아프리카 지역에서 사용하는 술잔 모양의 기다란 북.

고, 튀김요리를 노릇하게 굽고 민트차를 따를 줄 알게 해준
이들.

  농장에서나 도시에서나 나는 외톨이였다. 엄마는 아침 미
사를 마치면 시내 무료 진료소나 시골의 라이마*로 가난한
이들을 치료하러 갔다가 밤이 되어서야 지치고 기진맥진해
돌아왔다. 하루종일 주사를 놓고, 붕대를 감고, 신음과 감사
인사를 듣고, 하느님의 가장 큰 영광을 위해 자신의 인내심,
배려, 기술, 사랑을 아낌없이 베푼 뒤에. 죽어가는 이들에게
몰래 세례를 주었다. "그래도 어쨌든 구원했으니까."
  집에 돌아온 엄마는 자고 싶은 마음뿐 의무를 다하겠다는
본능이 거의 남아 있지 않았고, 인내심은 더더욱 없었다. 엄
마와 한 지붕 아래 사는 특권층인 나에게는 나약함에 대해
어떤 변명도 용납되지 않았다.
  "내가 오늘 본 참상을 너도 봤더라면, 당장 무릎 꿇고 하느
님께 네가 가진 것을 주셔서 감사하다고 기도했을 거다."
  "운이 좋아 너만큼 가진 게 많은 사람이 할 일은 하나뿐이
야. 주님을 찬양하고, 남을 돕고, 자신을 돌보지 않는 거지."

* 유목민인 베르베르족이 거주하던 막사.

"내가 매일 찾아가는 가난한 이들의 생활을 하루라도 경험해본다면 넌 학교에 다니는 게 얼마나 큰 행복인지 깨닫고 늘 1등을 할 거다."

"신발이 없다는 게 어떤지 안다면 너도 네 신발을 소중히 다룰 텐데."(드레스, 외투, 스웨터도 마찬가지였다.)

"먹을 게 하나도 없는 사람들도 있단다. 접시에 남은 거 다 먹으렴. 곡물죽 남기지 말고, 송아지 간도 다 먹어!"

엄마가 도달한 헌신과 관대함의 경지가 너무도 높아 나로서는 그 곁에 있는 것이 불가능했다. 매일같이 행하는 선행과 희생으로 엄마는 내게서 너무나 높이, 절망적일 정도로 높이 올라갔다.

그리하여 나는 부엌으로, 마구간으로, 정원이나 포도주 저장고로 향했고, 그곳에서 살아갈 수 있었다. 나는 내 인생을 아름답게 해주는 이들, 내가 사랑하고 또 나를 사랑해주는 이들과 함께하러 갔다.

그들이 없었다면 나는 내 안에 갇히고, 엄마를 기쁘게 할 수 없고 엄마에게 사랑받을 수 없다는 무력감, 엄마의 세계를 이해하지 못하는 나의 절대적인 무능함, 내가 못되고 흉측하다는 확신에 의해 모든 출구가 막혀버렸으리라.

다행히도, 부모님의 이혼과 엄마가 일로 바쁜 덕분에 내게는 진정한 가족생활이 없었다. 아주 어릴 때는 내가 낮 동안 만나는 사람이 나니뿐이었다. 상냥하고 못생긴 에스파냐 여자 나니는 자기가 꿈에 그리는 백마 탄 왕자님에게 주지 못하는 모든 사랑을 내게 주었다. 입맞춤을 퍼붓고 "마드레 미아(어머나 세상에)" "포브레시타(가엾은 것)" "아이, 케 구아파(아이고, 예쁘기도 하지)!" 같은 말로 나를 달랬다. 나니에게는 여동생이 셋 있는데, 우리 엄마 집과 위층 할머니 댁에서 방 청소와 빨래 담당 하녀로 일했다. 자매들 중 가장 어리고 예쁜 자네트는 지치지도 않고 탱고 경연대회 준비를 했고, 그래서 매일같이 판당고* 연습을 했는데 손뼉 소리, 발뒤꿈치 구르는 소리, 캐스터네츠 소리와 날카롭게 외치는 올레! 소리가 울렸다. 자네트는 크랭크 손잡이를 돌려, 내의를 넣어두는 벽장에 숨겨둔 낡은 축음기를 작동하고 언니 엘리즈를 상대로 하나 둘, 하나 둘 셋 하는 리듬에 맞춰 안무를 반복했다. 능숙한 굽히는 동작, 위태로운 회전, 빠른 진행이 이어지다가 한 음에서 갑자기 멈추곤 했다. 완전한 부동자세로, 한쪽 발을 뒤쪽으로 빼고 꼼짝 않은 채, 얼굴은 마비된 듯이 상대방을 향해 고정되고(상대 역시 못박힌 듯이 무한을

---

* 에스파냐 남부 안달루시아 지방의 춤 또는 춤곡.

응시하고 있다) 자네트는 엘리즈에 의지해 천장으로 한껏 팔을 뻗고, 엘리즈는 온 힘을 다해 그 팔을 끌어당겼다.

누가 뭐라 하지 않았는데도 나는 저녁에 돌아온 지치고, 아름답고, 슬픈 엄마에게 그 춤 시간 얘기를 결코 하지 않았다. 엄마는 현관의 우편물을 놓아두는 쟁반 위에 미사 경본과 미사포를 내려놓았다. 다음날 아침 첫 미사에 갈 때 다시 집어들 물건들이었다. 나니는 엄마를 하늘처럼 우러러보았다. 나로서는 상상할 수 없는 시절, 엄마와 아버지가 함께 살았던 때부터 나니는 엄마의 시중을 들었다. 나니는 모든 걸 알고 있었다. 엄마가 집에 있으면 조심스럽고, 조용하고, 약간 극적인 분위기가 되었다. 나는 식료품 보관실에서 아주 바른 자세로 앉아 식사를 했는데, 엄마를 기쁘게 하기 위해서이기도 했지만 다른 때라면 내 행실에 그다지 신경쓰지 않는 나니의 꾸지람을 듣지 않기 위해서이기도 했다. 엄마도 내가 식사를 잘하고 있는지 보러 들르곤 했다. 그후 나는 잠자리에 들어 잘 자라는 엄마의 입맞춤을 기다렸다.

이따금 엄마의 침실에서 흐느끼는 소리가 들렸다. 방문 너머 박엽지가 구겨지는 작은 소리가 낮은 훌쩍거림과 뒤섞였고, 가끔은 들릴 듯 말 듯한 탄식이 들려오기도 했다. "아, 하느님, 하느님." 엄마는 침대 위에 죽은 언니의 유물을 늘어놓고 있을 터였다. 신발, 머리카락, 아기 옷. 그럴 때 나니는 성당에 온 사람처럼 행동했다. 성호를 긋고, 기도문을 중얼거리고, 눈물을 글썽이고. 한편 내 가슴은 돌덩이처럼 무거웠다. 보통 그런 밤이면, 씨앗을 삼켜 몸속에서 나무가 자랄까 봐 겁먹었던 날 그랬듯 저녁 먹은 것을 게워내, 엄마가 잘 자라는 인사를 하러 올 즈음에는 수프의 액체와 푸딩 덩어리에 흠뻑 젖어 있었다. 엄마는 나니를 불러 도움을 청했다. "이 아이가 너무 자주 토하는 것 같지 않아요?" 나는 다시 한번 씻고 옷을 갈아입어야 했고, 나니가 내 침대를 다시 정돈하는 동안 엄마 품에서 잠이 들었다. 엄마에게 찰싹 붙어, 엄마의 향기와 온기 속에서 잠에 빠져드는 그 감미로움이 아직도 생생하다.

몇 년 뒤 내가 사춘기에 접어들 무렵 전쟁이 일어나 우리는 몇 달간 그 도시를 떠났다. 어느 정도는 미리 조심하기 위해서였다. "이탈리아인들이 언제든 이곳을 폭격할 테니까." 하지만 가장 큰 이유는 경제적인 이유였는데, 포도 재배 사업이 잘되지 않았기 때문이다. "이젠 포도주가 안 팔려." 다른 지주들도 다 마찬가지 형편이었으니 부끄러운 일은 아니었다. 우리의 피난에는 약간 영웅적인 면모마저 가미되었다. "조국을 위해 희생해야지. 농민들처럼 살자." 뭐 이런 기분이었다.

도시 집의 고용인 규모도 줄어들어 나니는 청소부가 되고, 그 여동생들은 친구나 친척 집으로 뿔뿔이 흩어졌다.

그리하여 우리는 짐과 무기를 챙겨 농가에 살러 갔고, 내게 그건 행복이었다.

아침이면 나는 카데르와 바르데드의 아이들과 함께 아우에드가 모는 낡은 사륜마차에 끼어 탔다. 우리는 마을의 학교에 가서 하나뿐인 교실에 앉아 근방 일꾼들 집 아이들과 함께 배웠다. 나는 매우 열심히 공부했지만 그래도 거기선 노는 것밖에 할일이 없는 것 같았다. 선생님은 손가락을 자로 때리곤 했고, 자기 아내가 이런저런 이유로 불러내면 한창 자라는 때이니 우리에게는 휴식이 필요하다고 말했다. 그러면서 어떤 아이들은 책상에, 어떤 아이들은 벤치에 눕히고는, 자기가 자리를 비운 동안 한마디도 하지 말라는 명령을 내렸다.

그후엔 농가로 돌아왔고 우리는 저멀리 포도밭 한복판, 골짜기 끝, 유칼립투스 사이로 농가 지붕을 금세 알아보았다. 늙은 말 비주는 굉장한 방귀를 뀌었다. 대개 녀석은 방귀를 뀐 직후 꼬리를 들어 커다란 장밋빛 달리아를 피워내듯 꽁무니를 드러냈다. 이어 냄새나는 똥이 연달아 떨어지면 우리는 그 광경에 눈물까지 짜며 웃어댔다. 아우에드는 못마땅해했다. 이 일을 부각시키는 게 올바르지 않다고 여겼거나, 아니면 우리가 비주를 놀리는 게 싫었던 모양이다. 그애는 우리 머리 위로 위협하듯 채찍을 휘두르며 개새끼들, 매춘부 자식들이라고 욕했다. 하지만 그 모든 말이 아랍어였으니, 나를 향한 말은 아니라는 의미가 깔려 있었다.

정신분석을 시작하고 처음 몇 년간 나는 항상 같은 행동 방식을 보였다. 공포를 아주 살짝 내비쳤다가, 재빨리 웃음과 기쁨과 행복, 약간의 향수로 상쇄하는 식이었다.

나는 엄마에 대해, 어린 시절 내내 엄마의 사랑을 받으려 노력했던 힘겨움에 대해 말하기 시작했다. 조금 슬픈 추억들을 쏟아냈고, 그다음에는 묵주알을 거듭 굴리듯 나를 향한 엄마의 관심과 눈길과 몸짓을, 그리고 우리가 비교적 사이좋게 보냈던 순간들을 곱씹었다. 미사, 꽃 같은 것들. 무의식적으로, 여전히 스스로를 보호하기 위해, 진열장의 피 흘리는 고깃덩이가 되지 않기 위해, 나는 본질을 거부하고 있었다.

공포를 표출하면 그게 나를 무너뜨릴 것 같아서였을까? 혹은 공포를 표출하면 내가 조롱거리로 전락할까봐? 혹은 공포를 표출하면 하찮은 사람이 되어버릴 것 같아서? 혹은 공포를 표출하면 그게 공포가 아니라 수치스러운 병이라고 드러날까봐서였을까?

당시 나는 의문에 답하기는커녕 스스로에게 질문을 던질 수조차 없었다. 나는 쫓기는 짐승이었고, 인간에 대해 더이상 아무것도 이해할 수 없었다.

분석을 사 년 넘게 받고야 깨닫게 된 것은, 내가 화제를 바꾸거나 입을 다물 때는 할말이 동나서가 아니라, 내가 장애물의 발치에 와 있으며 그 장애물을 넘기 두려워하기 때문이라는 사실이었다. 거기에 드는 노력 때문이 아니라 그 너머에 있을 것이 두려워서였다.

아버지 이야기도 했는데, 사실 아버지에 대해서는 말해도 위험이 될 게 전혀 없어서였다. 엄마 이야기도 했지만, 가볍게, 조금 불평을 늘어놓는 정도로만이었다. 환시에 대해서는 여전히 전혀 말하지 않았고, 엄마와 나 사이에 일어난 진짜 역겨운 일 또한 조금도 입 밖에 내지 않았다. 환시에 대해서 말하지 않은 건, 환시 때문에 병원으로 돌려보내질까 두려웠다고 이미 언급한 바 있다. 나는 여전히 환시가 막다른 골목에서 쫓겨날 이유가 되리라 믿고 있었다. 하지만 엄마와 나 사이의 잔해에 대해서는, 의사에게도 나 자신에게도 설명할 말이 없었다. 나는 굳이 찾지 않았다. 말하지 않으면 그만이었다.

나는 진료실로 가서 눈을 감고, 물론 그 나름대로 중요하기는 하지만 그것의 핵심과는 거리가 먼 자질구레한 일을 기억 속에서 되살려냈다.

자그마한 의사는 대단한 말은 전혀 하지 않았다. 그는 문을 열고 인사했다. "안녕하세요." 그가 나를 안으로 들이면 나는 장의자에 누워 이야기했다. 그러다 어느 순간 그가 내 말을 끊었다. "시간이 다 된 것 같군요." 그 말이 나오기 전 그가 어떤 경기의 심판이라도 되는 양 두세 번 손목시계를 확인하는 것을 곁눈질로 보았었다. 그러면 나는 일어났다. "안녕히 가세요." 그게 다였다. 단호한 얼굴, 주의깊지만 연민도 동조도 없는 눈. 그러다 그는 이따금 내 두서 없는 독백에서 한 단어를 골라내곤 했다. "이 단어에서 어떤 생각이 듭니까?" 나는 그 단어를 붙들고 거기에 연관된 모든 생각, 모든 이미지를 풀어냈다. 대부분의 경우 그 말은 내가 보지 못했던 문을 여는 열쇠였다. 나는 신뢰를 느꼈다. 자기 일을 제대로 할 줄 아는구나. 감탄스러웠다. 이 사람은 어떻게 도중에 꼭 필요한 단어를 잡아낼 수 있는 걸까?

하지만 분석 초기에 그는 결코 끼어드는 법이 없었다.

이따금 나는 광기의 발작에 사로잡혀 어지러운 마음으로 진료실을 나섰다. 하고 싶은 말을 반의반도 채 못했는데 그가 말허리를 끊은 것이다.

　"지금 갈 수는 없어요, 도중에 말을 끊으셨잖아요. 아직 아무 얘기도 못했어요."

　"안녕히 가세요. 수요일에 뵙죠."

　얼굴이 무뚝뚝해지고, 눈빛이 엄해지면서 그는 반짝이는 눈으로 "고집부려야 소용없어요"라고 말하듯 내 눈을 빤히 바라보았다. 나는 다시 불안으로 숨이 막히고 그것에 사로잡혀 홀로 막다른 골목에 나와 섰다. 그가 못된 인간이라는, 나를 자살로, 살인으로 몰아넣고 있다는 생각이 들었다. 나는 광적인 격정에 휩싸인 채 벽을 따라 발을 끌며 걸었다. '나를 죽이자, 그를 죽이자, 누군가를 죽이자. 자동차에 뛰어드는 거야, 내 몸이 곤죽이 되어 도로에 퍼지게! 그의 진료실로 돌아가서 그의 머리를 두 조각으로 쪼개버리자, 그의 더러운 뇌수가 그 괴상하고 말쑥한 옷에 뚝뚝 떨어지게!' 나는 울기 시작했지만 막다른 골목 끝 다른 길에 다다를 때쯤이면 멀쩡해졌다. 두렵지조차 않았다.

　정신이 비밀 장소의 문처럼 그렇게 드러나지 않는다는 것을 나는 한참 후에야 배웠다. 의식이 무의식에 닿으려면 그저 비집고 들어가길 원한다고 되지 않는다. 정신은 때를 기다리고, 왔다갔다하고, 머뭇거리고, 망설이고, 기회를 엿보다가, 때가 오면 사냥개처럼 문 앞에서 꼼짝도 않는다. 그러니 주인이 직접 나서서 사냥감을 들이쑤셔야 한다.

그동안 탐닉하며 만족스러워했던 장식들을 벗고 나니, 내가 문제의 주변부만 빙빙 돌고 있었다는 것을 알게 됐다. 악취, 혐오, 부패, 참을 수 없는 것을 담은 그것의 물결 속으로 곧장 뛰어들지 못하는 스스로가 짜증스러웠다. 회복하기 위해 내가 해야 할 일은 그것과 대면하고, 그것에 덤벼들어야 한다는 생각이 들었기 때문이다. 하지만 정작 의사 앞에서 말할 때 표면에 떠오르는 것은 서글픈 것, 다정다감한 것, 귀여운 것, 감동적인 것, 마음 여린 이들을 울릴 만한 것이었다.

그러던 어느 날, 계속해서 빛바랜 추억을 하나씩 풀어내던 중 나는 미세하지만 중대한 전환을 겪었다.

여전히 엄마에게 걸맞은 선물을 찾기 위해 골몰하던 일에 대해 이야기할 때였다. 내 정신이 그 문제에 집착하는 건 늘 낮잠 시간이었다.

아이가 막다른 골목을 찾아와 내 곁으로 왔다. 다시 한번 나는 햇볕에 그을린 아이의 피부, 덥수룩한 금발, 호기심, 남의 마음에 들려는 안달을 보았다. 아이는 나와 함께, 내 안에 누웠다.

　의사의 진료실은 내 침실이 된다. 나는 열 살쯤 되었다. 천
장에는 낮이면 항상 보이던 작은 베이지색 도마뱀이 있다.
집안의 모두가 낮잠을 자는 이 시간에 유일하게 활동적인 존
재다. 도마뱀은 덧창 틈새로 비쳐드는 햇살이 만든 빛의 띠
속에서 벌레를 쫓고 있다. 넓적한 발이 포도나무 덩굴손을
닮았다. 도마뱀은 잠든 듯 보이지만 자고 있지 않았다. 갑자
기 온 힘을 다해 제가 고른 파리를 향해 덤벼들더니, 꾸르륵
대는 칠면조처럼 목을 움직이며 먹어치운다. 밤에 외출하는
도마뱀은 얼마 전 한밤중의 싸움에서 꼬리를 잃었다. 꼬리는
조금씩 다시 자랐고, 지금은 거의 본모습을 찾았다. 나에게
도 남자아이의 꼬리*가 자라나면 좋겠는데.

　그런 생각은 언제나 그 망할 낮잠 시간에 떠올랐다. 우리
가 관개용 저수지에서, 걸쭉하다 느껴질 만큼 따뜻한 물에서
물놀이를 할 때면, 카데르 씨네 아들은 자기 고추를 손가락
처럼 단단해질 때까지 주물거렸다. 그러다 허리를 앞으로 쑥
내밀어 잠망경 같은 그걸 의기양양하게 내놓은 채 어슬렁거
리곤 했다. 다른 아이들은 그애를 놀렸다. 나는 그가 부러웠

---

　* 프랑스어 '꼬리(queue)'는 통속적으로 남자 성기를 지칭하기도 한다.

다. 나도 아랫도리에 매끈한 과일 대신 저런 게 달려 있었으면 했다. 꼬리가 있다면 알몸으로 활보할 테고, 아름다운 노란 장미 속에, 혹은 화덕 앞에서 몸을 굽히고 일하는 요리사 앙리에트의 포동포동한 엉덩이 사이에 찔러넣을 텐데. 하! 그 생각을 하면 뱃속에 뜨끈한 기운이 밀려들었다!

침대 속은 더웠고, 시트와 베개는 너무 부드러웠다. 오지 않는 잠을 애써 부르며, 나는 어쩔 도리 없이 거기에 대고 몸을 비볐다. 요전날 아우에드가 허리춤에 수건을 두르고 집에서 나오는 모습을 본 터였다. 그가 집안에서 아내와 함께 웃는 소리가 문 너머로 잠깐 들렸었다. 수문을 열 시간이 되어 그는 저수지로 향했는데, 수건이 마치 장대를 세워 팽팽하게 천막을 친 듯 앞으로 불거져 있었다. 그의 고추가 커져서 꼿꼿이 서 있다는 걸 알 수 있었다. 다시 집으로 돌아와서는 그는 집 문을 잠갔고, 이젠 아무 소리도 들리지 않았다. 어른이 되면 나도 결혼해서 남편과 함께 알몸으로 놀아야지.

하느님 용서해주세요, 저는 당신께 가까이 갈 수가 없어요, 제 머릿속은 죄로 가득합니다. 저는 장갑 끼는 게 싫습니다, 땀이 나거든요. 저는 속바지를 입기 싫습니다, 엉덩이가 따끔거리거든요. 저는 신발을 신기 싫습니다, 불편하거든요(포도주 저장고 벽을 돌자마자 나는 샌들을 벗어 포도밭에 숨겨두고 친구들과 숲까지 맨발로 달음질쳤다). 저는 미사가 지루합니다. 그것이야말로 가장 수치스러운 일입니다. 그렇습니다, 하느님, 저는 미사를 지루해한 죄를 지었고, 첫영성체 묵상 때 생샤를학교에 다니는 금발 소년을 자꾸 쳐다본 죄를 지었습니다. 단추를 잃어버리고, 지퍼를 망가뜨리고, 머리 리본과 핀을 잃어버리고, 손을 더럽힌 죄를 지었습니다. 하느님, 저는 세귀르 백작부인이 쓴 성주와 모범생 소녀들과 가엾은 블레즈가 나오는 책들을 도저히 읽을 수가 없고, 안데르센의 동화와 요정과 도깨비불과 눈 속에서 길을 잃은 아이들이 나오는 다른 이야기들에 재미를 느끼지 못하는 점을 참회합니다. 저는 유세프의 라이마에 가는 게 더 좋습니다. 거기에 가면 이가 옮지만 다이바 할멈이 과자와 누룩을 넣지 않은 딱딱한 빵을 구워주고 이야기도 들려주거든요. 농장의 아이들 모두가 거기 갑니다. 우리는 불가에 둘러앉아 이야기를 듣지요……

다이바 할멈은 (뭉근히 끓는 쇼르바*를 지켜보며) 성당에서 신도송을 중얼거리듯 단조롭고 약간 구슬픈 어조로 이야

---

* 북아프리카, 중앙아시아 등지에서 먹는 수프나 스튜 등의 국물 요리. 아랍어로 '마실 것'이라는 의미.

기를 들려주었다. 날개 달린 말을 타고 순식간에 알라의 천국으로 날아오르는 이야기였다. 할멈이 솥뚜껑을 열 때마다 민트와 향신료의 강렬한 냄새가 피어올랐고, 그러는 동안 어느 불운한 자가 근처 묘지의 무덤에서 나온 뱀에게 벌을 받는 이야기가 계속 이어졌다. 할멈은 라피아를 엮은 둥근 부채로 불길을 돋우며 산을 뒤흔드는 검은 거인들, 심한 가뭄에도 물이 솟아나는 샘들, 병 속에 갇힌 정령들 얘기를 이어갔다. 그러고는 느릿한 동작으로 우리 각자에게, 노란 초승달과 빨갛고 검은 커다란 꽃 장식이 된 유약 바른 단지에서 퍼낸 꿀이 뚝뚝 흐르는 즐라비아*를 한 조각씩 나눠주었다. 마리 로즈**를 문지르고 곱슬곱슬한 내 머리칼을 촘촘한 참빗으로 빗어내리는 고통이 기다리고 있을 것을 알면서도, 나는 그곳에 가지 않을 수 없었다.

"넌 자제라는 걸 모르는구나. 그 노파가 주는 불결한 음식을 먹으려고 무슨 짓이든 하겠지."

내 마음을 끌었던 건 다이바가 주는 과자가 아니라 황금 발굽과 날개를 달고 하늘을 질주하는 알라의 백마였다. 하지

---

* 밀가루 반죽을 여러 형태로 빚어 튀겨낸 뒤 시럽에 적셔 먹는 중동 과자. '잘레비'라고도 한다.
** 머릿니 제거약 상표.

만 그 말은 하지 않았다.

잠 못 든 채 내 죄를 헤아리는 일에 짜증이 났다. 그러다 못된 흐름에 휘말렸고 대개 그건 최악의 결과로 이어졌다.

나는 종이 또는 그보다 더 좋은 얇은 판지를 손가락에 감아 원뿔을, 즉 한쪽이 다른 쪽보다 더 넓게 벌어진 관 모양을 만들었다. 그걸 옷 속에 감추곤 깊은 잠에 빠진 집안의 고요함 속에서 맨발로 소리 없이 타일 바닥을 걸어 화장실로 가서 문을 잠갔다.

화장실치고는 상당히 넓은 곳이었다. 우리 가족은(엄마는 말할 것도 없고) 화장실에서 책 읽는 것을 무척 좋아해서 서재의 별채라 해도 좋을 정도였다. 오래된 〈일뤼스트라시옹〉과 〈마리 클레르〉, 『라루스 사전』과 몇 권짜리인지 헤아릴 수 없는 『리트레 사전』, 전화번호부, 신문과 추리소설이 선반에 꽂혀 있었다. 얼룩 하나 없는 새하얀 도기 변기에 매일 윤을 내고 오래 사용하여 반들반들해진 편안한 참나무 변좌가 끼워져 있었다. 오후에는 두꺼운 벽에 뚫린 좁은 창문을 통해 안뜰의 햇빛이 곧장 들어왔다. 나는 창가 알코브에 웅크리고 있는 게 좋았다. 농장 한복판이 내 발치에 있었다. 이런저런 모양으로 반짝이는 커다란 조약돌이 깔린 안뜰 주변에 배치된 일꾼들의 거처와 마구간, 그 뒤 진입로에 하늘 높이 솟은 유칼립투스 여섯 그루, 곡물 저장고의 장밋빛 기와지붕 위편으로 완만한 경사를 이룬 포도나무 언덕과 그 꼭대기의 해안송 무리가 보였다.

그 숲은 낙원이었다. 사시사철 백리향과 유향나무와 송진향이 풍겼고, 철에 따라 금작화, 야생 히아신스, 데이지, 혹은 헬리크리섬의 긴 숨결이 방안까지 닿았다. 그 지방 특유의 붉은 흙과 진줏빛 모래가 섞인 숲의 토양은 폭신했다. 그곳은 농장 아이들의 영토였다. 우리는 거기에 오두막집을 지었고 가슴 두근거리는 숨바꼭질을 하거나 밭일을 하지 않는 당나귀와 노새에 올라타 기마행렬을 벌였다. 울퉁불퉁한 등뼈 위에는 안장 대신 빈 감자 포대를 두껍게 깔았다. 세상 어느 곳보다도 나는 그 숲이 좋았다.

"집에서 볼 수 있게 숲 언저리에서만 놀아라." 엄마의 충고에도 불구하고, 나는 다른 아이들과 함께 우리만 아는 숲 속 빈터와 낮은 수풀로 깊이 들어갔다.

남자애들은 타잔 놀이를 하겠다고 가지에 매달린 채 이 나무에서 저 나무로 옮겨다니며 무시무시한 고함을 지르는가 하면 높은 나뭇가지에서 당나귀 등으로 떨어지기도 했는데, 그러면 당나귀는 보통 격한 반응을 보이며 뒷발질을 한 번 하고는 꼼짝도 않으려 들었다. 또 남자애들은 전쟁놀이를 하느라 땅에 뒹굴며 이미 너덜너덜해진 반바지를 그러쥐려고 모랫바닥에서 팔다리가 뒤엉킨 채 싸움을 벌였다. 결국은 알몸이 되어 싸움판이 끝나면 다리 사이에 달린 거무스레한 장밋빛 작은 관을 숨기곤 낄낄거리며 여자애들을 묘한 눈으로 쳐다보곤 했다.

나는 그애들이 부러웠다. 그애들이 하는 일은 무엇이든 할 수 있을 것 같았다. 하지만 그것만은 할 수 없었다. 그건 여자애들 놀이가 아니었으므로. 나는 다른 '계집애들'(카데르의 표현을 빌려)과 함께 꽃을 꺾고 오두막집을 정리하며 남녀 모두 같이 하는 놀이가 시작되길 기다렸다.

화장실 창가에 웅크리고 앉아 이런 생각을 하자 흥분이 되었다. 쏟아지는 햇볕 때문에 땀이 솟았다. 무심결에 나는 은신처에서 내려와 상의 안에 감춰두었던 종이 관을 꺼내 남자애처럼 서서 오줌을 눠보려 했다. 원뿔 모양 종이 관을 통해 오줌 줄기를 내보내는 것이다. 쉽지 않았다.

막다른 골목 끝에서 그 순간들을 다시 경험하고, 스무 해 전의 기분을 그대로 다시 맛보며, 나는 종이 관을 내 몸에 맞게 갖다대려던, 수원水源을 정확히 찾기 위해 더듬거리던 동작이 피가 흐르는지 확인하기 위해 내가 하던 동작과 다르지 않음을 깨달았다. 은밀한 움직임, 가벼운 마찰, 미세한 왕복

158

운동, 가벼운 경련, 이 모든 것이 숨죽인 가운데, 몸의 다른 부위에는 무심하게, 내 정신의 일부는 다른 일에 몰두한 채로, 지금 이 행동에는 아무런 의미도 없다는 듯 이루어졌으나 내 마음 한구석은 바로 거기, 손가락 끝에 가 있었다.

그러나 피의 처벌과 만나는 대신 종아리 아래서 강렬한 감각, 조이는 듯한, 쾌감과 고통의 경계에 있는 쑤시는 듯한 느낌이 점차 허벅지를 타고 올라와 복부로 몰리는 것을 느꼈다. 그리고 마침내, 손가락에 뜨거운 오줌을 누면서는 더이상 아무것도 통제할 수 없었기에, 내 몸은 앞뒤로 흔들리는 요동에, 바닥을 기는 듯한 움직임에 사로잡혔고, 허리를 격렬하게 구부린 채 엄청난 행복, 두려울 정도로 완전한 행복함을 만끽했다.

쾌락이 지나가면 즉시 수치가 몰려왔다. 나는 젖고 흐물흐물해진 종이 원뿔이 멀리 떠내려가버리도록 변기에 버리고 물을 내렸다. 그리고 화장실을 나왔다. 내가 죄를 지었고 엄마에게, 내 집에, 내 가족에, 예수님에게, 성모마리아에게, 모든 것에 가당치 않다는 기분이었다. 속죄로 무엇인가 해야 했고, 보물을 찾아야 했다. 예수님에게 다시는 그러지 않겠다 약속하고도 매번 지키지 못했으므로 죄책감이 갈수록 커졌다.

눈을 떴다. 모든 게 제자리에 있었다. 머리맡에 약간 떨어져 앉아 있는 의사, 들보 꼭대기의 장식용 이무깃돌(정신질환자들만 오는 방에 꼬마 악마 장식품을 둘 생각을 하다니! 일부러 그런 걸까?), 벽에 걸린 캔버스, 추상화, 천장.

변한 것은 전혀 없었으나 나는 그 모든 것을 달라진 시선으로, 더 대담한 시선으로 보았다. 조금 전 나 자신과 처음 만난 터였다. 그때까지는 과거를 이야기하며 언제나 다른 이들, 특히 엄마가 주역을 맡도록 연출했다. 나 자신은 그저 순종적인 하수인, 조종당하고 복종하는 얌전한 소녀일 뿐이었다.

종이 고추 이야기를 나는 똑똑히 기억하고 있었다. 망각에 파묻혀 있지도 않았지만 굳이 떠올리려 하지도 않았다. 스무 해가 지났어도 그 기억은 여전히 설명할 수 없는 끔찍한 수치심을 일으켰다. 스무 해가 지나, 사랑을 나누고 소위 '정사'라는 것을 경험했는데도, 나는 서서 오줌을 누려 했다는 게 부끄러웠던 것이다! 수음을 했던 건 부끄럽지 않았는데, 그건 그날까지 그게 수음이라는 사실을 인정하지 않았기 때문이었다. 사전들 틈에서, 엉덩이를 어루만지는 햇살 속에서 자위를 했던 소녀는 그동안 존재하지 않았다. 그 소녀는 막다른 골목 끝에서, 의사의 장의자 위에서 방금 태어났다.

종이 고추를 만들었던 시절 나는 '수음하다'라는 말을 몰랐고, 자위에 대해 완전히 무지했다. 남자아이들이 고추가 꼿꼿해질 때까지 주물럭거리는 걸 보며 우리끼리는 제 몸을 '더듬는다'고 했다. 우리의 대화에서, 여자애들이 자기 몸을 더듬는다는 건 아예 논외였다. 게다가 뭘 더듬겠는가? 더듬을 게 전혀 없는데. 한참 뒤, 자위행위가 무엇인지 배우고 여자의 몸이 어떻게 만들어졌는지 알게 되었을 때도 자위행위와 종이 고추 사이에 연관이 있다는 생각은 전혀 들지 않았다. 그러나 그 연관성은 명확하며, 오늘날까지 내가 자위에 심한 거부감을, 상태가 위험해질 정도로 역겨움을 느끼는 이유도 명백했다.

나는 정상적이고 건강한 나보다 비정상적이고 아픈 나를 더 좋아한다는 사실을 깨달았다. 동시에 나 자신이 내 병에 상당한 관련이 있다는 것을, 부분적으로 내 책임도 있다는 것을 알게 되었다. 왜일까?

최초의 진정한 '왜'. 이것을 도구 삼아 나 자신을 뒤적이고, 파헤치고, 뒤집고, 결국 내면을 완전히 까뒤집어낼 수 있을 것이었다.

어쨌거나, 오래전에 했던 깜찍한 수음 행위를 돌이켜보며 얼마나 즐거웠는지! 수음을 원하고, 수음을 하며 쾌감을 느끼던 생기 가득한 아이를 만나 얼마나 가슴이 벅찼는지. (엄마가 나를 두고 '고집쟁이'라고 했던 게 아주 틀린 말은 아니었다.) 그 아이는 나를 안심시켰다. 나는 존재했었고, 늘 남들이 하라는 대로 온전히 끌려다니던 아이가 아니었다. 그들을 속일 줄 알았고, 이용할 줄도 알았으며, 피할 줄도 알았고, 스스로를 보호할 줄도 알았다. 얼마나 기쁜 일인가! 나는 그 길을 되찾아야 했다. 이제는 그 길이 존재한다는 확신이, 나는 포로였으며 나를 해방할 방법은 나 자신이 쥐고 있었다는 확신이 들었다. 자위를 하던 아이가 나였으니까.

나는 일어나 의사에게 말했다.

"진료실에 저 이무깃돌을 두시면 안 돼요. 소름 끼치잖아요. 여기 오는 사람들 머릿속엔 안 그래도 공포와 두려움이 가득한데, 거기 뭘 더 추가할 필요는 없죠."

내가 환자가 아닌 다른 존재로 그에게 말을 건넨 건 그게 처음이었다.

그는 대꾸하지 않았다.

존재하지 않는 보물을 찾아 더위 속으로 몰래 빠져나가게 했던 동요와 광기가 이미 그것이었음을 그날 나는 깨달았다. 심장이 세게 뛰었던 건 달리기 때문만이 아니었고, 그렇게 땀을 흘렸던 건 더위 때문만이 아니었으니, 이미 그것으로 인한 두려움과 땀이었다. 내 숨막히는 수치와 죄책감이 이미 그것이었다. 그것은 포도밭의 경작된 땅을 달리다가 마른 흙덩이에 발목을 삔 어린 소녀를 진즉부터 괴롭히고 있었다.

7

그다음 상담부터 나는 엄마의 역겨운 짓에 대해 말하기 시작했다.

아주 오래전, 내가 사춘기에 접어들 무렵이었다.

엄마는 알을 품으려고 자리를 잡는 암탉처럼 가죽 안락의자에 앉아 있었다. 쿠션들을 이리저리 누르며 한참 가장 편한 자세를 찾더니 벨벳 등받이에 머리를 기댔다. 엄마는 얼굴 윤곽이 뚜렷하고 조금 지나치게 선이 날카로웠다. 눈은 밀려드는 바닷물 같은 초록색이었고, 얼굴은 해안처럼 맑았다.

실팍하고 탐스러운 엄마의 몸은 얼굴과 도무지 어울리지

않았다. 하얀 산둥 실크로 된 품질이 아주 좋은 하얀색 '파자마'를 걸치고 있었는데, 밑단이 워낙 낙낙해 엄마가 방금 꼰 다리를 따라 주름진 천이 흘러내렸다. 젊음이 고스란히 남아 있는 가느다란 발목은 유연하고, 길고, 흰 샌들에 꼭 맞는 발로 이어졌다.

1943년이었다. 그녀는 아름다웠고, 나의 엄마였다. 나는 온 마음 온 힘을 다해 엄마를 사랑했다.

엄마와 함께 차를 마시는 일은 드물었다. 수업이 끝나고 돌아오면 나는 으레 식료품 보관실에서 간식을 꺼내 밖에 나가 다른 농장 아이들과 먹었다. 내가 이 자리에, 마치 남의 집에 온 양 외출복 차림으로, 내게는 엄숙한 장소인 이곳, 밤 인사를 할 때나 친척이 방문해서 인사할 때만 들어오는 이 응접실에 자리한 건 뭔가 특별한 일이 있다는 뜻이었다.

나는 엄마가 앉은 의자와 똑같이 생긴 의자에 앉아 있었다. 우리 사이에 놓인 낮은 탁자에는 신경써서 놓아둔 듯한 은제품들이 있었다. 분갑, 사탕통과 소금통, 재떨이, 아네모네가 가득한 작은 은잔들. 그것들은 키 크고 오래된 램프 아래 둘러서 있었는데, 램프의 갓 때문에 조명은 명랑하고도 은근한 벌꿀색을 띠었다.

차가 나왔다. 향기로웠다. 차향이 엄마가 피우는 크레이븐 A

담배 냄새, 그리고 따뜻한 토스트 냄새와 섞여 모두 내 기억 속에 선명하게 남았고, 이후 어디서든 그중 한 가지 향기를 맡으면 다른 향기들도 연달아 떠오르고, 나는 다시 한번 그 장면 속으로 들어간다. 장작불 앞에서 차를 마시는 엄마와 나. 아주 오래전, 서른 해도 더 전의 일인데.

엄마는 말을 서두르지 않았다. 번갈아가며 담배 연기를 길게 내뿜고 차를 한 모금 마셨다. 그러다 찻잔을 내려놓고, 식민지 태생의 백인다운 팔동작으로, 마치 혜성이 떨어지듯, 기름한 손을 우리 사이 낮은 탁자에 늘어선 물건들에 가져다 대더니, 그중 하나를 집어 엄지손가락으로 느릿하게, 마치 애무하듯 어루만지다가 제자리에 내려놓았다.

엄마는 심각한 표정, 전문가의 표정을 하고 있었다. 특정한 손님들, 사제, 수녀, 자선행사 관계자, 의사를 맞이할 때 짓는 표정이었다. 엄마의 행동은 나를 어느 정도 어른처럼 생각한다는 의미였고, 엄마가 나에게 동등하게, 한 어른을 대하듯, 성숙한 여자를 대하듯 이야기하리라는 걸 알 수 있었다.

몇 마디 말과 아까 시내의 의사에게 다녀왔던 일이 언급되어 나는 이것이 의학적인 대화가 되리라 짐작했다. 불편한 주제는 아니었다. 나는 그 방면에 호기심이 많았다.

어릴 때 나는 인형들을 수술하길 좋아했다. 처음에는 인형의 배를 갈랐지만 머릿속에 눈알 두 개가 박혔을 뿐 단순한 Y자 형태 칼자국 외에 몸속은 텅 비어 있어 실망스러웠다. 나니가 내 수술의 결과물을 엄마에게 보였을 때 그녀가 크게 분노했다는 것은 말할 나위도 없다.

"왜 이런 짓을 했지?"

"……"

왜인지 나도 몰랐다.

"다시 한번 이런 짓 하면 장난감을 전부 없애버릴 거야. 가지고 놀 것이 아예 없는 아이들도 있어. 인형들을 이런 식으로 망가뜨리는 건 부끄러운 짓이야."

그후로는 색연필을 도구 삼아 수술 놀이를 했다. 사실은 아프게 할 것을 알면서도, 나는 '내 아이들'의 옷을 벗기며 안심시키는 말을 들려주었다. 수술을 하려면 혼자, 반드시 나 혼자여야 했다. 나는 아이들의 몸에 줄을 그었다. 목에서 시작해 다리 사이를 지나 엉덩이 위 등에서 끝나는 색색의 커다란 칼자국들. 여러 색으로 여러 줄을 그었다. 나는 인형들의 몸이 갈라지고, 벌어지고, 팔딱거리고, 희생된 모습을 상상했다. 그런 뒤 한 부위에 집중적으로 아주 세게 힘을 주어 검은 연필로 빠르게 동그라미들을 그렸다. 수술이 실패했으니 이제 아이들을 죽여야 한다고 생각했다. 그게 얼마나 흥분되던지 땀이 다 날 정도였다. 흥분이 가시면 내가 한 짓을 아무도 볼 수 없도록 잽싸게 인형들에게 옷을 입혔고, 나는 일종의 수치심을, 당혹감을 느꼈다.

그런 기억 때문에 의학은 내게 신비로움, 그리고 미심쩍지만 매혹적인 즐거움과 결부되어 있었다. 게다가 엄마는 주사기와 작은 메스와 핀셋과 가위를 잘 정리해 넣어둔 검은 상자를 늘 갖고 다니면서 하루종일 뭘 하는 걸까?

그랬다, 정말이지 의학은 매력적이었다. 하지만 나는 수술을 받기보다 수술 집행자가 되는 편이 좋았다. 그러나 그날 오후에는 내가 알몸으로 진찰대에 누워야 했고, 몸 이곳저곳에 의사의 청진을 받아야 했다. 그리고 나를 대기실로 내보낸 다음 바로 엄마와 의사가 나에 대해서 은밀히 이야기를 나누었다. 엿듣고 싶었지만, 대기실에 아픈 아들을 데려온 부인이 있어서 문 쪽으로 다가갈 수가 없었다. 나는 무릎에 손을 얹고 하얀 장갑의 주름 장식 여섯 줄을 바라보며 얌전히 앉아 있어야 했다. 하지만 내면에는 지루함과 그들이 하는 얘기를 알 수 없다는 불만이 터질 듯 쌓여갔고, 막을 도리가 없다는 것을 알면서도 이 상황이 너무 길어지면 내 목구멍에서 날카로운 비명이 터져나올지 모른다는 생각에 두려움이 일었다.

문이 열렸을 때 내가 어찌나 소스라치게 놀랐는지 의사가 "졸고 있었니?" 하고 물었다. 나는 그의 생각이 맞는다는 인상을 주려고 고개를 끄덕이며 미소를 지었다. "네"라고는 답하지 않았다. 엄마 앞에서 거짓말을 할 수는 없었기 때문이다.

우리는 병원을 나섰다. 카데르가 아래에 차를 대고 기다리고 있었다. 그는 모자를 벗고 문을 열어 우리를 차에 태웠고, 우리는 한마디 말도 없이 농장까지 갔다. 안뜰에 들어설 때에야 엄마가 입을 열었다.

"같이 차 한잔 하자꾸나. 네게 할말이 있어."

그리하여 우리는 뜨거운 차를 한 모금씩 마시며 불을 바라보고 있었다.

"지금도 지난여름만큼 피곤하니?"

"아뇨, 엄마. 가끔만 그래요."

몇 달 전부터 나는 현기증을 느꼈다. 내 몸이 아주 약해지고 가벼워졌으며, 어떻게 지탱할 수도 없이 쓰러지고, 쓰러지고, 쓰러질 것 같았다.

"의사 선생님은 네가 곧 성숙한 여자가 될 거고, 그 때문에 성장통을 겪는 것 같다고 하시더라. 사실 네가 그쪽으로는 좀 늦되긴 했지, 벌써 시작했어야 하는데. 그것 말고는 아주 건강하단다. 폐도 깨끗하대. 내가 제일 걱정하던 게 그거였는데."

성숙한 여자라고! 어떻게 내가 단번에 숙녀로 변한다는 말이지? 내가 생각하는 숙녀란 고등학교 2학년 언니들, 미슐레 가街 모퉁이를 돌자마자 스타킹을 신고 화장을 하는 그들이었다. '라 프랭시에르' 과자점 맞은편에서 남자 친구들과 만나 시시덕거리는 언니들. 내가 어떻게 갑자기 그렇게 된다는 걸까? 나는 2학년도 아닌데. 공부를 잘하긴 했지만, 그래도 아직 2학년은 아니었다. 의사가 잘못 진찰한 게 틀림없었다.

"성숙한 여자가 된다는 게 뭔지 아니? 친구들이 얘기 안 해줬어? 너희 반에도 분명 벌써 시작한 애들이 있을 텐데. 아니, 아마 너 빼고 다들 시작했을 거다. 넌 공부는 잘할지 몰라도 나머지는 늦되니까."

대체 무슨 말인지 전혀 이해할 수 없었다. 엄마가 난처해하는 게 느껴졌고, 나는 혼란에 휩싸였다. 무슨 말을 하고 싶은 걸까?

"남자아기들은 양배추에서 태어나고 여자아기들은 장미에서 태어나는 게 아니라는 건 알고 있겠지."

그 어조를 듣자니 엄마가 나를 놀리고 있다는 걸 알 수 있었다.

"나니는 황새가 아기를 가져다주는 거라고도 몇 번 말했는데, 물론 그게 사실이 아니란 건 저도 알아요. 엄마가 예전에 직접 설명해주셨잖아요. 바르데드의 아내가 아기를 갖게 되었을 때, 아기는 뱃속에 있고 부모가 아기들을 주문한 거라고요. 하지만 어떻게 하는 건지는 몰라요."

"말하자면 그렇다는 거야. 그래도 대강은 알고 있는 모양이구나."

학교에 위게트 뫼니에라는 여자애를 중심으로 무리가 하나 있었는데, 그애들은 쉬는 시간마다 음란한 얘기를 엄청 많이 했다. 나는 그 틈에 끼고 싶지 않았다. 하지만 그애들은 줄을 서서도 계속 떠들었다. 위게트 뫼니에는 남자가 고추로 아기를 만든다고 했다. 사빈 드라보르드는 남자가 여자의 엉덩이에 손가락을 넣기만 하면 아기가 생긴다고 주장했다. 서로 키스를 하면 아이가 생긴다고 하는 애들도 있었다.

사실 나는 한두 해 전부터 겉돌았고, 특히 그런 주제와 관련해서는 학교 여자애들과 그다지 교류가 없어 성에 대한 명확한 개념이 없었다. 성은 엄청나게 흥미로우면서도 겁이 나는 까다로운 주제라, 나는 결코 누구와도 그런 얘기를 나누지 않았다.

게다가 그 모든 건 부끄러운 것이었고, 엄마와 그런 문제를 논한다는 건 말도 안 되었다. 성숙한 여자가 되느냐 마느냐는 나이 문제였고, 나는 아직 그 나이가 아니었다.

"자, 그럼 똑바로 말해보렴. 여자가 아이를 낳기 전 뱃속에 품는다는 걸 안다고 방금 네 입으로 말했잖니. 아마 더 자세히 안다고 털어놓으면 내가 충격을 받을까봐 그러는 모양이구나. 그렇지 않아, 그건 아주 자연스러운 일이야. 네가 평생 어린애일 수는 없다는 걸, 여자가 되어야 한다는 걸 잘 안단다.

여자의 역할은 아이를 낳는 것뿐만 아니라 주님의 사랑으로 기르는 것이기도 해…… 하느님께서 우리에게 시련을 주셨으니 우리는 기꺼이 받아들여야 해. 그 시련을 통해 우리는 하느님께 가까워지게 되는 거니까…… 넌 그 시련 중 첫번째 관문에 선 셈이란다, 곧 월경을 시작할 테니 말이다."

"……"

"그게 무슨 말인지 정말 몰라?"

"월경요?…… 네, 엄마, 무슨 말인지 모르겠어요."

나는 정말 몰랐다. 우리 반 여자애들은 내게 그런 얘길 한 적이 없었고, 내 친구는 남자애들뿐이었다.

"그러니까, 언젠가 팬티에 피가 조금 묻을 거야. 그리고 그런 일이 매달 반복되지. 아프지는 않아. 다만 불결하니까 아무도 눈치채게 해서는 안 되지만, 그뿐이지. 그게 시작돼도 무서워할 필요 없어. 때가 되었을 때 내게 알려주렴. 아무것도 더럽히지 않으려면 어떻게 해야 하는지 일러주마."

"언제 시작하는데요? 의사 선생님이 말씀해주셨어요?"

"선생님도 정확히는 몰라. 하지만 머지않아 시작할 거라고 하셨어…… 여섯 달 안에. 월경을 한다는 게 무슨 뜻인지 아니?"

"아뇨, 엄마."

"내가 전부 다 말해주지는 못해. 이런 얘기가 너도 불편하겠지만 알다시피 나도 불편하거든. 그치만 나는 몇몇 현대적인 교육 원칙에 찬성한단다. 지나친 무지는 해롭지. 나도 늘 어떤 주제에 대해 더 자세히 알지 못했던 게 아쉬웠거든. 만일 알았다면 중대한 실수들을 저지르지 않았을 거야. 너에게 얘기하기로 결심한 것도 그런 이유란다. 게다가 의사 선생님도 적극 권장하셨고. 그분도 나처럼 구식 교육에 가끔 나쁜 면이 있다는 데 같은 의견이거든.

그러니까, 우리 딸, 월경을 한다는 건 아기를 가질 수 있다는 뜻이란다."

나는 카펫으로 시선을 내리고 있었지만 눈에 들어오지 않았다. 그 상황, 그 대화, 그 새로운 사실 때문에 마비되었다.

어떻게, 몸안에 있는 건 어린아이인데, 그 뱃속에 아기를 가질 수 있단 말인가? 어떻게, 여전히 숲속에서 뛰놀고 투명한 거품을 내는 파도를 따라 물속을 달리고 싶어하는데, 생식 기능자라는 거룩하고도 필수적인 지위에 오를 수 있단 말인가?

도무지 할 수 있을 것 같지 않았고, 나는 공포와 혐오를 느끼며 주님이 주신 이 첫번째 시련을 거부했다. 나는 당장은 아기를 갖고 싶지 않았다. 엄마가 내 눈빛에서 신성모독을 엿볼까봐 감히 고개를 들 수가 없었다.

벽난로에서 타오르는 포도나무 그루터기가 침묵 속에 딱딱 소리를 냈다.

차, 난롯불, 왁스칠이 된 가구들, 도톰한 모직 카펫, 바깥 포도밭 위로 내리는 저녁, 짖어대는 개들, 우리 엄마. 내 인생 전부! 아름답고 너그럽고 모범적이고 따스한 세상, 내 자리가 있는 곳. 나는 내 역할의 고난을 거부하고 있었다! 나는 내 운명을 받아들이지 않았고, 그 운명이 두려웠다.

새끼를 낳을 암소와 암말은 농장에서 아주 특별히 돌봐야 할 대상이었다. 새끼들은 농장의 가축 자산을 늘리고 가족을 부유하게 하니까. 하지만 나는 출산 장면을 봐도 좋다는 허락을 받은 적이 한 번도 없었고, 개들이 서로의 몸에 올라탈 때면 다들 내 눈을 돌리려 애썼다. 그럼에도 나는 무언가 상상할 수 있을 만큼은 충분히 보았다. 그리고 머릿속에 생겨난 이미지들은 나를 수치스럽게 했다. 사람들은 언제나, 무례한 사람이나 범죄자를 두고 "그자는 동물처럼, 짐승처럼, 개처럼 굴었어!"라 말했다. 하지만 이런 이야기, 피와 아기에 대한 것이야말로 개 같은 이야기였다! 그런데 내가 그런 인생에 발을 들이길 바라고, 내 앞에서 그 이야기를 하는 사람이 다름 아닌 내 엄마라고?

"고개 숙이지 마라. 무서워할 것 없어. 여자라면 누구나 거치는 일이고, 너도 알다시피 그런다고 죽지 않아. 남자들이 우리보다 운이 좋다는 건 솔직히 인정해야겠구나. 적어도 그런 불편한 일은 겪지 않으니까…… 물론 남자들은 전쟁에 나가지…… 그게 더 나쁜 건지 모르겠다만……"

"엄마도 그걸 해요?"

"당연하지, 말했잖니, 여자들은 모두 한다고. 익숙해질 거야. 고통스럽진 않아. 불결할 뿐. 하지만 이삼 일, 기껏해야 나흘 정도 할 뿐이지."

"매달요!"

"이론적으로는 이십팔 일마다."

"월경은 월경이고, 아이를 갖는 건 그와 연관이 있지만 별

개의 문제야. 처음 월경을 경험하면 무척 놀라겠지만 이내 익숙해지고 쉽게 숨길 수 있어. 호흡이나 허기 같은 다른 생리현상이랑 다를 게 없지. 내 말 알아듣겠니?…… 어쩔 수 없는 일이야, 우리는 그렇게 만들어졌으니, 헤아릴 수 없는 주님의 뜻을 따라야지…… 아기 문제는 더 복잡한데, 너 혼자만으로 되는 일은 아니기 때문이지…… 남편이랑 같이 살아야 아기가 생긴다는 거 알고 있니?"

"네, 엄마."

"누가 말해주던?"

"위게트 뫼니에가요."

"너희 반 아이니?"

"네, 엄마."

"그애 아버지는 무슨 일을 하시지?"

"모르겠어요."

"교장선생님께 여쭤봐야겠구나. 그애가 뭐라고 했는데?"

"그러니까, 아기는 남편이랑 같이 갖는 거라고요. 뱃속에 아기를 품는다고…… 아홉 달 동안요."

"그애가 뭘 좀 아는구나! 그런데도 월경 얘기는 못 들었다고 할 셈이니?"

"정말이에요, 엄마, 그 얘긴 한마디도 안 했어요. 전 개랑

거의 말 안 해요."

"하긴 그애가 말 안 했을 법도 하지. 우리한테 그 얘기는 그리 달갑지 않으니까."

위게트 뫼니에와 엄마가 '우리'로 묶이다니, 상상할 수 없는 일이었다!

"어떤 여자들은 결혼하지 않고 아이를 갖는다는 얘기도 했니?"

"아뇨, 엄마, 그런 말은 안 했어요."

사실 위게트 뫼니에는 남편이 아니라 남자애들이라고 말했다. 그애는 족제비처럼 생긴데다 얘기를 들려줄 땐 감시를 피할 수 있는 안뜰 구석으로 아이들을 모았기 때문에, 나는 그애가 관심을 끌거나 재미로 거짓말을 꾸며낸 거라 생각했다.

"그런 일이 일어날 수 있어. 그건 너무나 큰 죄라 주님께서 결코 용서하지 않으신다. 그런 죄를 저지른 여자와 거기서 태어난 아이는 평생 저주받는 거야. 알겠니?"

"네, 엄마."

"그리고, 월경을 시작하고부터는 절대로 남자애랑 단둘이 있으면 안 돼. 남자 어른은 더더욱 안 되고. 너는 사내애들 놀이를 좋아하는데, 이젠 자제해야 돼. 바르데드네 아들들이랑 숲속에서 기마행렬 놀이 하는 건 그만둬! 알겠니?"

"……"

"누가 널 만지거나 뺨에 입맞추게 해선 절대로 안 돼. 네가
어디에 있고 누구와 같이 있는지 언제나 우리가 알아야 해.
알겠니?"

"……"

"방과후에 내가 모르는 사내애들을 만나고 다니면서 방종
한 계집애처럼 굴었다가 들키는 날엔, 경고하는데 집에서 내
쫓길 줄 알아. 당장 수녀원으로 보내버릴 거야."

"왜요?"

"그렇다면 그런 거야…… 뭐라 설명해야 할지 모르겠구
나…… 아무하고나 말해서도 안 되고, 스스로를 존중할 줄
알아야 해. 더 할 말은 없다."

너무나 큰 혼란이었다! 그럼에도 나는 그 순간의 중요성을
자각했고, 마침내 내가 속한 계급의 비밀을 알게 된 것이 자
랑스러웠다. 마음 깊은 곳으로 엄마가 내게 전하려는 뜻을
이해했기 때문이다. 엄마의 이야기를 더 많이 듣고 싶어서
바보처럼 굴었지만, 나는 서민 아이들과 나 사이에 차이가
있다는 것, 어떤 부분에서는 우리를 연결하는 다리가 없으며
소통이란 불가능하다는 것을 아주 잘 알고 있었다. 그들은
아무것도 몰랐다. 그들이 먹고, 말하고, 심지어 노는 방식에

서도 그 점이 잘 보였다. 그들은 자제라는 걸 몰랐고, 가끔은 좀 고약한 냄새가 났다. 나는 농장 아이들을 좋아했지만 내가 그애들과는 다르다는 걸 알았다.

엄마와 나는 입문 단계를 소화하고 있었다. 중요한, 어쩌면 가장 중요한 교육 시간이었으리라. 엄마는 내게, 만나는 누구에게나 내 계급을 드러내줄 보이지 않는 제복의 가장 귀중한 조각들을 전수해주었다. 나는 어떤 순간, 어떤 상황에서도 내 출신이 드러나도록 훈련받아야 했다. 죽을 때, 놀 때, 아이를 낳을 때, 전쟁을 벌일 때, 댄스파티나 총독의 무도회에서 약혼자와 춤출 때도, 그 보이지 않는 제복을 입고 있어야 했다. 그것이 나를 보호해주고, 내가 동류를 알아보게 하고 또 동류의 눈에 띄도록 하며, 아랫사람들의 존경을 불러일으킬 것이었다.

"엄마, 왜 앙리에트네 딸들은 남자애들이랑 같이 바닷가에 나가 어울려요?"

"앙리에트는 참 요리를 잘해. 일솜씨 하나는 칭찬할 만하지. 하지만 앙리에트는 자기 멋대로 아이들을 키워. 그건 나나 너와는 상관없는 일이다. 노동하는 사람들은 자녀 교육에 신경쓸 시간이 없어. 게다가 교육은 그들에게 아무짝에도 쓸모없고. 오히려 나중에 성가시게 만들 수도 있지.

말이 나왔으니 얘긴데, 네가 그애들을 우리집에 들이는 게 난 탐탁지 않다. 너그러운 마음에서 그러는 건 알지만, 언젠가 그애들은 자신들이 결코 가질 수 없을 너의 모든 걸 부러워할 테고 그래서 불행해질 거다. 넌 자비를 베풀 줄 알아야 하고, 남들을 이해하려고 노력해야 해. 언젠가 여자들만의 모임을 열어 네 또래 친구들을 초대하겠지만, 앙리에트의 딸들은 그 자리에 올 수 없을 거다. 너도 알겠지만 거긴 그애들이 올 만한 자리가 아니고, 그애들은 거북해할 거야. 그런데 네가 그애들을 여기 데려와 버릇하면 나중에 다들 상처를 받겠지. 그러니까 얘야, 너그러운 마음을 가지면서도 거리 두는 법을 배우거라."

엄마는 하녀를 불러 찻쟁반을 치우게 했다. 우리는 다시 불 앞에 단둘이 남았다. 나는 불이 좋았다. 불꽃도 좋았고, 벽난로 내벽에 달라붙어 별처럼 빛나다가 별안간 꺼지는 불똥들도 좋았다.

내가 바보 같은 질문을 한 것은 그때였다. 확답을 들은 적은 없지만 이미 그 답을 잘 아는 질문이었다. 하지만 그날은 엄마가 여러 가지를 설명해주는 날 같았기에, 확실히 해두고 싶었다.

"엄마, 무슬림도 우리랑 똑같아요?"

"물론이지. 하느님 앞에서 우리는 모두 동등하고 똑같은 자연법칙을 따른단다."

"좋은 집안에서 자란 아랍 남자아이들도 초대하실 거예요? 프랑스에서 기숙학교에 다니는 샤이크* 벤 투쿠크의 아들들 같은 애들요."

"바보 같은 질문을 하는 재주가 있구나. 그 사람들이 여기 뭐하러 오겠니? 지루할 텐데! 제집같이 편하지 않을 거야."

엄마를 짜증나게 한 것이다. 나는 엄마에게 어떻게 말을 걸어야 할지 몰랐고, 엄마 앞에서 늘 서툴렀고, 엄마를 충격에 빠뜨렸다. 종종 엄마는 한숨을 쉬었다. "넌 도무지 어쩔 수가 없구나!" 낯선 손님들과 있다가 내가 등장하면 엄마는 경고를 했다. "내 딸 조심하세요, 저애는 야생아 같고요, 살아 있는 은**처럼 어디로 튈지 모른답니다." 나는 엄마의 걱정을 느꼈고, 엄마가 너무나 아름다운 말로 내가 저지를지 모를 실수들에 양해를 구하고 있다는 걸 이해했다.

살아 있는 은. 그 말에선 물고기떼가 갑자기 방향을 바꿀 때 발하는 광채, 그 은빛 배의 갑작스러운 반짝임이 떠올랐

---

* 아랍어로 부족의 원로나 현인, 이슬람 지식인을 뜻하며 아랍 국가의 왕자나 이슬람 조직의 지도자를 일컫는다.
** 예부터 수은을 달리 이르는 말.

다. 날아가는 비둘기들도 선회할 때 은빛 광채를 발했다.

끝났구나. 엄마가 내게 그만 일어나라고 할 줄 알았다. 그러나 엄마는 담배 한 대를 새로 집어 불을 댕기고 안락의자 깊숙이 앉았다. 엄마는 천천히 연기를 뿜었다. 엄마의 입술은 완벽했다. 아름다운 윤곽에, 윗입술 양끝은 뾰족하게 올라가고 아랫입술은 살짝 곡선을 그리고 있었다.

엄마의 초록색 눈은 슬픈 꿈속으로 떠나 있었다. 나는 엄마가 슬퍼하는 걸 견딜 수 없었다. 내가 다가가게만 해준다면, 내가 엄마를 위로하고, 입맞추고, 어루만져줄 수만 있다면. 하지만 엄마는 그런 걸 원하지 않았다. 아침과 밤에 입술 끝으로만 하는 입맞춤뿐, 그 이상은 없었다. 엄마를 보면 정원 새장 속에 있는 아주 화려한 꿩이 떠올랐다. 금갈색 복면을 쓴 듯한 머리를 하고, 몸에는 초록빛 광채가 나는 깃털이 달리고 금빛과 구릿빛 기다란 꼬리를 끌며 근엄하게, 느릿하고 뻣뻣한 걸음으로 이리저리 오가는 모습. 나는 녀석들을 만져보고 싶었지만, 조심해야 했다. 너무 가까이 다가가면 쪼았다! 갇힌 신세가 편치는 않을 텐데, 아마 그래서 성질이 나쁜지도 몰랐다. 그럼 우리 엄마는, 엄마도 갇혀 있는 걸까? 그럴 리가, 엄마는 하고 싶은 대로 하고, 가고 싶은 곳에 가고, 모든 규칙을 다 알고, 길을 잘못 들 위험도 없는데. 그 규칙들이 가끔 내게는 창살처럼 느껴지기도 했지만, 사실은 그렇지 않았고 오히려 그 반대였다. 엄마는 거듭 말하곤 했다. "내 말을 듣지 않으면 넌 해낼 수 없을 거야." 그러니까 엄마는 해낸 것이다.

"네 아버지 얘기를 해야겠다. 네가 어떻게 태어났는지 들려주고 싶구나. 이 얘기를 들으면 우리가 나눈 대화를 더 잘 이해하고 네가 나 같은 실수를 저지르지 않게 도움이 될 거야.

외모나 출생과는 달리 그 사람은 우리 계급 사람이 아니야. 소박하고 아주 건실한, 프랑스의 좋은 집안 출신이었지. 그런데 아주 젊을 때 자기 힘으로 성공하겠다고 가족과 연을 끊었어. 넌 아버지가 프랑스 라로셸 출신이라고 알고 있지? 하지만 여기 정착하기 전에 어디서 뒹굴었는지는 하느님만 아실 게다! 모르는 게 좋아. 너도 알겠지만, 그 사람은 나보다 훨씬 나이가 많아……

아주 잘생긴 남자고, 사람들이 말하듯 매력이 넘치지. 여기 도착하자마자 그는 도시의 인기인이 되었어. 기능사에, 프랑스 출신에, 말도 잘하니 환심 살 조건을 다 갖췄지. 그가 내게 청혼했을 때 솔직히 난 우쭐했어. 나이 차가 있는데도 네 할머니, 할아버지는 결혼을 허락하셨지. 그는 조건이 좋았거든, 그 시절엔 공장이 잘 돌아갔으니까…… 인정할 건 인정해야지. 그는 용감한 사람이었어. 땀흘려 일하며, 야간 수업을 들어가며 학위를 따냈지. 하지만 노동자로 지내는 동안 집안에서 배운 것을 죄다 잊었고, 좋은 습관이 자리잡았던 자리에 나쁜 습관이 들었지. 사실 그 사람은 협잡꾼이지만, 난 그걸 너무 늦게야 알았어…… 내가 얼마나 순진했는지 넌 모를 거다! 어쨌든 네 아버지니까, 네 앞에서 나쁜 말은 하고 싶지 않은데…… 그런데도 오늘 이런 얘길 하는 건 너에게 도움이 될까 싶어서야. 사회계급이 떨어지면 파국으로 치닿는다는 걸 꼭 유념하길 바란다. 아무하고나 결혼해서는 안 돼."

하얀 치아 위의 검은 콧수염, 높은 이마, 윤기 흐르는 검은 머리, 웃고 있는 검은 눈, 나를 붙드는 유연하고 깔끔한 손, 내 아버지. 아버지는 지팡이를 들고, 각반을 착용하고, 종종 거리의 부인들에게 인사를 건네느라 과장된 몸짓으로 모자를 벗는다. 나와 만날 때마다 아버지는 행복해했다. 너무나 행복해했다. 웃으며 나를 바라보고, 나를 껴안고, 내 동작과 말에 주의를 기울였다. 아버지는 내 얼굴의 특징들을 늘어놓았다. "네 코, 네 눈, 네 손…… 나랑 똑같구나! 넌 날 닮았어, 우리 강아지!" 그러면서 아버지는 더 크게 웃었다. 내가 거기 있는 동안은 나 아닌 무엇도 존재하지 않았다. 나는 그게 거북했다.

한 달에 한 번 아버지와 함께 보내야 하는 일요일 오후가 끔찍하게 두려웠다. 주중의 점심식사만으로 충분하다고 생각했다. 하지만 내가 용기를 내어 일요일의 그 시간이 싫다고 털어놓자, 엄마가 단단히 일러주었다. "그게 법이야. 네가 안 가면 그 사람은 쥐꼬리만한 양육비마저 아예 주지 않을 거다." 게다가 그런 하루가 끝날 때면 나는 '엄마에게 줄 봉투'를 요구하는 과제를 감당해야 했다.

권한이양을 수행하는 사람은 나니였다. 아버지 집 문 앞에 나를 데려다놓고 떠나기 전에 나니는 엄마의 명령을 다시 한 번 읊었다. "아버지 손수건으로 코를 풀지 말아라. 되도록 접촉을 피해. 아버지 병 때문에 네 언니가 죽었어. 그리고 봉투 달라고 하는 거 잊지 말고."

일요일이면 아버지는 항상 나를 테니스 클럽으로 데려가 한판 치면서 시작했고("네 아버지는 뛰어난 선수야"), 그다음에는 클럽하우스에 들어가 하얀 플란넬 바지, 라코스테 셔츠, 셰틀랜드 스웨터 차림의 스포츠맨들과 브리지 게임을 했다. 내 눈에 너무 거침없어 보이는 여자들도 있었는데, 그 여자들이 아버지의 어깨에 손을 얹고 그를 이름으로 부르며 몸을 기울여 귓전에 뭐라 속삭이면 아버지는 웃음을 터뜨렸다.

나는 그곳이 싫었다. 한없이 지루할 뿐 아니라, 이혼한 부부의 딸이라는 게 다른 곳에서보다 더욱 부끄러웠다. 엄마 곁에 있을 때 부모님의 이혼은 불행이자 시련, 약간 영웅적으로 견뎌내야 할 무언가였다. 아버지와 함께 있으면, 아버지의 웃음과 독신남의 습관, 그 뚜렷한 여성편력 때문에 이혼은 추잡스러운 것이었다.

테니스 클럽에 있을 때 나는 아무와도 말하지 않고 여자 탈의실 뒤쪽 잡목숲에 숨어 밤이 올 때까지 움직이지 않았다. 비가 오는 날이면 클럽하우스 베란다 아래에서 은신처를 찾았다. 아이를 돌볼 줄 모르는 아버지는 결코 나를 찾는 법이 없었다. 공원이나 어디 실내에서 잘 놀고 있겠거니 생각했고, 떠날 때 내가 알아서 차 옆에 와 있는 걸 아주 당연하게 여겼다. 차에 들어가 앉으면 아버지는 늘 같은 말을 했다. "참 즐거운 하루였어. 그렇지 않니, 우리 강아지?"

엄마 집 앞에 도착하면 나는 말했다(매번 돌아오는 내내 속으로 그 문장을 연습했다). "엄마가 봉투 주시래요."

그러면 아버지는 매번 완전히 잊어버렸다는 표정을 짓고는—내가 생각하고 있었기에 망정이지—온몸의 주머니를 뒤져가며 봉투를 찾기 시작했는데 봉투는 늘 같은 곳에서 나왔다. 아버지는 웃으며 봉투를 건넸다. "애들은 돈이 많이 든

단 말이지!"

나는 그 말이 싫었다. 아버지가 매달 엄마에게 주는, 이혼 이후, 그러니까 내가 태어난 이래 한 번도 인상되지 않은 양육비는 내 신발 한 켤레 사기에도 부족했기 때문이다.

내가 자라고, 전쟁이 발발하고, 우리 가족이 돈 걱정을 하게 되었을 때도 그 양육비는 끊임없이 얘깃거리가 되었다.

"네 아버지가 주는 돈으로 내가 이거든 저거든 다른 뭔가를 사줄 수 있을 것 같니?"

그 말을 듣는 게 너무나 두려워 나는 절대 아무것도 사달라고 하지 않았다. 전쟁 내내 두세 치수 작은 신발을 신고 다녀 발 모양이 변형되었을 정도다. 모든 게 구하기 어려웠고, 특히 옷은 터무니없이 가격이 올랐다. 내 성장 기세에 지친 엄마는 계절이 바뀌고 새 학기가 돌아올 때마다 작년에 입던 옷을 못 입게 되었음을 확인했고, 내가 보는 앞에서 수화기를 들어 아버지에게 전화를 걸었다. 엄마는 격하게 말했다.

"네가 증인이 되어줘야겠다. 판사에게 양육비 증액을 요청하려면 증인들이 필요해. 내가 어떤 수난을 겪고 있는지 말해줄 사람이 있어야 해. 나 혼자 허리가 휘도록 애쓰고 있다고 네가 증언하렴!"

엄마는 나를 전화기 옆에 세워둔 채 번호를 눌렀고, 곧장 기계에 의해 왜곡된 아버지의 목소리가 들렸다.

지금 생각해보니 엄마는 통화 내용을 전부 들으라고 나를 거기 세워놓은 게 확실하다. 거기서 벗어나려 할 때마다 엄마는 거친 손짓으로 날 다시 거기 잡아두었으니까.

"이봐요, 당신 딸이 또 컸어요. 당신이 주는 돈만으로는 애를 입힐 수가 없어요. 외투도 있어야 하고, 치마, 스웨터 두 벌……"

그들은 격앙된 어조로 오랫동안 말다툼을 벌였다. 둘의 원한이 표면으로 드러났다. 엄마는 내 부양 책임을 아버지에게 내던졌다. 아버지는 나를 자기 집에 데려가 같이 살 수 있으면 더 바랄 것이 없겠다고 받아쳤다. 엄마는 말도 안 되는 소리라며, 아버지는 내 또래 여자아이가 같이 지낼 만한 인물이 못 된다고 대꾸했다. 아버지는 이혼을 요구한 쪽은 엄마였으니 자기가 홀아비로 살게 된 것도 엄마 때문이라고 응수했다. 엄마는 폭발했다. 결혼할 때는 아버지에게 병이 있는 줄 몰랐다고, 알았다면 결혼하지 않았을 거라며 눈물을 흘렸다. 아버지는 격분하여 그때는 회복한 상태였다고, 전쟁에서 입은 부상이었다고, 모르는 사이에 병이 재발한 건 자기 잘못이 아니라고 했다. 엄마는 자기 딸이 죽었다고 울먹였다. 아버지는 어조를 누그러뜨리고 엄마를 사랑한다고, 사랑했기 때문에 차마 병이 있다는 말을 꺼내지 못했다고 했다. 뉘우치고 있다고, 자기도 모든 걸 잃었다고, 첫아이, 아내, 나, 전부를.

끔찍했다! 그 통화는 고문이었다! 엄마는 흐느끼며 전화를 끊더니 자기 침실로 가 틀어박혔다. 우는 소리가 한없이 들려왔다.

사춘기에, 내가 자살을 생각하기 시작한 건 그런 순간이었다.

엄마는 띄엄띄엄 말을 이었다. 말을 멈춘 동안에는 타오르는 불에 사로잡혀 슬픈 명상에 빠진 듯 보였다.

"아무튼 여러 가지 이유로 나는 네 아버지와 더는 함께 살수 없게 되었어. 네 언니가 죽은 이후 난 네 아버지가 혐오스러웠어. 그때 나는 기껏해야 스무 살 정도 된 어린 여자였고, 시신 같은 건 한 번도 본 적이 없었어. 그런 상태의 내 아기를, 너무나 예쁘고 자랑스럽던 내 어린 딸이 그런 상태가 된 걸 봤을 땐 얼마나 끔찍했는지. 더구나 그 일은 뤼숑의 어느 호텔방에서 일어났거든. 네 아버지의 주치의가 아기를 돌보라며 그리로 보냈지. 사실상 아기가 알제에서 죽지 않도록 날 유배 보낸 셈이야. 처음부터 그 두 사람, 네 아버지와 의사는, 아기가 살지 못하리라는 걸 알고 있었어. 의사는 내게 아기의 병이 결핵 때문에 생겼다는 걸 말해주지 않았어. 네 아버지가 결핵을 앓았다는 것도 말하지 않았고. 나는 몰랐어. 네 아버지가 얘기한 적이 없거든. 알았다면 뭐라도 해서 아이를 보호했을 거고, 그애는 지금껏 살아 있을 테지. 그애를 죽인 건 그 사람이야. 그는 결혼을 통해 우리 계층에 들어오고 싶어했어. 돈도 있고, 기능사에, 미남이었으니, 좋은 가문 출신의 젊은 여자(나처럼 예쁜!)만 있으면 더이상 부족할게 없었지.

그래서 나는 그 증오스러운 나라의 낯선 호텔에서 숨을 거둔 어린 딸 앞에서 정신이 나가버렸어. 가족도 없고, 친구도 없고, 햇빛도 없었지! 나는 미치고 말았어. 그 사람이 나를 멀리 떨어뜨려둔 건 잘한 짓이야. 그 자리에 있었다면, 내 손아귀에 있었다면, 내가 그 사람을 죽였을 테니까!"

엄마가 어찌나 격렬하고 사납게 불을 노려보았는지, 눈동자에서 불꽃까지 두 개의 직선이 그려지는 듯했다. 내 아버지를 찔러 죽일 듯한 가느다란 검 두 자루.

심장이 두근거리고, 내 아득해진 정신은 마치 새처럼 종종거리며 이리저리 뛰어다녔다. 엄마를 향한 내 사랑이 엄마의 고통과 견줄 수 없었기에 위기에 처해 있었다. 어떻게 하지?

어떻게 그 무게를 덜어줄까? 어떻게 엄마의 눈빛을 바꿀 수 있을까?

나는 안락의자 곁에 다가가 엄마 쪽으로 몸을 굽혔다.

"엄마, 괴로워하지 마세요."

엄마의 눈빛은 바뀌지도, 움직이지도 않았다. 이렇게 중얼거릴 때조차.

"아! 너는 모른다, 너는 그애를 본 적도 없잖니. 정말 특별한 아이였어."

엄마는 오랫동안 움직이지 않고 추억에 빠져 있었다. 아이의 탄생, 아이의 죽음, 묘지.

엄마는 울었다. 눈물 몇 방울이 뺨을 타고 살며시 흘러내렸다. 그것은 속울음이 끝없이 흘러나오는, 엄마 안에 가득한 슬픔의 호수에서 흘러넘친 몇 방울에 지나지 않았다. 이제 엄마의 얼굴에는, 달팽이 두 마리가 향긋한 백분 위를 지나간 듯 매끄러운 두 줄기 흔적만 남아 있었다.

밤이 완전히 내려앉아 응접실 불빛에 집 전면 쪽 가짜후추나무 가지들이 군데군데 비쳤다. 나무에 달린 잎사귀들도 아주 작은 초록 눈물방울처럼 떨어지고 있었다.

우리는 그렇게 미동도 없이 있었고, 마침내 탁탁 소리를 내며 튀어오르는 불똥이 침묵을 깨뜨렸다. 엄마가 일어나 불을 쑤셔 다시금 불꽃을 일으키고는 붉은 숯을 한데 모은 다음 새 장작을 넣었다.

"너도 알다시피 불가항력의 경우가 아니라면 교회에서는 이혼을 금하잖니. 무슨 일이 있어도 우리를 위해 십자가에서 돌아가신 주님을 멀리해선 안 되고. 또 우리에게 보이지 않을 때도 그분은 늘 우리 곁에 계시지. 그분이 우리의 수호천사와 함께 우리를 보호하려 애쓰신다는 것도…… 이혼을 요구하기 위해서는 용기가 필요했어. 나는 알제의 대주교를 찾아갔고, 그분이 절대 재혼하지 않는다는 조건하에서라면 이혼할 수 있다고, 종교생활을 계속하고 성사를 받아도 좋다고 단언하신 후에야 결심을 굳혔지. 세상 사람들의 수군거림이야 하느님의 도움과 그분의 사랑에 대한 확신으로 이겨낼 수 있으니까!

아기가 죽은 뒤 네 아버지를 떠났어야 했는데, 차마 그러질 못했어…… 내겐 너무 치욕스러운 일이었어. 그럴 용기가 없었지, 너무 어렸거든.

이 년 뒤 네 오빠가 태어났어. 새로 태어난 아기 때문에 나는 떨었지. 그 아이도 죽을까봐 두려웠어. 아직도 난 네 오빠 건강이 걱정이란다, 그앤 너무 말랐거든.

그러다 공장에 문제가 생겼어. 내가 결혼하면서 우리 아버지는 그때 아주 잘되던 네 아버지 사업에 자본금과 내 지참금을 넣었어. 그리고 복잡한 일들이 벌어졌지. 넌 이해하지 못할 거다. 매일같이 말다툼이었어. 나는 두 남자 사이에서 중재자 역할을 했어. 각자 서로에 대해 곱지 않은 말들을 퍼부었어. 난 더 참을 수가 없었단다. 한쪽에는 내 아버지, 다른 쪽에는 남편…… 거기에 네 할머니까지 가담했어…… 할머니가 어떤지 알잖니, 큰 소동을 벌이셨지. 난 몹시 괴로웠어. 그 일로 네 아버지는 병이 재발해 스위스로 갔고, 이 년 동안 요양원에 있었지. 그가 돌아왔을 때는 상황이 더 악화되어 있었어, 그가 자리를 비운 동안 사업이 주저앉았거든. 나는 내 아버지에게 돈을 돌려드리라고, 그것만이라도 해달라고 애원했어…… 공장에는 기계톱 스물다섯 대가 있었는데, 그는 나를 스물여섯번째 톱이라고 불렀지…… 여전히 웃을 일을 찾아냈던 거야! 하지만 웃을 일 같은 건 전혀 없었어. 우린 아이를 잃었고, 그 사람은 결핵이 골수까지 번졌고, 공장은 이제 무용지물이었으니…… 어쨌든 지참금 전부가 거기 들어갔으니 나도 할말은 있었지. 언젠가 내가 받게 될 몫은 작은 땅덩이 한 조각뿐일 거야. 나머지 대부분은 네 삼촌들 몫이지. 나 자신과 네 오빠의 앞날에 대비해야 했어…… 물론 네 앞날도 마찬가지지만, 그때 넌 아직 태어나기 전이었으니까.

막대하지는 않지만 우린 오랫동안 재산을 유지해왔어. 처음 이곳에 정착한 우리 선조는 시인이셨단다. 그분은 이 나라에서 번 돈보다 잃은 돈이 더 많았어. 남은 것을 잘 지켜나가야 해. 우리가 아직도 선행을 하고 일꾼들을 도울 수 있는 건 그 땅 덕분이니까."

일꾼에 대해 말할 때 엄마는 성인에 대해 말할 때처럼 똑같은 존경과 경외심을 보였다. 나는 그 둘 다 엄마의 신실한 종교생활에 필요하다는 것을 알았다. 한쪽에는 자선을 베풀고 다른 한쪽에는 기도를 함으로써 우리는 천국에 갈 수 있었다.

일꾼 몇은 자기 가족과 함께 여름 내내 농장에 살았다. 그들은 넓은 안뜰이 내다보이고 수도와 전기가 갖춰진 숙소에 거주했다. 그들은 대부분 이곳에서 나고 죽으며, 자손들에게 자리를 물려주었다. 나는 바르데드의 아이들과 어울려 지냈고, 바르데드는 우리 엄마와 어울렸고, 바르데드의 아버지는 우리 할머니와, 할아버지는 우리 증조할아버지와 어울렸고…… 백 년 전부터 그렇게 지내왔다. 나는 그들 가족의 탄생과 죽음과 결혼에 대해 너무 멀고 추운 미지의 땅 프랑스에 살고 있는 내 친척들의 일보다 더 잘 알았다. 일꾼들은 전적으로 우리의 보호를 받았다. 우리는 모든 걸 그들과 나누었다. 피와 돈과 땅만 빼고.

이 땅을 경작지로 만드느라 최초의 개척자들은 무척 고생했다. 그들은 독사와 말라리아모기가 득실거리는 늪지를 간척했다. 해안가 평원에 스며든 해수를 빼냈다. 그다음에는 소금기를 제거하고 그 평원을 비옥하게 만들었다. 그들은 태양 아래서 지치도록 고된 노동을 이어갔다. 전설 속 개척자들처럼 열병과 피로로 세상을 떠났다. 자기 손으로 지은 집에서, 전에 살던 나라에서 가져온 귀중한 침대에서, 가슴에 십자가를 얹고, 자녀들과 하인들에게 둘러싸인 채로. 그들은 자녀들에게 붉은 땅과 그 땅을 위해 더욱 열심히 일하고자 하는 열의를(늘어선 포도밭, 오렌지 과수원, 정원 덕택에 땅은 아름다워졌으므로), 하인들에게는 확실한 안전을(그들은 결코 굶주리지 않고, 헐벗지 않고, 나이가 들면 조상을 대할 때처럼 존경을 받고, 아프면 보살핌을 받을 것이었다), 그리고 근면함과 충실함을 잃지 않을 때는 그 이상을 물려주었다. 모두가 울었고, 어쩌면 하인들이 자녀들보다 더 울었으리라. 불모지에서 힘겹게 얻어낸 이 땅을 분할하기란 고된 작업이었을 테니까. 대대로 그렇게 이어졌다.

포도 수확철이 되어 할머니가 농장에 도착하면 한바탕 대혼란이 일어났다. 리무진을 운전하는 카데르는 작업복을 입고 운전모를 쓰고서 경적을 울려대고 엄청나게 먼지를 일으키며 도로에서 집으로 이어진 올리브나무 길을 내달렸다. 불그레한 먼지구름 속에서 그는 물로 닦고, 문지르고, 비질하고, 솔질하고, 꽃으로 단장한 안뜰로 의기양양하게 들어섰다. 한참 전부터 흥분해서 기다리고 있던 일꾼들, 그들의 아내와 자식들이 차로 마중을 나갔다. 할머니가 차에서 내리면 모두가 달려가 할머니를 만지고 손과 옷에 입맞췄다. 할머니는 모두에게 시바니아*요 '엄마'였고, 할머니보다 더 나이가 많은 이들조차 그렇게 여겼다. 할머니는 웃고, 그들의 소식에 귀를 기울이고, 당신도 아들들의 소식을 하나하나 전했다. 할머니는 주변을 둘러보며 모든 게 깨끗하고, 믿음직하고, 마음이 놓이고, 변함없음을 확인했다. 주변 사람들과 마찬가지로 할머니 역시 거기서 태어났고, 그들은 옛날부터 서로를 알았다.

포도 수확은 한 해를 통틀어 가장 중요한 행사였다. 남자들은 풍년이 들도록 열심히 일했다. 시내의 집안에서 우리는

---

* 마그레브 아랍어로 '백발' 혹은 '노인'이라는 뜻.

매일 창밖으로 비, 우박, 바람, 햇빛을 지켜보았다. 그 자연 현상 뒤에서 저멀리 끝없이 펼쳐진 포도밭이 피해를 입거나 무르익어간다는 걸 알았다. 삼촌은 일꾼들을 지휘했고, 경작지가 잘 갈리고 가지치기가 잘되고 황산구리 농약이 고루 뿌려지도록 지시를 내렸다.

포도가 적당히 익을 무렵이면 우리는 포도 수확 인부를 고용한다는 소식을 지역에 알렸다. 그러면 몇백 명의 남자가 십여 일간 일자리를 얻었다.

인부들은 삼삼오오 무리지어 왔다. 여기까지 며칠을 걸어온 이도 많았다. 아침에 대문을 열면 그들이 유칼립투스 아래 진을 치고 있었다. 거기서 그들은 사촌이나 친구와 조우했다. 계절노동자로 일하는 이들은 항상 한 가족이었다.

수확철에는 새벽 네시부터 안뜰이 시끌벅적했다. 수레를 끌 말과 노새 들도 내놓았다. 포도주 저장고는 밤의 대성당처럼 환하게 불이 켜져 있었다. 높은 발효통, 배관, 구리로 된 술통 꼭지는 반들반들 빛이 났다. 가장 먼 포도밭으로 일하러 가는 팀이 덤프트럭에 끼어 타고 어둠 속으로 멀어졌다. 붉은 햇빛과 함께 빠르게 새벽이 밝아오고 있었으니, 도착할 즈음이면 해가 뜰 터였다. 새벽빛이 밀짚모자와 타르부슈 아래의 얼굴들을 비췄고, 머지않아 파리와 매미 들과 함께 하루가 시작되었다. 그러면 들판과 골짜기를 가득 메운 남자들, 부풀어오른 짐승의 유방처럼 땅에 닿도록 알알이 영근 포도나무를 가볍게 해주느라 허리를 굽히고 무진 애를 쓰는 남자들의 모습이 보였다.

매일 아침 열시쯤 할머니는 포도주 저장고 근처 올리브나무 아래 자리를 잡았다. 챙모자를 쓰고서도 머리 위에 양산을 폈는데, 우리 가족의 특성인 붉은 머리 특유의 피부 때문이었다. 할머니는 하얀 베옷이나 어깨와 맨팔을 헐렁하게 감싸는 연보라색 혹은 푸른색 모슬린으로 된 가벼운 옷을 입었다. 등나무 안락의자 앞에는 탁자와 커다란 저울이 놓여 있었다. 할머니가 민트차를 준비해 거기 나온 건 근방의 아랍인 소지주들을 위해서였다. 그들의 포도밭은 자기만의 저장고를 갖추고 포도주를 제조하기에는 너무 작았고, 그래서 우리 할머니에게 포도를 팔았다. 몇몇은 우리 할머니만큼이나 나이가 많았다. 그들은 할머니를 보러 오며 하얀 세루알, 하얀 타르부슈에 하얀 셔츠, 노란색이나 연보라색이나 검은색 새틴 조끼, 깨끗한 냄새가 나는, 염색하지 않은 양모로 된 커다란 간두라*를 입어 멋을 냈다. 허리춤에 매달린 붉은색 작

---

* 중동이나 북아프리카에서 입는, 면이나 울로 된 헐렁한 의복.

198

은 가죽집에는 무스라는 작은 칼이 들어 있었는데, 이 칼은 분쟁을 처리할 때뿐 아니라 빵을 자를 때도 유용했다. 그들은 몇 바구니씩, 가끔은 짐수레 가득 포도송이를 실어왔다. 그리고 손가락 끝으로 할머니가 내민 손을 살짝 건드리고 자기 검지에 입을 맞추었다. 할머니도 똑같이 했다. 그러곤 웃으며 서로 어깨와 등을 토닥였다. 그들은 서로를 잘 알았다. 어렸을 때 할머니는 그들이 커다란 격자무늬 손수건에 싸온 마크루드*나 호밀빵을 자신의 반지나 팔찌와 바꾸곤 했다. 그렇게 줄곧 서로 보물을 교환해왔던 것이다. 지금은 포도를, 즉 일 년의 노동을 지폐 몇 장과 동전 몇 개로 바꿨다. 그들은 무게 다는 걸 주의깊게 지켜본 뒤 할머니 곁 땅바닥에 책상다리를 하고 앉았다. 그들은 담배를 말았고, 거의 입을 열지 않았다. 그러면서 정통한 눈으로 포도주 저장고에서 이뤄지는 교환과 다른 판매자들이 가져온 포도 양을 지켜보았다. 그런 식으로 그들은 몇백 킬로미터에 이르는 지방 전역에서 일어나는 일을 다 알 수 있었다.

농장은 세상의 중심이었다.

나날이 지나갔다, 무덥고, 일꾼들에게는 몹시 힘든 날들

---

* 밀가루와 대추야자 반죽으로 만든 마름모꼴 과자.

이. 고장 전체가 이윤이라는 열기에 휩싸여 있었다. 포도 수확이란 어떤 이들에게는 몇백만을, 어떤 이들에게는 몇백 푼을 뜻했다. 높은 술통이 하나씩 채워졌고, 먼저 채워진 것들은 벌써 발효가 시작되어 표면에 두텁고 불그레한 거품층이 생겼다. 머지않아 새 포도주가 나올 것이었다. 프랑스산 포도주에 섞어 쓸, 도수가 높고 거품이 이는 싸구려 포도주. 일꾼들은 종교에서 금하기 때문에 포도주를 마시지 않았지만, 그 포도주의 품질에 자신과 가족의 생활이 달려 있다는 것을 알았다. 포도주 저장고의 일꾼들은 심각하고 신중한 얼굴로 일을 했다. 그들은 깨끗이 씻어야 했고, 바깥이 먼지와 파리, 말똥 냄새와 포도즙 냄새와 땀냄새 천지더라도 저장고 안은 실험실 수준으로 청결하고 서늘했다. 모든 것이 쉴새없이 물로 닦이고, 술통들 사이 통로는 빳빳한 솔로 문질러졌으며, 술통 문을 닫는 커다란 구리 바퀴들은 어둠 속에서 군데군데 빛을 발했다. 포도를 실어오고, 압착기에 떨어뜨리고, 찧고, 즙을 짜는 기계들의 소음은 꼭 지옥에서 나는 것 같았다.

어느 아침 그것이 그쳤다. 소음도, 분주함도 더는 없었다. 하지만 은밀한 작업들, 속삭임, 조용한 흥분이 이른 아침부터 시작되었다. 잠자리 날개처럼 가볍게 떨리는 분위기. 포도 수확 잔치가 조용히 준비되고 있었다. 우선 쿠스쿠스와 양 통구이가 있었다. 벌써 구덩이가 파이고 숯불을 피우기 위한 장작도 준비되었다. 양들은 도살되고 꼬치에 꿰여 입구 벽에 기대 세운 말뚝에 꽂힌 채 구워지길 기다렸다. 대단한 광경이었다! 여자들은 안마당에서 쿠스쿠스를 요리하며 수다를 떨었다. 다들 들떠 있었다. 하이크*도 하자르**도 쓰지 않았으니 원칙적으로 남자들 눈에 띄어선 안 됐지만, 그들은 남자들의 관심을 끌기 위해 무슨 짓이든 했다. 그중 가장 어린 여자들은 정원 갈대 사이나 대문 틈새로 남자아이들을 훔쳐보다가 순결의 파수꾼인 나이든 부인들에게 야단을 맞기도 했다.

그런 날이면 우리 집안의 후한 인심이 자주 입에 오르내렸다. 우리집 포도 수확 잔치가 유달리 호화롭다는 것을 지역 사람들 모두 알았다. 나는 가벼운 마음으로 여자들 곁에서 건포도와 구운 아몬드를 오물거렸다.

식사가 끝나면 유칼립투스 그늘에서 긴 낮잠을 자며 소화를 시켰다. 해가 저문 뒤에는 노래, 춤, 커다란 모닥불이 있는 일꾼들의 잔치가 마련되었다. 온 가족이 대응접실 창문으로

---

* 얼굴과 온몸을 감싸는 마그레브 여성 전통 의상.
** 얼굴을 가리는 베일.

담뱃갑이며 치약, 파촐리 향 비누, 셀룰로이드 손거울, 빗, 칫솔, 싸구려 장신구 따위를 던져주었다. 굉장한 호사였다!

"마침내 나는 이혼을 요구했어. 네 오빠가 네 살 때였어. 극적인 상황이었지. 나를 부추길 때는 언제고, 정작 내가 남편과 헤어지겠다고 하니 부모님은 겁을 내셨어. 이혼은 우리 가족에게 있을 수 없는 일이었거든. 하지만 더이상 참을 수 없었어. 네 오빠가 병들까봐 걱정되기도 했고, 내 재산을 몽땅 잃을까봐 끝없는 두려움 속에 살았거든. 나는 결심대로 밀고 나갔어. 네 아버지 집에서 떠났지.

이혼 절차가 시작된 다음에야 내가 또 임신했다는 걸 알았어."

사실을 말하자면, 이렇지는 않았다. 우리는 농장에, 응접실에, 장작불 앞에 있지 않았다. 엄마가 여자의 처지와, 가족, 윤리, 돈에 대해 내게 들려준 그 모든 독백과 설명과 폭로와 교육은 모두 거리에서 나왔다.

길고 비탈진, 우연인지 아닌지 이름은 잊어버린 거리. 중앙우체국에서 알레티호텔까지 이어진 거리. 한쪽에는 건물들이 있고 다른 쪽은 경사로에 면해 있는데, 그 경사로는 오르나노가街 위쪽에서 아주 높이 시작되다가 끝으로 가면서 지면으로 내려왔다.

엄마는 나에게 할 말, 나에게 들려줘야 할 말, (엄마가 생각하기에) 내가 알아야 할 것들에 대해 우리 생활과 밀접한 장소가 아닌 다른 곳에서 얘기하고 싶었던 것 같다.

카데르는 우리를 기다리고 있지 않았다. 애정어린 얼굴에 뾰족한 코를 가진, 서로 멀찍이 떨어진 콧구멍을 벌름거려 나를 웃겨주었고, 칼라가 하얗고 깃이 푸른 제복을 입고 곁에 나니만 있을 땐 나를 무릎에 앉혀 내게 운전을 시키고 자신의 운전모를 내 머리에 씌워주던 카데르. 물론 자동차도 없었다. 내가 접었다 폈다 하며 즐거워하던 접이식 좌석이 놓여 있고 작은 마호가니 수납공간에는 언제나 은 뚜껑이 달린 빈 병들이 들어 있던 자동차. 전쟁 때였고, 휘발유가 없었다.

우리는 거리에, 행인과 소음이 가득한 중앙로에 있었다. 엄마가 말하는 동안 나는 고개를 숙이고 있었으므로, 내 눈에 들어오는 것은 보도의 시멘트 포석과 그 위에 널린 도시의 찌꺼기들뿐이었다. 먼지, 가래침, 오래된 담배꽁초, 개똥과 오줌. 훗날 증오의 피가 흐르게 되는 그 보도. 스무 해 뒤 내가 그것에 의해 죽음에 이르게 될까봐 두려워할 때 서 있던 그 보도.

그 장면을 다시 떠올릴 때마다 나는 거리를 기억에서 몰아냈다. 엄마와 나눈 그 특별한 대화의 추억을 뒷받침할 만한 안심되는 배경을 꾸며냈다. 나는 종종 엄마의 말을 되새겼고, 몇 년에 걸쳐 내게 도피의 가능성과 기회를 주는 배경을 공들여 만들어냈다. 엄마의 말 한마디, 아주 사소한 억양, 침묵이 너무 길어져 어떤지 살펴보려고 고개를 들었을 때 엄마의 얼굴에서 감지한 아주 세밀한 표정까지 나는 전부 기억했다. 하지만 우리가 거리에 있었다는 사실만은 절대로 기억하고 싶지 않았다. 그러면 견딜 수가 없었다.

거리에서는 너무 많은 것이 보이고, 너무 많은 것이 들리고, 너무 많은 것이 느껴졌다.

전쟁 전까지만 해도 나는 자동차 안에서 창문을 통해서만 거리를 내다보았다. 그러다가 혼자 학교에 가게 되었다. 그때 나는 중학교 1학년이었다.

한꺼번에 받아들이기에는 너무나 버거웠다! 그 미지의 자유! 나를 앞지르고, 가로지르고, 스치고, 떠밀고 가는 그 모든 사람!

거리에서 나는 경악에서 경악으로, 감정적 동요에서 동요로, 흥분에서 흥분으로 오갔다.

지중해의 거리! 여자들에게 휘파람을 부는 남자들, 남자들

앞을 지나가며 몸을 흔드는 여자들. 그들의 파마머리, 진한 향수, 화장, 리드미컬하게 실룩이는 엉덩이. 옴이 오른 피부를 긁으며 탄식하는 걸인들. "야 마! 야 라트라 물라나! 야, 아나 메스킨 베세프! 야 차바, 야 지나, 아테니 수르디!(마님! 하느님이 축복을 내리실 겁니다! 저는 가련한 거지입니다! 아름다운 아가씨, 한푼만 주십쇼!)" 그들은 절단되고 남은 뭉툭한 사지와 궤양, 썩은 이뿌리, 상처딱지, 안구가 빠지고 진물나는 눈, 정맥류를 드러냈다. "야 차바, 야 지나, 아테니 수르디!(한푼만 주십쇼!)" 여자들은 파리가 덕지덕지 붙은 아기를 내보이고, 기형이 된 몸을 흔들며 읊조렸다. "야 차바, 야 지나, 아테니 수르디!" 그들은 누더기옷 틈새로 더 심한 누더기를 꺼냈는데, 퍼런 혈관이 두드러진 그것은 가슴이었고, 아기가 젖을 게걸스레 빨기 시작했다. 옷가게 마네킹들의 섹시한 포즈. 걸어가면서 보도 위에 진득한 가래침을 뱉는 남자들. 모닝커피의 향긋한 냄새가 풍기는 카페테라스. 모든 것으로부터 떨어져, 구석에서 찰싹 달라붙어 키스하는 연인들. 들꽃을 파는 꽃장수들, 부채선인장 열매 장수들, "점프하고, 춤추고, 이것저것"을 하도록 조련된 원숭이를 거느린 서커스 단원. 짚으로 의자 속을 채워주는 집시들. 그리고 간간이 진열창 유리에 비치는 내 모습. 내 구부정한 등, 커다란 엉덩이, 여드름, 곱슬곱슬한 금발, 아직은 아이 같지만 곧 어린 티를 벗을 껑충한 팔과 다리.

오고가는 차들, 경적 소리, 전차의 종소리, 서로 욕설을 퍼붓는 운전기사들. "이 시발 새끼야, 개새끼야." "꺼져버려, 엿이나 먹어라!" 이 소란 속에서 길을 지나야 했다. 건너편 반대쪽 보도도 똑같았다.

길을 왼쪽으로 드느냐 오른쪽으로 드느냐 하는 선택, 다니던 길로 가지 않으면 모든 것이 새로워질 가능성. 나는 내가 가는 길을 제외한 모든 것에 주의를 기울였고, 미슐레가의 한복판에 심긴 무화과나무들에 계속해서 부딪쳤다. 학교에 도착할 때면 멍하고 혼미한 상태로 비틀대고 있었다. 대조가 얼마나 극명한지! 내가 배운 것과 내가 본 것은 들어맞지 않았다. 자선, 올바른 생활 태도, 위생, 몸가짐! 나는 두 가지 삶이 있음을 깨달았다. 우리의 삶과 거리 사람들의 삶. 우리의 삶에서 나는 좋은 결과를 얻지 못했고, 내 마음을 끄는 거리에서 모든 게 더 쉬워 보였다. 얼마나 수치스러운가! 나는 두려웠다. 엄마의 마음에 들고 싶었고 엄마가 바라는 대로 살고 싶었지만 그럼에도 내가 가야 하는 길에서 나를 밀어내는 무시무시한 힘이 내 안에서 느껴졌기 때문이었다.

엄마는 걸음을 멈추고 장갑 낀 두 손을 화강암 난간에 얹고 먼 곳을 바라보았다. 저 아래, 도시를 관통해 곧게 뻗은 길보다 더 멀리, 그보다 더 낮은 곳, 시끄러운 소리를 내는 기중기들이 머리털처럼 비쭉비쭉 솟아 있는 항구보다 더 멀리, 거울처럼 평평하고 열기로 새하얗게 보이는 만보다 더 멀리, 지평선의 언덕들보다도 멀리, 엄마는 추억들이 온전히 남은, 과거의 거울 속에 보존된 머나먼 곳을 바라보고 있었다.

엄마가 내게 어떤 고통을 줄지 알았다면, 엄마가 내게 입힐 비열하고 치유할 수 없는 상처를 그저 예감하는 대신 상상할 수 있었다면, 나는 고함을 질렀을 것이다. 양다리로 떡 버티고 선 채, 내 안의 아주 깊은 곳으로부터 비명이 올라오는 것을 느꼈을 테고, 그 비명을 내 목구멍까지, 입까지 끌어올렸을 것이다. 비명은 무중호각 소리처럼 은은하게 시작해 사이렌처럼 이어지다가 결국 폭풍우처럼 소리를 높였으리라. 나는 죽어라고 비명을 질렀을 테고, 도살용 칼처럼 나를 내리칠 엄마의 말들을 절대 듣지 못했을 것이다.

거기, 길거리에서, 몇 마디 말로, 엄마는 내 눈을 빼내고, 고막을 터뜨리고, 머리 가죽을 벗기고, 손을 자르고, 무릎을 부수고, 복부를 강타하고, 성기를 거세했다.

그 당시 엄마는 내게 상처를 주고 있다는 사실을 자각하지 못했다. 이제 나는 그 사실을 알게 되었고, 더이상 엄마를 증오하지 않는다. 엄마는 내게서 자신의 광기를 쫓았고, 나는 엄마의 희생 제물이었다.

"한창 이혼 수속을 진행하던 중에 임신 사실을 알게 되다니! 그게 무슨 뜻인지 알겠니?…… 헤어지려는 남자의 아이를 가진 거야!…… 넌 모를 거다…… 이혼한다는 건 그 존재조차 견딜 수 없을 정도로 싫다는 건데…… 아! 넌 너무 어려서 내 말을 이해 못하겠구나…… 하지만 이 말은 해야겠다. 잠깐의 어리석은 짓 때문에 어떤 일을 견뎌야 하는지 너도 알아야 해!……

세상에는 뱃속의 아기를 없애주는 나쁜 여자들과 나쁜 의사들이 있어. 그건 끔찍한 죄라서 교회에서는 지옥의 벌을 내리고 프랑스에서는 감옥에 보내지. 인간이 저지를 수 있는 가장 사악한 행동 중 하나야.

하지만 자연적으로, 다시 말해 그런 나쁜 의사나 여자의 손을 빌리지 않고도 뱃속의 아이를 잃기도 해. 충격을 받으면 그런 일이 일어나고, 혹은 질병, 약품, 음식, 단지 공포가 원인이 되기도 한단다. 그런 경우 그건 죄가 아니고, 아무것도 아니야. 그저 사고일 뿐이지.

하지만 그런 일은 생각만큼 쉽게 일어나지 않아! 임신한 여자가 지켜야 할 그 무수한 주의사항이란!…… 지나치게 무리해선 안 된다, 난간을 잡지 않고 계단을 내려가도 안 된다, 가능한 한 누워 있어야 한다…… 과연 그럴까! 웃기는 소리!"

엄마의 눈빛과 말 속에 얼마나 심한 난폭함과 저속함과 증오가 서려 있었던가, 그토록 오랜 세월이 흘렀는데도!

"나는 말이다, 애야, 기억도 안 날 만큼 오랫동안 창고에서 녹슬어가던 자전거를 꺼내 들판으로, 경작지로, 사방을 타고 다녔다. 그런데 아무 일도 없었어. 몇 시간씩 말을 타기도 했지. 장애물을 넘고, 속보로 달리기도 했는데 떨어질 낌새도 없더라. 정말이야. 아무 일도 일어나지 않았어. 자전거나 말을 타지 않으면 무더위 속에서 테니스를 쳤지. 그런데도 아무 일도 일어나지 않았어. 퀴닌과 아스피린을 통째로 삼키기도 했어. 역시 아무 일도 일어나지 않았어.

내 말 잘 들어. 아기가 일단 생기면 무슨 수를 써도 떼어낼 수 없어. 그리고 아기가 생기는 건 순식간이야. 알아듣겠니? 내가 왜 너한테 내 얘기를 해주는지 알겠니? 우리가 덫에 걸린 거라는 거 이해하겠어? 내가 왜 경고하려는지 알겠니? 왜 네가 이런 걸 알아두고 남자를 조심하라고 하는지 알겠니?

……그런 시도를 여섯 달 넘게 하다가 나는 결국 내가 임신했고 아이를 하나 더 낳게 되리라는 사실을 받아들일 수밖에 없었어. 게다가 겉으로 티가 났거든. 체념했지."

엄마는 이제 나를 마주보았고, 식민지 백인 특유의 아름다운 동작, 유럽의 조심스러움과 더운 나라의 관능이 섞인 몸짓으로 새틴 리본 아래 늘 삐져나와 있는 곱슬곱슬한 내 앞머리를 어루만졌다.

"그리고 마침내 네가 태어난 거야. 내가 임신했던 아기가 바로 너였으니까. 내가 자연적인 일에 힘을 약간 보태려 해서 주님이 벌을 내리신 게 분명해. 너는 후두후향으로, 뒤통수가 아니라 얼굴이 위를 향한 채로 나왔거든. 난 네 언니나 오빠 때보다 훨씬 심한 산고를 겪어야 했지. 하지만 벌이 그렇게 혹독하지는 않았어, 넌 아주 건강하고 예쁜 아기였으니까. 나올 때 네 턱과 광대뼈가 내 몸에 심하게 마찰했던 모양이야, 온통 빨개서 꼭 화장을 한 것 같았거든. 세상에, 얼마나 귀여웠는지! 집안에 해산이 있을 때마다 그 자리에 계시던 세자리앙 수녀님이 널 닦아주고, 감싸주고, 네 머리에 나 있던 금빛 깃털 같은 머리칼 몇 가닥을 빗어주고 귀여운 요람에 눕히자 너는 가슴에 손을 모으고 잠이 들었지. 수녀님이 말했어. '보세요, 부인, 아기가 수녀 지망생 같네요.' 우리는 엄청 웃었지."

그 즐거운 기억을 떠올리며 엄마는 또 웃었다. 화장을 한 어린 딸이자 아기, 어린 수녀처럼 가슴 앞에 모은 두 손, 감은 눈…… 엄마는 내 쪽으로 몸을 굽히고, 어쩌다 한 번씩이는 다정한 충동에 떠밀려 내게 입맞추려 했다. 그러나 나는 마치 발을 헛디딘 듯 무의식적으로 뒷걸음질쳐서 엄마의 입맞춤을, 특히 엄마의 복부가 가까이 닿지 않도록 피했다.

아! 훗날 상상 속에서 그랬던 것처럼 다만 내가 응접실에 있었더라면, 나나나 카데르의 존재를 가까이에서 느꼈더라면 그렇게 땅이 갈라지고 그 틈새에 빠져드는 기분은 아니었을 텐데. 저녁에 개들이 짖는 소리가 들렸더라면. 숲속에서 그에 화답하는 자칼 소리가 들렸더라면. 엄마가 집에서처럼 아름다운 옷차림에 향긋한 향수를 뿌리고 있었더라면…… 하지만 아니었다. 우리는 거리의 소음 속에 있었고, 딱딱한 외출복 차림이었다. 단둘이, 얼굴을 마주하고, 우리는 우리의 유일한 만남을 경험하고 있었다. 그때까지 내 인생은 나의 길을 엄마를 향해 돌리려는 노력의 축적에 다름 아니었다. 일단 엄마와 만나기만 하면 발맞추어 함께 계속 길을 갈 수 있으리라 믿었다. 그런데 도리어 나는 내 길이 엄마로부터 신속히 멀어지도록 걸음을 재촉했다. 우리는 서로 교차했을 뿐이었다. 우리의 두 삶은 무언가를 지우고 취소하고 삭제할 때 쓰는 X자를 그렸다.

증오가 그 즉시 꽃을 피운 것은 아니었다. 먼저 내 앞에 건조하고 단조롭고 고단하고 절망적이고 단절된, 무한한 사막이 펼쳐졌다. 사춘기 내내 나는 땅을 가는 소처럼 그 사막을 나아갔다. 엄마를 향한 애정, 이제는 쓸모없어진 그 사랑을 조롱하는 무거운 쟁기를 끌면서. 출혈은 내가 스무 살이 될 때까지 잠잠하다가, 매우 불규칙적이고 끔찍한 고통을 동반하고 나를 찾아왔다. 그후 나는 완숙한 여자가 되었고 첫아이를 가졌다. 넉 달, 다섯 달, 여섯 달…… 그리고 그 이상 뱃속에 아이를 품는다는 게 어떤 일인지 알게 되었을 때, 나는 엄마를 증오하기 시작했다. 그 한심하고 나쁜 년을!

처음 그걸 느꼈을 때 내가 뭘 하고 있었는지는 모르겠다. 사실 엄마가 실패한 낙태 시도에 대해 털어놓았을 때부터 정신분석을 받기까지, 내게는 강렬한 기억이 거의 없다. 외적인 면에서 내 인생은 회색빛, 무미건조함, 올바름, 순응, 침묵에 잠겨 있었고, 내적으로는 갑갑함, 비밀, 수치스러움, 그리고 점점 더 잦아지는 두려움에 잠겨 있었다. 나는 배 오른쪽에서 거의 느껴질락 말락 한 접촉을 느꼈다. 눈에 보이지 않는 누군가의 시선을 느끼는 것과 비슷했다. 임신 넉 달이 조금 지난 때였다. 며칠 후, 다시 한번 그 스치는 듯한 느낌이, 아주 살며시 어루만지는 느낌이, 벨벳에 손가락을 가볍게 대는 듯한 아주 짧은 느낌이 들었다.

내 아기가 움직이는 거였다! 애벌레, 올챙이, 심해에 사는 물고기. 눈멀고 불분명한 초기의 생명. 물이 가득한 거대한 머리, 새의 등뼈, 해파리의 사지. 아이는 존재했고, 따뜻한 물속에, 굵은 탯줄에 매여 거기 살고 있었다. 허약하고, 무력하고, 무시무시한 내 아기! 내가 한 남자에게 품었던 커다란 욕망에서 나온, 그와 내가 몸을 맞대고 서로의 안으로 미끄러져들어가던 아름다운 움직임에서 나온, 두 사람이 갑자기, 아주 쉽게, 함께 찾아낸 완벽한 리듬에서 나온 아기. 그 완벽함에서는 경이롭고 귀중할 존재가 태어날 수밖에 없었다.

아기가 움직였다! 그렇게 나는 아기를 만났다. 아기는 저 좋을 때 움직였고, 나로서는 언제일지 예측할 수 없었다. 아기에게는 나와는 다른, 저만의 리듬이 있었다. 나는 주의를 기울이고 기다렸다. 여기다! 나는 손으로 그 자리를 어루만졌다. 뭘 움직였을까? 투명한 손가락 하나일까? 부풀어오른 무릎일까? 기형적인 발 한쪽일까? 아니면 괴물 같은 머리일까? 아기는 가까스로, 터질 힘도 없이 늪의 수면에 떠오르는 공기 방울처럼 움직였다. 바람 없는 날 나무 그림자가 움직이듯, 구름이 태양 앞을 지나갈 때 빛이 움직이듯 움직였다.

몇 주가 지나고 움직임이 활발해지면서 나는 아기가 어디에 있는지, 어떤 자세인지 알게 되었다. 이제 아기는 부딪치고, 발길질하고, 몸을 뒤집고 또 뒤집었다.

엄마 역시 내가 어떤 시기에 있는지, 어떤 상태인지 알았다. 의학을 공부했으니 잘 알고 있었다. 하지만 내 움직임 하나하나가 엄마에게 일깨워주는 것은 한 가지뿐이었다. 아직 나를 죽이지 못했다는 것. 아! 엄마를 괴롭히는 그 태아! 잉태 기간은 길다, 몇 달, 몇 주, 며칠, 더하여 몇 시간, 몇 분! 내 안에 살지만 내가 아닌 그 작은 존재를 알아갈 시간은 충분하다. 이보다 더한 친밀함이 있을까? 혹은 이보다 더 불편한 동거가 있을까? 내 움직임 하나하나가 엄마에게 나를 잉태시킨 가증스러운 교접을 떠올린 걸까? 그 증오어린 열정을? 역겨움을?

그리하여 엄마는 녹슨 자전거에 올라타 황무지를, 폐허 속을 달렸다! 그 안이 제대로 흔들렸으면 좋겠구나, 내 딸, 내 작은 물고기야, 생선 가시 같은 네 뼈를 부숴버릴 거야! 어서 꺼져버려, 어디 밖으로 나와서 진짜인지 확인해보라고!

엄마는 말에 올라탔다. 풀쩍! 네 흉측한 몸속에서 성벽을 부수는 거대한 망치의 두드림이 느껴지니? 내 귀염둥이야!

자그마한 잠수함들을 산산조각낼 굉장한 폭풍우가 몰아치지 않니? 자그마한 잠수부들을 질식시킬 굉장한 소용돌이가 일어나지! 응? 꺼져버려, 이 쓰레기야, 제발 사라지라고!

아직도 움직이니? 자, 이거면 너도 조용해지겠지. 퀴닌, 아스피린! 어리광쟁이 우리 아기, 코해야지, 흔들흔들 잠들어야지, 마시렴, 예쁜 아가야, 독이 든 명약을 마시렴. 약에 절어 썩고, 시궁쥐처럼 죽은 채 내 밑구멍으로 미끄럼 타고 내려오면 참 재미있을 거야. 죽어! 죽어!

마침내, 무력과 체념과 패배감과 실망에 빠져, 엄마는 나를 산 채로 세상으로 내보냈다. 똥을 몸 밖으로 내보내는 것처럼. 얼굴이 위를 향한 채 좁고 축축한 산도 끝, 터널 끝 저 멀리 보이는 빛을 향해 가만히 나온 어린 딸이자 똥, 그토록 그애를 못살게 굴던 그 바깥세상에 나온 후에 그애에게는 무슨 일이 일어날까? 말해줘요, 엄마, 엄마가 그 아이를 광기로 밀어넣었다는 걸 아셨나요? 그러리라 짐작하셨나요?

내가 엄마의 역겨운 짓이라 말한 건 낙태에 대한 얘기가 아니다(여자가 아이를 낳을 수 없고, 충분한 애정을 쏟을 수 없는 순간들이 있으니까). 엄마의 역겨운 짓은, 오히려 마음 깊은 곳의 욕망을 끝까지 따르지 않은 것, 결정적인 순간 낙태하지 않은 것, 내가 엄마 안에서 움직이고 있는데 계속해서 내게 증오를 쏟은 것, 끝내 자신의 초라한 범죄, 한심한 살인 기도에 대해 내게 말한 것이다. 마치 한 번 실패한 공격을 십사 년 뒤에, 이번에는 안전하게, 잃을 것이 전혀 없는 상태에서 다시 감행하듯.

그럼에도 엄마의 그 역겨운 짓 덕분에 나는 한참 뒤, 막다른 골목의 장의자에서, 내 지난 평생의 병을, 결국은 광기로 꽃핀 그 지속적인 불안과 항시적인 두려움과 자기혐오를 보다 쉽게 분석할 수 있었다. 그러한 고백이 없었다면 아마 나는 결코 엄마의 뱃속으로 거슬러올라가지 못했으리라. 증오받고 쫓기던 태아, 그럼에도 어둑한 욕실에서 비데와 욕조 사이에 웅크리고 앉아 무의식적으로 돌아가곤 하던 그 태아의 상태로 말이다.

이제 나는 '엄마의 역겨운 짓'을 더이상 역겨운 짓이라 여기지 않는다. 그건 내 인생의 중대한 급변점이다. 나는 그 여자가 왜 그랬는지 안다. 그녀를 이해한다.

8

　"'관' 하면 무엇이 떠오르나요?"

　정신분석을 시작한 지도 오래되었다. 일주일에 세 번, 작달막한 의사를 찾아와 내 인생의 무거운 가방들을 내려놓았던 그 오랜 시간. 진료실은 그 가방들로 가득했다. 나는 진료실 한복판의 장의자에 누워, 내려놓아둔 가방들 틈에서 말을 했다. 의사가 잘 듣고 있는지, 내가 허공에 대고 말하는 것은 아닌지 거듭 확인도 했다. 그는 내가 한 말을 전부 기억했다. 어떻게 기억하는 거지? 기록을 하나? 내가 혼자 떠들 때 녹음하나? 나는 혹시 작은 기계음이 들리는지 침묵 속에 숨죽이고 귀기울였다. 찰칵 소리나 테이프가 스륵스륵 돌아가는 소리 같은 건 전혀 들리지 않았다. 가끔은 횡설수설 이야기하는 도중 그를 휙 돌아보기도 했다. 필기하는 현장을 포착할 수 있으리라 생각해서였다. 그는 무표정하고 확고부동하게, 팔걸이에 팔을 괴고 다리를 꼰 채 그 자리에 있었다. 아무것도 필기하지 않았다. 그저 귀를 기울일 뿐이었다. 그와 나 사이에 종이, 연필 같은 도구가 있었다면 싫었을 것이다. 그곳에 쌓인 내 기억과 환상에 대해 그는 나만큼 잘 알았다. 우리 사이에는 내 목소리뿐 다른 건 아무것도 없었다. 나는 그에게 거짓말을 하지 않았고, 어떤 상황을 은폐하거나 윤색하거나 미화시키려 하다가도(엄마가 내게 그 헛소리들을 늘어놓은 건 처음에는 거리가 아니라 농장의 응접실이었다고 말했던 것처럼) 결국 언제나 가리개를 들추고 정확한 진실을 말하게 되었다. 그가 굳이 말하지 않아도 나는 잘 알고 있었다. 내가 어떤 이미지들을 숨기는 건 그것들을 내보였다가 더 큰 상처를 받을지 모른다는 무의식적인 두려움 때문이며, 그럼에도 오히려 상처를 드러내고 완전히 씻어내야 고통이 사라진다는 것을.

그날, 내가 이를 악물고 용기를 내어 드디어 환시에 대해 말하고 내 이야기 끝에 그가 "'관' 하면 무엇이 떠오르나요?"라고 물었던 날까지, 나는 진정으로 무의식을 탐험해본 적이 없었다. 나는 무의식에 도달했다는 것조차 모르는 사이 우연히 거기 이르렀다. 나는 기억하며 속속들이 알고 있는 사건들에 대해서만 말했고, 그중 어떤 것들은 결코 누구에게도 털어놓은 적 없기에 나를 숨막히게 했다. 종이 고추, 인형 수술, 엄마의 역겨운 짓. 그 이야기들을 허심탄회하게 풀어놓아 철저하고, 적나라하고, 인정사정없는 분석 대상으로 삼음으로써 나는 마침내 그것들 사이의 연관성을 발견했다. 그런 이야기를 꺼낼 때마다 땀을 쏟아내고 말없이 마비된 듯 보이지만, 반대로 나의 내면에서는 사방으로 동시에 뻗쳐나가고 나를 공포에 몰아넣으며 내가 이해할 수도 통제할 수도 없는 충동과 후퇴로 이루어진 격한 동요가 일어난다는 걸 나는 알았다. 그것이 거기 있었다.

그것은 내가 아주 어릴 때부터 거기 있었다고 나는 확신했다. 그것은 내가 엄마의 심기를 거슬렀거나 거스를 만한 일을 했다는 생각이 들 때마다 나타났다. 지금, 막다른 골목에서, 엄마가 금지한 쾌락들이 바로 그것을 발생시켰다는 결론을 이끌어내기란 너무도 쉬웠다. 나는 서른 해가 지나서도 내가 여전히 엄마의 심기를 거스를까봐 두려워한다는 사실을 자각했다. 동시에 엄마가 낙태 시도의 실패에 대해 말하면서 가했던 어마어마한 충격이 내게 뿌리깊은 자기혐오를 남겼음을 깨달았다. 나는 사랑받을 수 없었고, 호감을 얻을 수 없었고, 거부당할 수밖에 없었다. 그랬기에 나는 이탈과 사소한 차질과 이별을 모두 버림받은 것으로 받아들였다. 지하철을 놓치기만 해도 그것이 발동되었다. 나는 실패자였고 그러니 당연히 모든 일에 실패했다.

단순하고 명백한 일이었다. 어째서 나 혼자 이런 결론에 이르지 못했을까? 어째서 병증이 덮칠 때마다 이런 결론을 적용시키지 못했을까? 그건 내가 그때껏 아무에게도 말하지 않았기 때문이었다. 매번 공포는 혼자 견뎌냈고, 즉각 아무런 해석 없이, 최대한 먼 곳으로 밀쳐두었다. 엄마의 원칙들(내 계급의 원칙들)에 대해 나 나름의 판단을 내리고 그것들 대부분이 옳지 않고 어리석고 위선적이라는 것을 알 정도로 나이를 먹었을 때는 이미 너무 늦었으니, 머릿속에 단단히 세뇌되고 씨앗들은 아주 깊이 파묻혀 표면으로 꺼낼 수 없었다. 나는 어깨를 한번 으쓱이고 깨부숴버렸어야 할 '금지되다' 혹은 '유기'라는 표지판을 결코 보지 못했다. 내가 그 구역에 도착하면 무시무시한 사냥개떼가 쫓아오며 "죄를 지었다" "나쁘다" "미쳤다"고 외쳤다. 내 정신의 가장 어두운 구석에 숨어 있던 오래된 그것은 내 혼란과 필사적인 도주를 틈타 내 목덜미를 덮치려 했고, 그것이 발작이었다. 이해하려 애써보아도 아무런 결론을 내지 못했던 건, 내가 "엄마가 금지한" "엄마에게 버림받은"이라는 말을 지우고 대신 "죄를 지었다" "미쳤다"라고 썼기 때문이다. 내가 미쳤구나, 그것이 내가 할 수 있는 유일한 설명이었다.

너무나 단순해서 믿을 수 없을 정도였다. 그렇지만 현실이 거기 있었다. 출혈과 눈멀고 귀먹은 것 같은 기분 등 내 모든 정신적 신체적 문제들이 사라져버린 것이다. 불안도 횟수가 줄어들어, 일주일에 두세 번밖에 찾아오지 않았다.

그럼에도 나는 아직 정상이 아니었다. 큰 두려움 없이 시내를 지나다닐 만한 몇 개의 경로를 정해두긴 했지만, 거기서 벗어나는 일은 여전히 금지되어 있었다. 나는 사람과 사물에 대한 지속적인 두려움 속에 살았고, 땀을 많이 흘렸고, 무언가에 여전히 쫓겼고, 주먹을 쥐고 어깨를 움츠리고 다녔으며, 무엇보다도 환시가 계속됐다. 언제나 똑같고, 단순하고, 명확하며 결코 조금이라도 달라지는 법이 없는 환시. 그 완벽함이 나를 한층 더 두렵게 했다.

치료 초기에 내가 한번 슬쩍 운을 뗐다.

"있잖아요, 선생님, 이따금 이상한 일을 겪어요. 저를 쳐다보는 눈 하나가 보여요."

"그 눈을 보면 무엇이 떠오르나요?"

"아버지요…… 왜 이런 대답을 하는지 모르겠네요. 아버지의 눈에 대해선 아무런 기억이 없거든요. 저처럼 검은 눈동자였다는 건 알지만, 그게 전부예요."

그런 다음 나는 다른 얘기를 꺼냈다. 나도 모르게 얼버무리며 위험을 피한 것이다. 나는 더 쉽고 명백한 길을 택했다. 하지만 그러면서도 환시라는 장애물이 거기에 있고, 언젠가는 더 멀리 가기 위해 그것을 넘어야 한다는 사실을 알고 있었다.

'금지된 쾌락' '유기'에서 태어난 불안은 이제 이겨내기 어렵지 않았고, 나는 불안이 확고히 자리잡기 전에 쫓아낼 수 있게 되었다. 하지만 여전히 나를 고문하는 다른 불안, 내가 아직도 남들과 함께 살 수 없게 하는 불안은 어디서 오는 것일까, 어디에 뿌리를 둔 것일까? 나는 발을 굴렀다. 환시에 대해 말할 때가 왔다.

어느 날, 나는 그럴 수 있을 만큼 충분히 강해진 듯했고 의사에 대한 신뢰도 충분히 깊었다. 더는 그가 나를 정신병원으로 돌려보낼 거란 생각이 들지 않았다.

그래서 나는 자리를 잡았다. 팔다리에 힘을 빼고 누운 채, 먼저 내가 할 말을 하나하나 되짚어보았다. 엄마, 농장의 붉은 땅, 그 모든 그림자, 윤곽들, 냄새들, 빛들, 소리들, 무엇보다 할 이야기가 너무나 많은 어린 소녀. 나는 입을 열었다.

"때때로 이상한 일을 겪어요. 발작중에는 결코 나타나지 않지만, 매번 보일 때마다 발작을 해요, 너무나 무섭기 때문이죠. 혼자 있을 때나, 누구와 단둘이 있을 때, 혹은 여러 사람과 함께 있을 때도 일어나요. 보통 누군가와 함께 있을 때 자주 나타나죠. 왼쪽 눈에는 내 앞에 있는 사람과 그 배경이 아주 세세하게 보이고, 오른쪽 눈에는 그만큼 선명한 관 하나가 눈구멍에 딱 들어맞게 자리잡는 거예요. 관이 자리를 잡으면 그 반대편 끝에 저를 바라보는 눈 하나가 나타나죠. 그 관과 눈은 왼쪽 눈에 보이는 광경만큼이나 생생해요. 그것은 현실을 벗어난 곳에 존재하는 게 아니고, 내가 경험하는 그 배경 속에, 같은 빛 속에, 같은 분위기 안에 있어요. 왼쪽 눈에 보이는 것과 오른쪽 눈에 보이는 것의 존재감은 똑같아요. 다만 한쪽은 정상적이지만 다른 쪽은 저를 겁에 질리게 한다는 점이 다르죠. 저는 이 두 현실 사이에서 도저히 균형을 잡을 수가 없어요. 정신이 나가고, 땀을 흘리고, 도망치고 싶고, 견딜 수가 없어요.

저를 바라보는 눈은 제 눈처럼 관에 달라붙어 있지는 않아요. 그러면 관은 양쪽이 막혀 안이 캄캄해지겠죠. 관 속은 어둡지 않아요. 눈은 환한 빛을 받고 있는데, 구멍에 무척 가깝고, 무척 명확하고, 무척 주의깊어요. 저를 보는 그 시선이 너무나 엄격해서 땀이 나요. 노여움이 아니라, 경멸과 무관심이 담긴 차갑고 냉혹한 눈빛이에요. 눈은 한시도 저를 놓치지 않고, 누그러지거나 표정을 바꾸는 법 없이 강렬하게 저를 훑어봐요. 제가 눈을 감아도 소용이 없어요. 눈은 계속 못되고 잔인하고 차디차죠. 그렇게 오랫동안, 몇 분간 지속되다가 별안간 나타난 것처럼 또 별안간 사라져요. 그후 저는 떨기 시작하고, 발작을 겪죠. 그리고 엄청난 수치를 느껴요. 제 병의 다른 모든 증상보다도 이 눈 때문에 가장 심한 수치심을 느껴요."

됐다, 다 말했고, 나를 완전히 비워냈다. 이로써 내가 분석의 중요한 순간에 도달했다는 것을 알았다. 환시에 대한 설명을 찾지 못한다면 나는 앞으로 나아갈 수 없을 터이고, 결코 정상적인 삶을 살지 못할 것이다.

그때 의사가 말했다.

"관 하면 무엇이 떠오르나요?"

그 말을 듣자 짜증이 났다. 그가 어디로 이끌려는지는 뻔했다. 관＝종이 고추, 엄마 태내로부터의 탈출. 그런 게 아니었다. 그렇게 간단하다면 나 혼자서도 해답을 찾았으리라. 나는 일어나 자리를 뜨고 싶었다. 이 자그마하고 말없는 꼭

두각시의 냉정함과 차분함이 정말 짜증스러웠다.

"선생님을 보면 사제가 생각나요. 그들보다 나을 게 없어요. 선생님은 항문이라는 종교의 대사제니까요! 항상 그리로 귀결되죠. 역겹고, 선생님도 역겨워요. 하루종일 이 사람 저 사람의 음담을 듣는 구역질나는 인간. 그런 음담을 부추기는 건 선생님이라고요. 추잡해요. 왜 하필 관이죠? 관이 장미 화환 같은 걸 떠올리는 단어는 아니란 거 잘 알잖아요……"

"……깊이 생각하지 말고 그냥 말해봐요. 관 하면 무엇이 떠오르는지."

"……관이지 뭐예요. 관은 관이죠…… 관 하면 튜브가 생각나요…… 터널이…… 터널 하면 기차가 생각나고…… 어렸을 때 전 여행을 자주 했어요. 우린 매년 여름을 프랑스와 스위스에서 보냈죠. 처음에는 배를, 나중에는 기차를 탔어요. 기차에서는 오줌을 누기가 무서웠어요. 엄마는 위생관념이 무척 엄격했고 사방에 세균이 있다고 하셨죠……"

내 이야기는 여기저기 흘러다닌다. 어린 소녀가 나와 합쳐진다. 내가 바로 그 소녀였고, 서너 살쯤이었다. 방금 프랑스 땅에 발을 디뎠다. 까다로운 곳, 끊임없이 몸가짐을 바로잡고 언제나 "안녕하세요 부인, 안녕하세요 선생님, 감사합니다 부인, 감사합니다 선생님"을 입에 달고 살아야 하는 곳이었다. 구두를 벗고 맨발로 다니면 안 되는 곳, 식사중에 말을 하거나 나가게 해달라고 해선 안 되는 곳, 하루 스무 번씩 손을 씻어야 하는 곳.

여름이었다. 우리는 기차에 있었고, 날은 덥고, 나는 지루했고, 여행은 길었다. 나는 오줌이 마렵다고 했다. (그러려면 나니에게 "나니, 넘버 원, 플리즈"라고 말해야 했다.) 나니는 엄마에게 내가 "넘뵈르완"을 해야 한다고 전했다. (큰 볼일일 경우 나니는 "넘뵈르투"라고 했다.) 그러면 둘은 짐 속에서 어떤 가방을 찾기 시작했다. 약품 가방이었다. 내게 약품은 좋은 것일 리 없는, 요오드나 에테르처럼 아프고 따가운 것이거나 반창고처럼 털이 뜯기는 것을 의미했다. 기차에서 오줌을 누러 가는데 왜 약품 가방이 필요할까? 불안해졌다.

마침내 모자 상자, 여행가방, 세면도구 같은 것들 틈에서 찾던 것을 찾아내 우리는 복도로 나갔다. 엄마가 앞장서고, 약품 가방을 든 나니가 뒤에 서고, 가운데 내가 끼어 우리는 행진했다. 저린 다리를 풀 수 있어서 객실 안에 있을 때보다 좋았다. 객차 끝, 화장실이 있는 곳에 도착하자 우리는 샐러드 물 빼는 바구니에 들어간 양 이리저리 흔들렸고, 무엇보다 소리가 엄청났다! 서 있기조차 어려울 지경이었다. 엄마와 나니는 아무것이나 붙잡았고 나는 그들의 치맛자락에 매달렸다. 재미있었다. 화장실에서 풍기는 냄새는 그다지 재미있지 않았지만. 심한 지린내, 뭔가 더럽고 막돼먹은, 수치스러운 냄새.

엄마가 나니에게 말했다. "90도짜리 알코올을 줘요. 변기와 변좌를 닦아줘요, 나는 세면대를 닦을게요. 온 김에 얼굴과 손도 씻깁시다. 벌써 석탄 연기로 새카매요. 얘는 정말 얼마나 금방 지저분해지는지 놀라울 정도라니까."

90도짜리 알코올을 적신 커다란 솜뭉치로 엄마와 나니는 그 냄새나는 곳을 맹렬히 닦기 시작했다. 엄마가 말했다. "전부 세균투성이야." 세균에 대해서는 이미 배운 터였다. 아버지의 폐를 갉아먹고 언니를 죽인 작은 생물. 나는 이제 오줌을 누고 싶지 않았지만 차마 말할 수 없었다. 화장실에 보이지 않는 전갈, 자그마한 뱀, 숨어 있는 말벌이 가득한 것 같았다. 끔찍한 진동과 소음이 계속됐다.

청소가 끝나자 둘은 하얀 거즈를 변좌에 깔았다. 이제 오줌을 눌 수 있었다. 나니가 내 팬티를 벗겼다. 나는 어깨끈 달린 캐미솔 위로 단추를 채우는 '프티바토' 팬티를 입고 있었다. 배와 양옆구리에 단추가 하나씩 있었다. 팬티 앞쪽은 고정되어 있지만 뒤쪽은 열리고 닫히는 식이라 아이의 성장에 따라 면 끈을 움직여 몸에 맞출 수 있었고, 캐미솔의 단추들도 점점 아래로 내려 달게 되어 있었다. "아주 실용적이지." 엄마는 말했다. 나니의 생각은 완전히 달랐지만.

아무튼 나는 그렇게 엉덩이를 내놓았다. 나니가 내 겨드랑이를 잡아 나를 거대한 변좌에 앉혔고 나는 엉거주춤한 채였다. 나니는 소변이 팬티 뒤쪽에 튀지 않도록 팬티를 위로 당기고 있었다. 등을 받쳐주면서도 그녀는 어찌어찌 균형을 유지하려 애썼다. 엄마는 비난 섞인 기색으로 그 모습을 바라보았다. "빨리 해라, 보다시피 쉬운 일이 아니잖니."

그 순간 소음이 귀가 먹먹할 정도로 커졌다(선로 변경 지점을 지나는 모양이었다). 모든 것이 격렬하게 움직여 나는 내 머리가 제대로 붙어 있는지조차 알 수 없었다. 다리 사이를 들여다보니 변기의 바닥, 역겨운 것이 가득찬 둥글고 커다란 배관 끝에 머리가 어찔해지는 속도로 자갈밭이 스쳐지나가고 있었다. 무섭고, 무섭고, 무섭고, 무서웠다. 내가 내 오줌에 휩쓸려 그 구멍으로 빨려들어서는 오물 가득한 저 역겨운 관을 지나 환한 자갈밭 위에서 산산조각날 것만 같았다.

"나 넘버 원 안 할래요."

"아니야, 해야 해. 이제 다 준비됐으니까 누기만 하면 돼. 서둘러라."

"이제 안 마려워요, 못 누겠어요."

"아! 또 변덕이구나. 혼날 줄 알아!"

나를 잘 아는 나니가 말했다.

"못 놀 것 같은데요, 부인."

그 소란, 그 광기 속에서 나는 규칙적이고 재빠른 작은 소음을 들었다. 탁 탁 탁 탁 탁 탁……

탁탁탁탁탁탁탁탁탁…… 나는 네 살이었고, 또 서른네 살이었다. 나는 아직도 기차 화장실에 엉거주춤 앉아 있었고, 또 막다른 골목의 장의자에 누워 있었다. 탁 탁 탁 탁 탁 탁.

이제 나는 나이가 없고, 더이상 사람도 아니며, 그 소음일 뿐이었다. 탁 탁 탁 탁 탁 탁 탁 탁…… 어린애들 노래처럼 경쾌하고, 자장가처럼 운율이 느껴지는…… 탁탁탁탁탁탁…… 어디서 나는 소리일까? 어디서 나는 소리인지 반드시 알아야만 했다.

"선생님, 머리가 아파요."

끔찍한 통증, 두개골 안의 격렬한 고통, 지금껏 느껴본 가장 심한 고통. 누군가 내 뇌를 난폭하게 뽑아내려 한다.

고통의 섬광. 극심한 고통의 아찔함. 끔찍하게 뒤틀린 뿌리들이 농포투성이가 되어 몸부림치며 용의 해골, 썩은 문어의 시체를 옭아매고, 그것들이 밖으로 끌려나오며 참을 수 없는 부패의 악취를 풍겼다.

"선생님, 머리가 돌 것 같아요! 끔찍해요, 미치겠어요!"

환시를 건드리면 끝장나리라는 것을 알고 있었는데. 나를 부르는 그 본능을 따라서는 안 됐는데. 그 영역에 가서는 안 됐는데. 전처럼 무해한 환자로, 요양원에 갇히지 않고도 살아갈 수 있었을 텐데. 이제는 너무 늦었다. 나는 파괴적인 흔들림 속으로, 시커먼 정신착란으로 빠져들었다.

"선생님, 도와주세요!"

머리가 폭발한다! 흔들린다, 흔들린다……

탁 탁 탁 탁 탁 탁 탁 탁 탁탁탁탁탁탁……

탁 탁 탁 탁…… 소음이 여기, 아주 가까이 있다! 광기가 아닌, 히스테리에 속하지 않은 유일한 것. 그 소리를 찾아야 한다. 그쪽으로 가야만 한다.

나는 어린애다, 겨우 걸음마를 배운 아주 어린 아이다. 나는 나니와 아빠와 함께 커다란 숲을 산책하고 있다. 나는 '넘버 원 플리즈'를 하는 중이다. 나니가 나를 덤불 뒤에 숨겨주었다. 적당한 덤불을 발견할 때까지 나니는 한참을 찾았다. '넘버 원 플리즈'를 하려면 몸을 숨겨야 했다. 나는 쭈그리고 앉아 프티바토 팬티를 몸 쪽으로 끌어당기고, 내 몸에서 나와 다리 사이, 윤이 나는 예쁜 새 구두 사이 땅에 떨어지는 액체 줄기를 바라본다. 흥미롭다…… 탁 탁 탁 탁 탁 탁 탁…… 등뒤에서 소리가 난다. 고개를 돌리자 아버지가 서 있다. 아버지는 한쪽 눈 앞에 신기하게 생긴 검은 물건, 관 끝에 눈이 달린 철로 된 동물 같은 것을 들고 있다. 저기서 나는 소리구나! 나는 아버지에게 오줌 누는 모습을 보여주기가 싫다. 아버지는 내 엉덩이를 봐선 안 된다. 나는 일어난다. 팬티가 거치적거려 제대로 걸을 수가 없다. 그래도 나는 아버지에게 가서 온 힘을 다해 아버지를 때린다. 있는 힘껏 때린다. 아버지를 아프게 하고 싶다, 죽이고 싶다!

아버지의 다리에 매달려 할퀴고, 물어뜯고, 때리는 나를 떼어내려 나니가 애쓰는 동안에도 아버지는 계속해서 길고 둥근 눈으로 나를 조롱한다. 탁탁탁 탁탁…… 나는 그 눈이, 그 관이 밉다. 내 안에서 무시무시한 화가, 분노가 인다.

마침내 아버지와 나니가 내게 말한다. 내가 알아듣지 못하는 말들이지만, 알아들을 수 있는 말도 있다. "미친 짓, 무척 버릇없는, 아주 못된, 미친, 막돼먹은 짓! 나빠, 부끄러워! 엄마를 때리면 안 돼, 아빠를 때리면 안 돼! 아주 나쁜 짓이야. 부끄러운 짓이야! 벌받아! 아주 못난, 아주 버릇없는, 미친! 부끄러운, 부끄러운, 부끄러운. 나쁜, 나쁜, 나쁜. 미친, 미친, 미친." 나는 그들이 내 행동을 끔찍하고, 지독하고, 무시무시한 짓이라 여긴다는 것을 깨닫고 갑자기 수치심을 느낀다.

소음이 멎었다.

침묵. 평온. 거대한 평온.

나는 막 환시의 정체를 밝히고 그것을 쫓아낸 참이었다. 이제 다시는 환시가 나타나지 않으리라는 완벽하고 충만하고 절대적인 확신이 들었다.

모든 것이 내 주변을 떠다니고 있었다. 나는 먼 곳에서 돌아왔다.

"선생님, 발견했어요. 끝났어요. 환시는 바로 그거였어요."

"그렇고말고요. 오늘은 이만 끝냅시다."

일어났을 때 나는 처음으로 내 몸이 완벽한 상태가 된 걸 느꼈다. 근육들은 매우 수월하게 나를 움직였다. 피부는 그 위를 매끄럽게 덮었다. 나는 서 있었고, 컸다. 의사 선생보다 더 컸다. 나는 부드럽고 규칙적으로 내 폐에 딱 맞는 양의 공기를 들이마시고 내쉬며 호흡했다. 내 갈비뼈는 쉼없이 피를 뿜어내는 심장을 보호하고 있었다. 내 골반은 내장들을 정확히 제자리에 담아둔 하얀 수반이었다. 얼마나 뛰어난 조화인가! 아프지 않았고, 홀가분했다. 내 튼튼한 다리가 나를 문 쪽으로 나아가게 했다. 내 팔이 의사의 손을 향해 뻗었다. 그 모든 것이 내 것이었고, 모든 것이 제대로 작동했다. 두렵지 않았다!

"안녕히 계세요, 선생님."

"안녕히 가세요."

나는 그와 눈이 마주쳤고, 그 안에서 기쁨을 보았다고 확신한다. 우리는 함께 정말 대단한 일을 해냈죠! 그렇지 않아요?

그는 내가 나 자신을 낳도록 도와주었다. 나는 방금 태어났다. 나는 새로웠다!

막다른 골목으로 나왔다. 모든 것이 똑같았고 모든 것이 달랐다. 분가루처럼 보드라운 이슬비가 내 생기 있는 장밋빛 뺨에 내려앉았다. 낡은 보도가 구두창을 통해 발바닥을 어루만졌다. 파리의 붉은 밤하늘이 거대한 서커스 천막처럼 머리 위에 펼쳐져 있었다. 나는 시끄러운 거리를 향해, 축제를 향해 걸음을 내디뎠다.

별안간, 골목 저 끝에 이르자 모든 것이 훨씬 더 가볍고, 명랑하고, 쉬워졌다. 나는 유연하고 민첩했다. 어깨가 갑자기 내려가면서 너무나 오랜 세월 동안 거기 묻혀 있던 목과 목덜미가 드러났다. 바람이 머리칼과 뒤통수에 닿는 행복한 느낌을 나는 잊고 있었다. 이제 내 등뒤에 있는 것도 눈앞에 있는 것만큼이나 두렵지 않았다!

이제 내 목표는 하나뿐이었다. 엄마를 찾아 물어보는 것.

"제가 어렸을 때 있었던 일인데 기억하세요? 제가 오줌을 누고 있는데 아버지가 저를 촬영한다고 아버지를 때렸던 일요."

"그런 일이 있었지. 난 그 자리에 없었지만 영상을 봤다. 네 아버지가 그때 보여줬거든. 누가 얘기해주던?"

"아무도요. 제가 기억해냈어요. 그때 저 벌받았어요?"

"분명 그랬을 거야. 잘 자라는 입맞춤을 못 받거나 그런 거였겠지. 엉덩이를 조금 맞았을지도 모르고. 아이가 받을 만한 벌이었을 거다. 어릴 때 넌 천방지축이었지."

"몇 살 때였어요?"

"그거야 기억하기 쉽지. 네가 프랑스에서 보낸 첫여름이었어. 네 아버지는 막 요양원에서 나와 너랑 친해지고 싶어했어. 어쨌든 네 아버지였으니까…… 넌 십오 개월에서 십팔 개월쯤 되었었지."

엄마는 이상한 표정으로 나를 보았다. 그 눈 속에서 놀라움, 후회, 시들었지만 아직도 향기가 남은 꽃다발 같은 것을 본 것 같다. 엄마가 있는 그대로의 나를, 당신이 바라던 모습과는 거의 일치하지 않는 나를 사랑하기 시작한 게 아마 그 무렵이었을 것이다.

너무 늦었다. 이제 나는 엄마의 사랑이 더이상 필요하지 않았다.

9

막다른 골목은 내 천국의 길, 내 승리의 통로, 내 힘의 운하, 내 기쁨의 강물이 되었다. 말라붙은 지류支流 같은 도시의 그 골목이 환상적인 퍼레이드의 장으로 변했다 해도 나는 놀라지 않았으리라. 자그마한 의사도 나뭇가지가 뒤엉킨 철책문 너머에서 나오겠지. 평소와 같은 차림이지만 머리에는 반짝이는 실크해트를 쓰고 손에는 금색 모슬린으로 된 긴 서커스 채찍을 든 채.

이리 오세요, 신사 숙녀 여러분! 이리 오세요! 두려워하실 것 없습니다. 쇼는 공짜예요! 겁내지 말고, 문과 창문을 여세요, 신사 숙녀 여러분! 지금껏 본 적도 없는 구경을 하세요!

신사 숙녀 여러분, 눈과 귀를 활짝 열고 세상에 하나뿐인 진기한 광경을 보세요!

둥둥둥! 빠람빰빰! 쿵쾅쿵쾅!

들어보세요, 선량한 여러분! 땀흘리던 여자가 더는 땀흘리지 않고, 떨던 여자가 더는 떨지 않고, 피 흘리던 여자가 더는 피 흘리지 않고, 쿵쾅대던 심장이 더는 쿵쾅대지 않게 된 사연을 들어보세요. 이리 오세요, 이리들 와요! 다리를 벌려보고, 맥박을 재보고, 뇌를 열어보세요. 망설일 것 없어요! 자, 해보세요, 어서, 이제 아무렇지도 않답니다!

그럼 이제 확인해보세요, 신사 숙녀 여러분! 여러분이 여러 해 전부터 봐온 여자, 태아처럼 몸을 웅크린 채 여러분의 집 앞을 지나가고 또 지나가던 바로 그 여자, 여러분 집의 담장에 바싹 붙어 걸어가던 그 그림자, 여러분 집의 문 구석에서 멈춰선 채 두려움에 부들부들 떨던 그 가련한 여자, 공포에 쫓겨 달아나다가 여기저기 깨진 보도에서 발을 삐긋하던 그 불행한 여자랍니다. 그 미친 여자가 이제 어떻게 변했는지 보십시오!

그러면 내가, 영양처럼 멀찍이 도약하며 막다른 골목 저 끝, 길 쪽에서 화려하게 등장한다. 미녀! 숨이 멎을 듯한 미녀! 〈플레이보이〉에 등장하거나 '딤' 스타킹 광고에 나와도 손색이 없을 미녀. 가냘픈 몸. 긴 목, 긴 팔, 긴 다리, 큰 키. 완벽하게 건강하면서도 관절, 발목, 무릎, 허리, 어깨, 팔꿈치, 손목이 애처로워 보일 정도로 가녀린 나. 힘이 있으면서도 입술이 맞닿는 곳, 눈가, 콧방울, 목덜미 아래쪽에는 섬세함을 간직한 나. 감탄한 군중의 플래시 속에 도약하는 모습으로 포착된, 젊음으로 빛나는 나. 팔은 몸에서 떨어져 가볍게 들리고, 아름다운 금발은 수놓인 부채처럼 하늘에 휘날린다. 화사하다, 화사하도다! 나를 태어날 때부터 봤고, 줄곧 내 옷을 지어주었으며, 요정 같은 손가락을 지녔고, 가봉한 드레스를 스무 번이나 입혀보던 우리 가족의 재단사 마리네트가 지은 웨딩드레스를 입은 나.

그런 다음 나는 고양이처럼 멀찍멀찍한 발걸음을 떼어놓으며 그렇게, 부드럽게, 느긋하게 전진하리라. 막다른 골목은 갓 벤 풀 향기가 나는 짧은 잔디로 뒤덮여 있을 것이다. 내가 좋아하는 나무가 모두 있을 것이다. 종려나무, 석류나무, 독말풀, 오렌지나무. 내가 좋아하는 꽃, 내가 좋아하는 동물도 전부 있을 것이다. 모든 향기도. 그리고 화창한 날 바다의 소리, 평화롭고 부지런한 베틀의 북이 해변을 짜듯, 규칙적으로 잔물결이 밀려오는 소리.

의사가 채찍을 쳐들면 거기 달린 부드러운 줄이 내 허리를 스칠 거고, 그러면 전진! 공중제비, 공중제비 2회전, 공중제비 3회전, 다리 찢기, 물구나무서기, 옆으로 돌기, 재주넘기, 거꾸로 매달리기, 엎드려 손으로 걷기. 얍! 얍! 여기서는 피루엣, 저기서는 구르기! 다시 한번 얍! 얍! 주테바튀*, 파드샤**, 샤세크루아제***, 피루엣. 그리고 간다! 곤두박질! 나는 내 뜻대로 내 몸을 다룰 수 있고, 몸은 내 뜻을 따르며 내가 원하는 곳으로 나를 이끌었다. 더이상 내 몸은 사방에서 땀 흘리고 떠는 살덩어리, 내 미친 영혼이 어쩔 수 없이 머무는 불쾌한 피난처가 아니었다.

얼마나 굉장한 승리인가! 모두가 박수갈채를 보냈다. 관객이 우리에게 화관을 씌워주었다!

아니, 그런 식으로 되지는 않았다. 자그마한 의사는 언제나 뻣뻣하고, 정중하고, 말없이, 거의 잔인하게, 이따금은 빈정대는 기색으로 안락의자에 앉아 있었다. 그리고 나는 길이

---

* 다리를 뻗어 뛰어올라 공중에서 양다리를 사선으로 포갠 후 착지하는 발레 동작.
** 뛰어올라 공중에서 무릎을 양쪽으로 차례로 굽히며 양발을 모은 후 다시 차례로 발을 디디며 착지하는 발레 동작.
*** 스퀘어댄스 등에서 미끄러지듯 파트너끼리 자리를 바꾸는 동작.

잘 든 개처럼 감사하는 마음으로 내가 찾아낸 것들을 그에게 가져갔다. 옛날에 엄마에게 조약돌을 갖다주며 엄마의 손에서 그것이 보석이 되길 바랐던 것처럼. 엄마는 내 상상의 보물을 거부했지만, 의사는 말 한마디 없이, 하지만 대단히 주의깊게 경청했고, 그럼으로써 내가 스스로 내 이야기의 정확한 가치를 이해하도록 도왔다.

나는 내 건강과 육체, 육체에 대한 지배력, 자유롭게 이동할 수 있는 특권을 발견했다. 그로 인해 더없는 기쁨을 느꼈다.

나는 밤을 발견했다. 매일같이 지치지도 않고 밤에 몸을 맡겼다. 공공장소의 조명들. 크리스마스 무렵이었다. 안쪽에 불을 밝혀 구경꾼들에게 보물들을 전시하는 손님 없는 상점들의 안락함과 호사스러움. 실크 드레스, 모피 외투, 샴페인, 푸아그라, 보석, 장난감, 난초. 겨울의 빛나는 보도. 거리에 번갈아가며 깔린 빛과 어둠의 구역. 밤의 사람들. 그 추위 속 연인들의 열기. 술. 남자들. 어떤 장소에 들어가 그곳에 있는 이들을 눈으로 슬쩍 훑고는 단 한 사람을 눈독들여 점찍을 때의 도취감. 정복. 정복하고 정복당하는 게임.

나는 호텔방을, 독신자 아파트를, 원룸아파트를 알게 되었다. 그 남자들은 잠깐 동안 침대에서 함께한 이가 누구인지 알았을까? 내게 중요한 건 그때껏 금지되었던 모든 일을 하

240

는 것이었음을 누구도 결코 짐작하지 못했다. 나는 다른 무엇도 아닌, 그것만을 극단적으로 탐했다. 그러니까 이게 '쾌락을 즐긴다'는 건가? 참 쉽군! 볼일을 마치면 혼자 떠났는데, 그때가 최고의 순간이었다. 나는 고독과 새벽을 알게 되었다. 두렵지 않았다. 낯선 길, 몸에 가득한 '죄', 사방의 어둠, 그래도 두렵지 않았다. 새벽 네시 혹은 다섯시였다. 아이들이 깨어날 때까지 한두 시간밖에 자지 못했지만, 그럼에도 피곤하지 않으리라는 것을, 다음날 똑같은 쾌락이 있으리라는 것을 알았다.

나는 화장을, 향수를, 드레스를, 검은 속옷을, 목걸이를, 귀고리를 알게 되었다. 레스토랑에서는 무엇이든 잔뜩 먹었지만 그래도 마르고 말라갔다. 아무런 노력도 하지 않았는데 공과 사슬처럼 내 몸에 붙어 있던 살이 사라졌다.

그 몇 주, 어쩌면 몇 달이었는지 모를 기간 동안, 나는 쉼없이 기쁨, 건강, 술, 밤, 새로운 애무, 좋은 음식에 취해 있었다. 내 몸이라는 놀라운 장난감을 하루종일 가지고 놀았다. 모든 것이 놀랍고 즐거웠다. 내 손가락이 어떻게 움직이는지, 내 발이 어떻게 나를 싣고 가는지, 내 눈꺼풀이 어떻게 깜빡이는지, 내 목소리가 어떻게 목구멍에서 나오는지, 거기 어떻게 억양이 실리는지, 그 모든 것이 어떻게 제대로 작동하는지. 그게 나였다. 나는 살고 있었다.

나는 은밀히 피를, 두려움을, 눈이 달린 관을, 땀을 소환하며 즐겼다. 그것들이 차례차례 내 앞으로 오도록 했다. 그것들은 외부에 머물러 있었다. 나는 그것들을 자세히 바라보고, 처음에는 겁을 내다가 나중에는 과감하게 건드려보았다. 그것들은 들어오지 않았다.

나 자신과 즐겁게 놀아본 적이 전혀 없었기에 나는 그 기간이 오래가길 바랐다. 나는 무사태평한 기분을 몰랐다. 평생, 어린애들 놀이를 할 때조차 갑갑하고 불안했다. 숨바꼭질, 술래잡기, 공기놀이, 돌차기, '너 그거 있니tu l'as'(나는 이걸 '죽여라tue la'로 쓰곤 했다) 놀이. 내가 하느님의 눈과 (그리고 무의식적으로 카메라의 눈과) 혼동했던 엄마의 눈이, 거기에서 나를 바라보고, 내 행동을, 내 생각을 평가하고, 무엇 하나 내버려두지 않았다. "하느님 아버지, 저는 생각과 말과 행동으로, 그리고…… 저도 모르게 죄를 지었습니다." 그것이야말로 가장 끔찍했다. 나는 죄인지 알지 못하고도 죄를 저지를 수 있었다. 죄는 세균과 같아 사방에 있었고, 눈에 보이지 않았으며, 어떤 순간에라도, 내가 바라든 바라지 않든 내게 옮을 수 있었다.

죄 다음에는 과오가, 그리고 그것이 있었다. 환시의 의미를 알아내기 전까지 나는 늘 강박에 사로잡히고, 쫓기고, 감시당하고, 죄의식을 느끼며 살았다.

이제 나는 환희와 엄청난 갈망을 느끼며 건강과 자유의 신기루 속으로 마음껏 빠져들었다.

하지만 그것은 치밀어오르는 공포를 통해 음험하게 돌아왔다. 어느 밤 그것이 곧장 달려들어 자두나무 흔들듯 나를 흔들었고, 내 골을 뒤흔들어 지저분한 침대 시트에, 옆에서 입을 벌리고 잠든 남자의 얼굴에 솟아난 거뭇한 수염에, 미친 여자, 세 아이를 둔 서른네 살 여자의 몸에, 그 초라한 자취방의 허무함에 부딪었다. 나는 거리를 달렸고 가득찬 쓰레기통들, 술에 취해 잠든 보도의 노숙자들, 뛰어가는 나 때문에 달아나는 여윈 고양이들, 새벽녘의 인부와 매춘부들, 인간의 비참함을 보았다! 부패는 사방에서 일어나고 있었다! 모든 게 썩어갔다! 완전히 새것인 나의 몸도 썩고 있었다!

삶은 끝이다! 무사태평함은 날아갔다!

나는 꼭두각시, 마리오네트, 로봇, 인형에 불과했다!

내 건강이 무슨 필요인가? 내 몸이 무슨 소용인가? 아무데도 쓸모가 없다!

폭풍은 거셌다. 폭풍은 모든 것을 뿌리째 뽑았다. 그것의 새로운 무기는 전보다 더 무시무시했다. 피보다, 죽음보다, 돌격의 북소리처럼 울리는 심장보다 더 무시무시했다. 그것의 새로운 무기는 직접적이고, 메마르고, 단순하고, 가리개도 방패도 없는, 벌거벗은 불안 그 자체였다. 땀도, 떨림도, 빈맥도, 뛰거나 웅크리고 싶은 충동도 없는 불안. 나는 더이상 환자가 아니었다. 나는 멍청하고, 늙어가고, 변변찮고, 의미 없는 인생을 사는 여자에 불과했다. 나는 아무것도 아니었다. 현기증을 느낄 수도, 죽음을 향해 외칠 수도 없는 아무것도 아닌 존재.

죽음. 죽어서 끝내는 것. 나는 죽음을, 그 미스터리를 원했다. 죽음은 다른 것이기에, 인간이 이해할 수 없고 상상할 수 없는 것이기에 죽음을 원했다. 내가 원하는 건 바로 그것이었다. 상상할 수 없는 것, 인간과 무관한 것. 나는 전기 입자로 용해되고, 순환하는 충동으로 분해되고, 소멸되고 싶었다. 무無가 되고 싶었다.

그때 왜 자살하지 않았을까? 아이들 때문에? 아이들에게 그런 걸 남길 수는 없었다. 미친 여자의 시체는 엄마가 내 인생을 무겁게 짓눌렀듯이 아이들의 인생을 짓누를 것이 분명했다. 아이들까지 그것의 소란에 휘말리게 하고 싶지는 않았다. 내가 자살하지 않은 건 정말로 아이들 때문이었을까? 모르겠다.

나는 막다른 골목에 갔고 그 자그마한 의사에게 욕을 퍼부었다. 정신분석에 대해 들은 말 전부를 그의 면전에 쏟아냈다. 정신분석은 사람을 더 미치게 한다고, 성적 편집광으로 만들고, 인격을 파괴한다고.

내가 아는 정신분석 어휘들, 그가 상담 초기에 잊어버리라고 했던 말을 무기로 삼았다. 리비도와 에고와 정신분열증과 오이디푸스콤플렉스와 억압과 정신증과 신경증과 편집증과 환상 같은 말을 현란하게 늘어놓았고, 감정전이라는 말은 마지막까지 아껴두었다. 그에게 나를 그토록 의탁했던 것이, 그를 신뢰하고 그렇게나 좋아했던 사실이 고통스러웠기 때문이다!

그는 프로이트의 꼭두각시였다! 프로이트의 굵은 끈들이 그를 움직이고 있었다! 그는 정신분석이라는, 점잖은 척하고 거만하고 해로운 특정 엘리트들이 즐기는 종교의 사제였다.

"그래요, 해롭고말고요, 조그만 원숭이 같으니! 정신질환자를 더 미치게 만드는 종교예요. 응접실에서, 텔레비전에서, 대량으로 유통되는 잡지에서 속닥거리며 댁들은 정신질환자들에게 무슨 짓을 하는 건가요, 환속한 사제 같은 양반?

당신이 같은 부류의 광대들처럼 전문적인 정신분석을 받았다는 거 잘 알아요. 그게 당신에게 무슨 소용이죠? 미사 집전 동작을 익히는 데 도움이 되나요? 당신은 우리가 어떻게 자는지, 어떻게 말하는지, 다른 사람이 당신 등뒤에서 당신 말을 어떻게 듣는지, 그 모든 일이 이 은폐되고 은밀한 분위기 속에서 어떻게 비밀리에 일어나는지 알고 있죠! 그 전문적인 정신분석 과정 동안 당신은 대체 무슨 말을 할 수 있던가요? 네? 쥐꼬리만한 당신 물건 때문에 맛본 좌절에 대해서? 첫영성체 때 입을 양복을 고르느라 겪었던 어려움에 대해서?

그렇게 해서는 정신질환이 무엇인지 알 수 없어요. 그건 끔찍한 병이라고요! 정신질환은 외부와 내면, 산 것과 죽은 것, 날카로운 소리와 음소거 상태, 가벼운 것과 무거운 것, 이곳과 저곳, 숨막히게 하는 것과 만져지지 않는 것으로 이루어진 끈적한 안개 속에 살아가는 거라고요. 무시무시하고, 끝없이 변화하고, 병자의 꼬리표가 달리고, 매혹적이고, 잡아당기고 자르고 더하고, 무겁고 질질 끌리고, 한순간도 쉬지 못하게 하고, 공간과 시간을 전부 차지하고, 두려움과 땀을 유발하고, 마비시키고 도망치게 하는 도무지 이해할 수 없는 공허에, 동시에 꽉 차고 조밀한 공허에 지배당하는 거예요! 내가 하려는 말을 이해나 하겠어요, 딱한 머저리 양반?"

더이상 견딜 수 없었다. 진료실을 나선 뒤 나는 거나하게 퍼마시러, 죽을 만큼 마시러 갔다. 여자가 "거나하게 퍼마신다"라는 말을 쓰면 저속하고 천박해 보이지만 남자가 쓰면 저속함이 옅어지고 강렬하면서도 슬픈 울림이 깃든다. 여자는 '술기운이 돌고' '취하고' 기껏해야 '마시는' 게 전부다. 나는 그런 위선적인 말장난을 거부한다. 나는 퍼마셨고, 스스로를 파괴했고, 타락했고, 자신을 경멸했고, 증오했다.

나는 스스로에 대한 통제력이 전혀 없었다. 나는 아무도 아니었다. 욕망도, 의지도, 좋아하는 것도, 싫어하는 것도 없었다. 나는 전적으로, 내가 선택하지 않았고 나와 어울리지도 않는 인간형을 최대한 닮도록 만들어진 존재였다. 내가 태어난 이후 매일매일, 남들에 의해 내 몸짓과 태도와 어휘가 만들어졌다. 내 욕구와 욕망과 충동은 억눌리고, 억제되고, 덧칠되고, 위장되고, 유폐되었다. 세뇌되고 비워진 내 머릿속은 남들이 쑤셔넣은 적절한 생각들로 들어찼지만, 이는 암소에게 앞치마를 입힌 꼴이었다. 마침내 이식이 확실하고 제대로 이루어져 내가 누구의 도움 없이도 내면 깊은 곳에서 이는 물결들을 억누를 수 있게 되었을 때에야, 나는 자유롭게 살도록 놓여났다.

막다른 골목 끝에서 혼란의 내막을 찬찬히 살펴보고 난 지금, 그럭저럭 엄마와 내 가족, 내 계급에 부끄럽지 않은 사람이 될 수 있게 만든 내가 겪은 치밀한 세뇌의 내역을 상세하고 정확히 기억해낸 지금, 사랑과 명예와 아름다움과 선함을 위해 가해지고 끝까지 묵인된 형벌의 기만을 알아내고 발견한 지금 내게 무엇이 남았나? 공허함. 나는 누구인가? 아무도 아니다. 어디로 가야 하나? 아무데도. 더이상 아름다움도, 명예도, 선함도, 사랑도 없었고, 같은 이유로 악함도, 증오도, 수치와 추함도 없었다.

환시를 해독함으로써 나는 자신을 세상에 내보냈고, 태어났다고 믿었었다. 그리고 지금은 관 끝의 눈을 터뜨림으로써 내가 나를 낙태시킨 것 같았다. 그 눈은 단지 내 엄마, 하느님, 사회의 눈이 아니라, 내 눈이기도 했다. 과거 나였던 존재는 파괴되었고, 내 자리에는 0이, 그 시작이자 끝, 모든 것이 크거나 작은 쪽으로 전복되는 지점, 죽은 삶과 살아 있는 죽음의 지대가 있었다. 태어난 지 0일째인 동시에 서른네 살일 수 있나? 나는 진정 괴물이었다. 가장 끔찍한 것은 내가 그 상태에 이르렀다는 점이 아니라, 내가 그 상태에 있고, 그 사실을 정신분석이 부여한 확실성과 냉철한 명확성을 통해 알고 있다는 점이었다. 나는 고작 종이 파리채 때문에 마비된 거인, 혹은 거인을 잡는 덫에 갇힌 파리였다. 기괴하고,

우스꽝스럽고. 어리석은.

어이! 미친 여자! 미친 여자다!

최악은 나와 같은 계급에 속한 이들 모두가 나와 동일한 운명을 겪었다는 생각이었다. 그렇다면, 어째서 나만이 길들임에 이토록 잘, 그리고 이토록 못 대응했을까? 내 정신이 정말로 병들었기 때문인가, 아니면 내가 유독 연약하고 무른 존재이기 때문인가? 나락이며 지옥인 그 양자택일밖에 나는 떠올릴 수 없었다.

나는 막다른 골목에 갔고, 누웠고, 더는 아무 말도 하지 않았다. 아무 말도. 더이상 할말이 없었다. 할말을 찾을 수가 없었다. 의사와 나는 서로를 너무나 잘 알았기에 지난번 상담 이후 어떤 일이 있었는지 전하기 위해 몇 마디 말이면 충분했다. 그다음은 침묵이었다. 무겁고 음울한 침묵. 나는 심지어 장의자 위에서 잠든 적도 있었다. 부조리하고 하찮은 현실에서 완전히 벗어나서.

파도. 파도. 내 청소년기와 같은 풍경. 매끄러운 베이지색 하늘 아래 안개 낀 잿빛 사막. 그 속을 계속 걸어가봐야 무슨 소용인가? 항상 똑같은데.

왜 나는 고집스레 막다른 골목에 갔을까? 장의자. 벽에 걸린 캔버스, 그 흐릿한 회색과 베이지색 단조로움을 바라보는 뜬 눈. 뿌옇고 매끈한 내 불안한 사막을 향해 뜨인 눈.

단조롭고 반들반들한 공간, 생명도 기복도 없는 공간에서, 어린 시절 어느 우울한 날 나는 아버지를 만났다. 여섯인가 일곱 살 때였다. 아버지가 선물을 주었다. 붉은 벨벳으로 된 정육면체에 금색 새틴 리본이 묶여 있었다. 근사해라! 그렇게 멋진 포장 속에 든 것은 아주 아름다운 선물일 게 틀림없었다. 언제나 그랬듯 나는 아버지라는 수상쩍은 존재, 나를 향한 그의 다정함과 명랑한 사랑 때문에 거북했다. 아버지는 웃으며 눈을 빛냈다.

"열어보렴, 안에 뭐가 들었는지 봐."

나는 아버지가 없는 곳에서 상자를 열고 싶었지만, 아버지는 채근했다.

"열어봐, 열어보라니까. 네 표정을 보고 싶구나."

나는 조심스레 금색 매듭 한쪽을 잡아당겼고, 그러자 갑작스레 상자가 저 혼자 열리며 안에서 꼬마 악마가 튀어나오더니 용수철 끝에 매달린 채 달랑거리며 혀를 내밀고 부릅뜬 눈으로 나를 노려보면서 인상을 찌푸렸다. 너무나 흉하고, 바보 같고, 무서운 모습이었다. 이렇게 실망스러울 데가! 나는 수치심이 극에 달해 울기 시작했다. 이건 배신이었다!

어른이 되어 만난 꼬마 악마, 그건 바로 그 자그마한 의사였다. 일주일에 세 번, 나는 나를 기만하고 비웃는 꼬마 악마를 만나러 갔다. 비용은 엄청났다. 내가 버는 돈 거의 전부가 상담료로 나갔다. 집세, 가스비, 전기료, 아이들 급식비를 내고 나면 고작 하루 5프랑으로 나머지를 해결해야 했다. 힘들었다. 하지만 그 곤궁함은 내 사막과 어울렸다. 아이들에게 꼭 필요한 것이 부족하지 않다면, 돈이 더 있어봐야 내가 뭘 할 수 있었을까? 나는 일관성 없이 방황하고 있었다.

나는 명확히 할 수 없는 중심 주변을 선회하는 헝클어진 성운이었다. 그때까지 내 인생의 중심은, 의식적으로든 무의식적으로든 엄마였다. 산에 의해 부식되듯 엄마는 정신분석에 의해 침식되었다. 이제 엄마는 전혀 남지 않았다. 하지만 나는 엄마, 엄마의 원칙, 엄마의 환상, 엄마의 열정, 엄마의 슬픔 주위를 선회하는 것 말고는 무엇을 해야 할지 몰랐다. 내 존재의 특정한 일부가 물결치는 긴 끈처럼 펼쳐져 겉보기에는 자유롭게 멀리 떠다니고 있었으나 사실 그것들은 소용돌이 중심에 단단히 매여 있었고, 그 중심은 이제는 파열된, 엄마의 눈이었다.

브라질의 몹시 건조하고 황량한 지역 세르탕에는 희귀한 덤불 식물이 자란다. 뽑으려고 하면 뿌리들이 흙속에 강하고

깊게 박혀 있다는 것을 알게 된다. 힘을 주어 파내다보면, 뿌리들이 이웃한 다른 덤불들의 뿌리들과 연결되어 있으며, 그것들이 전부 하나로 모여 더욱 깊고 넓게 뻗어내려가며 커다란 줄기를 이루고, 결국 천공기처럼 땅을 파고 들어가는 단일하고 거대한 몸체라는 것을 확인하게 된다. 사실 그것은 물을 찾으려고 지표면 아래로 이삼십 미터나 파고들어간 하나의 거대한 나무였음을 깨닫게 되는 것이다. 결국 사막에서 우리가 보는 덤불들은 거대한 나무의 가지 끄트머리에 불과하다.

　내가 그 덤불이었다. 하지만 깊은 곳에서 물을 끌어오는 몸통을 빼앗겼으니, 나는 죽게 될 터였다.

10

내가 왜 아직도 막다른 골목에 가는지 알 수 없었다. 더구나 나는 상담을 여러 차례 빼먹기도 했다. 상담을 완전히 잊어버리거나, 날짜나 시간을 헷갈렸다. 문 앞에 이르면, 도착을 알리는 일종의 의식 같은 게 있었다. 정원으로 곧장 이어지는 첫번째 유리문을 열어야 하고, 그 안쪽 문틀에 달린 버튼을 누르면 의사 진료실 안의 벨이 울렸다. 익숙한 이들만이 그것을 알았다. 그렇게 하면 환자들은 의사 외엔 아무와도 마주치지 않았다. 정시에 도착하면 의사는 나를 곧장 진료실로 들였고, 나는 지난번 상담 이후 그가 줄곧 그 자리에 그대로 머무르며 나를 기다리고 있었던 듯한 상상을 할 수 있었다. 하지만 오 분이라도 이르거나 늦게 도착하면 다른 윤곽들, 아니 그림자들과 마주쳤다. 잔뜩 수그린 고개, 당혹스러운 태도, 위장과 회피의 시선을 한 '앞 환자'이거나, 혹은 여러 해 드나들면서 내가 누군가의 아버지, 어머니, 누이라고 규정하게 된 이들이었다. 정말로 그랬는지는 모른다.

그러니까, 그 시절 나는 현관 앞 비좁은 계단을 올라 첫번째 유리문을 열고 안쪽 버튼을 누른 뒤 기다릴 때가 종종 있었다. 이내 진료실 문이 열리는 소리, 의사가 성큼성큼 세 발짝을 떼어 홀을 지나오는 소리가 들리고 슬쩍 열린 문틈으로 그의 모습이 보였다. 놀란 듯 동그랗게 뜬 침착하고 차갑고 솔직한 눈, 작고 곧은 몸, 약간 쉰 듯하면서 건조한 목소리.

"잘못 아셨군요, 오늘은 오시는 날이 아닙니다."(혹은 "이 시간이 아닙니다. 더 일찍 오셨어야지요.")

내가 변명할 틈조차 없이 그는 이미 사라지고, 나는 닫힌 문 앞에, 그러니까 나 자신 앞에 홀로 남았다. 좌절감과 죄책감이 들었다. 죄책감이 든 건, 한창 상담 진행중에 벨소리를 듣는 기분이 어떤지, 입 밖으로는 아무 말도 꺼내지 않지만 의사가 일어나 진료실을 나가는 모습을 보는 게 얼마나 견딜 수 없는 일인지 나는 알고 있었기 때문이다.

그 한없이 긴 시기 동안 그는 어쩌다 한 번씩 짤막한 말 한

마디를 던졌고, 그 말들은 서서히 내 안에서 싹텄다.

내가 빠뜨린 상담 시간에 대해서도 비용을 지불해야 했다. 한푼도 없는 내게 사십오 분을 무언으로 일관한다거나 아예 오지 않는다는 것은 40프랑이라는 막대한 돈을 날리는 짓이었다.

침묵에도 의미가 있었다. 입을 다물고 있는 건 할말이 없다는 의미가 아니었다. 내가 뭔가를 감추고 있거나 건너기 두려운 장애물을 마주했다는 의미였다. 앞으로 나아가고 싶다면 내가 숨기려 하는 것을 말하거나 어떻게든 나를 가로막는 보이지 않는 장애물을 명확히 표현하고자 애써야 했고, 그러기 위한 유일한 방법은 머릿속에 떠오르는 대로 무엇이든 말하는 것이었지만 도무지 아무것도 떠오르지 않았다.

내 사소한 표현에도 의미가 있었다. 예를 들어, 그 완전한 침묵의 기간 동안 내가 한숨이라도 내쉬면, 아주 가벼운 한숨이었더라도 의사는 말했다. "네?…… 네?" 마치 거기, 내가 한숨을 내쉰 바로 그 지점에 돌파구가 있을지 모른다는 사실을 이해시키려는 듯했다. 나는 그 순간 내 정신 속에 있던 것을 다시 찾아내려 노력해야 했다. 마찬가지로 자세를 바꾸기라도 하면(왜냐하면 나는 상담 내내 축 늘어진 채 벽을 보고 모로 누운 자세로 조금도 움직이지 않을 수 있었으니까) 그의 "네?…… 네?" 소리가 들렸다.

나의 평소 생활 역시 의사 앞에서와 그리 다르지 않았다. 아이들과 함께일 때는 스스로를 다스렸고(우리 넷만 있을 때면 함께 이야기하고, 놀고, 숙제와 다음날 수업을 준비했다) 어찌어찌 일도 해서(집에서 광고 문안 작성하는 일을 했다) 덕분에 상담료를 지불하고 아이들을 먹여 살릴 수 있었지만, 그 외의 시간에 나는 침묵했다. 나는 누구와도 소통할 수 없었고, 침대에 웅크린 채 몇 시간을 누워 아무 생각 없이 미지근하고 밍밍한 수프 같은 상태에 빠져 있다가 이따금 두려움 때문에 그 상태에서 빠져나오면 앉아서 몸을 떨고 가쁘게 숨을 쉬었다. 무엇이 두려웠는지 말로 설명할 순 없다. 가끔은 옷도 갈아입지 않은 채 잠들기도 했다. 눈을 뜨면 새벽이었고, 똑같은 하루였다. 낮과 밤이 있다는 사실은 내게 전혀 중요하지 않았다.

망각은 자물쇠 중에서도 가장 복잡한 자물쇠일 뿐, 지우개나 검이 아니다. 망각은 지우거나 죽이는 대신 유폐시킨다. 이제 나는 정신이 모든 것을 포착하고, 분류하고, 정리하고, 보존한다는 사실을 안다. 모든 것을, 그러니까 내가 보았거나 들었거나 느꼈다고 여기지 않는 것도, 내가 이해하지 못했다고 여긴 것도, 심지어 타인들의 정신까지도. 아무리 사소하고, 아무리 일상적인 것일지라도(예를 들어 아침에 하품을 하며 기지개를 켜는 것처럼) 매 사건은 목록화되고 이름표가 붙어 망각 속에 보관되었다가, 한순간 스치는 냄새, 찰나의 색깔, 깜빡이는 빛, 아주 사소한 감각, 짧은 말 한마디 같은 대체로 극히 미세한 신호를 통해 의식에 나타난다. 스침이나 울림 같은 그보다 더 미세한 신호일 때도 있다. 심지어 그보다도 미세한, 존재할지도 모르는 무無를 통해서도.

그런 신호에 주의를 기울이기만 하면 된다. 매 신호에 길이 있고 그 길 끝의 빗장 걸린 문 너머에는 기억이 온전히 남아 있다. 죽음 속에 응고된 기억이 아니라 살아 있는, 정말로 살아 있으며 고유한 저만의 빛, 저만의 냄새, 움직임, 말, 소리, 색깔은 물론 저만의 감각, 감정, 기분, 생각이 있고, 앞뒤로 뻗을 수 있는 두 개의 촉각을 지닌 기억이.

일곱 해 동안 나 자신을 치유하기 위해 무의식의 탐구에 몰두하면서, 나는 우선 신호들의 체계를 이해했고, 다음으로 대부분의 문을 여는 비밀을 발견했으며, 마지막으로 절대 열리지 않을 것 같은, 그 앞에 서면 절망적으로 발만 동동 구르게 되는 문들이 있다는 것을 알았다. 결국 불안은 더이상 뒤로 물러날 방법이 없다는 확신에서 왔다. 돌이킬 수 없는 상황이었다. 열기 어렵지만 그 너머에 내 병든 정신을 달래고 치유할 치료제가 있는 문을 포기하거나 잊기란 불가능했다.

만일 내가 해내지 못한다면? 만일 이 모든 것이 별것 아닌 암시에 불과하다면? 내가 돌팔이의 손에 놀아나는 거라면? 나를 잠들게 해주는 고마운 약을 다시 복용하면 어떨까? 그래서 모든 걸 놔버린다면?

그 문을 여는 일에 맞서는 정신의 저항은 엄청났다. 내 정신은 불가사의한 힘을 발휘했다. 문 너머에는 내게 상처를 입힌 것, 나를 몹시 아프게 했던 것, 내 자아를 산산조각냈던 것이 감춰져 있었다. 내 정신은 내가 그리로 되돌아가기를, 그 잊힌 고통으로 다시금 괴로워하기를 바라지 않았다. 문을 보다 단단히 지키기 위해 죽음에게 보초를 세웠다. 부패, 악취 나는 액체, 썩어가는 살덩이, 벌레가 우글대는 고깃점이 달린 허연 해골로 대변되는 죽음에게. 내 정신은 그 앞에 공포들을 늘어놓았다. 나를 달아나게 하는 장면들과 구토를 일으키는 환영들, 극도로 위험한 어떤 것 등 당시 내가 공포스럽다고 여기던 모든 것을. 그러나 가장 자주 문 앞에 있던 것은 공허였다. 보이지 않는 것들이 우글거리는 공허, 나를 아찔하게 하는 매혹적인 공허, 끔찍한 공허.

첫번째 문이 열린 것은 나조차도 깨닫지 못한 사이였다.

어느 밤, 나는 한동안 꾸지 않았으나 어린 시절에는 거의 매일 밤 되풀이되던 꿈을 꾸었다.

꿈속에서 나는 기분좋은 장소, 완전히 개방되어 있거나 해안송들이 심겨 있기도 한 곳에 있었다. 땅바닥은 부드럽고, 모래땅일 때도 있었지만, 어쨌든 단단했다.

그 평화롭고 즐거운 배경 속으로 기사 한 사람이 들어왔는데, 그 역시 분위기와 완벽하게 어울렸다. 기사의 말은 매우 느린 리듬의 작은 속보로 나아갔다. 그는 장방형 승마장 안에서 정확히 코스대로 똑같은 길을 몇 바퀴 돌았고, 말은 전에 남긴 발자국 위에 발굽을 디뎠다. 그는 갑옷을 입은 중세의 기사이기도 했고(그럴 땐 호화로운 깃발을 휘날렸고 말은 화려한 장식 옷을 입고 있었다), 트위드와 고급 의류를 걸친 현대의 기수이기도 했다(작은 실크 스카프, 쇠풀 향과 가죽과 말똥 냄새가 섬세하게 섞인 그윽한 향수 냄새를 풍겼다). 그는 결코 내게 눈길을 주지 않았다. 내 눈에 그는 굉장히 매력적이었고, 나는 그가 내 존재를 의식하고 있다는 사실을 알았다.

어느 순간 그는 속보에 속도를 올렸다. 그에 정확히 맞추어 말의 움직임도 꼭 고급 마술馬術 훈련을 할 때처럼 한층 크고 뚜렷해졌고, 기사의 몸이 앞뒤로 일정하게 흔들렸다. 리듬이 빨라짐과 동시에 기사는 코스를 단축하여 마지막에는 장방형의 중앙에서 원을 그리며 돌았다. 나는 그의 눈을 보지 못했고 그와 시선을 마주치지도 않았지만, 그래도 뛰어올라 그의 뒤에 타는 것이 어렵지 않을 것이며 그렇게 해도 그가 싫어하지 않으리라는 생각이 들었다. 그러나 그가 돌수록 내 발아래 땅이 점점 물러지더니 마치 베샤멜소스나 마요네즈처럼 변해, 나는 마비되어 꼼짝도 못한 채 그 속으로 빠져들어 가라앉았다. 나를 숨막히게 하는 그 물렁물렁하고 끈끈한 반죽 속에서 나는 끝내 벗어나지 못했다.

나는 땀범벅이 되어 숨을 헐떡이며 소스라치듯 깨어나곤 했다. 악몽으로 변하며 내 심장을 터질 듯 뛰게 만든 그 꿈이 싫었다. 시선이 없으니 얼굴이 없는 것과 마찬가지인 그 기사의 정체를 나는 알아낼 수 없었다. 더욱이 내게 두려운 인상을 남기는, 내가 애써 기억하지 않으려는 그 꿈의 의미에 대해서는 전혀 이해하지 못했다.

막다른 골목의 장의자에서 그 꿈을 되살리고 꿈의 구성요소 하나하나를 가능한 한 꼼꼼히 되짚어보며, 내가 두 세상을 묘사하고 있었음을 깨달았다. 하나는 내가 잘 아는 세상, 내가 속한 계급이자 엄마의 세상이었다. 위험 없고, 쾌적하고, 조금 지루하고, 조금 슬프고, 현명하고, 온건하고, 조화롭고, 단조로운 세상. 다른 하나는 내가 모르는, 하지만 그 꿈을 꾸던 시기에 무의식적으로 바란 세상, 모험과 남자와 성性(나는 그 기사가 굉장히 마음에 들었으므로), 길거리의 세상이었다. 머무르기와 떠나기. 어린 소녀로서는 풀 수 없는 그 문제를 해결하기 위해 나는 수렁에 빠져든 것이었다.

나의 엄마, 꿈속 풍경의 서글픈 조화가 바로 엄마였다. 엄마의 규칙을 스스로 강요하는 데 엄마의 눈은 필요 없었다. 그것은 이미 내 안에 있었으니까. 나는 엄마를 통해 보았다. 나 자신의 시선은 없었거나, 적어도 일고여덟 살 무렵(기사 꿈을 꾸기 시작했을 때)부터 나는 마비와 질식의 위험을 무릅쓰고 무의식적으로 나만의 시선과 싸워 그것을 억압할 줄 알았던 것 같다.

기사는 나를 바라보지 않았고, 나를 자유롭게 내버려두었다. 그에 대해 말하면서 나는 내가 어렸을 때 정말로 좋아했던 것, 정말로 원했던 것이 무엇인지 이해하기 시작했다. 또한 더 나이가 들어서 사랑을 나눌 때 상대가 나를 바라보는 것이 싫었던 이유를, 그리고 병이 심해졌을 때 내가 동물, 특히 개와 교접한다고 상상할 때만 쾌감을 느꼈던 이유를 이해하게 되었다. 그 환상은 나 자신보다 훨씬 더 역겨운 것이어서 차마 의사에게도 말하지 못했다.

그 환상에 대해 말하기 시작하자 환시가 그랬듯 환상은 사라져버렸다. 단순한 것이었다. 개는 나를 이렇다저렇다 판단할 수 없고 나를 가만 내버려두니, 개의 시선은 나를 모욕하지도 상처 입힐 수도 없었다.

두려워했던 문을 하나씩 열 때마다 나는 그 자물쇠의 구조가 생각했던 만큼 복잡하지 않다는 것을, 다른 한편으로는 엄청난 공포와 고문과 끔찍함을 보게 될까봐 두려워했던 지점에서 몹시 불행하고, 혼란스러워하고, 겁에 질린 어린 소녀를 발견했음을 깨달았다. 내가 거기서 보게 될까봐 무서웠던 것은 서른네 살의 여자, 사람들이 거리에서 서로 죽이는 것을 보았고, 뱃속을 가르며 제 아이가 태어나는 경험을 했고, 네이팜탄, 고문, 강제수용소가 무엇인지 아는 여자에게 두려움을 안길 만한 것이었다. 하지만 내가 발견한 것은 어린아이의 두려움이었다. 문 저편에는 커다란 바퀴벌레가 머리 위 벽 틈새로 기어들어올까봐 겁에 질리고, 오줌 누는 동안 남자 어른이 자기 모습을 카메라에 담아 당황하고, 밤마다 찾아오는 기사 때문에 몸이 굳어버린, 종이로 만든 고추를 무서워하는 어린 소녀가 있었다. 나는 그 아이와 그 순간을 다시 살았고, 그 아이가 되어 그 아이의 두려움을 공유했다. 그런 다음 아이는 사라졌다. 나는 깨어났고 새로이 정복한 토지를 일구기 시작했다. 내 영역은 점점 넓어졌다. 나는 나아지고 있었다.

정신분석 초반에 나는 육체의 건강과 자유를 쟁취했었다. 그리고 이제는, 서서히, 내 자아를 발견하기 시작했다.

나 자신을 불신했기에, 처음에는 괴로운 과정이었다. 내가 감당할 수 없을 단점과 악덕을 지닌 인물을 만날까봐 두려웠다. 무의식 속으로 여러 차례 난입하고 나서야 나는 무의식이 야생적이고 자유롭지만 해로운 짓은 하지 않는다고 스스로를 설득할 수 있었다. 선과 악은 내 의식의 문제였으니, 나에게 맞게 선과 악을 정하는 것은 내 소관이었다.

치료는 어떤 생각과 행동이든 내가 내 생각과 행동에 책임을 질 수 있다고 느낄 때 끝났다. 그렇게 되기까지는 아직 사년의 시간이 더 필요했다.

11

처음 사 년 동안 분석 상담을 그토록 여러 차례 받고 나서야 내가 정신분석을 받는 중이라는 사실을 인식했다. 그전까지는 정신병원으로부터 나를 지켜줄 어떤 마법이나 요술에 의지하듯 분석 치료에 매달렸다. 상태가 호전되어도 단순히 말하는 행위만으로 정신적 혼란을, 그토록 뿌리깊은 병을, 파괴적인 혼란을, 지속적인 두려움을 완전히 쫓아버렸다는 확신이 들지 않았다…… 언제든 모든 것이 다시 시작될 것 같았다. 피, 불안, 땀, 떨림. 휴지기가 지속되는 것에 감탄할 뿐 내가 근본적으로 변했다는 사실을 납득하지 못했다. 타인과 우연에 아무렇게나 좌우되는 일이 점점 줄어들었다.

막다른 골목은 실험실인 동시에 문들이 굳게 닫힌 성이 되었다. 자그마한 의사는 나의 보호책이자 무의식으로 떠나는 여행을 지켜본 사람이었다. 이제 내 여정 이곳저곳에는 표지들이 세워져 있었고 그는 나만큼이나 그것들을 잘 알았다. 나는 더이상 길 잃을 일이 없었다.

나는 우선 그것에 대항하는 방패막이가 되어줄 순간을 되살리는 것으로 시작했다. 내가 처음부터 병자는 아니었음을, 내 안에 숨은 배아가 존재하며 나는 그것을 찾아내어 꽃으로 피워낼 수 있음을 그와 나 자신에게 입증하기라도 하려는 듯이. 내가 어떻게, 왜 정신질환자가 되었는지 밝혀내려 노력했다.

그 과정에서 엄마의 건강하지 못한 성격이 들추어졌다. 이제부터 묘사하려는 장면을 나는 짧은 순간 다시 경험했다. 이번에도 나는 아주 어린 아이였다.

우리는 여름휴가의 일부를 '살라망드르'라는 바닷가 별장에서 보냈다. 푸른 덧문이 달린 하얀 집이었다. 여덟 개의 침실과 연결된 중앙 통로의 한쪽 끝에는 지중해가 내다보이는 넓은 거실이 있었다. 통로 반대편 끝에는 백일홍과 둥근잎나팔꽃이 심긴 안뜰이 있었고, 안뜰을 둘러싸고 주방, 하녀 방들, 세탁실, 공동 세탁장, 차고가 있었다. 빠짐없이 모두 모인 가족들로 구성된 작고 폐쇄된 세계, 하지만 하늘과 바다를 향해 열린 곳.

거기서의 생활은 즐겁고 자유로웠다. 나는 수영복 차림으로 바위 틈새와 모래밭을 뛰어다니고 물놀이를 하며 매일을 보냈다. 나니는 해변에서 나를 주시하면서 친구나 친지가 사는 이웃 별장의 보모들과 수다를 떨고 뜨개질을 하며 시간을 보냈다.

살라망드르에서 한 식사는 훌륭했다. 가스파초, 샐러드, 소르베, 튀김 요리, 갑각류 요리가 나왔지만, 나는 거기 낄 수 없었다. 열 살이 되기 전까지 아이들은 어른들과 한 식탁에서 식사할 수 없었다. 게다가 아이들은 특별식을 먹었다. 시리얼, 햄버그스테이크, 과일, 익힌 채소나 생채소로 이루어진 영미식 건강 식단이었다. 나는 어른들보다 먼저 식사를 했다. 나니는 내 곁에서 줄곧 내 태도와 씹는 모습을 지켜보았다. 엄마가 "잘 씹어 먹어야 잘 소화된다"고 학자연하게 말했기 때문이다. 그래서 나니도 그 말을 따라 했다. "씹어, 포르 아모르 데 디오스(제발) 좀 잘 씹어 먹어!"

어느 저녁, 살라망드르에서 나는 어른들 식사를 위해 벌써 차려진 식탁 끝에 내 식기 세트를 앞에 두고 앉아 있었다.

베나우다가 창문 하나를 지날 때마다 내게 얼굴을 찡그려 보이며 덧창을 닫았다. 그건 저녁에 우리끼리 하는 놀이였다. 거실의 식당 쪽은 아랍풍 천장등이 불을 밝히고 있었는데, 크리스마스트리처럼 생긴 그 등이 썩 멋져 보였다. 구리로 된 별들이 겹쳐진 형태로, 길고 많은 가지 끝에 파랑, 빨강, 노랑, 초록 색유리 잔들이 달려 있었다. 그 잔들(구식 기름램프였다) 속에서 전구들이 빛나며 넓은 공간 한구석에 오색찬란한 빛을 던졌다.

응접실 쪽은 어둑어둑했다. 나보다 열 살 정도밖에 많지 않으니 아마 당시 열댓 살이었을 막냇삼촌은 커다란 등나무 안락의자에 앉아 지루해하고 있었다. 깁스를 한 오른쪽 다리를 앞으로 쭉 뻗은 채였다. 삼촌은 관절 삼출 때문에 고생하고 있었다. 엄마의 설명에 따르면 관절액이란 카데르가 내 자전거의 체인과 페달에 치는 기름과 비슷한 것이었다. 그러니까, 어린 삼촌은 넘어져서 무릎에 기름칠을 해주는 액체가 새게 된 것이다. 회복하려면 움직이지 않고 가만히 있어야 했다…… 삼촌은 나를 무척 사랑했고 내 곱슬머리, 주근깨, 까진 무릎, 원피스를 언제나 칭찬했다. 나 역시 삼촌을 무척 좋아했다. 어른도 아이도 아닌 그에게선 내 삼촌, 엄마의 동생이라는 사실에서 기인한 특별한 위계가 느껴졌다. 바다에서, 햇빛 아래서, 모래사장에서 노느라 기진맥진하여 나는 식탁에서 밥을 먹다 말고 잠들 때가 있었다. 아프지 않을 때 삼촌은 나를 품에 안아 내 침실로 데려다주곤 했다. 잠에 푹 빠져들기 직전에 나는 삼촌의 다정함을 느꼈다.

그날 저녁에도 나는 그렇게 보호받고 있었다. 옆에는 나니, 맞은편에는 삼촌, 머리 위에는 별 모양 등불, 그리고 밖에는 깊이 호흡하며 쉬고 있는 바다. 그때 메사우다가 내 앞에 채소 포타주가 가득한 접시를 내려놓았다. 나는 그걸 싫어했다. 특히 파의 실처럼 질긴 부분은 질색이었다. 도무지 삼킬 수가 없었다. 이는 극복 불가능한 본능적인 거부감이었다. 나는 턱을 꼭 다물었다. 스푼을 입에 대고 싶지 않았다. 나니가 먹여주려고 스푼을 내 이에 갖다댔다. 나는 목구멍으로 흘러드는 국물은 삼켰지만 채소 조각은, 특히 파는 절대 넘기지 않았다.

그 순간 엄마가 들어왔다. 아름답고, 향기롭고, 구불거리는 머리칼을 단정히 고정한 모습으로. 엄마는 한눈에 상황을 알아챘다.

"포타주를 먹어야 해요."

"부인, 무슨 수를 써도 채소를 먹일 수가 없어요."

"내가 하죠."

엄마가 나니 대신 스푼을 들었다.

"부끄럽지도 않니, 아기처럼 떠먹여줘야 하다니!"

무슨 수를 써도 소용없었다. 너무너무 싫어서 나는 도무지 다문 이를 벌릴 수가 없었다. 엄마는 짜증을 내며 일어섰다.

"계속해요. 접시에 남은 것 다 먹을 때까지 재우지 말고 다른 건 아무것도 못 먹게 해요."

그런 뒤 엄마는 자리를 떴고, 나는 수프를 앞에 둔 채 먹지 않고 가만히 앉아 있었다. 그러면 엄마가 괴로워할 거라는 걸 알면서도 절대로 먹을 수 없을 것 같았다.

잠시 후 집 앞에서 조약돌이 달그락거리는 소리가 났다. 누군가 창문 아래를 걷고 있었다. 나와 가장 가까운 덧창에 조약돌이 날아와 부딪쳤다. 나는 입을 열고 채소를 삼켰다. 삼촌과 나니는 아무 말도 하지 않았다. 잠시 뒤 두번째 조약돌이 부딪쳤고, 나는 약을 삼키듯 두번째 스푼을 삼켰다. 세번째 조약돌, 세 스푼, 그렇게 네 스푼, 다섯 스푼. 구역질과 씨름하느라 식탁에 달라붙은 채. 그때 삼촌이 조금도 장난기 없는 얼굴로 말했다.

"수프를 다 먹는 게 좋겠다. 옷장수가 여기 왔나봐. 말 안 들으면 널 잡아갈 거야."

옷장수는 부자 동네에서 헌옷을 사서 다른 곳에 되파는 사람이었다. 그는 느릿느릿 길을 걸으며, 일정한 간격을 두고 "헌…… 옷! 헌…… 옷!" 하는 시끄러운 소리를 질렀다. 나는 그가 정말로 무서웠는데, 그가 허리띠에 말린 쥐가죽들을 달고 다녔기 때문이었다. 연미복 옷자락처럼 그의 허리춤에 늘어져 있었다. 그의 외침이 들리면 나는 숨었고, 엄마는 말을 듣지 않으면 옷장수에게 보내버리겠다며 을러대곤 했다.

하지만 옷장수는 살라망드르에 나타난 적이 없으니 그 사람일 리가 없었다. 그래도 어쨌든 나는 나니가 건네는 수프를 받아 삼켰다.

그리고 갑자기, 넓은 식당의 완전한 정적 속에서, 밤중에, 놀라움에 잠시 시간이 멈춘 듯한 순간, 아주 가까이에서 소리가 들려왔다.

"헌…… 옷! 헌…… 옷……!"

그가 여기 있었다! 아직 접시를 다 비우지 않았는데! 날 데려갈 거야! 공포가 덮쳐왔다. 엄청난 떨림이 일며 나를 뒤흔들었고 내 배를 쥐어짜, 마치 심장을 토해내듯 삼켰던 수프가 내 입에서 뿜어져나왔다. 나는 경련하며 물도 공기도 아무것도 나오지 않을 때까지 토했다. 나니가 내 머리를 눌렀고, 놀랍게도 삼촌은 웃음을 터뜨렸다.

엄마가 돌아왔다. 아름다운 식탁보가 토사물로 얼룩진 광경이 순식간에 엄마의 눈에 들어왔다. 엄마의 얼굴이 굳어졌다. 또 한번 엄마를 실망시킨 것이다. 나는 엄마의 술수를 알아챘다. 엄마는 내게 억지로 수프를 먹이려고 옷장수 흉내를 낸 것이었다. 일은 엄마가 생각했던 대로 되지 않았다. 엄마의 눈빛과 목소리에는 히스테릭한 분노가 서려 있었다.

"무슨 일이 있어도 수프를 다 먹어야 해! 언젠가는 저 변덕을 절대 못 부리게 해야지. 난 여기서 움직이지 않겠어. 얘가 다 먹을 때까지 우리는 식사하지 않을 거야."

그래서 나는 혼자서 내가 토한 수프를 먹었다. 엄마의 마음에 들기 위해서가 아니라 엄마에게서 뭔가 위험한 것, 병적인 것, 엄마와 나보다 더욱 강한 것, 옷장수보다 훨씬 무시무시한 것을 느꼈기 때문이었다.

갑작스러운 고함소리에 놀라 벌어진 이 일은 이후 온 가족의 웃음보따리가 되었다. 다들 서로서로 이 이야기를 아주 자세히 되풀이했고, 끝에는 엄마에 대해 이렇게 말했다. "엄하지만 공정한 사람이야." 내 머리에는 그 말이 들어오지 않았다. 나는 그 의미를 이해하지 못했고, 그 말을 거부했다.

내가 엄마의 애정과 관심을 오래 붙들어 맬 수 있는 기회는 아플 때뿐이었다. 나는 열이 펄펄 끓고, 이글거리는 눈을 한 채 벌벌 떨며 학교에서 돌아왔다. 집으로 가는 길에 나니는 이미 확신에 차 말했다. "몸이 좋지 않구나." 집에 도착하자마자 엄마에게 그 사실이 알려졌고, 내 침실은 병실로 변했다. 엄마는 서랍장 위에 빳빳하고 자수가 놓인 제단보 같은 것을 깔고 그 위에 약이며 체온계며 은 스푼들을 접시에 받쳐 늘어놓았다. 도구들 한가운데에는 작은 꽃무늬 도자기 주전자가 떡하니 놓여 있었는데, 주전자 아래쪽에 작은 동굴처럼 파인 곳에서 불이 조그맣게 타오르며 내가 좋아하는 마편초차를 따뜻하게 유지해주었다.

"열이 있을 때는 많이 마셔야 해."

엄마는 내 침대로 와서 앉아, 내게 몸을 숙이고 이마와 관자놀이에 입을 맞추듯 체온을 쟀다. 두 손으로 내 턱을 잘 잡고서 입술 한쪽 끝과 뺨을 주의깊게 얼굴 이곳저곳에 여러 차례 살짝살짝 갖다댔다. 신속하고 정확한 이런 접촉이 나를 행복과 애정으로 가득 채웠다.

"열이 높구나. 어디 보자, 입을 벌리렴."

비밀이 밝혀지는 곳은 언제나 거기였다. 엄마는 서랍장 위에 놓인 스푼 하나로 내 혀를 누르고, 작은 손전등으로 목구멍을 비췄다.

"하얀 반점이 생긴 걸 보니 편도염이 분명해. 어드레쯤 앓겠구나!"

엄마는 내가 부주의하고, 말을 안 듣고 경솔해서 아픈 거라고 열심히 설명하려 들었지만, 그래도 내가 세상에서 가장 행복한 소녀임에는 변함이 없었다. 엄마가 여드레 동안 아주 열성적으로 보살펴주리라는 걸 알았으니까. 목구멍이 따끔거리고 벌써부터 온몸이 쑤셔 나는 시트를 방금 깔아놓은 침대에 누웠고, 새로 깐 시트의 서늘함에 웅크린 몸을 떨었다. 나는 지나치게 익은 과일처럼 무르고 연약했다.

엄마는 내 병간호를 해주었을 뿐 아니라 곁에 줄곧 머물며 조용히 독서나 작업에 열중했다. 엄마 곁에서 낮은 빨리 흘러갔고, 밤이면 마편초차의 섬세하고 감미로운 향기를 발산하는 작은 불꽃과 함께 내 방 전체가 일렁였다. 터무니없이 크게 보이는 가구와 물건 그림자들 때문에 마치 마법에 걸린 따뜻한 동굴 같아 보이는 방에서, 나를 재우고 달래려는 엄마의 목소리가 부드럽고 풍부하면서도 조금 낮게 울렸다. "어느 날 아침 엄마가 말했네. 열다섯 살인데 너는 우리집 빵 상자만 하구나. 도시에서라면 좋은 수습공이 되겠지만, 땅을 갈기에는 너무 작아. 그래, 작고말고!" 키 작은 왕당파 그레구아르의 이야기는 계속 이어져, 그가 총알이 휙휙 날아다니는 가운데 죽음을 맞이하는 부분에 이르렀다. "그 총탄 중 하나가 그의 눈 사이에 맞았고, 그 구멍으로 영혼이 빠져나갔네, 그레구아르는 하늘에 갔네."* 이 결말의 잔혹함과 이어지는 구절, 예수님이 '장밋빛 망토'를 벌려 아이를 품고 숨겨주었다는 내용이 내 마음을 어지럽게 했다. 엄마는 노래를 불러주며 시적이고 극적인 구절들에 특히 열중했다. 〈숄레의 작은 손수건들〉을 비롯해 슬프고도 아름다운 여러 노래를 불러주었는데, 그 노래들은 여전히 내 머릿속에 남아 있고 앞으로도 결코 잊히지 않을 것이다. 향긋한 밤과 사랑으로 가득찬 그 노래들은 언제까지나 내게 큰 의미이리라.

엄마의 손은 서늘하고, 가볍고, 대단히 능숙했으며, 병간호를 위해 만들어진 것 같았다. 주사를 놓거나 붕대 가는 일을 엄마만큼 잘해내는 사람은 없었다. 새 같기도 하고 고양이 같기도 한 손. 동시에 여러 가지 일을 재빠르게 해내는 전문가의 손. 엄마는 침대의 이불깃을 정리하면서 내 이마를 짚었다.

"이제 자렴, 소중한 내 딸."

엄마가 무덤 속 아기에게 말할 때 들었던 말투, 그것과 똑

---

* 프랑스 가수 테오도르 보트렐의 노래 〈키 작은 구레구아르〉의 가사 일부. 프랑스혁명 당시 공화정부에 반대하며 프랑스 서부 농민들이 일으킨 봉기와 정부군과의 무력 충돌에 관한 내용이다.

같은 말투로 엄마는 내게 말했다. 엄마의 목소리와 손이 나를 어루만졌다.

아, 나는 엄마의 사랑을 차지하고 있었다! 얼마나 아름답고, 얼마나 순수한가. 열이 펄펄 끓었지만 나는 행복하게 잠들었다.

아침이 되자 상태가 호전되었다. 잠에서 깨어보니 목구멍이 덜 아팠고, 침 삼키기가 한결 수월했고, 체온계로 재보니 열은 내려 있었다. 움직이고 싶어 종아리가 근질거렸다.

"침대에서 나오면 안 돼. 아직 다 나으려면 멀었어."

나를 얌전히 붙들어두기 위해 엄마는 등에 베개 여러 개를 받쳐 나를 앉히고는 책을 읽어주었다. 주로 라퐁텐 우화와 시들을, 억양을 넣어 읽었다. 그럴 때 엄마는 늘 같은 책들을 골랐다. 나는 그 책들이 서재 어디에 있는지 정확히 알았다. 내가 공포와 조바심 속에서 기다리는 책이 있었으니, 그건 사회의 비참함을 묘사한 파리의 작가 제앙 리크튀스의 시선집이었다. 그중에서 엄마는 특히 「늙은 여인의 기도」라는 시를 좋아했다. 엄마가 이 시를 읽어주면 나는 소름이 돋았다. 나쁜 길에 빠져 단두대에서 목숨을 잃은 메닐몽탕의 어느 젊은이에 대한 이야기였다. 불량아의 어머니는 파리 공동묘지의 죄인들이 묻히는 이름 없는 땅에 쭈그리고 앉아, 몇 페이지에 걸친 탄식을 늘어놓는다. 엄마는 그 여인의 목소리를 구연했다. 우리 엄마의 그러한 변신, 얼굴에 매춘부의 가면을 쓰고 몸에 가난한 자의 의상을 걸친 듯한 그 변신은 내게 극도로 날카로운 호기심을 일으켰다. 솔직히 말하면, 그 순간 나는 엄마가 매혹적이면서도 혐오스럽게 여겨졌다. 엄마는 저런 조롱 섞인 말투를 어디서 찾았을까? 엄마처럼 품위 있고, 자부심 강하고, 곱게 자랐고, 엄격한 여성이 쓰기에는 너무나 놀라운 말투였다. 그 글은 파리 지역에서 쓰는 속어로 쓰였고, 엄마는 입술을 축 늘어뜨린 채 '메닐뮈슈'며 '몽메르트르'며 '칼침'이며 '기둥서방' 같은 단어들을 발음했다. 나는 그게 속어라는 것 말고는 잘 몰랐다. 하지만 엄마가 설명해주어서 그 가엾은 여인이 우는 이유는 그녀의 아들이 십자가도 표지도 없는 참수당한 사람들의 묘지 어딘가 알 수 없는 자리에 묻혀 있기 때문이라는 것을 알았다. 여인은 울고 또 울며, 발그레하고 토실토실한 아기였던 시절의 아들을, 배 위에 올려놓고 '방귀' 소리를 내어 웃겨주었던 아들을, 보드라운 입술로 자기 젖가슴을 빨던 그 입과 곱슬곱슬한 금발을 떠올렸다. 잘려서 거기에 묻힌, 몸통과 분리된 채 거기 매장된 그 머리를.

그 글은 엄마의 솜씨가 제대로 드러나는 화려한 대목 중

하나였고, 그래서 엄마가 그 글을 읽을 때면 집안사람들이 들으러 오는 일도 드물지 않았다. 식구들은 엄마를 두고 이렇게 말했다. "진정한 예술가라니까."

이따금 엄마는 뱀가죽으로 장정되고 귀스타브 도레가 삽화를 그린 단테의 『신곡』 지옥편이나 황홀경에 빠진 살진 천사들과 찌푸린 얼굴의 악마들이 가득한 증조할머니의 교리문답서를 내 무릎 위에 펼쳐놓고 그림을 보여주었다……

나는 곧 회복했고 생활은 이전으로 돌아갔다. 내가 더이상 신체적으로 약하지 않게 되자 엄마는 즉시 일어나 멀어졌고, 자신이 돌보는 빈자들과 병자들에게로 돌아갔다. 내게는 엄마의 관심과 존재라는 귀중한 추억, 그리고 너무 어려서 잘 이해할 수 없던 엄마의 노래, 이미지, 낭독의 인상이 남았다. 엄마가 뭔가 잘못했다는, 정상이 아니라는 막연한 느낌이 들었다.

스위스에서 우리는 '에델바이스'라는 넓은 별장에 살았다. 3층짜리 목조 저택으로, 야외 회랑이 지상층 방들을 빙 둘러싼 곳이었다. 집 주변에는 모든 식민지 백인들이 꿈꾸는 스위스의 풍경이 펼쳐져 있었다. 작고 아름다운 꽃들이 여기저기 피어난 푸르고 상쾌한 초원, 멀리 소나무숲과 지평선에 보이는 알프스산맥.

"숨을 깊이 들이쉬어. 폐 속 가득 공기를 마셔. 너희는 건강 때문에 여기 있는 거니까."

거기서 우리는 엄마의 가장 친한 친구와 내 또래인 그 집 아들 둘이랑 함께 지냈다. 여섯 살과 일곱 살인 세 아이의 학업은 그랑몽수도회 소속 가정교사에게 맡겨졌는데, 우리 어린 지중해 아이들의 혈기를 잠재우기 위해 그는 최근에 시복된 어린 성인 기 드퐁갈랑의 생애를 이야기해주었다. 기도를 듣고 잃어버린 물건을 찾게 해주는 특별한 힘이 있는 성인이었다. "성 기 드퐁갈랑 님, 제 손수건을 찾아주세요." 그러면 손수건이 돌아왔다.

1936년이었다.

우리의 공부방은 별장 3층에 있었다. 하늘과 눈 덮인 산꼭대기 사이에 매달린 듯한 방이었다.

어느 아침, 외침, 아니 그보다는 울부짖음이라 해야 할 큰 목소리가 불안스레 울려왔다. 우리는 순식간에 층계참으로 몰려가 밀랍칠이 된 참나무 난간에 기대어 내려다보았다. 집안사람들 모두가 그러고 있어서 아래층에서 우리처럼 현관을 향해 몸을 굽힌 사람들의 어깨와 목덜미가 보였다. 드넓은 계단통 한가운데 엄마가 당황한 얼굴로, 갈고리로 잡아당긴 양 뒤쪽으로 쏠린 이목구비, 공포로 크게 벌어지고 평소보다 더 초록색을 띠는 눈으로 서 있었다.

"공산주의자들이 정권을 잡았어요! 방금 라디오에 나왔어요!"

공산주의자들? 그게 무슨 말일까? 독일군을 말하는 걸까? 그들이 세계대전 때 그랬던 것처럼 우리를 곡물창고에 가두고 첩을 박아 봉해버리려는 걸까? 어째서 엄마는 저렇게 두려워할까?

온 집이 공포에 휩싸였다. 스물네 시간 만에 짐가방이 꾸려지고, 별장 문이 잠기고, 우리는 알제리로 돌아가게 되었다. 전속력으로!

"야간 급행열차를 탈 거다. 그러면 아무것도 보지 않고 프랑스를 지나갈 수 있겠지."

정말로 아침에는 벌써 마르세유에 도착해 있었고, 지중해, 항구, 부두의 대형 여객선이 보였다. 휴! 우리가 첫 승선객이었다. 아슬아슬하게 빠져나온 기분이었다. 모든 게 평온한 것으로 보아 바닷가에는 공산주의자들이 없는 모양이었다. 우리가 프랑스가 아닌 알제리에 살 또 한번의 기회였다. 나는 아무것도 묻지 않고 얌전히 굴었다. 극도로 긴장한 순간이면 엄마는 쉽게 손을 올렸다. 별일 아닌 일에도 양쪽 따귀를 때리곤 했는데, 그러면 얼굴이나 엉덩이에 다섯 손가락 자국이 남았다. 나니도 군말 없이 따랐고, 모두가 마찬가지 였다.

그래도 일단 배에 오르자 분위기가 누그러졌다. 엄마의 선실에는 꽃이 있었다. 누가 보냈을까?

엄마가 나니에게 말했다.

"집에 전보를 쳐 미리 알릴 짬이 있었어요. 선장 말로는 그쪽엔 아무 일 없다는 것 같아요…… 소동은 없다고요."

그후 우리는 출발했다. 이제는 선착장에 사람이 많았다. 흰옷을 입은(프랑스인들이 식민지에 갈 때 입는 그런 복장이었다) 한 신사가 심각한 얼굴로 귀를 기울이는 사람들에게 둘러싸여 우리 갑판을 성큼성큼 걸었다. 그의 흰 구두와 파나마모자, 붉은 넥타이, 단춧구멍에 꽂힌 붉은 카네이션이 눈에 들어왔다.

확성기에서 환송객들과 승선 안내인들은 배에서 내려야 한다는 안내가 들려왔다. 출항 준비를 할 거라고.

혼자 남게 된 남자는 우리와 아주 가까운 곳으로 와서 갑판 난간에 팔꿈치를 얹었다. 선착장에는 여전히 사람이 몰려들었고 우리 바로 맞은편에 있는 대서양 횡단선 위에도 많았다. 남자가 맞은편에 있는 사람들에게 손짓을 했다. 웅성거림 속에서 알아들을 수 없는 외침이 여기저기서 들렸다. 나는 엄마가 긴장하는 것을 느꼈다. 분위기는 열광적이었다.

그리고 갑자기, 매우 교양 있는 분위기를 풍기던 그 남자가 오른팔을 들고 주먹 쥔 손을 치올리자 맞은편 군중 전부가 "아!" 소리를 크게 내더니 똑같이 했다. 머리 위로 들어올린 주먹들이 숲을 이루었다. 엄마가 메마른 어조로 나니에게 말했다.

"아까부터 의심스럽더라니. 저 사람은 그 당파 지도자가 분명해요…… 별로 가난하지도 않은 모양이지. 일등석으로 여행하는데다, 저 알파카 옷 좀 봐요!"

나는 대담하게 물었다.

"누군데요?"

"공산주의자야!"

공산주의자라고!

"그럼 저 사람들은요?"

"공산주의자들이지, 노동자들. 귀찮은 질문 좀 그만해라."

노동자들! 공산주의자들! 엄마는 그 두 가지가 똑같다는 듯이 말했다. 나는 도무지 이해할 수 없었다. 공산주의자들은 위험한 사람들 같은데, 엄마는 언제나 말하지 않았던가.

"노동자들은 아주 예의바르게 대해야 해, 불행하고 가난한 사람들이니까." 혹은 "접시 위에 먹을 게 하나도 없고, 갖고 놀 장난감 하나 없는 노동자 계급 아이들도 있어. 낭비할 때 넌 그 아이들을 생각해야 해." 너무나 당혹스러운 나머지 반응이 곱지 않으리라는 걸 알면서도 나는 또 물었다.

"그 사람들이 원하는 게 뭔데요?"

"우리 돈, 우리집, 우리 옷이지."

"왜요?"

"그들은 우리를 좋아하지 않으니까."

"우리가 충분히 예의바르게 대하지 않아서요?"

엄마는 어깨를 으쓱했다. 나 때문에 짜증이 난 것이다. 입을 다물고 나중에 나니에게 설명해달라고 하는 게 상책이었다.

곧 출발을 알리는 사이렌이 울렸다. 선원들이 육지와 배 위에서 밧줄을 늦추느라 분주했다. 그리고 배가 부두에서 확연히 멀어지자, 군중은 한목소리로 내가 모르는, 무시무시하면서도 무척 아름다운 노래를 큰 소리로 부르기 시작했다. "최후의 투쟁이다, 함께 뭉치자, 그러면 내일……"* 엄마는 창백한 얼굴로 짤막하게 내뱉었다.

---

* 1871년 파리코뮌 때 만들어진 〈인터내셔널가〉의 후렴구. 노동자 해방과 사회 평등을 촉구하는 민중가요로, 전 세계로 퍼져 소련 등에서 국가로도 사용되었다.

"우리는 의연하게 서 있어야 해. 그들을 두려워한다는 모습을 보여서는 안 돼. 그 어느 때보다도 올바르게 처신해야 한다. 무서워할 것 없어, 다 어리석은 짓일 뿐이야."

엄마는 나를 자신의 앞으로 밀었다. 공산주의자들의 노래가 울려퍼지는 동안 나는 마비된 듯 거의 차려 자세로 몸을 곧게 세우고 있었다. 왜인지 모르겠지만 내 회색 플란넬 외투가 '앙팡 루아'의 것이고, 내 타탄체크 베레모는 '올드 잉글랜드'의 것이고, 신발은 어디 것이고, 털양말은 '그랑드 메종 드블랑'에서 산 것이라는 데 생각이 미쳤다. 나는 아주 단정하고 말끔해 당당하게 내 가족을 대표할 수 있었다. 엄마의 말대로 언제나 "칠칠치 못하던" 나였는데, 이번만은 괜찮았던 것이다.

우리 곁에 있던 흰옷 입은 남자는 엄마의 말을 듣고 엄마의 몸짓을 보더니, 주먹을 한층 더 높이 치올리고 또 노래하기 시작했다. "지상의 저주받은 자들이여 일어서라, 굶주림faim에 시달리는 이들이여 일어서라……"

끝fin이라고?* 무슨 끝? 우리의 끝? 우리의 죽음? 엄마는 이제 완전히 파랗게 질려 뻣뻣하게 얼어붙어 있었다. 나는

---

* 프랑스어 faim과 fin은 발음이 같다.

그렇게 웅장하고 그렇게 극적인 장면을 처음 보았다. 군중은 붉은 카네이션을 단 남자에게서 눈을 떼지 않았다. 그런 시선들, 그토록 결의에 차 있고, 뭐든 할 준비가 되어 있고, 위험스러운 시선을 나는 결코 본 적이 없었다.

항해 동안 배 위를 뛰어다니길 그렇게 좋아하던 내가, 그땐 바깥에 한 발짝도 내딛지 않았다.

얼마 후 우리는 살라망드르에 도착했다. 나는 더이상 공산주의자들 생각을 하지 않았지만, 그들은 우리 가족 대화의 중심 주제였다. 내가 밤 인사를 하러 가면, 거실에서 가족들은 정치가들의 이름을 입에 올리고, 신문과 잡지를 읽고, 라디오에 귀기울이고 있었다.

공산주의자라는 주제는 내가 굳이 명확히 밝혀내려 들지 않은, 모호한 주제였다. 나는 언제나 서로 사랑해야 하고, 가난한 자들과 나누어야 한다고 배워왔다. 그런데 가난한 이들이 거리에서 구걸하는 정도 이상을 요구할 경우엔 조금도 주어서는 안 되었다. 왜일까? 미스터리였다.

내가 저녁을 먹으려는데 삼촌 한 명이 살라망드르 집 안뜰로 와다닥 뛰어들어왔다. 삼촌은 문을 쾅 닫더니 집안으로 달려와 할머니의 침실까지 가서, 숨을 헐떡이며 알렸다. "빨갱이들이 해변 별장들을 급습할 준비를 하고 있어요! 이웃들에게 알리세요!"

빨갱이? 빨간 카네이션, 빨간 넥타이! 빨갱이는 공산주의
자를 뜻했다, 또 그들이었다! 이번에도 나는 근사한 옷을 차
려입고 그들이 무시무시하고 웅장한 노래를 부르는 동안 앞
에 서 있어야 하나보다. 안 돼! 도저히 그렇게 할 수 없을 것
같았다.

그 대신, 스위스에서처럼 시끌벅적한 소란과 전투 준비가
시작되었고, 집은 발칵 뒤집혔다. 엄마가 총사령관이 되었
다. 엄마는 우리의 방어 채비를 진두지휘했다. 창문과 문에
쇠막대를 대고, 빗장을 모조리 걸고, 자물쇠는 죄다 잠그고,
한층 안전하게끔 식량 바구니를 챙겨 집안 일꾼들이 우리와
함께 틀어박힌 뒤에는 가장 취약한 출입구 앞에 큰 가구들을
밀어다 놓도록 했다.

나는 겁먹은 정도를 넘어 공포에 질렸다. 온몸이 벌벌 떨
렸다. 물건을 들고 오가는 사람들에게 방해가 되지 않도록
침대로 보내진 나는, 공산주의자들이 내 손을 자르고 내장을
꺼내는 상상을 했다⋯⋯

몇 시간이 흘러갔다. 나는 침대에 웅크린 채 밤이 내린 지
금 공산주의자들이 어떻게 들이닥칠지 추측하려 애쓰고 있
었다. 그러다 우리 가족이 조용히 브리지 게임을 하기로 했

다는 사실을 깨달았다. 할머니는 심지어 복도에서 롤라에게 이렇게 말하기까지 했다. "샴페인을 가져와요, 어쩌면 마지막이 될지도 모르니 더더욱 즐겨야지, 부엌에도 한 병 가져가 나눠 마셔요!" 그 말에 나는 더더욱 떨렸다. 그들은 나보다 훨씬 더 용감한 것 같았다. 나니가 급하게 내 방에 들러 문 뒤에 커다란 요강을 놓고 갔는데, 그건 내가 무슨 일이 있어도 여기서 꼼짝해서는 안 된다는 의미였다.

아주 커다란 풍뎅이 한 마리 역시 얼이 빠졌는지 나갈 길을 찾지 못하고 선풍기 소리를 내며 허공의 빛 주변을 맴돌았다. 이따금 천장에 부딪치면 녀석은 너무나 강한 충격에 바닥으로 내던져져 잠시 가느다란 다리를 바동거리며 다시 비행 자세를 잡으려 애썼다. 그러곤 방 한가운데서 빛을 다시 발견하기 전까지 저공비행을 하다가 간간이 쉬었는데, 그러면 잠깐 소리가 멈췄다가 다시 맹목적이고 서툴게 돌진했다. 내 머리 위로 50센티미터쯤 떨어진 벽에는 무엇에 쓰이는지 알 수 없는 깊고 둥근 구멍이 있었다. 별안간 풍뎅이가 그 안으로 들어간다면 견딜 수 없으리라는 생각이 들었다. 그런데 어느 순간 바로 그 일이 일어났다. 나는 공포로 마비되어 침대에 못박힌 채 꼼짝도 할 수 없었다. 풍뎅이는 어찌어찌 구멍 가장자리에 매달려 있었다. 내 위로 떨어져 내 얼굴을 긁고, 어쩌면 내 눈을 파낼지도 몰랐다. 그래서 나는 비명을 지르기 시작했다. 어린 삼촌이 가장 먼저 달려왔다. 삼촌이 나를 품에 안고 내 양쪽 따귀를 때리려는 엄마를 저지하던 기억이 난다. 내 비명 때문에 가족들 모두 겁에 질렸던 것이다.

"하필 이런 때! 참 날도 잘 잡는구나! 몇 살인데 아직도 풍뎅이를 무서워해. 정말이지 얘는 정상이 아니야."

사람들이 풍뎅이를 쫓아냈고 나는 잠이 들었다. 공산주의자들이 오는 소리는 듣지 못했다. 하지만 다음날, 해변에 가려고 집을 나서보니 그들이 왔다 갔음을 알 수 있었다. 우리집 문과 이웃집들 문에 커다란 그림이 그려져 있었다. 타르를 적신 붓으로 거칠게 그려놓은, 가지가 부러진 십자가 같은 형태의 그림이었는데, 여기저기 방울져 흘러내린 타르가 햇볕에 말라 굵고 검은 선을 남기며 굳어 있었다. 누구도 내게 공산주의자들이 그런 짓을 했다고 말하지 않았지만 나는 알았다. 그 기호가 만卍자 십자가라 불린다는 것, 어른들의 침묵을 통해 그것이 불명예라는 것도 알게 되었다. 왠지 모르지만 며칠 동안 나는 그런 표식이 된 집에 산다는 사실에 깊은 수치를 느꼈다. 열심히 닦아냈는데도 워낙 두껍게 칠해진 탓에 새로 칠한 페인트를 뚫고 흉터처럼 그것이 다시 나타나자 특히 더 그랬다. 나는 내 가족 역시 그 때문에 수치스러워한다는 인상을, 내 가족이 완벽하지 않다는 인상을 받았다.

　매년 만성절이면 나는 엄마와 묘지에 갔다.

　전쟁 전에는 자동차로 갔었고 카데르가 꽃과 꾸러미들을
날랐다. 나중에는 한 시간 넘게 걸려 여러 차례 전차를 갈아
타고서야 지중해를 향해 불쑥 튀어나온 그 가파른 곳, 만을
이루는 해변에서 멀리 떨어져 있고, 땅이 바다 위로 불쑥 튀
어나와 이미 깊고, 어둡고, 미스터리한 그곳에 갈 수 있었다.
그곳은 길을 따라 난 사이프러스나무 줄기와 거무스레한 잎
틈새로 어디서든 바라다보였다. 취할 듯한 나무 냄새. 희미
한 국화 냄새. 바다 냄새. 죽은 이들의 냄새. 바닥에 깔린 그
모든 묘석에서 나는 광물의 냄새. 묘석들은 아프리카의 성모
마리아에게 바쳐진 대성당이 서 있는 꼭대기까지 온통 산을
포위하고 있었다. 카니발의 흑인 여자들처럼 새카맣게 칠해
진 섬세한 얼굴에, 금빛 제의를 걸치고, 뻣뻣하고 엄숙한 모
습으로 구부린 팔에 아기를 앉힌 마리아였다. 무덤과 작은
종탑들 위에, 또 예배당 위에 십자가들이 솟아 있었음에도,
그 모든 것이 멀리서 서로 맞닿은 거대한 하늘과 거대한 바
다 사이에 짓눌려 있었다.

　끝내 소멸하는 우리의 운명에 대한 무지를 누구에게나 상

기시켜주는 그 장소에 행복하고 명랑하고 생기 있는 바닷바람 한줄기가 지나갔다. 좋은 냄새가 나는, 춤추고 사랑하고픈 욕망을 불어넣는 바람이었다. 축제 분위기. 특히 만성절 무렵이면 흐드러진 꽃들과 방문객들의 차림새, 뜨거운 여름이 지나가고 찾아온 소생의 계절, 가을의 마법적이고 충만한 햇빛 때문에 더더욱 그랬다.

우리는 '우리' 무덤까지 올라갔다. 반쯤은 비탈이고 반쯤은 절벽인 길을 따라, 꽃과 청소도구를 한아름 들고 힘겹게 올랐다. 올라가는 걸음에 맞추어 청소도구들이 규칙적으로 금속 양동이에 부딪치며 소리를 내었다.

가는 길에 엄마는 무덤을 하나하나 지적하며 어떤 것이 아름답고 어떤 것이 아름답지 않은지 말했다. 종종 멈춰 서서 우리 눈앞에 보이는 무덤 앞 다양한 석물의 저속함이나 뛰어남에 대해 힘주어 말하기도 했다. 나는 엉덩이가 큰 도자기 아기천사들, 조화造花, 포마드를 바르고 화장을 한 고인의 컬러사진을 돌로 된 가짜 책장에 새긴 책 모양 대리석상같이 내 눈에는 근사해 보이는 그 모든 것이 '벼락부자 식료품상'에게나 어울린다는 것을 곧 알게 되었다. 반면 풍요로움 속 단순함, 값비싼 대리석 묘석과 장식 없는 십자가야말로 아름답고 진중한 것이었다. 정복 전쟁 때 죽은 이들의 오래되고 버려진 무덤과 가난한 이들의 무덤이 엄마의 마음을 몹시 끌었다. 잡초가 돋은 작은 봉분이 있고 셀룰로이드 조화 한두 송이를 꽂아둔 빈 겨자 병이 시체의 부패된 배꼽처럼 땅에 묻혀 있는 무덤. 그런 무덤은 우리가 멈춰 서서 기도할 만한 곳이었다. 엄마는 우리가 가져온 것들 가운데 아름다운 꽃 몇 송이를 꺼내 빈자들의 공동묘지 이곳저곳에 놓았다. 그 가난한 무덤들 앞에서 엄마가 말했다. "이 사람들에게는 그곳이 더 나아." 이 말을 나는 가난하게 살기보다는 죽는 게 낫다는 말로 해석했다. 그래서 가족 중 누군가 큰 지출이 생겨 "계속 이러다가는 길에서 구걸하게 생겼다"라고 말하는 걸 들을 때마다 심한 두려움으로 마음이 괴로웠다.

엄마는 산 사람들에 대해서는 달콤하면서도 신랄한, 가끔은 가혹하기까지 한 견해를 보였지만, 죽은 이들은 언제나 애정 가득한 관심의 대상이었다. 엄마는 자신과 부패, 죽음의 냄새 사이에 존재하는 일종의 공모를 굳이 숨기지 않았다. 엄마의 침실에는 죽은 이들의 사진이 잔뜩 걸려 있었고, 그중에는 임종의 침상에서 찍은 사진도 있었다. 가난한 이들의 무덤에 꽃을 놓을 때 엄마의 몸짓은 다정했다. 내게 사탕을 주거나 얼굴에 흘러내린 머리칼을 쓸어올려줄 때처럼.

묘지에서 가장 소박한 우리 무덤, 밝은색 희귀한 대리석으로 된 커다란 묘석에 십자가도 뭣도 없이 왼쪽 위에 엄마의 어린 딸의 이름과 출생일과 사망일(두 날짜 사이에 열한 달의 생이 있었다)만 적힌 무덤에 도착하면 엄마는 쭈그리고 앉아 묘석을 쓰다듬으며 울었다. 그리고 말을 걸었다. "네 무덤을 아름답게 꾸며줄게, 우리 아가, 가장 아름다운 무덤이 될 거야. 필리파르 부인의 제일 아름다운 꽃, 알제에서 최고로 아름다운 꽃을 가져왔단다. 내 소중한 아가, 내 딸, 내 사랑, 가엾은 내 아가."

내 임무는 물을 구하러 가는 것이었다. 나는 양동이를 들고 여러 차례 오갔다. 길은 봉안담을 따라 뻗어 있었는데, 길고 높은 벽은 백여 개의 작은 칸으로 나뉘어 있고 각각의 칸 앞에 꽃병이나 봉헌물을 놓을 수 있는 선반이 달려 있었다. 나는 그 안에 영구 묏자리를 얻지 못한 이들의 유골을 둔다는 것을 알고 있었다. 가난한 사람들, 잡초투성이 봉분 속 사람들이 몇 년 뒤 이 서랍들 속으로 갈 터였다. 생전에 빈민가에 우글우글 모여 살던 이들이 죽어서는 봉안담에 우글우글 모이는 것이다. 다른 이들도 마찬가지였다. 생전에 저택에 살던 이들은 죽어서 이웃과 확실히 분리된 가족 묘지를 차지했다. 필연적인 귀결이다.

사람들은 물통을 들고 줄을 섰다. 수도꼭지는 느리게 꿀럭

꿀럭 물을 토했다. 누군가 꼭지를 더 열면 말썽이 일어났다. 아름답고 투명한 구형으로 맺히던 물이 점점 부피가 늘어나고, 커지고, 부풀어올랐다. 처음에는 양산 모양으로 퍼지더니, 햇살처럼 갑작스럽고 거칠게 뿜어져나왔고, 사방으로 마구 튀어 사람들이 비명을 지르며 정신없이 물러섰다. 사태를 알아차린 관리인이 숨을 헐떡이며 달려와, 자기가 간신히 조정해놓은 수도꼭지를 만지지 말라고 했다. 그런 다음 소 등에 짧은 창을 꽂으려는 투우사처럼, 팔을 최대한 쭉 뻗고, 배가 물에 젖지 않게 허리를 구부리고, 발끝을 세워 온몸을 최대한 멀찍이 한 채 수도꼭지를 돌렸고, 그러면 물은 다시 꿀럭거리기 시작했다…… 사람들은 제자리를 찾아 다시 줄을 섰다. 오전이 지나갈수록 햇볕에 데워진 사이프러스나무의 향이 짙어졌다.

무거운 양동이를 들고 돌아와보면 엄마는 묘석을 광택 내고, 윤내고 솔질하고, 닦고 있었다. 엄마의 고운 손이 노동으로 빨갰다. 이마에는 땀이 맺혀 있었다.

"오래도 걸렸구나!"

"수돗가 줄이 길어서요."

"매년 똑같지."

"지금 물을 부을까요?"

"그래, 그러고서 다시 길어오렴."

나는 한 손으로 양동이 가장자리를 잡고 다른 손으로는 바닥을 받치고서 안에 든 물을 묘석에 부었다. 공기와 햇빛 속에 액체로 된 무지갯빛 부채가 생기는가 싶더니 곧바로 대리석 위에 부서져 파편과 먼지와 부스러기를 휩쓸며 흘렀다. 폭풍우 치는 날 항구의 방파제를 덮치는 큰 파도처럼 유연하고 힘차게. 물은 마침내 묘석 아래쪽에 미리 파놓은 배수구를 따라 얌전히 흘러갔다. 이미 군데군데 잘 닦인 묘석은 눈부시게 빛났다.

엄마는 다시 작업했고 나는 다시 물을 길러 떠났다.

내가 자리를 비운 동안 엄마가 계속 울면서 당신의 아이에게 말을 건다는 사실을 나는 알고 있었다. 오래전 초반에는 그곳에 매일 가는 것 같았다. 이제 엄마의 어린 딸이 죽은 지 열여섯 해인가 열일곱 해가 지났다. 지금은 그때와 달랐다. 엄마는 그렇게 자주 찾아가지 않아도 되었고, 그건 죽은 아이가 엄마 안에서 조금씩 새로이 싹터서 영원히 살고 있기 때문이었다. 엄마는 죽을 때까지 그 아이를 품고 있을 것이다. 나는 두 사람이 함께, 무한히 태어나는 모습을 상상했다. 한쪽이 다른 쪽을 어르며, 행복하게 떠다니고, 화합 속에서 장난치고, 장밋빛 당나귀와 금빛 나비와 기린 봉제인형이 뛰놀고 프리지아가 핀 천상 들판의 향기에 휩싸인 채. 둘은 서로 주고받는 변함없는 사랑에 만족하여 웃고, 잠이 들리라.

묘지에서 엄마의 아이는 커다랗고 흰 대리석 판에 지나지 않았다. 묘석에 말을 건네면서 엄마는 지극한 애정을 담아 입을 맞추기도 했다. 그런 순간 나는 그 묘석이 되고 싶었고, 더 나아가 죽고 싶기도 했다. 그러면 엄마는 내가 전혀 알지 못하고 나와는 아주 조금밖에 닮지 않은 듯한 그 여자아이만큼 나를 사랑해줄지도 몰랐다. 나는 꽃에 둘러싸여 아름답고 생기 없이 죽은 모습으로 누워 있는 나를, 그리고 내 온몸에 입맞춤하는 엄마를 그려보았다.

중천을 지난 햇빛을 받아 묘석이 새하얗고 깨끗하여 눈부시게 빛날 즈음이면, 엄마는 완벽한 안목으로 묘석 위에 꽃꽂이를 했다. 꽃들의 색깔과 형태와 그 유연함이나 뻣뻣함을, 꽃들의 고유한 성질을 엄마는 전부 알았다. 꽃들은 보통 커다랗고 아름다운, 흐트러지거나 반듯한, 비뚤어진 십자가 모양으로 배열됐다. 겉보기에는 언제나 비슷한, 두 직선이 수직으로 교차하는 형태다. 하지만 그것은 샤르트르대성당이기도 했다. 엄마는 당신 아이의 무덤에 식물로 된 대성당을 세웠다.

나는 그 모습을 보며 엄마가 사랑과 고통, 애정, 상실로 터질 듯한 가슴을 정확히 표현할 섬세하고 강렬한 꽃 장식이 완성될 때까지 계속 매달리리라는 걸 알았다.

가족들은 엄마를 두고 말했다. "순교자나 다름없어."

이 모든 이야기가 표면으로 떠올랐고, 서로 관련된 다른 이야기들끼리 정리되고, 더 오래되었거나 최근에 있었던, 짧거나 긴 이야기를, 섬광 같은 순간이거나 여러 해에 걸친 존재의 움직임과도 같은 또다른 이야기들을 이끌어냈다.

의사의 장의자 위에서 되살아난 소녀는 내가 아플 때(그러니까, 대략 엄마의 낙태 시도 이야기를 들었을 때부터 정신분석을 받기까지) 기억하던 소녀와는 달랐다. 한 소녀는 순종적이고 엄마에 대한 사랑에 젖어 있고, 줄곧 자신의 결점과 실수를 지켜보며 고치거나 억누르려 하고, 자신만의 시선은 전혀 없이 어떤 상황에서든 이끌려갔다. 반면 다른 소녀에게는 눈이, 그것도 굉장한 눈이 있었다! 자신의 엄마와 자신을 둘러싼 이들을 분명하게, 심지어 매정하게 꿰뚫어보는 눈이 있었다. 소녀는 그 눈으로 토한 수프를 억지로 먹이는 엄마를, 제앙 리크튀스의 시에 나오는 가엾은 노파의 상스러운 말투를 따라 하는 엄마를, 스위스 별장의 계단에서 고함지르는 엄마를, 예상치 못한 힘과 억척스러움으로 문 앞에 가구를 밀어다 놓는 엄마를, 묘석에 입맞추는 엄마를, 마치 영락없이 사로잡힌 청중 앞에서 그러듯 아주 어린 딸 앞에 자신을 드러내는 엄마를 보았다. 무엇보다 그 눈은 그것에 민감한 눈, 그것이 뒤흔들어놓은 눈, 엄마에게서 그것을 본 눈이었다.

　모두가 그것에 민감하지는 않다. 그것은 광기이거나 천재성일 때만 드러나니까. 하지만 그 두 극단 사이의 것으로, 상상이나 환상, 신경쇠약이나 꼿꼿이, 무면허 치료사나 의사, 마녀나 사제, 여배우나 신들린 사람으로 나타난다면? 알아차리기 어렵다. 나는 알아챘고(이 학문에 대해서는 몰랐지만), 엄마를 불신했다. 엄마는 나를 없애고 싶어했으며, 시도했으나 실패했고, 재시도할 수는 없었다. 나는 독단적이고 상처입은 사람, 아무 길로나 가지는 않으려 하는 사람이었다. 어린아이, 그것도 독단적인 성격의 아이가, 강압적이고 매력적이고 은밀하게 미쳐 있는데다가 자신의 엄마이기까지 한 어른을 상대로 무엇을 할 수 있을까? 자신이 지닌 매의 깃털을 최대한 숨긴 채 비둘기로 변신하여 진정한 본성을 보전하는 것. 나는 너무나 일찍부터, 너무나 오랫동안 그렇게 행세해왔기에 사냥, 정복, 자유를 향한 의욕을 잊고 있던 것이다. 순종적이라고 생각해왔으나 나는 반항아였다. 태생부터 그랬다. 나는 존재했다!

이 발견의 의미를 아직 완전히 이해한 것은 아니었다. 다만 나에게는 고유의 특성이 있으며, 그것은 그리 호락호락하지 않다는 것을 알았다. 또한 길들임의 과정이 왜 그렇게 잔혹하고 집요했는지도 이해했다. 내 안에는 독립심, 오만함, 호기심, 정의감과 쾌락에 대한 감각이 있었고, 그것들은 내 가족이 속한 사회에서 내게 부여된 역할과 어울리지 않았다. 모조리 억누르거나 용납할 수 있는 선까지만 드러내 보이기 위해서는 오랫동안 혹독하게 다듬어야 했다. 그 작업은 잘 이루어졌다. 유일하게 온전히 남은 부분은 그것에 대한 나의 감각뿐이었다. 마음 깊은 곳에서 나는 엄마가 병자라는 사실을 항상 알고 있었고, 엄마를 향한 내 커다란 사랑의 덩어리 한가운데에는 엄마에 대한 두려움과 오만함에 젖은 경멸로 이루어진 굳은 심장이 있었다.

내 결점 몇 가지에 대해 알게 된 지금, 이전 어느 때보다 그녀에게 가까이 다가갈 수 있었다. 내 결점들이 내 미덕보다 나를 더 잘 보호해주었다. 상처받을 일이 더이상 두렵지 않았으니, 그것들이 내 갑옷이 되어주는 터였다. 나는 그녀가 자신의 고통 속에서 몸부림치는 것을, 가증스러운 그 부른 배, 그 여분의 짐, 오늘도 내일도, 평생을 끌고 다녀야 할 수치를 짊어진 모습을 보았다. 내가 태어났을 때의 그녀, 스물여덟 살의 젊은 그녀를 보았다. 불그레한 금발과 초록색 눈, 아름다운 손, 가슴속 열정, 하늘처럼 원대하고 드넓고 웅장한 사랑에 대한 욕구, 재능과 소질과 매력과 지성을 지녔으며, 점점 부풀어가며 증오스러운 현실로 그녀를 이끌어가는 저주받은 배아를 품은, 제 인생을 그르치고 보물들을 망친 젊은 여인을. 인생과 보물을 망친 건 그녀의 타협 없는 종교 때문이었다. 이혼할 경우 남자에 대한 사랑도, 달래주고 어루만져줄 강인한 팔도, 피부에 와닿는 따스한 타인의 피부도, 그녀를 태우는 불길을 누그러뜨려줄 서늘한 입술도 두 번 다시는 허락되지 않았다. 다시는! 게다가 그녀는 계급의식 때문에 직접 돈을 벌고 여성에게 허락된 영역을 벗어나 정신을 계발하는 일조차 스스로 금지했다. 천재적인 외과의나 번뜩이는 재능을 지닌 건축가가 될 수도 있었으나…… 금지되었다! 그렇다면, 적어도 자신이 낳은 딸은, 그러니까 경이로웠던 아이, 죽은 첫아이와는 너무나 다른 이 딸을 비상한 존재로 키울 수는 있었다. 장밋빛 뺨을 가진 수녀 지망생 같은 이 아기는, 죽어서 그녀를 기쁘게 하지 못한 이상 이제 그녀가 될 수 없었던 것이 되어야만 했다. 성녀, 영웅, 남들과는 다른 누군가. 왕궁의 요람 속 아기에게 재능을 점지하는 요정들처럼, 엄마는 내가 태어났을 때 죽음과 광기를 부여했다. 내 어린 시절에 엄마는 자기 뜻에 따라 행동하도록 내게 얼마나 여러 번 손을 내밀었던가! 엄마의 사랑이라는 제방 위로 나를 끌어올려주었을 그 손을 나는 매번 거부했다. 엄마를 사랑하고 싶었지만, 내 방식대로 사랑하고 싶었다. 나는 엄마가 제안하는 음산하고 정신 나간 술책에 가담하길 거부했다. 매번 엄마의 손짓을 보고 어리석음이나 고분고분함, 울먹임 뒤로 도피했다. 그런 태도는 엄마를 맥빠지게 하고 빈정거림을 이끌어냈다. "넌 이름 없는 순교자로구나." 혹은 "넌 24번 지의 순교자로구나!" (우리가 24번지에 살았기 때문이다.) 얼마나 우스꽝스러운 순교자인가! 내가 너무 심한 실망감을 안기면, 엄마는 나를 성으로, 아버지의 성으로 불렀다. 그럼으로써 내가 당신과 같은 혈통이 아님을, 내가 아무것도 아님을 강조했다. 나는 엄마의 마음에 들기 위해 장렬한 상황에, 일종의 종교적 자살에, 스스로의 희생에 말려들고 싶지 않았다. 그랬더라면 엄마의 과오를 씻어주고 견딜 수 없는 결핍을 채워주었을 텐데. 무슨 일이 있어도 나는 잔 다르크나 블랑슈 드카스티유*가 되고 싶지 않았다. 그러니 몸을 숙

---

* 루이 8세의 왕비로, 요절한 남편에 이어 즉위한 아들 루이 9세의 섭정을 맡았다. 정식으로 시성된 적은 없으나 종종 성녀나 복자로 여겨진다.

이고 막돼먹은 여자가 될 수밖에 없었다. 나는 그렇게 했고, 결국 막돼먹은 여자가 되었다.

그런 다음, 이 가슴을 찢는 추억 속에(나는 내 방식대로 엄마를 사랑할 수 있길 원했고, 엄마는 엄마 방식대로 사랑받길 원했던), 내 어린 시절을 망가뜨린 혼란의 생생한 기억 속에, 수정처럼 빛나는 합일의 기억 역시 되돌아왔다. 막다른 골목의 장의자 위에서 어떤 밤들이 새롭게 되살아났다. 지중해 해변의 더운 밤들, 주르주라산맥의 눈 속에서 보낸 추운 밤들. 아마도 크리스마스의, 혹은 7월 14일의 밤들. 그때가 아니면 그렇게 늦게까지 밖에 있을 이유가 없었을 테니까. 단둘이서 여러 번, 어둠 속에, 별이 총총한 하늘 아래 있었고, 엄마는 내게 별자리를 가르치며 우주와 접하게 해주었다.

"저 별 보이니?…… 저기, 제일 밝은 별. 저건 목동의 별이야. 가장 먼저 뜨는 별이지…… 세 동방박사를 인도해준 게 저 별이래.

저거 보이지? 잘 보렴…… 내 손가락 끝을 봐. 별 네 개가 사각형을 이루고 그 뒤에 꼬리처럼 세 개가 더 있지. 저건 큰곰자리란다…… 보이니?"

엄마는 내가 어둠 속에서 큰곰자리를 제대로 보는지 확인한 뒤 계속해서 설명했다.

"저건 작은곰자리야…… 그리고 저기 W자 보이지?……
찾았니?…… 저건 베가성이야.

그리고 저기 안개 같은 것…… 저건 은하수란다…… 별들
이 모여 만들어진 거지, 저 안에 수백 수천만 개 별이 있어……"

나는 엄마에게 꼭 붙어 서 있었다. 엄마는 내 손을 잡았다.
엄마는 내게 그 빛들과 우리 사이의 거리는 어마어마하다고
일러주었고 어떤 별들은 벌써 빛이 꺼졌지만 거기서 우리가
있는 곳까지 거리가 너무 멀어서 아직도 그 광채를 볼 수 있
는 거라고 설명했다. 엄마는 또 달과 해와 지구에 대해, 모든
천체가 추고 우리도 함께 추는 그 환상적인 파반에 대해 이
야기했다. 그 얘기에 나는 조금 무서워져 엄마에게 꼭 달라
붙어 엄마의 향기와 온기 속에 안겼다. 그러면서도 엄마의
고양된 어조가 이 장중한 주제와 잘 어울린다는 생각이 들었
다. 그건 기분좋은 무서움, 흥분되는 무서움이었다. 우연히
도 내가 속하게 된 이 거대한 우주가 아름답게 여겨졌다. 그
런 순간에 우리는 서로를 잘 이해했다. 왜 그걸 잊고 있었을
까?

오늘에 이르기까지 평생 내 생각의 끝이, 나의 상태가 언
제나 우주의 입자 하나로 귀결되는 것은 바로 그런 순간 때
문일까? 그 오래전 밤들에 겪은 합일 때문에 나는 내 존재를

우주적인 감각의 범위로만 받아들이는 것일까? 그때 엄마와 나 사이에 이루어진 어떤 합일 때문에 나는 전체의 일부라고 느낄 때만 행복한 것일까?

12

나의 진정한 결점들을 처음 맞닥뜨리면서 전에 없던 확신이 생겼다. 그것들이 내가 새로이 발견한 나의 장점들, 그러나 관심을 덜 두었던 면들을 부각시킨 터였다. 내 장점들은 결점들에 의해 자극받았을 때만 나를 향상시켰다. 결점들이 죄악을, 못되고 비뚤어지고 저주받은 아이임을 나타내는 불명예스러운 낙인을 없앴다. 내 결점들은 역동적이었다. 결점들을 알아갈수록 나는 그것들이 나를 구축하는 데 유용한 도구가 되어간다는 걸 마음 깊이 느꼈다. 이제 그것들은 거부하거나 없애야 할 대상이 아니었고, 수치스러워할 것은 더더욱 아니었으며, 그보다는 잘 길들여 필요한 경우 내게 도움이 되도록 이용해야 할 도구였다. 내 결점들은 어떤 면에서 내 장점이었다.

이제 나는 오래전 대학에 다니던 시절의 마음으로 막다른 골목에 갔다. 배우기 위해서. 나는 전부를 알고 싶었다.

너무나 강한 저항을 이겨냈기에 더는 나 자신을 마주하는 것이 두렵지 않았다. 불안은 완전히 사라졌다. 불안의 신체적인 증상들은(발한, 빨라지는 심장박동, 손발의 냉기) 느껴졌지만(그리고 지금도 여전히 느껴지지만), 공포는 찾아오지 않았다. 그런 증상들은 이제 새로운 실마리들을 찾는 데 도움이 되었다. 심장이 뛴다! 왜지? 언제부터지? 그 순간에 무슨 일이 있었지? 어떤 단어, 색깔, 냄새, 분위기, 생각, 소리가 내게 충격을 주었을까? 나는 평정을 되찾았고, 나 혼자 할 수 없을 때는 의사에게 분석을 맡겼다.

갈피를 잡지 못하고 허우적거릴 때, 불편함의 근원을 찾을 수 없을 때, 근원이 있음을 안다는 사실만으로 마음이 놓이는 경우도 종종 있었다. 장의자 위에서 눈을 감은 채 나는 엉킨 실을 풀려고 애썼다. 더이상 전처럼 흥분하지 않았으며, 무언으로 일관하거나 욕설을 퍼붓지도 않았다. 이제 나는 침묵이나 욕설의 의미를 알았고, 따라서 그것들이 차분한 말만큼 웅변적이나 말보다 훨씬 피곤하다는 것을 알았다. 나는 편안함을, 평화를, 자유를 추구했다. 나는 완전히 낫기 위해 막다른 골목에 있었다. 나는 연달아 이어지는 이미지와 생각이 밀려오도록 두었고, 그것들을 분류하지도, 그중에서 가장 듣기 좋거나 지적이거나 예쁘거나 재미있는 것을 고르려 들지도 않고 그대로 표현하려고 노력했다. 아니, 오히려 가장 초라하고, 천박하고, 흉하고, 어리석은 것을 골랐다. 그건 어려운 일이었다. 의사와 나는 내 그림자들의 극장에서 재판관과도 같은, 지독하게 예리하고 까다로운 청중이었기 때문이다. 어떤 것들은 손가락 틈새의 모래처럼 빠져나갔다. 우리는 그것들이 아주 가까이에, 금방이라도 나타날 듯 존재한다는 걸 느꼈지만, 붙잡았다고 생각한 순간 소멸하고, 원래 도사리고 있던 무의식 속으로 사라져버렸다. 내 말들은 우리에게 역부족이었다. 내가 관객이자 배우이고, 의사가 관객이자 연출가인 그 지난한 작업을 다시 시작해야 했다. "그럼 그것 하면…… 무엇이 떠오르나요?"라는 그의 한마디가 모든 것을 뒤바꿀 수 있었다. 내가 그 그것을 말하기만 한다면.

그렇게 나의 가장 큰 결점을, 가장 훌륭한 특성들을 살리고, 이따금 내게 진정한 힘을 주고, 나를 진정한 나이게 하는 결점을 발견했다.

얼마 전부터 나는 딱히 이유도 없이 걸핏하면 눈물이 났는데, 심지어 스스로도 울음이 터무니없고 과하게 느껴질 때가 많았다. 사실 너무나 오랫동안 메말랐던 눈물을 되찾고서 대단한 기쁨을 느끼기도 했다. 그 미지근한 눈물이 축복으로 여겨지기도 했다. 신체의 고통이나 욕망을 달래기 위해 필요한 모든 따뜻한 액체처럼 눈물 또한 필수적인 것이니까. 분만 도중 양막을 터뜨릴 때, 그리하여 양수가 내 엉덩이와 허벅지와 골반으로 흘러내릴 때의 기쁨이 떠올랐다. 해산의 거대한 진통이 밀려오기 전의 휴식, 안온함, 낮잠.

하지만 내가 눈물을 흘리며 느끼는 것은 단순한 감정 분출의 기쁨만이 아니었다. 뭔가 다른 것이 있는 것 같았다. 무엇일까? 그저 울먹임 뒤로 도피하던 어릴 때의 습관일까? 스스로 피해자라고 생각하며 받는 위안일까? 나는 더이상 어린아이도 아니고, 피해자도 아닌데. 그렇다면 뭐지? 내 실패를 모조리 남들의 각박함 탓으로 돌리면서 느끼는 데서 오는 위안? '아무도 나를 사랑하지 않아, 늘 나만 가지고 그래' 같은 것? 아니었다. 나는 그 문제의 해답을 찾을 수가 없었다. 왜 눈물이 그렇게 나는지 알 수가 없었다. 나는 의사 앞에서도 울었다. 상담 도중 전화벨이 울렸거나, 내가 한창 이야기를 늘어놓는 중간에 의사가 상담을 끝낼 시간임을 알렸다는 이유로. 목구멍으로 커다란 덩어리가 치밀어올랐고, 따뜻한 눈물방울들이 달콤씁쓸한 향의 감미로운 연고처럼 얼굴을 덮었다. 흐느끼느라 어깨, 흉곽, 온몸의 뼈가 뒤흔들릴 때도 있었다.

세상에 나오고, 스스로를 독립적인 인간, 한 개인으로 여기기 시작했을 때, 나는 더 멀리, 더 빨리 가기 위해 자동차가 필요하다고 느꼈다. 잃어버린 시간을 따라잡고, 모든 것을 보고, 모든 것을 알고 싶어 안달이 났다. 그래서 몇백 프랑을 주고 낡은 2CV*를 샀다. 핸들을 잡고 있으면 뭐든 할 수 있으면서도 보호받는 듯해 기분이 좋았다. 차는 가장 친한 친구가 되었다. 나는 차와 함께 울고, 노래하고, 차에게 말을 걸었다. 차 덕분에 내 삶은 더 폭넓어지고 덜 피곤해졌다. 나는 교외에 살았는데, 차 덕분에 더이상 추운 플랫폼에서 기다리거나 지하철 막차 걱정을 할 필요가 없었다. 차와의 일치감, 차에 품는 애정에 대해 의사에게도 자주 이야기했다. 마침내 실려다니는 대신 스스로 운전하게 된 것이다!

어느 날, 막다른 골목으로 가기 전 녹슬고 찌그러진 내 낡은 차를 주차금지 구역에 세운 일이 있었다. 잠깐 볼일만 보

---

* 시트로엥에서 생산한 경차 모델명.

면, 그러니까 소포 하나만 찾아오면 되었고, 이 분이면 충분했다. 말해둘 것은, 자동차 유지비용이 예산을 초과하지 않으려면 수리비를 내거나 벌금을 무는 일이 일어나지 않아야 했다는 점이다. 따라서 나는 차량 관리에 최대한 신경썼고, 교통법규를 위반하지 않으려 조심했다.

뛰어서 급하게 소포를 찾아 돌아오는데, 경찰관이 태연하게 내 차에 위반 딱지를 붙이는 중이다. 그에게 가는데 벌써 목구멍이 꽉 죄어온다.

"일 때문에 그랬어요. 오 분도 안 있었어요."

"신분증 주시죠."

신분증을 내미는 동시에 나는 목놓아 울기 시작한다. 눈물과 흐느낌과 딸꾹질의 발작, 멈출 수가 없다. 경찰관은 무엇도 통하지 않을 듯한 기색으로 신분증을 돌려준다. 나는 여전히 소리 내 울고 있다.

"범칙금은 지금 내시겠습니까, 나중에 내시겠습니까?"

"나중에요."

"그럼 가보세요! 차를 아무데나 두면 어떻게 되는지 아시겠죠."

나는 딱한 꼴로 병원에 도착한다. 얼굴은 눈물범벅인 채 장의자에 누워, 마침 손수건도 없어 콧물을 짧게 훌쩍인다.

목구멍은 돌처럼 단단하게, 아플 정도로 오그라들어 있다.

나는 그 짧은 일화를 이야기하기 시작한다. 주차금지 구역, 길을 건너야 했고, 소포를 찾아야 했고, 아주 잠깐이었는데 벌써 경찰관이 주차위반 딱지 발부장을 들고 거기 서 있었다. 나는 한푼도 없다고…… 언제나 희생양이 된다고…… 사랑받는 방법을 모른다고…… 매력적인 사람이 될 수 없다고…… 내 생김새가 불쾌하다고 한탄한다. 엄마는 언제나 내게 말했다. "너는 머릿니처럼 못생겼어." "네 눈은 꼭 좀먹은 구멍 같구나." "넌 너무 구부정해, 발이 너무 커, 귀는 예쁘니 다행이다만."

목구멍이 꼭 조여들어 아프다. 더이상 침을 삼킬 수 없고 호흡하기도 힘든 느낌. 숨이 막힌다…… 나는 두 살인가 세 살이고, 오빠와 함께 어린 시절의 놀이방에 있다. 겨울이라 벽난로에서 장작불이 타오른다. 내 인형들은 방을 빙 둘러난 선반 위에 일렬로 정리되어 있다. 크리스마스나 생일이면 다들 내게 인형을 준다. 어린 여자아이에게는 최고의 선물이다. 나에게는 온갖 크기와 색깔의 인형, 금발, 갈색 머리, 빨간 머리, 파란 눈과 갈색 눈의 인형이 있다. 나는 절대 인형놀이를 하는 법이 없다. 인형들의 멍청한 눈, 가짜 머리카락, 움켜쥘 수 없는 손, 발가락 없는 발, 오동통한 몸이 싫다. 나는 남자애들 장난감과 놀이가 더 좋다.

벽난로 근처, 오건디 천으로 덮인 요람에 내가 제일 싫어하는 인형이 있다. 정확히 말하면 아기 인형인데, 여자아이처럼 생겼지만 긴 곱슬머리가 달려 있지 않고 드레스도 입지 않았다. 이름은 필리프다. 선물받는 순간 언제나 엄마가 인형에 이름을 붙인다. 나는 그 물건들에 왜 아기 이름을 붙여야 하는지, 왜 "이 아이는 델핀이야, 카트린이야, 피에르야, 자크야"라고 말해야 하는지 이해할 수가 없다.

며칠 전 나는 공식적으로, 나니 앞에서 필리프를 오빠에게 주었다. 그후로 인형은 오빠 것이 되었다. 그로써 나는 그 인형을 처리했을 뿐 아니라, 오빠의 환심을 살 수 있었다. 나보다 다섯 살 많은 오빠는 쉴새없이 나를 못살게 군다. 겁주고, 꼬집고, 놀리고, 밤이면 나를 깨워 화장실에 같이 간다. 오빠는 어둠 속에서 오줌 누러 가는 걸 무서워한다. 하지만 어둠을 무서워한다는 걸 말하면 내 머리카락을 전부 뽑고 뺨을 때리고 헌옷장수를 부르겠다고 으르댄다. 게다가 오빠는 엄마의 귀염둥이다. 너무 말랐다는 이유로 엄마는 오빠를 애지중지하고, 늘 오빠의 건강과 기분을 걱정한다.

내 장난감을 통틀어 내가 제일 좋아하는 건 바퀴 달린 원숭이 봉제인형이다. 우습게 생긴 얼굴에 개암열매 색깔의 유리 눈. 잡아당기면 움직이는 긴 꼬리가 위쪽으로 꼿꼿하게 달려 있다. 어루만지면 보드랍다.

갑자기 오빠가 짜증을 내면서, 오빠의 것이긴 하지만 지금 내가 갖고 놀고 있는 탁구채를 빼앗으려고 한다. 나는 돌려주고 싶지 않다. 그러자 오빠는 내 원숭이의 꼬리를 붙잡더니 팔을 휘둘러 곧장 불속에 내던진다. 이내 벽난로에서 양모 타는 냄새가 난다. 내 원숭이가 불탄다!

진정한 분노의 바람이 나를 나무처럼 흔들고, 격동이 휩쓸고, 살인적인 격노가 엄습한다. 덩치와 힘으로는 오빠에게 상대가 되지 않으니 나는 아기 인형에 달려들어 요람에서 끄집어낸 뒤 온 힘을 다해 짓밟기 시작한다. 무엇보다 그 머리를 망가뜨리고, 얼굴을 짓뭉개 흔적조차 남기지 않고 싶다. 나는 악착같이 인형을 부수고, 없애고, 죽이려 든다.

엄마가 와서 내 양쪽 뺨을 있는 힘껏 갈긴다. 나는 고함을 지르며 발을 구르기 시작한다. 엄마가 내 따귀를 더 때린다. 나는 더욱 흥분과 격분에 휩싸여 물어뜯고, 찢어발기고, 부수려 한다. 엄마가 나니에게 말하는 소리가 들린다.

"이 아이에게 물을 뿌려야겠어요. 진정시키려면 그 방법밖에 없어요."

나는 엄마와 나니가 내게 물을 뿌릴 리 없다고 생각한다.

나를 붙잡아 욕실로 끌고 가는 걸 느낄 때조차, 정말로 실행에 옮길 거라고는 믿지 않는다. 나는 더 크게 소리를 지르고, 발버둥치고, 몸부림치며, 내 원숭이를 찾는다. 그들을 이길수 없다는 무력감이 진짜 고문처럼 느껴진다. 이건 정당하지 않아. 나는 아무 짓도 하지 않았어, 이런 벌을 받을 짓을 하지 않았어. 이건 오빠의 잘못이다. 나는 오빠를 괴롭히고, 복수하고 싶다.

차가운 물줄기가 내 얼굴을 때리며 숨을 막는다. 엄마가 내 머리를 붙잡고, 나니는 내 팔을 등뒤로 잡아당기며 앞으로 민다. 오빠는 욕조 끝에서 지켜보고 있다. 나는 이 상황을 견딜 수도, 받아들일 수도 없다. 멈춰야만 한다. 나는 세 사람이 내가 상대하기에는 너무 강하다는 것을, 내 입과 코와 목으로 들어오는 물을 멈추기 위해 내가 할 수 있는 일은 단하나, 다 그만두고 얌전해지는 것뿐이라는 사실을 이해한다.

피부의 모공을 통해, 머리카락을 통해, 손가락을 통해, 내존재 전체를 통해 분출되는 화를 멈추기 위해 나는 엄청나게 노력한다. 내 깊은 곳에서 거대한 힘이 솟구쳐 분노를 제어한다. 의지의 힘이다. 그리고 다른 힘이 나를 구원하러 솟는다. 바로 은폐다. 내 힘 전부가 동원되어 내 분노를 붙들고, 억누르고, 최대한 깊이 파묻는다. 그러기 위해 나는 고통스러울 정도로 집중해야 한다. 온몸이 아프다. 특히 아무것도 새어나가지 않아야 하는 목구멍이 가장 아프다.

나는 흠뻑 젖어 욕조 한가운데 서 있고, 샤워기에서 더는 물이 나오지 않는다. 세 사람 모두 말없이 나를 바라본다. 앞으로 다시는 이런 상황에 처하지 않으리라는 것을 알지만, 목구멍이 바이스로 조이는 양 꽉 죄어들고, 미처 가시지 않은 억눌린 울음 때문에 이따금 불규칙적으로 숨이 크게 쉬어진다. 눈물이 부드럽게 넘쳐흘러 분노로 달아오른 얼굴을 가라앉힌다.

막다른 골목의 장의자에서 내 울음은 진정되었다. 어안이 벙벙한 가운데, 나는 방금 내 폭력성을 되찾았다.

비폭력을 부르짖던 내가, 아이들에게 가벼운 손찌검도 하지 않던 내가, 불의나 독단적인 권력에는 침묵이나 울음으로만 대꾸하던 내가! 내 안에는 폭력성이 가득했고, 나는 폭력 그 자체, 인간의 모습을 한 폭력이었다!

방금 전 내 차 앞에 있던 경찰관, 나는 기꺼이 그를 두들겨 패고 싶었다. 그가 무슨 일이 있어도 내게 범칙금을 물리리라는 사실을 알았을 때 목구멍이 조여들고 고통스러운 덩어리처럼 굳어졌다. 눈물이 흐르기 시작한 것은 고통을 견디기 위해서였으니, 나는 내 안에 있는지조차 몰랐던 분노를 억누른 것이다.

내 생각에, 폭력성에 대한 이 갑작스러운 발견이야말로 내 정신분석에서 가장 중요한 순간이었다. 이 새로운 빛 아래 모든 것이 보다 논리적으로 연결되었다. 억눌리고, 봉인되고, 속박되어 폭풍처럼 내 안에서 꾸준히 우르릉대던 이 힘이 그것의 가장 좋은 영양분이었다는 확신이 들었다.

다시 한번 나는 인간 정신의 뛰어나고 복잡한 구조에 경탄했다. 내 폭력성과의 만남은 꼭 필요한 순간에 이루어졌다. 이전이었다면 나는 그 사실을 견딜 수도, 받아들일 수도 없었을 것이다. 환시의 정체를 밝혀낸 순간, 여전히 아기천사로만 여겼던 소녀가 공격에 다른 공격으로 대응했다는 사실을 내가 어떻게 주목하지 않고 그냥 지나쳐버릴 수 있었을까? 그때 그 아이는 부끄러운 짓이라고 꾸지람을 들을 정도로 있는 힘껏 제 아버지를 때렸었다. 그때의 교훈으로 충분치 않아 몇 달 후에는 샤워기가 동원되어야 했다. 이번에는 벌이 충분히 강했고, 그 결과 폭력성은 서른다섯 해 동안 감금되어 있었다!

청소년기에도 폭력성은 몇 차례 다시 나타났다. 하지만 나는 그것이 폭력임을 몰랐고, 목구멍으로 치받치는 느낌은 신경발작 탓이라고 생각했다. 그러면 나는 어딘가에 틀어박혀 혼자 수치스러워하며 내 옷을 찢거나 물건을 부수었다. 딱 한 번, 벽에 은 꽃병을 던지다가 엄마에게 들킨 적이 있다. 엄마는 웃더니 내게 말했다. "네가 나중에 결혼하면 이 꽃병을 남편 될 사람에게 줘야겠다. 그러면 아내 성격이 얼마나 대단한지 알겠지!……" 언젠가는 묵직한 사슬 팔찌를 내 방 벽에 내던졌는데, 어찌나 세게 쳤는지 사슬 자국이 고스란히 석고에 찍혔고 팔찌는 부메랑처럼 튕겨나오며 내 손을 후려쳐 뼈 하나가 부러졌다. 몇 달 동안 나는 아픈 손을 그대로 달고 다니며 아무에게도 말하지 않았고, 수치스러운 낙인인 양 부기를 숨겼다.

그후에는 평온함과 슬픈 온화함만이 남았다.

그러니까 내 무의식이 길을 잘 닦아놓았던 셈이다. 환시에 대한 설명부터 내 폭력성의 발견까지, 나는 천사가 아니라 그저 나 자신이었던 한 사람을 차차 알게 되었다. 내 오만함, 독립적이고 단호한 성향, 자기중심주의에 익숙해질 시간이 있었다. 내가 어떤 방식으로 다루느냐에 따라 그 성격 특성들이 장점도 단점도 될 수 있다는 것을 이해했다. 그것들은 내가 고삐를 쥔 야생마 같았다. 올바르게 인도하는 것은 내

몫이었다. 나는 그것이 두렵지 않았고, 내 손안에 있는 느낌이 들었다.

오늘 폭력성은 마치 눈부시고 위험한 선물처럼, 금과 자개로 상감된 무시무시한 무기처럼 내게 왔고, 나는 극도의 주의를 기울여 다룰 것이었다. 시험해볼 날이 기다려졌다. 나는 내가 그것을 파괴가 아닌 건설에만 쓰고자 한다는 것을 알고 있었다.

폭력성에 대한 자각과 함께, 내 생명력, 명랑함, 관대함에 대한 자각도 찾아왔다.

나는 거의 구축되었다.

13

막다른 골목에서 내가 안정적인 사람으로 구축되어감에 따라, 외부의 삶도 의미와 형태를 갖춰나갔다. 나는 사람들과 이야기하고, 그들의 말을 듣고, 모임에 참석하고, 혼자서 한 장소에서 다른 장소로 가는 일에 점점 능숙해졌다……

이제는 아이들이 현실과의 유일한 접점이 아니었으므로, 그애들에게 부담을 덜 주고, 더 잘 기르고, 더 잘 이해할 수도 있었다. 우리 네 사람 사이에, 아이들에게서 내게로, 또 내게서 아이들 각각에게로 이어지는 다리를 놓은 것도 그 시기였다. 내 병으로부터 아이들을 멀리 떨어뜨려놓으려고 노력하긴 했지만, 나는 아이들이 내 병 때문에 영향을 받고 어쩌면 상처를 입었을 거라 생각했다. 치료가 진행될수록 전통적인 어머니의 역할에 대한 의구심이 커졌다. 그래서 나는 관찰자의 입장을 취했고, 가능한 한 개입하지 않고, 무엇보다 금지를 남발하지 않으며 아이들을 지켜보려 노력했다. 유일한 고정점, 아이들의 안전을 담보하는 유일한 표지는 내가 어떤 상황에서든 변함없이 아이들 곁에 있으며, 아이들이 원하면 언제든 손을 내민다는 사실이었다. 나는 아이들을 세상에 내놓은 데 책임을 느꼈지만(그리고 지금도 여전히 느끼지만) 무엇보다 아이들의 개성에 책임감을 느껴서는 안 된다는 것을 배워가고 있었다. 아이들은 내가 아니었고, 나는 그들이 아니었다. 아이들이 나를 알아가야 하듯 나도 아이들을 알아가야 했다. 나는 그 일에 열중했고, 이 일에서도 그간 시간을 헛되이 낭비해왔다는 기분이 들었다. 맏이가 이제 거의 열 살이었으니.

그 외에, 밤과 아주 이른 아침이면 글을 썼다. 작은 수첩을 두고 글을 썼다. 수첩이 꽉 차면 새것을 집었다. 낮에는 수첩들을 매트리스 밑에 숨겨두었다. 밤에 혼자가 되면, 침실 문을 닫고 마치 갓 사귄 잘생긴 연인이라도 되는 양 그것들과 다시 만났다.

단순하고 수월한 일이었다. 나는 내가 글을 쓴다는 것을 의식조차 하지 않았다. 연필과 수첩을 들고 마음껏 흘러가게 두었다. 막다른 골목의 장의자 위에서와는 달랐다. 수첩에 횡설수설 적어놓은 글은 내 삶의 요소들을 내 마음대로 배열한 것이었다. 나는 의사와 함께 있을 때처럼 진실의 굴레에 매이지 않은 채 가고 싶은 곳으로 가고, 실제로 체험하지는 않았지만 상상했던 순간을 체험했다. 이전에 결코 느끼지 못했던 자유가 느껴졌다.

그러다 어느 날, 수첩 속 내용을 타자로 쳐서 백지에 옮기기 시작했다. 왜 그러는지 나도 알 수 없었다.

나는 학위 덕분에 얼마 전 일거리를(광고 문안을 쓰는 일이었다) 찾았다. 올바른 문장을 구사할 줄 알고, 병이 악화되기 전 몇 년간 문법을 가르쳤으니 사실 문법을 잘 알았다. 내게 글쓰기란 엄격한 문법 규칙에 따라 주어진 자료와 정보를 올바르게 단어로 옮겨 적는 일이었다. 그 방면에서 역량을 키우려면 어휘를 최대한 많이 알아야 하고 그레비스가 쓴 문법서를 줄줄 외우다시피 해야 했다. 나는 그 책을 애지중지했으며,『올바른 어법』이라는 고루한 책 제목은 그 책에 대한 내 사랑의 진지하고 적절한 측면을 보증하는 듯했다. 어릴 때『모범 소녀들』을 즐겨 읽는다고 말하던 것과 다르지 않았다. 사어의 정통 용법과 엄격하고 빡빡한 문법에 속박되지 않는 이들에게 그레비스 문법서는 자유와 환상을 향해 열린 문과, 눈짓과, 공모의 징표가 수두룩한 책이다. 그럼에도 나는 그 도피로들이 내 것은 아니라고, 작가들만을 위한 것이라고 여겼다. 책에 대해 너무도 커다란 경의, 숭배에 가까운 마음을 품고 있었기에 내가 책을 쓸 수 있으리라고는 상상할 수 없었다. 『보바리 부인』, 플라톤의 『대화』, 사르트르의 소설과 에세이, 쥘리앵 그라크의 책들, 미국과 러시아 작가들의 몇몇 책은 내 청춘과 대학 시절 밤이면 기쁨의 불꽃이 되어 타올랐다. 땀을 흘리며 게걸스럽게 탐독하고 나면 나는 찢기는 듯한 기분으로 책들을 덮었다. 책 속에 계속 머무르고만 싶었다. 그들의 힘, 자유, 아름다움, 용기에 비호를 받으며.

글을 쓴다는 사실 자체가 내게는 가당치 않은 중대한 행위 같았다. 글을 쓰겠다는 포부는 결코 품은 적이 없었다. 단 한 순간도. 펜을 쥔 내 오른손에서 결코 시도, 기록도, 일기나 이야기의 초안도 나온 적이 없었다.

내가 타자 친 문자들로 뒤덮인 종이들은 그럼 뭐였을까? 나는 알지 못했고 굳이 알려 하지도 않았다. 그저 그러한 행위가 내게 커다란 만족감을 주었을 뿐이다.

그해 크리스마스에는 북아메리카에서 돌아온 장피에르가 함께했다. 아이들에게는 축제였다. 나는 아이들의 아버지가 곁에 없어도 언제나 일상의 일부가 되도록 신경썼다. 아버지가 집에 없는 건 선원이나 해외 사업가, 탐험가 같은 직업 때문이지만 그가 돌아올 항구는 바로 우리라고. 아빠가 여기 없더라도 그건 조금도 이상한 일이 아니라고. 남들이 카우보이와 인디언 이야기를 하듯 나는 아이들에게 날마다 아빠 이야기를 들려주었다. 장피에르의 어린 시절과 젊은 시절, 그가 태어난 고장의 일화들로 이야기 목록을 꾸렸다. 북쪽, 탄광, 광부들, 이슬비와 그을음. "엄마, 얘기해주세요, 아빠가 이러이러한 말을 했을 때…… 아빠가 거기에 갔을 때…… 할아버지가 어려서 탄광에 내려갔을 때…… 아빠가 오토바이를 고쳤을 때……" 기타 등등. 그리하여 그는 우리 가족의 가장 중요한 인물이 되었다. 함께 머무르는 며칠 동안은 아이들에게 전적으로 헌신했기에 더더욱 그랬다. 그때마다 그는 온갖 인내심과 호기심, 너그러움, 창의력을 발휘했다. 아이들은 그를 숭배했고, 그걸로 충분했다. 무슨 일이 있어도 내 아이들이 나처럼 아버지 없이 어린 시절을 보내지 않도록 했다.

　　우리 둘 사이는 달랐다. 장피에르가 머무는 기간은 불편한 순간들이었다. 나의 병은, 서로 입 밖에 내지는 않았지만 우리 둘 다 극복 불가능하다 여기는 깊은 구렁을 남겼다. 오해가 너무나 깊어 그는 자신이 내 병에 어느 정도 책임이 있다고 여겼고, 그리하여 죄책감과 동시에 패배감에 휩싸였다. 내가 무엇 때문에 괴로워하는지, 무엇이 나를 괴롭히는지 스스로 말할 수 없었기에 나는 그가 내 인생을 망친다며 비난하는 경향이 있었고, 그로 인해 그의 죄책감은 더욱 확고해졌다. 사실 그것이 마침내 모든 것을 잠식할 정도로 심해진 것은 결혼하고 나서부터였다. 그것은 임신과 수유 기간, 아이 셋과 직업과 집과 남편을 둔 젊은 여자의 일상적인 고단함에서 양분을 얻었다. 내가 빠져 있던 무의식 상태에서 나는 코앞밖에 볼 수 없었고, 과거를 돌이킬 때면 내가 장피에르와 함께 살고부터 아프게 되었다는, 나를 병들게 한 것은 그라는 결론밖에 이끌어낼 수 없었다. 하지만 그러한 성찰은 각자 머릿속에서 이루어졌고, 우리는 소통하지 않고 점점 서로에게서 멀어졌다. 우리는 실패한 부부였다. 함께 치러내야 할 전투가 있었고, 겉으로는 드러나지 않았을지언정 우리는 그 전투에서 패배한 것이었다. 아이들이 넘치는 관심과 사랑의 근원이었기에, 재결합해 보내는 며칠 동안 우리는 행복한 부부처럼 보일 수 있었다.

나는 이혼이 몹시 두려웠다. 엄마의 전철을 밟아 엄마가 나를 몰아넣은 상태로 내 아이들을 똑같이 몰아갈까봐 너무나 두려웠다. 우리를 극적으로 갈라놓을 것만 같은 이혼에 비하면, 우리 사이에 가로놓인 수천 킬로미터의 거리는 아이들에게도 내게도 그리 심각하게 느껴지지 않았다. 그랬기에 아이들을 혼자 키운다는 기분은 결코 들지 않았다. 실제로는 나 혼자 아이들을 맡아 기르고, 아이들 곁에는 오직 나만 있었음에도.

장피에르가 이혼 얘기를 꺼낸 건 단 한 번뿐이었다. 아주 오래전 비정상적인 출혈이 시작되었던 시기였다. 내가 완전히 그것에 지배당한 건 그로부터 몇 달 후였다.

당시 우리는 포르투갈에 있었고 둘 다 프랑스 고등학교 교사로 일했다. 내가 셋째를 낳고 얼마 지나지 않았을 때였다. 사람들의 얼굴도 내가 살았던 곳의 풍경도 전혀 기억나지 않는다. 나는 이미 그것의 세계에 있었다. 불분명한 악몽 속에서 자동인형처럼 살아가며 설명할 수 없는 공포의 발작에 시달렸다. 아무것도 아닌 공포, 모든 것에 대한 공포. 약을 먹으면 다시금 마비 상태로, 안갯속으로 빠져들었다. 나는 정상인 척하느라 분투했다. 학교에 출근하고, 수업을 하고, 귀가하고, 아이들을 돌보고, 집안 살림을 했다. 나는 말하지 않았다. 유쾌하지도 불쾌하지도, 쉽지도 어렵지도 않았다. 시간은 더이상 존재하지 않았다. 나는 내가 겉으로 가장하는 삶을 살고 있지 않았다. 나의 내면에서 이해할 수 없는 것, 부조리한 것과 대면하고 있었다. 현실에서 날카롭게 지각할 수 있는 거라곤 내가 소외되고 남들에게서 멀어지고 있다는 느낌뿐이었다. 꼭 내가 달을 향해 아찔한 속도로 쏘아올려진, 그러나 천천히, 서투르게, 망설이듯이 떠나가는, 억지로 떼어내듯 발사된 로켓 같았다. 내가 어디론가 떨어져나가는 중이며 때가 되면 엄청난 속도로 세상 밖으로 내던져지리라는 느낌이 들었다. 남들과 같이 현실에 머물기 위해 뭐든 했고 그런 노력을 지속하며 녹초가 되었다.

큰 파티를 열기로 결심한 것도 남들처럼 보이고 싶어서였다. 딸들이 주인공이었다. 한 아이는 갓 태어났고 다른 아이는 곧 두 살이 되는 때였다. 나는 간식을 준비해 아이들을 잔뜩 초대했다. 아이들 부모들과 다른 친구들도 한잔하자고 불렀다. 지인을 모조리 불렀다. 불운을 쫓기 위한 분투와도 같은 대규모 사교모임. 나는 엄마에게 부끄럽지 않은 이상적인 젊은 여성이 될 것이며, 모든 것이 완벽하리라. 은식기는 빛나고, 식탁보는 풀을 먹여 빳빳하고, 주방에서는 맛있는 과자 냄새가 풍기고, 사방에 꽃이 있고, 집안은 광이 나리라. 장피에르와 나는 아이들에게 둘러싸여 손님을 맞이하리라. 나는 저주에서 벗어나리라. 그러한 파티를 준비하는 데 며칠이 걸렸고, 나는 전쟁이라도 난 듯 작업에 착수했다.

모든 것이 완벽하게 진행되었다. 나는 장밋빛 실크 드레스를 입었고, 차려진 음식은(전부 집에서 준비했다) 훌륭했고, 딱 필요한 만큼 절제된 호화로움과 섬세한 아름다움, 고상한 유쾌함, 소박함이 어우러진 분위기였다. 대단한 위업이요 쾌거였다. 나는 제 계급적 전통의 영속을 위해 전력으로 헌신하는 경이로운 젊은 여성들 중 하나였다.

마지막 손님을 보내고 문을 닫자마자 나는 무너져내렸다. 더는 견딜 수 없었다. 평생 그렇게 지독한 고난은 처음이었다! 견뎌내고, 미소를 잃지 않고, 손님들이 즐기는지 신경쓰느라 그동안 받은 교육을 몽땅 동원해야 했다. 장피에르가 오지 않은 탓이었다. 그의 부재가 파티를 은근히 망쳐놓았다. 아침에 학교에 출근한 뒤로 그는 모습을 보이지 않았다. 그는 어디 있느냐는 사람들의 물음에 처음에 나는 자신 있게 곧 도착할 거라고 대답했다. 나중에 손님들은 더이상 묻지 않았고, 예정보다 이른 시간에 돌아갔다.

파티로 난장판이 된 집 꼴은 내 정신상태와 똑같았다. 나는 무질서에서 벗어나기를 원했으나, 반대로 더 심한 무질서에 놓여 있었다.

장피에르는 늦게야 돌아왔다. 나는 그가 문을 열고, 계단을 올라 곧장 우리 침실로 향하는 소리를 들었다. 집이 넓으니 그는 대립을 피하기 위해 다른 방에 가서 잘 수도 있었을 테고, 나도 그를 찾아가지 않았을 것이다. 그러나 그는 침대 발치에 서 있었다. 나를 쳐다보고 있었다. 펑펑 운 내 모습을 보았다. 그는 말이 없었다. 그저 이불 밑에 웅크린 내 몸을 눈으로 훑을 뿐이었다. 아마도 피를 상상했을 것이다. 이미 출혈 때문에 시내의 모든 의사를 만나본 후였다. 누더기 같은 꼴. 그의 눈에는 경멸과 넌더리와 짜증이 담겨 있었다.

"맨날 아픈 당신을 보는 것도 지겨워. 끝없이 불평만 늘어놓는 것도 그렇고."

"오늘 내가 파티를 열었는데……"

"파티라고! 잔뜩 빼입은 얼간이들끼리 퍼먹고 마시는 잔치!"

"대사님이 집이 참 아름답고, 아이들이 무척 예쁘다고 하셨어…… 당신이 없어서 놀라셨어……"

"대사 따위 알 게 뭐야! 그거 알아? 전부 내 알 바 아냐. 난 이혼하고 싶어. 모두 놓아버리고 싶다고. 지긋지긋해. 난 당신을 행복하게 해줄 수 없고, 당신은 날 행복하게 해줄 수 없어. 난 젊어, 당신이랑 죽을 때까지 살고 싶진 않아. 벗어나고 싶어. 이혼하고 싶어."

"아니, 이혼은 안 돼!"

나는 무서웠다. 그렇게 안정적이고 차분하고 이성적인 그가 한계에 달한 것이, 끝장낼 각오를 한 것이 느껴졌다. 그리고 그와 갈라선다는 건 나에게 상상조차 할 수 없는 일이었다. 나는 더이상 그의 아내라 할 수도 없고, 그가 내 친구도 아니었지만, 그럼에도 이혼할 수 없었다. 뭔가 강력한 것이 나를 그의 곁에 남아 있으라고, 그를 붙잡으라고 부추겼다.

그는 자신을 향한 이 설명할 수 없는 격정을 느끼고 마음이 움직인 듯했다. 그는 침대 위에, 램프 불빛이 비치는 곳에 앉았다. 한동안 아무 말이 없었다. 매우 짙게 그을린 그의 팔에 바닷물이 마르며 피부에 남긴 하얀 얼룩이 있었다. 속눈썹에 매달린 소금 결정들이 아름답고 맑은 눈 둘레에 가벼운 왕관 모양을 만들었다.

"하루종일 바닷가에 있었어?"

"응."

"모래언덕에?"

"응."

"여자랑 같이?"

"그래…… 살아 있는 여자, 날 사랑하는 여자랑."

질투가 치밀고 슬픔이 솟구쳤다. 그의 눈에 비친 나의 눈은 고통의 호수였을 것이다.

그는 내가 그 여자 때문에 상처 입었을 거라 여겼다. 하지만 아니었다. 나를 괴롭히는 건 그가 파도 속에 들어가고, 자유로이 헤엄치고, 햇볕에 몸을 말리고, 맨발로 모래를 밟으면서 느꼈을 즐거움에 대한 상상이었다. 그에게 바다, 해변, 따뜻한 바람, 물속에 들어가 몸을 맡기고 떠가는 자유를 알려준 것은 나였다. 추운 지방 출신인 그에게 태양은 운동장이었고, 더운 지방 출신인 나에게 태양은 관능의 영역이었다.

장피에르가 파도 속에 있는 장면이 내 머리를 폭발시켰다. 내게 그건 남들과 나 사이에 벌어진 거리를 다른 무엇보다 분명하게 드러내는 상징이었다. 나는 더이상 수영을 할 수도, 젖은 모래 위를 달릴 수도 없었다. 나는 불구자였고, 그는 나를 아이들 곁에 홀로 놔두어선 안 됐다.

물에 젖어 온통 번들거리는 그의 몸은 내 몸과 잔혹한 대조를 이루었다. 무겁고, 방치되고, 후줄근하고, 가슴은 젖이 차 부풀어오르고, 배는 변형된 나의 몸.

"그래, 이혼은 그만두자."

우리는 이혼하지 않았지만 그는 내게서 아주 멀리 떨어진 근무지 발령을 수락했다.

그는 내가 정신분석을 받는다는 것을 알고 있었고, 나아진 내 모습을 보며 기뻐했다. 하지만 그가 곁에 있으면 나는 그에게 말을 걸기가 거북했다. 서로 떨어져 산 지가 너무나 오래되었다! 감춰온 기만과 서로 털어놓지 않은 행동들이 너무도 많았다! 신뢰와 솔직함의 길을 되찾기란 불가능했다.

하지만 이번에는, 그가 집에 도착한 다음날 아침 그에게 말했다.

"있잖아, 얼마 전부터 밤에 글을 써."

"뭘 쓰는데?"

"모르겠어. 몇 페이지나 연달아 써."

"내가 읽어볼까?"

"그러고 싶다면…… 왜 이 말을 꺼냈는지 모르겠네."

"보여줘봐."

나는 매트리스 밑에서 종이를 꺼냈다.

"숨겨두는 거야? 왜?"

"모르겠어. 딱히 숨기는 건 아닌데."

"줘봐."

나는 '고급 주택'을 표방하는 교외의 작은 건물에 살았다. 내 침실은 하얀 콘크리트로 된 입방체로, 책과 서류가 가득한 붙박이 선반이 달리고 바닥에는 매트리스가 깔려 있었다. 창밖으로는 나무 한 그루와 하늘이 내다보였다. 덕분에 프랑스의 사계절을 볼 수 있었다. 나는 유럽의 자연이 미묘하게, 주춤주춤 변하는 과정을 흥미롭게 지켜보았다. 8월 중순부터 고개를 쳐드는 가을, 2월 중순부터 앙상한 나뭇가지들을 재촉하는 봄. 내 고향에서 계절들은 며칠 만에 자리를 잡았고, 만개했다.

집은 조용했고, 아이들은 밖에서 놀고 있었다. 장피에르는 내 글을 읽으려고 한쪽에 자리를 잡아 벽에 베개를 괴고 시트를 등뒤로 끌어당겼다. 나는 그 옆에서 잠을 청했다.

의사 앞에서처럼 등을 대고 똑바로 누워 눈을 감고 있자니 내가 쓴 글에 대해 처음으로 생각해보게 되었다…… 사실은 그에게 읽어보라고 주지 말았어야 했는데…… 당황스러운 기억 하나가 의식에 떠올라, 왜 나를 괴롭히는지 꼬집어 말할 수도 없이 머릿속을 휘저으며 왔다갔다했다.

몇 달 전 어느 낙농 협동조합의 광고 문안을 작성할 일이 있었다. 사무실에서 그 협동조합의 조합장을 만났는데, 그는 편집팀 전원 앞에서 이렇게 선언했다.

"직접 공장에 오셔서 견학하시는 것이 제일 좋습니다. 제가 가져온 자료들보다 확실한 설명이 될 테니까요."

다들 그게 최선의 방법이라고 여겼기에 나로서는 승낙할 수밖에 없었다. 그들은 그게 내게 어떤 의미인지 몰랐다! 내가 어떤 미궁 속에 사는지 그들은 알지 못했다. 당시는 내가 가까스로 의사에게 다시 말을 하고 내 결점들을 발견하기 시작하던 시기였다. 공포가 여전히 때때로 나를 뒤쫓았다. 그런데 그 공장은 파리 북쪽 먼 교외에 있었다. 거대한 현대식 건축 단지들이 하늘 높이 솟은 그 비참하고 슬픈 지역을 나 혼자 가로질러갈 수 있을까? 게다가 나는 우유 그 자체, 그 냄새와 맛이, 보기만 해도 질색이었다. 그들에게 말할 수는 없었다. 그것이 나를 붙들고, 나를 뛰게 하고, 땀 흘리게 하고. 헐떡이게 할 위험이 있다는 말은 더더욱 할 수 없었다. 그럼에도 거절할 수가 없었다. 일은 내가 안정을 유지하는 데 중대한 요소였다. 일이 없다면 어떻게 살아가며 의사에게 상담료를 내겠는가?

나는 공장에 갔고 일은 아주 잘 풀렸다. 공포를 극복한 것이 너무나 기뻐서 열정에 사로잡혀 공장을(U자 형태였다) 사람에 비유하는 내용의 글을 썼다. 탱크트럭들을 삼키고, 그것들을 요거트와 케피르, 팩과 병우유로 기적처럼 변신시키는 일종의 마법사라고…… 전에는 그렇게 환상적인 투의 글을 작성한 적이 단 한 번도 없었다…… 이래도 될까? 데스크에 제출하기에 앞서 나는 가장 지적이고, 가장 재미있고 수완도 좋다고 생각하던 편집자 중 한 사람에게 그 글을 보여주었다.

"낙농 협동조합 광고 문안을 썼어요. 괜찮은지 어떤지 모르겠는데, 한번 봐주실 수 있을까요?"

그는 주의깊게 읽더니 조롱 섞인 표정으로 나를 보았다.

"이런, 이번에는 장 코가 되셨나요?"

"장 코가 누구죠?"

"자기가 생각할 줄 안다고 여기는 얼간이죠."

"그러니까 별로라는 말씀이군요."

"흠! 그래도 그런 대로 괜찮아요. 제출하세요, 통과될 겁니다."

얼마 후 장 코가 공쿠르상을 수상한 작가라는 걸 알게 되었고, 그날 밤 집에 돌아와 내 수첩 속 글들을 타자를 쳐 정리하기 시작했다.

간간이 미동이 없어 잠들었나 싶은 순간이 있었지만, 아니었다. 이윽고 그는 페이지를 넘기곤 했다. 어디를 읽고 있는지 몹시 궁금한데도 차마 움직일 용기가 나지 않아 나는 계속 잠든 척했다.

그랬다, 수첩에 아무렇게나 휘갈기던 글에 형식을 부여하기 시작한 건 장 코가 작가라는 사실을 알게 된 날부터였다. 나 자신을 작가라고 여겼던 걸까? 스스로 작가라고 생각했었나? 그럴 리가, 내게는 있을 수 없는 일이다. 작가라니, 내가? 서툴게나마 내가 글을 쓴다고? 말도 안 되는 소리! 머릿속에 또다시 분석 결과가 떠올랐다. 상태가 아주 좋아져서 스스로에게 뭐든 허용하게 된 것이리라.

건물의 겨울 난방이 너무 강해서 이불을 덮고 있기 힘들었다. 우리, 장피에르와 나는 흰 시트를 덮고 매트리스 위에 누워 있었다. 장피에르는 편히 읽느라 옆으로 돌아눕고, 나는 반듯이 누워 잠을 기다렸다. 먼저 바깥의 회색과 흰색 하늘 위로 흔들리는 헐벗은 나뭇가지를 물끄러미 바라보다가 눈을 감자, 우리 두 사람의 침묵과 미동도 없는 몸이 한층 더 뚜렷이 자각되었다. 이따금 그가 종이를 한 장 넘기고 다음 장을 드는 소리가 들렸다. 그 두 번의 팔랑임 뿐, 방안에 다른 소리나 움직임은 전혀 없었다.

내 글이 조금이라도 흥미롭다면 그가 표현할 테고, 뭐라고 한마디라도 덧붙이겠지. 장피에르가 말없고, 대단히 신중하고, 야단스레 표현하기를 좋아하지 않는 사람이라는 건 잘 알지만, 그래도……! 그래, 이렇게나 아무 말이 없다는 건 마음에 들지 않는다는 뜻일 거야…… 어쩔 수 없지, 심각한 일이 아니었다.

나는 눈을 뜨고 발끝에서 턱까지 이어진, 한가운데가 살짝 들어가 배에 닿아 있는 침대 시트를 본다. 고동친다. 시트가 고동치며 보일락 말락, 그러나 규칙적이고 빠르게 진동한다. 내 심장박동에 맞춰 고동친다…… 장피에르가 그 글을 읽는다는 건 중요하다…… 나는 내 글이 중요하다는 것을, 글 속에 내 정신의 근본적인 도약이 담겨 있음을 깨닫는다…… 내 인생을 통틀어 내가 한 가장 중요한 일이라고까지 할 수 있다……

글을 쓴다는, 종이에 이야기를 풀어놓는다는 행동에 앞서 깊이 생각하고 멈췄어야 했다. 그 말을 의사에게 했어야 했다. 우리가 하는 행동 중 우연히 이루어지는 것은 없음을, 특히 그런 글쓰기 같은 일은 더욱 그러하단 걸 그 무렵에 알아채기 시작했었을 것이다…… 그런데 그 글을 장피에르에게 내주다니, 자신이 읽는 글을 대단한 지성과 직관으로 분석하고, 프랑스어에 대한(문법 교수 자격이 있으니까) 너무도 깊은, 애정에 가까운 지식을 갖춘 그에게! 미친 짓이었다! 내가 내 글을 불사르고 파괴하는 거나 다름없었다. 그것도 그게 내게 얼마나 중요한지 깨달은 순간에.

장피에르는 평소 나를 아프고 허약한 사람, 충격을 감당할 수 없는 나이든 아이, 뭐든지 있는 그대로 다 말해버려서는 안 되는 사람을 대하듯 했다. 자신의 생각을 부드럽게 표현하기 위해, 그는 보통 때라면 내게 건넸을 악평보다 오히려 내게 더 큰 상처를 줄 말을 택할 터였다. 그는 내가 어떻게 변했는지 몰랐다. 나는 그에게 말하지 않았고, 너무나 못 만났으니…… 이제, 우스꽝스러운 가식이 담겨 있음을 방금 전에야 깨달은 그 원고들 때문에, 그에게 다시 다가갈 마지막 기회를 잃게 된 것이다. 모든 것이 엉망이 되리라. 그는 나를 이해하지 못하고, 나를 믿지 못할 터였다.

그가 조금 움직였다. 한참이나 뜸을 들이다가 내 쪽으로 돌아누웠다. 차마 그를 볼 수 없었기에 나는 여전히 잠든 척했다. 그러다 마침내 나도 그를 향해 돌아누웠다. 그의 눈에 눈물이 가득했다! 울다니, 그가, 장피에르가, 하지만 어째서? 내게 상처를 주고 싶지 않아서? 나를 가엾게 여겨서?

그는 강렬하게 나를 바라보았다. 그 시선에는 다정함과 놀라움이, 그리고 마치 모르는 사람을 바라볼 때와 같은 조심스러움도 담겨 있다. 이윽고 그가 손을 뻗어 내 어깨를 부드럽게 감쌌다.

"잘 썼어, 굉장해, 그럴듯한 책 한 권이네. 그것도 아주 훌륭한 책을 썼어."

눈물 두 방울이 그의 눈꺼풀에서 넘쳐나 뺨으로 흘러내렸다. 뜬금없지만, 귀한 눈물이.

아름다운 눈, 아름다운 눈물! 아름다운 푸른색, 아름다운 녹색, 아름다운 금빛! 드디어! 드디어!

행복이란 존재한다! 나는 알고 있었다, 언제나 알고 있었다! 확실하고, 단순하고, 충만한 행복. 내 한복판에 마련해둔 커다란 공간에 단숨에 자리잡은 행복. 너무나 오랜 세월 끝에. 서른 해 이상을 기다린 끝에.

그가 내게 다가붙었다. 한쪽 팔을 내 목 아래 오목한 틈에 미끄러뜨리듯 찔러넣었다.

"당신 참 많이 달라졌어. 두려울 정도야, 당신은 누구지?"

너무나 벅차 할말을 찾을 수 없었다. 나는 어두운 눈동자로, 그의 눈이 맑은 만큼이나 어두운 눈동자로, 사랑하고 사랑받기를 원했다고, 웃고 구축되기를 원했다고, 새로운 사람이 되었다고 말했다.

그는 나를 끌어안았다. 내 눈꺼풀에, 이마에, 콧방울에, 입술 가장자리에, 귓가에 입을 맞추었다. 그의 탄탄한 배와 근육질 다리가 느껴졌다.

"있지, 뭐에 홀렸는지 모르겠지만, 난 이 글을 쓴 여자와 사랑에 빠졌어."

이리 와, 서로를 바라보자, 내게서 눈을 떼지 마. 우리는 파도 속으로 들어갈 거야. 당신이 다치지 않을, 마음 가는 대로 해도 좋은 하얀 모랫길을 알아. 기억해, 내 다정한, 내 멋진 사랑, 바다는 두려워하지 않으면 근사하다는 것을. 바다는 당신을 핥고, 어루만지고, 실어가고, 흔들어줄 뿐이고, 그대로 몸을 맡기면 당신을 한층 기쁘게 해줄 거야. 그러지 않으면 두려워질 거야.

물거품에 매달려봐. 발밑에서 파도와 함께 휩쓸려가는 모래가 느껴져? 같이 휩쓸려가봐! 이제 물살에 등을 맡겨봐. 홀쩍, 재주넘기! 물속 깊이 뛰어들고, 뛰어들어봐! 물이 당신을 치대고 안마하도록.

파도가 지나가면 우리는 헤엄쳐 먼바다로 나갈 거야. 부탁할게, 내게서 눈을 떼지 마.

"자기가 쓴 문장들 중에는 너무나 아름다운, 그걸 쓴 사람에 대해 알지 못하기에 내 마음을 뒤흔드는 구절들이 있어. 그런데 그 글을 쓴 건 당신이지."

조용히, 아무 말 하지 마. 바다는 우리가 저를 두고 한눈파는 걸 좋아하지 않아. 수영하자. 팔과 다리를 뻗어. 어깨와 허리를 풀고, 팔다리로 물을 휘저어, 규칙적으로, 천천히, 자유롭게. 돌고래가 된 기분 느껴져? 물이 몸을 따라 부드럽게 스쳐가는 게 느껴져?

피곤해지면 당신은 하늘을 보며 눕고, 우리는 바다에서 잠들며 햇볕에 타지 않도록 눈을 감겠지. 그렇게 잠시 있을 거야, 눈꺼풀의 붉은빛 투명함 속에서, 가슴이 서늘하고 폭신한 유모에게 안기듯 물에 안긴 채.

그런 다음 허리를 크게 놀려 깊이 잠수할 거야, 해초들이 매끄럽고 긴 손가락으로 우리의 배와 허벅지를, 얼굴과 가슴, 등을 애무할 거야, 숨이 차 견딜 수 없을 때까지.

그러면 우리는 수은 쟁반 같은 수면으로 부드럽게 올라갈 거야. 팔과 다리와 입술에서는 기쁨의 거품이 우리보다 더 빨리 방울방울 솟구쳐 바위들과 해변과 하늘에 알리겠지, 우리가 나타날 거라고.

그날부터 장피에르와 나는 한덩어리가 되기 시작했다. 우리는 서로의 차이점을 흡수했다. 서로의 인생을 대면시키면서 결코 비판하지 않으며 최고의 부분만을 나누었다. 만날 때마다 우리는 잡다한 전리품을 짊어졌고, 함께 그 상세한 목록을 작성했다. 우리 두 존재의 결합은 가치를 헤아릴 수 없는 보물이었고, 아무리 먹어도 또 먹고 싶은 감미로운 진수성찬이었다.

그처럼 내 글의 처음 몇 장에는 적어도 우리의 첫 대화를, 우리가 모든 것을 늘어놓고, 우리의 욕망과 우리의 난관과 우리의 꿈에 대해 서로 나누던 대화를 불러냈다는 장점이 있었다. 처음 대화의 주제는 내가 받은 정신분석으로 인해 온통 내가 발견해낸 사실들뿐이었다. 나의 변화가 너무나 엄청났기에 장피에르는 거기 매료되었다. 차차 그 역시 변화하기 시작했다. 우리가 각자 이루어낸 새로운 발견들이, 크고 튼튼하고 빠르게 돌아가는 우리 풍차의 쉼없는 동력이 되었다.

첫 원고를 완성한 나는 출간 제의를 해온 출판사에 원고를 가져갔다. 그리고 엿새 뒤 첫 계약서에 서명했다. 책의 세계와 연관이 깊은 대단히 정중하고 유명한 노신사와 함께였다. 그는 내 원고에 대해, 내 글의 장점에 대해 몹시 진지하게 이야기했다. 정신을 차릴 수가 없었다. 눈으로 보고 귀로 들으면서도 도저히 믿기지 않았다. 감히 그를 쳐다볼 수조차 없었다. 자신이 미친 여자를 상대하고 있다는 걸 그가 알았다면! 나는 그녀에 대한 생각을 떨칠 수 없었다. 그리 오래지 않은 과거에 보았던 그녀의 모습이 떠올랐다. 알몸으로 자신이 흘린 피 위에 주저앉아 밤이면 욕실 비데와 욕조 사이에 웅크린 채, 덜덜 떨고 땀을 흘리고 공포에 질리던, 살아갈 수 없었던 그녀의 모습이.

내가 거기서 널 꺼냈어, 친구, 널 거기서 끄집어냈어!

기적이자 동화, 또 마법 같았다. 내 인생은 송두리째 달라졌다. 나는 스스로를 표현하는 방법만이 아니라 나를 가족과 환경으로부터 벗어나게 해주는 길을 홀로 발견했고, 그리하여 나만의 고유한 세계를 구축할 수 있었다.

14

미친 여인을 알던 이들은 오래전 그녀를 잊었고, 장피에르조차 그녀를 잊었다. 책은 그 가련한 여인을 가을 낙엽의 무게에 지나지 않는 듯 쓸어버렸다. 오직 의사와 나, 우리만 그녀가 여전히 내 머리 한구석에 존재한다는 것을 알았다. 때때로 그녀는 이해할 수 없는 방식으로 동요해 내 고개를 움츠리게 했고, 주먹을 쥐게 했고, 겨드랑이에서 냄새 고약한 땀이 솟게 했다. 그녀의 힘은 대체 무엇일까? 무엇이 아직도 그녀를 깨우는 걸까? 이 불안과 압박감은 어디로부터 오는 것일까?

나는 일주일에 두 번만 막다른 골목에 갔다. 어느 아침, 거기 가지 않고도 나흘이라는 긴 시간을 버틸 수 있으리라는 기분이 들었던 것이다. 그래서 의사와 나는 합의하에 횟수를 줄이기로 했다.

나는 내 한계를 알아가기 시작했고 그 안에서 자유롭게 살 수 있었다. 영토가 광활해서 점유하려면 평생으로도 부족할 것이 틀림없었다. 그렇지만 여전히 흐릿한 지대, 내가 좀처럼 다가갈 수 없는 신비로운 경계 너머, 나로서는 접근할 길을 알 수 없는 지대가 있었다. 내가 살아가는 영역만도 충분히 넓은데 무엇 하러 거기에 가겠는가? 더 많이는 필요 없었다.

내 첫 책은 반응이 좋았다. 그 덕에 여러 신문사에서 칼럼과 단편소설을 청탁해왔고, 나는 어느 잡지의 피처 기사도 맡게 되었다. 함께 일하는 사람들은 나를 믿음직하고 유능한 인물로 보았는데, 아닌 게 아니라 나는 믿음직하고 유능했다. 나는 새로 얻은 안정감을 아낌없이 발휘했다. 정신분석으로 얻은 그 기반은 완벽했고, 내게 아주 잘 어울렸다. 나는 나 자신과의 일치를, 인생의 편안함을 느꼈다. 내 성격에 대해 배운 모든 것을 수월하게 활용했다. 예견했던 대로 폭력성이 내게 심술을 부려 몇 차례 거친 로데오를 겪게 했다. 폭력성은 내 팔과 허벅지 사이에서 난동을 부렸고, 격한 소란을 부리며 나를 끌고 갔다. 멱살을 잡혀 끌려가는 느낌이 들

때부터 나는 생각했다. '또 시작이군. 폭력성을 억압하고 울기 시작하는 건 안 될 일이지. 아니야, 지나가도록 놔두고 극복하자.' 폭력성이란 나를 살인, 파괴에 이르게 할 수 있고, 피를 흘리고, 폭발하고, 터져버리게 만들 수 있는 위험하고 고약한 것이었다. 나는 창백해지는 것을 느꼈고, 스스로를 맨주먹으로 때리고, 목 조르고, 패고 싶었다. 폭력성을 한 방향으로 유도하기 위해 타인에 대한, 그게 누가 됐든 모든 타인에 대한 존중을 익혀야 했으며, 나 자신에 대한 존중을 익혀야 했다. 나는 책임감 있는 사람이 되었다.

하지만 나는 내 정신분석이 아직 끝나지 않았음을 알았다. 나라는 땅의 지형도에 뭔가 밝혀지지 않은 부분이 있었고, 내 성격의 지도에는 백색 지대, 숨겨진 미지의 영역이 있었다. 일주일에 두 차례 의사를 만나러 가기 때문에 이 균형이 잘 유지된다는 사실을 나는 자각하고 있었다. 그러나 정작 막다른 골목에 가면 아무 일도 일어나지 않았고, 닫힌 눈꺼풀 뒤로는 다시금 모호하고 결코 그 끝에 닿을 수 없을 것만 같은 잿빛의 단조롭고 넓은 사막이 펼쳐졌다.

그 시기에 나는 꿈을 많이 꾸기 시작했다. 눈물을 되찾아 행복했듯이, 꿈꾸는 삶을 되찾아 기뻤다. 아픈 동안에는 꿈을 꾸지 않았고, 꿈에 대한 기억은 물론 꿈을 꾸었다는 느낌조차 없었다. 나의 잠은 파괴할 수 없는 입방체요, 어두운 화면이었다. 그 위에 투영된 옛 꿈들을 통해 정신분석이 시작된 것이었다. 기사에 대한 꿈과 더불어 그만큼 오래된 다른 꿈이 있었는데, 내가 처음에는 즐거워하다가 나중에는 공포에 젖어 점점 더 높이 튀어오르는 꿈이었다. 도저히 멈출 수 없었고, 매번 튀어오를 때마다 땅과 나 사이의 거리는 멀어져만 갔다……

전반적으로, 정신분석 덕분에 나는 내 꿈을 이해하게 되었다. 꿈은 내 마음속에서 가장 무거운 긴장을 파악하는 데 도움이 되었다. 또한 꿈은 정신분석에 대한 신뢰를 다시 한번 공고히 해주었다. 꿈의 체계적인 연구가 대단히 유익했기에 나는 인간의 이토록 중요한 활동이 의학적으로 이토록 적게 다뤄지는 이유가 궁금해질 정도였다. 우리가 영양을 섭취하고, 걷고, 숨쉬는 방식에 대해서는 수천 가지 질문을 던지면서 우리가 꿈을 꾸는지, 무엇에 대해 꿈꾸는지에 대해서는 단 하나의 질문도 없는 이유가 무엇일까? 마치 사람의 일상 중 일고여덟 시간이 아무런 의미도 없다는 듯이. 수면이 비존재 상태라는 듯이. 하지만 잠자는 이의 눈은 꿈꾸는 동안 움직이고, 육체도 움직이며, 이따금 격렬한 두뇌활동을 보이기도 한다. 거기서 일어나는 일이 왜 무시당해야 하는가?

나는 움직임 없이 잠을 잤으나, 활동적인 잠을 자게 되었다. 나는 내 꿈을 한아름씩 막다른 골목으로 가져갔다. 내 모든 꿈을, 거의 모든 꿈을 스스로 밝혀낼 수 있었지만, 그래도 의사 앞에서 내가 원활히 기능한다는 것을 자랑하고 싶었다. 남들에게 당연하게 여겨지는 일이 내게는 놀라웠고, 의사만이 내 새로운 하루하루의 막대한 가치를 제대로 알아줄 수 있었다. 장의자에 누워 있으면 어린 시절 시장 이곳저곳에 자리를 펴던 아랍 상인들이 떠올랐다. 그들은 쭈그리고 앉아 간두라의 주름 틈에서 헝겊 한 뭉치를 꺼내 앞에 펼쳐놓았다. 안에 녹슨 바늘과 핀, 휜 못, 철사 조각, 낡은 나사못, 짝이 맞지 않는 볼트와 너트, 납 배관 토막 따위를 싸둔 커다란 격자무늬 손수건이었다. 주인은 능숙한 동작으로 그 고철들을 작은 무더기로 쌓은 뒤 담배 한 대를 말아 들쭉날쭉 움직이는 유칼립투스 그늘이나, 플라타너스가 드리운 짙은 그늘 아래서 평화롭게 기다리기 시작했다. 낮 동안 햇빛과 먼지 속에 바글거리는 시끄러운 구매자들 무리에서 떨어져나온 고객들이 그쪽으로 왔다가 그 더러운 손수건 속에서 낡은 연장이나 오래된 귀중품을 수리하거나 재조립하는 데 꼭 필요한 '바로 그' 나사, '바로 그' 볼트를, 어디서도 찾을 수 없는 유일한 조각을 발견할 수도 있다는 것을 그는 알았다. 게다가 덤으로, 기쁨을 더하기 위해, 휜 바늘이나 무뎌진 옷핀 두어 개를 사갈 수도 있었다. 상인은 겉보기와 달리 자신의 손수건에 경이로운 보물들이 담겨 있다는 것을 알았으며, 그렇기에 그토록 침착할 수 있었다.

꼭 그처럼 나는 의사에게 가서 내 꿈의 잡다한 재료를 펼쳐놓았다. 말과 이미지를 한데 모아 작은 무더기를 이루어 '개' '관' '냉장고' 같은 단어에 결부시켰다. 내가 평소 습관적으로 사용하는 어휘에서 우리, 의사와 내가 분리해낸 그 키워드로, 그것들은 나 자신의 한 측면 전체를 지칭하는 데 쓰였고, 때로 그 측면은 굉장히 넓었다. 내 꿈의 해석은 그러므로 그와 나에게만 의미가 있었다. '관'은 엄마의 낙태 시도에, '개'는 판단의 대상이 되고 버림받는다는 두려움에, '냉장고'는 혼란과 무의식에 결부되었다. 우리는 서로를 매우 잘 이해했고 그게 핵심이었다.

분석 과정 내내(그리고 지금도 여전히) 나는 의식과 무의식 사이에서 행해지는 놀라운 작업에 경탄을 금치 못했다. 지칠 줄 모르는 꿀벌들. 무의식이 삶의 가장 깊은 곳으로 내 고유한 보물들을 찾으러 가서 내 수면睡眠의 제방에 그것들을 쌓아놓으면, 의식은 다른 편 제방에서 새로운 것을 검사하고 평가해 내가 알아차리거나 버리게 한다. 그리하여 이따금 이해하기 쉽고 단순하고 분명한 진실이 내 현실 속에 터져나오지만, 그 진실은 내가 받아들일 준비가 되어 있을 때만 나타났다. 나의 무의식은 오래전부터 여기저기서 제 존재를 의식에 알리며 토양을 준비해온 터였다. 내가 주의를 기울이지 않던 말, 이미지, 꿈을 통해서. 새로운 진실을 받아들일 만큼 성숙해진 내가 단숨에 무의식을 향해 갈 수 있게 된 날까지. 내 폭력성에 대한 발견도 그렇게 이루어져, 나는 그것을 감당할 수 있게 되고야 볼 수 있었다.

꿈을 분석하는 법을 익힌 그 시기의 끝 무렵에, 나는 해석할 수 없는 꿈을 꾸었고 그 꿈 덕분에 분석이 진척되리라는 느낌이 들었다.

꿈의 대부분은 실제 겪었던 순간의 재경험이었다. 나는 프로방스 지방의 루르마랭에서 가장 친한 친구인 앙드레와 그의 아내 바르바라와 며칠을 보내고 있었다. 나는 스물한 살이었고, 그들은 나보다 조금 나이가 위였다. 그들과 나의 관계는 인간과 인간 사이의 유대 가운데서도 최고의 유대, 감탄과 따스함과 명랑함과 다정함과 존중으로 이뤄져 있었다. 앙드레는 화가였는데, 그의 손끝에서 만들어지는 작품이 내 마음에 들었고 나를 사로잡았다. 그의 작업을 지켜보면서 나는 대칭적이지 않은 것, 정통을 벗어난 것, 고전적이지 않은 것의 아름다움을 배웠다. 전에는 엄마와 학교 선생들을 통해 우리 문화의 걸작들이 얼마나 훌륭한지만 배웠다. 현대 회화는 거기 속하지 않았다. "피카소는 미치광이고 그를 숭배하는 이들은 속물이야." 얘기 끝. 그러다 앙드레가 자신의 연구와 작업을 통해 내게 문을 열어준 세계와 그 황홀함을 비밀스레 알아낸 것이다. 나는 구성, 입체감, 특히 소재의 중요성을 배웠다. 그가 거리나 들판 어디에서든 나무나 종이나 금속 조각, 자갈, 체리 씨앗, 끈이나 병마개 따위를 주워, 내게는 쓰레기에 지나지 않는 그 폐물들을 소중히 간직하는 걸 보았다. 그는 그것들로 작업실과 집을 장식하거나 작품에 엮어넣었다. 그의 아내 바르바라는 그가 물건을 찾아내 가져올 때마다 감탄해 소리쳤다. 슬라브계인 그녀는 r 발음을 할 때 혀를 굴렸다. "앙드레, 정말 아름다워!" 그녀는 아이들을 불러 함께 감탄했다. 내 눈앞에서 쓰레기는 보물이 되었고, 진정 보물이었다. 하지만 그 집에서 나오는 순간 도로 쓰레기로 변했다. 나는 내 계급의 올바른 태도인 고상한 취향과 순응주의에서 홀로 벗어날 수 없었다.

그래서 루르마랭으로 그들을 만나러 가며 나는 그들과 함께 보내는 이번 휴가를 가족으로부터의 독립과 대담한 행위를 표방하는 중대한 이정표로 여겼다. 우리는 텐트에서 잤고, 돈 한푼 없었다. 보헤미안이라고나 할까! 어느 날 앙드레가 내게 산책을 가자고 했다. 뤼베롱에서 발견한 비둘기장에 가자는 것이었다. 나는 그의 낡은 고물 오토바이 뒤에 올라탔고(내 꿈속 기사의 말에 올라타고 싶어했던 것처럼), 우리는 길을 떠났다.

오토바이를 타면 천천히 가고 있어도 늘 빨리 달리는 느낌이 든다. 우리는 철갑선의 뱃머리가 대서양을 가르듯 하늘을 갈랐다. 한여름 햇빛이 산을 붉게 물들일 시간이면, 프로방스의 공기는 식물 내음과 매미 소리로 가득하다. 우리는 깊지 않은 정글 속을 나아가듯 전속력으로 그 속을 뚫고 달렸다. 백리향 덩굴을 스치고, 제라늄 잎사귀를 가르고, 소음으로 로즈마리에 앉은 앵무새들을 쫓고, 난초에서 메뚜기들을 튀어오르게 하면서. 내가 그 고장을 얼마나 사랑했는지!

여정의 끝에 나타난 헐벗은 언덕 꼭대기에는 폐허가 된 높은 건물이 마구잡이로 뒤엉킨 무화과나무와 가시덤불에 거의 다 가려진 채 서 있었다. 우리는 메마른 흙덩이를 밟으며 거기까지 올라갔다. 앙드레는 말이 없었다. 그는 평소 말을 많이 늘어놓는 편이 아니었다. 눈과 손으로 더 많이 표현했다. 하지만 그도 나만큼 주변 광경을 좋아한다는 것이 느껴졌다. 첩첩이 겹쳐진 이 고장의 하얀 언덕들, 날아다니며 잿빛 반점을 만들어내는 메뚜기들, 빛에 잠식된 푸른 하늘, 석양을 받아 불그레한 작은 구름들. 세상은 아름다웠다!

　폐허가 된 건물은 매우 높은 탑으로, 돌로 쌓은 원기둥 모양이었다. 아래쪽에 달린 작은 문이 유일한 출입구였는데 우리는 그 앞에 서 있었다. 길을 아는 앙드레가 즉시 입구를 찾아내 먼저 탑 안으로 들어갔다. 그는 문을 열어두었고, 나는 청바지에 달라붙은 가시덤불을 떼어내며 탑 바닥에 돋은 상큼한 녹색 풀을 보았다. 장밋빛과 푸른색 반점이 점점이 박힌 매혹적인 키 작은 식물로, 보티첼리의 〈수태고지〉 속 천사의 발치에 난 풀과 비슷했다. 여전히 나를 둘러싼 메마르고 황량한 아름다움 속의 그 어여쁨은 놀라웠다. 지긋지긋한 가시덤불을 떨쳐내려 애쓰면서 나는 생각했다. '새의 배설물 때문에 이곳 흙이 비옥한가봐.'

　마침내 안으로 들어선 순간, 그곳의 아름다움이 마법을 건 듯 나를 사로잡았다. 탑은 지붕 없이 땅에서 위로 곧장 이어져 하늘을 거의 완벽한 원 모양으로 도려내고 있었다. 내벽에는 푸른색과 노란색 타일로 된 깊고 우묵한 공간이 한 줄은 푸르고 한 줄은 노란색으로 칸칸이 엇갈리게 파여 있었는데, 새들이 둥지를 트는 곳이었다. 땅에 돋은 식물들의 사랑스러움, 높이 보이는 하늘의 무한한 깊이, 그리고 그 사이 신비로운 푸른색과 빛나는 노란색 구멍들이 이루는 완벽한 규칙성. '전체'의 일부가 되고, 온전해진다는 느낌. 충만함. 본질이 표현되었기에 찾아온 침묵.

이 모두는 내가 실제로 경험한 일이며, 그 비둘기장은 프로방스 어딘가에 존재한다. 어딘지는 모르지만 다시 찾아갈 수 있으리라.

꿈에서 나는 그 순간을 하나하나 상세히 다시 겪었고, 그 장소, 기분, 감정, 무엇보다 엄마가 만들어놓은 법칙에서 벗어나 몰래 무언가를 한다는, 완전하지만 일시적인 자유를 누린다는 기분을 구체적으로 되살렸다. 어떻게 보면 꿈을 꾸면서도 그 순간이 예외적이라는 것을 알고 있었던 것이다.

그러니까 나는 탑 안에 있었다. 그 단순한 힘, 평화와 아름다움에 넋이 나간 채였다. 앙드레는 사라지고 없었는데, 꿈에서 으레 그렇듯 이는 설명할 수도 없고 중요한 일도 아니었다. 오히려 나의 고독은 그리 부각되지 않았다. 갑자기 내 벽에서 비스듬하게 물이 흐르기 시작하더니, 나를 적시지도, 더럽히지도 않는 액체의 소용돌이 한가운데에 고립되었다. 물은 매우 빠르게 소용돌이치다가 바닥으로 불가사의하게 사라져버렸다. 맑고 신선하고 아름다운 그 물을 통해 여전히 푸르고 노란 방들과 그 안쪽에 평온하게 둥지를 튼 새들이 보였다. 장관이었다. 거기서 나는 편안했다. 삶에서 느끼던 거북함은 사라지고 스스로 완전해진 느낌이 들었다.

별안간 나는 그 눈부신 물을 따라 길쭉하고 반짝거리는 물체들이 떠내려온다는 것을 눈치챘다. 섬세하게 세공된 은상자들로, 제각각 다르면서도 하나같이 아름답고, 모두 어느 정도 길쭉하고 둥근 모양, 반죽을 양손으로 굴려 만든 소시지와 비슷한 형태였다. 그때 나는, 어디서 왔는지 모를 확신이 들었다. 은으로 된 그 길쭉한 상자들에는 배설물, 똥이 담겨 있었다. 주변과 완벽하게 어울리는 내용물이었다. 사실 나는 웅장한 변기 한가운데에 있었던 것이다. 그 모든 것이 내게는 아주 당연하고 행복하게 여겨졌다. 그런 장소에 있으면서 행복해한다는 사실에도, 그 아름답고 귀중한 상자들에 그렇게 혐오스러운 내용물이 담겨 있을 수 있다는 사실에도 전혀 충격받지 않았다.

나는 유쾌하고 만족스러운 기분으로 잠에서 깼다. 근사한 꿈을 꾼 참이었다.

그런데도 막다른 골목의 장의자에서 나는 은상자들에 대한 부분을 말로 표현하고 그 안에 담긴 것을 말하기가 굉장히 불편했다.

말! 병이 가장 심각했을 때 나는 말에 부딪혔고, 거의 회복된 지금은 말을 되찾았다. 나를 벌벌 떨며 욕실 구석에 웅크리게 했던 '섬유종'이라는 말이 기억에 남아 있었다. 그리고 이제 행복하고 아름답게 들렸으면 하는 이야기, 실제로 행복하고 아름다웠던 이야기를 하다가 '똥'이라는 말을 꺼내기 위해 나는 온 힘을 짜내 뿌리깊은 불편함, 한없이 깊은 저항을 극복해야 했다.

몇 주에 걸쳐 나는 의사의 진료실에서 말을 분석하고 말의 중요성과 다채로움을 발견하기 시작했다. 그러면서 나 자신과의 미묘한 갈등에 처했는데 더이상 의식과 무의식의 문제는 아니었다. 말과 나는 표면에 있고, 가시적이며 명백했으니까. 내가 탁자를 생각하며 내 생각을 표현하고 싶으면, 나는 탁자라고 말했다. 그런데 '똥'을 생각하면 그 말을 꺼내기가 어려웠고, 감추거나 다른 단어로 대체하려 했다. 왜 그 말은 나오지 않을까? 이 새로운 검열은 무엇일까?

나는 말이 내 편도 내 적도 될 수 있으나, 어느 쪽이든 낯설긴 마찬가지라는 사실을 알게 되었다. 말은 오래전부터 세공되어 타인과 소통하도록 내게 주어진 도구였다. 의사와 나는 우리 두 사람을 위한 십여 개의 말로 된 작은 어휘 목록을 만들었는데, 그 어휘 목록은 내 인생 전부를 아울렀다. 인간은 우리가 막다른 골목에서 사용하는 말과 똑같이 중요한 말을 수백만 개나 발명해냈고 그 총체로 세계를 표현한다. 그 점을 나는 결코 생각해본 적이 없었다. 모든 말의 왕래가 귀중한 행동이며, 선택을 드러낸다는 사실을 결코 깨닫지 못했다. 말은 상자였으며 모두 생명의 내용물을 담고 있었다.

말은 위험하지 않은 탈것, 일상 속에서 서로 부딪치며 해를 입히지 않는 불꽃 다발을 솟아나게 하는 색색의 범퍼카가 될 수 있었다.

말은 존재에 끊임없이 생기를 부여하는 진동 입자들, 서로를 흡수하는 세포들, 혹은 서로 단결하여 세균을 게걸스레 집어삼키고 외부 침입을 물리치는 혈구들일 수 있었다.

말은 상처나 상처가 남긴 흉터일 수 있고, 기쁨의 미소 속 썩은 이 하나와 비슷할 수 있었다.

말은 또한 거인들, 지면에 깊이 뿌리박아 급류를 건너게 해주는 단단한 바위들일 수 있었다.

말은 끝내 괴물, 무의식의 나치친위대가 되어, 산 자들의 생각을 망각의 감옥 속에 가둘 수 있었다.

내가 입 밖으로 내기 힘들어하는 말은 모두 사실 내가 가지 않으려는 영역을 가리고 있었다. 반대로 내가 즐겁게 입 밖에 내는 말은 내 마음에 드는 영역을 가리켰다. 그러므로 내가 조화를 원하고 배설물을 거부한다는 사실이 명확했다. 어떻게 내 꿈속에서는 조화와 배설물이 서로 그렇게 잘 어울릴 수 있었을까?

그때 나는 내 몸에 내가 절대 받아들이지 않은, 어떻게 보면 결코 내 일부가 아니었던 신체 일부가 있었음을 깨달았다. 내 살 부위는 수치스러운 말로만 표현될 수 있었고 한 번도 내 의식적인 생각의 대상이었던 적이 없었다. 어떤 말도 내 항문(이 용어는 오직 의학적이고 학문적인 맥락에서만 아주 어렵게 나왔고, 따라서 그 자체로 병이었다)을 내포하지 않았다. 항문을 뜻하는, 내 입에서 나오는 모든 말은 즉각 내게 추잡스러움과 더러움, 무엇보다도 내 정신의 혼란을 불러올 터였다. 거기서 나오는 것을 두고 내가 할 수 있는 표현이라곤 어린 시절의 '넘버 투' 말고는 없었다.

나는 불구자였고, 웃다가 이 사실을 알게 되었다. 나는 커다란 구두를 덜걱거리며 서커스 무대를 돌아다니는 어릿광대를 떠올렸다. 그들이 엉덩이에 반짝이는 작고 붉은 불빛을 달고서 짐짓 거들먹거리는 말투로 "그야 내가 무쥐하게 똑또카기 때문이지!"라 말하면 아이들은 웃음을 터뜨린다. 사실 그들이 그로테스크한 건 제 등 아래쪽에서 일어나는 일을 모르기 때문이었다.

나는 웃음을 되찾았다. 스스로를 비웃으며 희열을 느꼈다. 서른여섯 살이 되도록 몸에 '항문'이라는 끔찍한 이름이 붙은 구멍을 갖고 살면서도 내게는 똥구멍이 없었던 것이다! 우스꽝스러운 일이었다! 내가 왜 라블레를 좋아하지 않았는지 더욱 잘 알 것 같았다. 본질적으로, 나는 앞면 외에는 없는 사람, 트럼프 퀸 카드에 그려진 귀부인처럼 평면적인 사람이었다. 가슴이 커다랗고 엉덩이가 풍만하며, 머리에 왕관을 쓰고 손에는 장미를 든, 엄숙하고 엉덩이가 없는 여왕!

웃는 기쁨! 내 아이들의 웃음이 만들어내는 아름다움, 장 피에르의 폭소, "자기는 덜 미쳤을수록 더 미쳤어!" 거리의 웃음, 내 웃음! 그것이 상징하는 평화, 안락함, 신뢰, 다정함! 얼마나 근사한지!

정신분석이 내게 큰 한 걸음을 내딛게 해줄 때마다 그러듯, 나는 여러 주 동안 내가 발견해낸 것들을 이리저리 만지작대며 감탄했다. 지금까지 거쳐온 영역이 얼마나 광대한지 헤아리자 현기증이 날 정도였다. 내가 이전에 진정으로 웃은 적이 한 번이라도 있었던가? 말의 무게를 재어보고 말의 중요성을 가늠해본 적이 있었던가? 내가 책을 쓸 때 말은 대상일 뿐이어서 나는 말을 그저 내가 보기에 일관적이고, 적당하고, 미학적인 순서로 늘어놓았다. 말이 살아 있는 물질을 담고 있음을 알지 못했던 것이다. 종이 위에 내가 말을 배치한 건, 버릴 수 없어 이사할 때마다 지고 다닌 가구와 물건을 집에 배치하는 방식과 똑같았다.

매번 새로운 근무지로 옮겨갈 때마다 나는 귀중한 물건들이 담긴 궤짝들이 도착하고 나서야 제대로 살아갈 수 있었다. 나는 아이들 앞에서 궤짝들을 열었고, 엄마가 내게 가르쳐주었듯 아이들에게 죽은 역사와 죽은 가족, 죽은 사유, 죽은 아름다움을 가리키는 죽은 말을 가르쳤다. 나는 아이들에게 은식기에 각인된 미네르바의 머리*, 주석 제품의 장미 각인, 루이 16세풍의 귀한 가구, 리넨의 섬세한 실, 도자기의 투명함, 책의 장정과 금박 입힌 책배를 보여주었고, 또 선조의 초상화와 증조할머니의 손잡이가 달린 안경, 어느 왕고모의 무도회 수첩, 옛 친척의 자단나무 재봉대 따위를 보여주었다. 유물들. 관 같은 궤짝들. 그리고 내가 그랬듯 내 아이들도 거기에 둘러싸여 살도록 지푸라기 속에서 발굴해낸 시체들. 나는 아이들을 위해 크리스털을 빛나게 닦고 소리를 울려보았다. "잔에서 이런 소리가 나면 크리스털인 거야."

* 은제품의 순도를 보증하는 각인.

그것이 크리스털이었다. 특정한 소리가 나는 호화로운 유리잔. 그 소리는 물건의 가치와 귀중함을 나타냈다.

그 모든 말은 사물의 가치를 나타내는 데 쓰일 뿐 그것의 생명을 나타내지 못했다. 오래전에 확립되어 세대에서 세대로 전해온 가치의 서열. 나의 뼈대와 두뇌가 된 일련의 말. 거기에는 물건의 가치만이 아니라 사람, 감정, 감각, 사유, 나라, 인종, 종교의 가치도 담겨 있었다. 전 세계가 확정적인 이름표와 함께 정리되고, 분류되었다. 이치를 따지거나 성찰하거나 의문을 제기해선 결코 안 되었으며, 다른 분류체계를 수립하는 건 불가능했으므로 시간 낭비였다. 부르주아의 가치야말로 유일하게 옳고, 아름답고, 현명한 것, 최고의 것이었다. 나로서는 그것이 '부르주아의 가치'라고 불린다는 걸 의식할 수 없을 정도였다. 말하자면, 내게는 그것만이 가치였다.

그 안에 내 구멍이나 배변이 들어설 자리는 없었을뿐더러, 빛나는 크리스털 꽃병에 숨을 불어넣었을 사람의 폐도 그랬다. 여기저기 부르튼 증조고모할머니의 작은 발도 마찬가지였다. 무도회 수첩에 이름이 가득차도록 왈츠를 추고 또 추어 먼 훗날 숭배와 찬탄의 대상이 되려 했던 분. "대단한 귀부인이셨지, 아름답고 덕망 있는 사교계의 꽃이었어." 산모의 침대보, 결혼식 테이블보, 수의에 머리글자와 레이스를 수놓느라 빠질 듯한 여인들의 눈이 들어갈 자리도 없었다. 세대에서 세대로, 세상에 인류를 낳느라 찢어진 여자들의 복부가 들어갈 자리도 없었다.

우리에게 그것들을 지칭하는 단어를 사용할 권리가 없었으므로 그 모든 것은 존재하지 않았다. 그 모든 것은 가치가 없었다. 그 모든 것은, 엄밀히 말해서도 가소로운 것, 멸시와 경멸어린 조롱의 대상일 수밖에 없었다. 그리고 굳이 가치 서열에서 자리를 정해야 한다면(그 서열은 완전했으므로), 유리세공인의 상한 폐, 증조고모할머니의 부르튼 발, 수놓는 여인들의 지친 눈, 여인들의 변형된 복부와 내 엉덩이가 놓일 자리는 가장 낮은 단, 동정과 연민과 자선, 혹은 농담과 조롱과 비웃음과 빈정거림과 무례함의 대상인 자리였다. 그 모든 것은 하찮고, 사소하고, 보잘것없고, 불쌍하고, 작고, 초라하고, 우스꽝스럽고, 쓸데없고, 더러운 것이니까!

나는 카드로 지어진 성의 붉은 귀부인이었다. '똥'이라는 말을 하고, 부끄러움이나 혐오감 없이 그 말에 담긴 의미를 생각하는 것만으로 성이 무너지기엔 충분했다!

15

그리하여 비둘기장이 나오는 멋진 꿈 덕분에 나는 모든 것이 중요하다는 것을, 배설물과 카드로 지어진 성조차 중요하다는 것을 알았다. 그 성의 지하 감옥에서 나는 너무나 오래 살았다. 가슴이 메는 심정으로 나는 그 지하 감옥에 엄마도 있음을 깨달았다. 엄마를 생각하면 괴로웠지만, 동시에 너무 늦었다는 확신, 엄마를 거기서 꺼내기 위해 내가 할 수 있는 일은 아무것도 없다는 확신도 들었다. 내가 배우고 있는 것을 엄마에게 설명할 재간은 없었다. 아직은 불완전한, 새로 얻은 깨달음이었으니까. 나는 극도로 위태로운 상황에 있었기에 아이들과 함께 완전히 거기서 빠져나와야 했다. 버스는 꽉 찼고 내 곁에 엄마의 자리는 없었다.

프랑스에 정착한 이후 엄마는 많이 늙었다. 얼굴과 몸이 믿기 어려울 정도로 축 늘어졌다. 엄마는 방에 틀어박혀 지냈다. 할일을 하러 방에서 나올 때면 슬프고 힘들게, 굳은 얼굴로, 초록색 눈에 분노의 불꽃 같은 것을 담고 발을 질질 끌며 다녔다. 마치 자신이 기만당하고 오래전부터 조롱당했음을 깨닫고 포기하고, 단념하고, 모든 것을 놓아버린 듯했다. 진정한 사랑을 할 줄 모르는 어리석은 성직자들, 자기중심적이고 타산적이며 거만한 프랑스, 그녀와 다른 모리배들 사이에 구분을 두지 않는 사랑하던 알제리, 엄마에게는 그것이 분명히 보였으리라 확신한다. 엄마는 속았다. 철저히 기만당했다. 엄마는 은밀히 그 모든 것을 알았고, 황폐해지고 무너진 엄마의 세계 한복판에는 새로운 힘을 얻은 나, 당신이 어설프게 매달리려 애쓰는 나만 남아 있었으리라 확신한다.

하지만 이제 엄마를 보며 안타까워하면서도 나는 여전히 엄마의 복부에 반감을 느꼈고, 엄마 곁에 있길 피했다. 그 불편한 혐오감을 어떻게든 극복해야 했다. 엄마와 가까워지기 위해서가 아니라, 반대로 엄마로부터, 지금까지 내게 영향을 끼친 엄마라는 존재로부터 자유로워지기 위해서였다. 늘 우리를 긴밀히 연결하는 이 혐오감으로부터 어떻게 벗어날지,

나로서는 알 수가 없었다.

　이제 나는 막다른 골목에 일주일에 한 번만 갔고, 상담 간격은 이내 더 벌어졌다.

　나는 강인하고 책임 있는 사람, 의지할 만한 단단한 사람이 되었다. 남들은 인생이 저물기 시작한다고 느끼는 나이에, 이제 막 내 인생을 시작하는 행운을 누리고 있었다. 나는 열성과 열의로 가득했고, 무엇에든 열광했다. 업무 역량 면에서 예상외의 활력을 스스로에게서 발견했다. 나는 책의 세계를 사랑했다. 말을 발견한 뒤로 얼마 전 나를 위한 글쓰기를 중단한 상태였다. 시간이 좀 필요했고, 더이상 예전처럼 쓸 수 없었다. 그래서 다른 이들의 책에 더 신경썼는데, 내 책들만큼이나 흥미로웠다. 나는 종이, 판지, 잉크, 풀에 대해, 그리고 페이지 레이아웃과 타이포그래피에 대해 배웠다.

　인쇄 활자의 아름다움! 사색과 영감과 침묵의 세계. 대문자 스물여섯 개, 소문자 스물여섯 개, 숫자 열 개와 구두점. 완벽한 조화를 이루는 작은 은하계. 말이라는 그 생명을 가득 담고 있는 상자들 또한 글로 쓰일 때면 문자라는 상자 속에 담긴다. 활자마다 고유한 스타일이 있고, 이는 그것이 그려내는 말과 그 말에 담긴 내용에 전달된다. 각각의 민족은

저마다 자기를 닮은 서체를 새로이 만들어낸다. 독일인의 힘 있고 묵직한 알파벳은 강렬한 글, 엄정한 분석, 위험한 착란에 어울린다. 영국인의 명확하고 광기어린 서체는 잘 계산된 자유에 어울린다. 미국인에게는 로봇이 생각하고 만들어낸 새롭고 기술주의적인 서체가 있다. 라틴계 서체는 매혹적이고, 섬세함, 사랑과 눈물에 어울린다. 그 속에 사는 것은 마법 같았다. 그렇다. 정말로. 모든 것이 중요해졌고, 모든 것이 흥미로웠다.

나는 정신분석 이야기를 절대 꺼내지 않았는데, 그 주제가 사람들을 짜증나게 한다는 것을 알았기 때문이다. "그런 얘기는 헛소리야. 미치광이들은 정신병원에 가면 나아. 나머지는 노파, 호모, 정신이상자 무리지." 그리고 비슷한 이야기가 셀 수 없이 쏟아진다. "내가(혹은 피에르가, 폴이, 자클린이) 정신분석을 받았었지. 그것 때문에 엉망이 됐어. 그러니까 나한테 그 얘기는 꺼내지 마. 회복하기까지 오 년이나 걸렸으니까!" 알고 보면 그들은 두 달, 여섯 달, 혹은 이 년 동안 의사를 만났다. 의사에게 자신의 인생을 이야기하면 의사는 듣고, 조언하고, 상황이 나아지도록 잘 듣는 신약을 주었다. 한마디로 그들은 정신분석을 제대로 한 게 아니었고, 한 차례 시도했더라도 힘들어지거나 몇 주나 몇 개월간 아무 효과가 없으면 포기해버렸다. 이미 알려진 것에 대해 다 이야기하고 미지의 것을 마주한 순간에, 지평선을 가로막은 그 매끄러운 벽과 가로지를 수 없을 것처럼 보이는 무한의 사막을 마주한 순간에, 그들은 그만두었다.

정신분석에 대해서는 실패담일 때만 이야기할 수 있음을 알게 되었다. 회복되고 새로운 힘을 찾은 내 모습은 그들에게 충격을 주었다. "당신은 아팠던 게 아니야, 여자 특유의 히스테리였지. 여자들 꾀병은 골치가 아프다니까! 그런 건 다 여자들 병이고, 심각한 게 아니야." 하지만 나는 정신병이 여성의 전유물이 아님을 알고 있었다. 막다른 골목에 드나드는 그 오랜 동안 숱한 남자를 보았으니까! 여자들만큼이나 많았다! 외투나 점퍼에 푹 파묻은 고개, 폐쇄적인 시선, 얼굴에 가득한 두려움!

내 주변 사람들도 각자 카드로 지어진 성 안에 살며 대부분 그걸 의식하지 못한다는 것을 알게 되었다. 모두가 형제였던 것이다! 나 혼자라고, 나만 비정상인 괴물이라고 생각했는데!

피가 흐르지 않았다면, 땀이 나지 않았다면, 미친듯이 뛰는 심장이, 떨림이, 폐의 압박감이, 눈과 귀를 가리는 안개가 없었다면, 그래도 내가 분석 속으로 계속 파고들어갈 용기를 냈을까? 그럴 것 같지 않다. 병의 깊은 곳까지 떨어지는 행운이 없었다면 아마 나 자신과의 대면을 끝까지 밀고 나갈 힘을 내지 못했을 것이다.

특권을 누리는 기분이었다.

그리하여 그때부터 나는 특권층, 혹은 일종의 비밀 모임에 속한 기분으로 막다른 골목에 갔다. 마음이 편치는 않았다. 막다른 골목 모퉁이의 철물점 주인이나 인근 주민들과 눈을 마주치면 골목 끝 철책문으로 향하는 나를 보며 그들이 동정과 두려움 섞인 조롱을 담아 이렇게 생각한다는 걸 알 수 있었다. '어머, 화요일 저녁마다 오는 미치광이군.' 나는 그들에게 말하고 싶었다. "아니, 난 미치광이가 아니고, 미치광이였던 적도 없어요. 만일 내가 미쳤다면 당신도 똑같이 미쳤겠죠."

그들에게 그 사실을 이해시키고, 한때 내가 살았던 지옥에 살고 있는 이들을 돕기 위해, 언젠가 내 정신분석 이야기를 쓰기로, 소설로 담아내기로 결심했다. 소설 속에 자매처럼 나와 닮은 한 여자의 치유 이야기를, 그녀의 출생, 세상으로의 늦된 첫발, 지상의 낮과 밤과의 행복한 만남, 살아가는 기쁨, 자신이 속한 우주 앞에서 느끼는 경탄을 이야기하겠다고. 정신분석 자체는 글로 쓰일 수 없기 때문이다. 한없는 무, 공허, 모호함, 느림, 죽음, 필수적인 것, 완벽히 단순한 것을 그대로 표현하려면 수천 페이지를 할애해야 할 것이다. 그러다가 그 무한한 단조로움 속에, 번뜩이는 몇 줄, 온전한 진실이 나타나는 빛나는 순간이 있고 우리는 전체를 포착했다고 생각하지만 일부만을 잡을 뿐이다. 그리고 다시금 수천 페이지에 걸쳐 단조로움, 말로 표현할 수 없는 것, 잉태중인 물질, 사유와 형태 없는 것과 헤아릴 수 없는 것의 잉태가 이어진다. 그러다 진실의 눈부신 섬광이 또다시 나타난다. 그렇게 반복되는 것이다. 백지로 된 어마어마하게 두꺼운 책이 될 것이고, 그 속에는 아무것도 없고, 또 전부가 담겨 있을 것이다. 전 세계의 종이, 잉크, 말, 문자, 표의문자를 모두 동원한 엄청난 분량의 책.

하지만 소설을 쓰려면 우선 내 정신분석이 끝나야 했고, 내가 막다른 골목을 벗어나서도 온전히 살아갈 수 있다고 느껴야 했다. 그런데 그렇게 되지 않았다. 엄마와 나의 관계는 여전히 너무 나빴다. 엄마는 내게 혐오감을 일으켰으며, 그 때문에 나는 불편했다.

나는 꿈을 꾸었다. 나의 밤들은 망각의 영상으로 가득했다. 나는 편안하게, 맑은 정신으로 깨어났다. 내 안에서 하루 매 순간을 주의깊게 살아가도록 만드는 평온한 힘을 느꼈다.

나는 기묘하고 비논리적이지만 내게 딱 맞는 확고한 일관성을 찾았다. 내 존재의 일체감, 밤과 낮의 일관성 덕분에 나는 타인에게 다가가 그들을 만나고, 알고, 종종 이해하고, 가끔은 사랑하고 사랑받을 수 있었다. 나는 행복했고, 자신감을 얻었다. 내가 끝까지 가리라는 것을 알았다.

내 정신분석을 완결시킨 건 두 개의 악몽이었다.

첫번째 악몽에서 나는 알제의 우리집으로 돌아갔다. 그런데 그곳은 내가 모르는 집이었다. 모르는 건물이었고, 피레아스, 나폴리, 니스, 바르셀로나, 알제 등 지중해의 대도시 어디서나 볼 수 있는 19세기 건축물이었다. 반듯하게 다듬어진 돌로 지어진, 5층이나 6층 정도 되는 높이에 균형미가 있는 부르주아 저택. 덧창들은 닫히고, 블라인드는 반쯤 열려 있었고, 못생기고 정숙한 여인상 기둥 두 개가 출입구를 받치고 있었다. 몹시 어두운 계단통은 타일로 덮여 있었는데, 하얀 바탕에 녹색 아라베스크 문양이 지붕까지 이어졌다. 주변 집들을 시원하게 유지하기 위해 설치된 커다란 우물 같은 것도 있었다. 어린 시절 나는 그 비슷한 건물에 머문 적이 있고, 그때 기억이 어렴풋이 남아 있었다.

나는 집에 들어갔다. 닫힌 문 앞에서 엄마가 내게 다가왔다. 엄마는 입구 왼쪽에 있는 방에서 나왔는데, 그 방에 다른 여자들이 있었다. 엄마는 한때 그랬듯 비극의 가면을 쓰고 있었다.

"우리한테 와라, 숨어야 해. 펠라가 세 명이 집에 들어왔단다."

펠라가 셋은 두렵지 않았다. 나는 알제리 독립을 옹호하는 입장이었고, 엄마도 그 사실을 잘 알고 있었다. 나는 엄마의 공포를 이해할 수 없었다. 길거리에서라면 나도 남들과 똑같은 프랑스인이요 무찔러야 할 대상이겠지만—혁명중에는 자세히 구분할 시간이 없는 법이다—여기서는 사정이 달랐다. 나는 내 입장을 말로 설명할 수 있었다. 그들은 내가 정직하고, 그들의 적이 아니라는 것을, 속임수를 쓰려는 게 아니라는 것을, 정말로 그들의 대의를 이해한다는 것을 알아줄 터였다.

그래서 엄마의 앓는 소리에도 불구하고 나는 펠라가들이 있는 방으로 갔다. 세 남자가 음모를 꾸미는 분위기로 조용히 이야기를 나누고 있었다. 그것만 빼면 그들에게 특이한 점은 없었다. 그들은 무시무시하지도, 못생기지도, 흥분해 있지도 않았다. 무기도 들고 있지 않았다.

하지만 나는 그들에게 다가갈 수 없었다. 엄마와 다른 여자들이 나를 뒤로 끌어당겼다. 나는 이해할 수 없는 방식으로 그들 무리에 엮여 있었다. 강제로 잡힌 건 아니었고, 나를 그들과 엮어놓은 것은 숙명이었다. 부조리했지만 나는 의문시하지 않았다. 그냥 그런 거였고, 그게 다였다.

조금씩 뒤로 물러나던 나는 다른 여자들이 있는 방에 갇히게 되었다. 검은 옷을 입은 지중해의 여인들, 기도문을 중얼대고, 묵주를 만지작거리고, 서로 손짓을 하며 "아이고, 아이고" "마드레 미아(신이시여)!" "오 하느님, 가엾은 것"이라 속삭였고, 그 틈에서 나는 "성모마리아님" "마테르 돌로로사, 오라 프로 노비스(슬픔에 찬 마리아님, 저희를 위해 기도하소서)"라 중얼거렸다.

그들의 공포가 내게 옮아와, 그들처럼 나도 땀을 흘리고 떨었다. 그들처럼 나도 신의 섭리에 나를 맡겼다. 우리는 서로에게 꼭 붙어 거기 있었다. 젊은 여자, 나이든 여자, 소녀, 어린아이, 성숙한 여자, 방탕한 여자, 못생긴 여자, 모두가 뱃속에는 두려움을 품고 머릿속에는 강간당하고 배가 갈린 여자들의 끔찍한 이야기를 떠올렸다.

시간이 한참 지나자 그 상황을 견딜 수가 없었다. 더 이상 그 복종, 수동성, 무력함에 빠져 있어서는 안 되었다. 뭔가 해야만 했다. 우리를 구할 방법이 있을 터였다. 나는 탈출을 감행해 전화가 있는 아래층 이웃들에게 가야겠다고 결심했다.

문 너머 집안 다른 곳에서 아무런 소리가 들려오지 않고 펠라가들이 가까이 있다는 기척도 전혀 없는 것이, 그들은 여전히 구석에서 모의중인 게 분명했다. 나는 나가보기로 했다. 입구는 어둡고 텅 비어 있었다. 괜찮았다. 하지만 층계참에 겨우 도달했을 때 펠라가들이 내가 달아난 것을 눈치채고 나를 쫓고 있음을 알아차렸다. 나는 달리기 시작했고, 거대한 층계를 여러 단씩 뛰어내려갔다. 펠라가들은 내 뒤에 있었고, 그들이 급히 내려오는 소리가 들리는데, 나는 여전히 한 층을 다 내려가지 못한 상태였다. 아래쪽 층계참에 도달한 순간 남자 하나가 뒤에서 나를 붙들고 한쪽 팔로 목을 감았다. 달리던 기세와 의지로 닫힌 이웃집 문 근처까지 그를 끌고 갈 수 있었으나, 펠라가의 팔에 목이 거의 완전히 조이는 통에 뒤로 넘어져버렸다. 신발 끝에서 겨우 몇 센티미터 떨어진 곳에 문이 보였다. 나는 몸을 좀더 끌고 가서 이웃집 문을 발로 차고 싶었다. 그들이 나와 나를 구해주리라. 하지만 그렇게 할 수 없었고, 남자 때문에 몸이 굳어갔다. 목덜미에 그의 숨결이 느껴지고 달려오느라 거칠어진 숨소리가 들렸다. 그 순간, 다른 한 손으로 그는 내 앞에 칼을 들이댔다. 작은 날이 달린 주머니칼 같은 것이 내 목 앞까지 왔다. 그걸로 내 목을 그을 참이었다. 끔찍했다. 그리고 끝장이라 여겨지는 순간, 공포의 절정에 달한 순간 나는 생각했다. '이건 위험하지 않은 무기야, 이 칼로는 나를 해칠 수 없어.' 그럼에도 공포가 진정되지는 않았고, 나는 소스라치게 놀라며, 땀범벅으로 완전히 아연실색한 채 잠에서 깨어났다.

꿈속 이미지들을 영화 보듯 기억해내며 자기 목소리로 이 꿈 이야기를 듣는 것, 그건 서로 완전히 다른 두 순간을 사는 것이나 다름없지만 결국은 같은 이야기이기도 하다. 나는 꿈의 첫 부분을 지극히 상세하게, 특히 집과 계단통과 아라베스크 문양 타일들을 세밀하게 묘사하는 나 자신의 말을 들으며 매우 놀랐다. 영화라면 몇 초 만에, 순간적으로 지나갈 장면에서 나는 말을 끌고, 집요하게 강조했다. 왜 그랬을까?

순간 나는 악몽 속의 계단통과 아주 닮은, 내가 어린 시절에 본 계단통을 떠올렸다. 전쟁 초기였고, 당시 나는 열 살이었고, 이제 학교에 혼자서 다녀야 한다고 며칠 전 엄마가 결정을 내린 참이었다. 내가 현기증을 느끼며 거리를 발견한 시기, 혼자 걸어다닐 줄 몰랐기에 미슐레가의 무화과나무들에 계속해서 부딪치던 시기였다. 누가 차로 바래다주거나 손을 잡고 데려다주는 데 익숙했기 때문에 나는 앞을 보는 법을 몰랐다.

학교에서 나오는데 한 남자가 나도 모르는 새 따라왔다.

나는 그런 사람이 존재할 수 있다는 것조차 상상하지 못했다. 내가 기억하기로 여름이었고, 나는 갈매기 모양으로 푸른색과 흰색의 폭이 넓은 줄무늬가 있는 원피스를 입고 있었다. 아주 예쁜 옷이었다. 내게 잘 어울리는 옷이라 나는 유리 진열창으로 내 모습을 종종 확인하곤 했다. 덥고 불안한 와중에도 그 옷 덕분에 기분은 상쾌했다.

남자는 나를 따라 건물 안으로 들어와 계단에서 내게 다가붙었다. 녹색 아라베스크 문양의 하얀 타일로 덮인 계단이었다. 남자의 존재를 느끼자마자 나는 설명할 수 없는 두려움에 사로잡혔다. 레인코트 같은 밝은색 외투를 아주 말쑥하게 차려입은 사십대 남자였다. 푸른 눈에 옅은 금발의 평범한 얼굴, 특이한 구석은 전혀 없었다. 그런데도 나는 그가 무서웠다. 그는 내게 말을 붙였고, 내 이름을 묻고, 음흉하면서도 상냥한 미소를 지었고, 거칠게 숨을 쉬었다. 탁해 보이는 그의 눈빛을 나는 이해할 수 없었다. 그는 소처럼 숨을 거칠게 쉬었다. 목구멍에서 소리가 나오지 않았지만, 그래도 나를 가만 놔두라고 말하고 싶었다. 그는 책가방을 들어주는 척하면서 나를 만지려 했다. 그의 의도를 눈치챈 나는 팔꿈치로 밀어내며 도움을 거절했다. 그러자 그가 더 가까이 다가붙어 나는 꼼짝없이 난간에 몰렸고, 더이상 올라갈 수 없게 되었다. 이어 그가 역겨운 몸짓으로 내 상반신을 만지기 시작했고, 아직 생기지 않은 가슴과 성장기 아이들 특유의 단단하고 볼록하고 근육질인 내 엉덩이를 더듬었다. 그 접촉을 견딜 수가 없었다. 그는 더욱 거칠고 불규칙하게 숨쉬면서 자기 바지의 앞섶을 뒤적거리기 시작했다. 그 순간 나는 그를 뿌리치고 책가방을 소총처럼 움켜쥐고 계단을 급하게 올라갔다. 내가 달아나자 놀란 남자는 잠시 뒤처졌다가 이내 정신을 차리고 역시 전속력으로 계단을 올라오며 이번에는 욕설을 퍼부었다. "쪼끄만 잡년, 쪼끄만 쌍년, 내 너한테 박을 거다." 나는 공포의 화살이었다. 기나긴 세 층을 올라가야 했다…… 초인종은 높이 있었고, 손이 닿으려면 책가방을 내려놓고 까치발로 서야 했다. 그럴 시간이 없었다. 나는 문에 달려들어 할 수 있는 대로, 주먹과 발로 문을 두들겼다. 그러나 남자는 나를 따라잡았고, 내가 나무 문짝을 두드리는 데 온 힘을 쏟던 중 그의 역겨운 손이 내 속바지를 들추고 손가락이 엉덩이 사이로 들어와 꿈틀거리는 것이 느껴졌다. 결코 입에 올리지 않는 곳, 그 성스럽고, 부끄럽고, 소중하고, 더러운 부위에서. 그때 현관 안쪽에서 발소리가 들렸다. "쪼끄만 잡년, 내 너한테 박을 거다." 하느님 이자가 나를 죽이려나봐요, 살려주세요! 남자는 하던 일을 멈추지 않고 손가락으로 내 살갗에 상처를 입히며 마지막 순간까지 나를 놓아주지 않았다. 문이 열렸을 때 그 개자식은 계단을 뛰어내려가 이미 멀어진 뒤였다. 그리고 나는 나니의 품에서 끔찍한 신경발작을 일으켰다.

그 사건 자체를 기억하지 못했던 것은 아니었지만 자세한 부분은 모두 잊고 있었다. 그러다 악몽이 기억을 되살렸고, 더불어 그 남자가 일으켰던 혐오감, 구역감, 그리고 나를 파고들던 손가락의 강렬한 공포를 고스란히 되살렸다. 결국 손가락에 불과할 뿐, 무기가 아니었는데……

나는 내 입에서 나오는 말에 동요하며, 강렬한 내적 흥분에 휩싸였고, 하지만 겉으로는 침착하게, 마치 새를 노리는 고양이처럼 거의 잠든 듯 장의자에 누워 있었다. 내가 중요한 기로에 섰음을 느꼈다. 낯선 이의 손가락, 펠라가의 주머니칼, 그것들이 나를 죽일 수 없는데도 나는 그것들이 내게 가할 죽음에 겁을 먹었었다. 어떤 죽음일까?

더 멀리 가야 했다. 길은 내 앞에 있었고, 방향도 지시되어 있었다. 어떤 죽음에 대한 공포, 남성이 여성에게 가하는 죽음. 악몽에 의해 내 안에서 되살아난 오래된 공포. 꿈속에서 엄마와 아마도 다른 여자들 또한 겪었을 공포.

그때까지 난 내 꿈을 분석하고도 내가 남자를 두려워한다는 걸 알지 못했다. 의사의 장의자 위에서 동요하고 그 길로 접어들기를 망설이며 내가 그 문제와는 관련이 없다고 여겼다. 그래, 그 계단에서는 남자가 무서웠지만 그 이후 남자가 두려웠던 적은 한 번도 없었고, 오히려 내가 받았던 유일한 애정, 유일한 사랑은 남자들에게서 받은 것이 아니었던가. 나는 남자의 성기가 두렵지 않았다.

주머니칼…… 손가락…… 내 두려움…… 엄마의 두려움…… 다른 여자들의 두려움…… 육체적인 죽음이 아닌 죽음에 대한 두려움? 대체 그게 어떤 죽음이란 말인가!

어디서부터 시작해야 할까? 내 꿈속에서 엄마는 다른 여자들의 대변인처럼 등장했다. 엄마…… 남자들…… 나…… 엄마…… 엄마……

엄마는 스물여덟 살에 이혼했고, 계속 성사를 받기 위해 정절 서약을 했다. 그 서약을 한 번도 어긴 적 없으리라고는 믿지 않는다. 엄마는 아름답고, 총명하고, 열정적이고, 가까이하기 어려웠으며…… 남자들을 끌었다. 나는 그 매력을 어린 시절 내내 느꼈다. 그리고 엄마에게 지나치게 가까이 접근하는 이들을 미워했다. 질투였지만 그땐 알지 못했다. 나는 남자들이 엄마를 올바른 길, 천국으로 가는 길에서 이탈

시킬 거라 생각했다……

……농장에 있던 폭이 20미터가 넘는 대응접실은 원래 베란다였던 곳을 개조한 공간이었다. 베란다의 옛 출입구를 막지 않아서 내 방에 있는 두 창문 중 하나는 정원으로, 다른 하나는 대응접실로 나 있었다. 그때부터 출입구는 책장이나 유리장 구실을 했다.

더위와 못된 생각으로 잠 못 이루는 밤이면, 아름다운 음악이 들려올 때가 있었다. 엄마의 음악 소리였다. 나는 자리에서 일어나 발끝걸음으로, 내 방 쪽은 커튼으로 막히고 응접실 쪽은 물건과 장식품으로 막힌 맹창이 만들어낸 알코브에 숨어들었다. 그리고 거기서 엄마를 엿보았다. 엄마는 혼자 긴 방을 서성였다. 엄마가 지나갈 때마다 표정이 뚜렷이 보였는데, 그 표정을 보고 나는 가슴이 철렁했다. 엄마의 표정은 자유로웠다. 거의 감긴 눈과 반쯤 열린 입술에서는 깊은 만족과 즐거움이 새어나왔다. 나는 엄마가 정숙하지 못하다는 생각이 들었다.

털이 길어 푹신한 카펫이 발소리를 흡수했다. 오직 음악만이 울렸다. 영국 교회 건물처럼 생긴 키 큰 축음기에서 나오는 소리였다. 판 하나가 끝나면 엄마는 다른 판을 올렸는데, 나는 모든 곡이 좋았다. 재즈 음악이었다. 재즈 리듬과 엄마

사이에 무슨 관련이 있는지 나는 이해하지 못했다. 그건 배에서, 허리에서, 엉덩이에서, 전부 엄마가 알 리 없는, 알아선 안 되는 신체 부위에서 나오는 음악이었다. 왠지 모르게 엄마가 죄를 저지르는 현장을 덮친 기분이었다. 특히 엄마가 두 곡, 〈티 포 투Tea for two〉와 〈나이트 앤드 데이Night and day〉를 부를 때 그랬다. "데이 앤드 나이트", 나는 그 가사를 외우고 있었다…… "그대가 아무리 멀리 떠나도, 내 안에서 나는 다정하게 그대를 데려와요. 오 내 사랑……" 그 말들! 앙칼진 고양이 소리 같은 흑인 가수의 목소리! 나는 충격을 받았다. 엄마의 삶에서 남자들이란 무엇이었을까?

"롤랑이 네 아빠가 되면 좋을 것 같니?"
"……"

살라망드르에서 보내던 여름이었다. 엄마가 말한 팔팔한 홀아비 장교 롤랑은 매일같이 제복에 부츠 차림으로, 잘 면도한 돼지껍질처럼 반들거리는 얼굴을 하고 찾아왔다. 나는 그가 싫었다. 아버지로도 별로였고, 무엇보다 엄마의 남자로 맘에 들지 않았다. 그가 엄마에게 해를 끼치는 것 같았다. 나는 엄마가 행복하지 않다는 걸 느꼈다. 롤랑이 우리 삶에 나타난 뒤로 엄마를 사로잡은 불안과 동요가 나를 괴롭혔다.

그럼에도 엄마는 만족스러운 연인다운 명랑함을 과시했다.

해변에서 나는 종종 아이들과 유모 무리에서 떨어져 엄마와 친구들이 수다를 떠는 파라솔 그늘 뒤로 가 노는 척했다. 그러면 들키지 않고 엿들을 수 있었다. 곧 있을 롤랑과 엄마의 결혼 얘기뿐이었다. 끔찍했다. 목이 죄어들어 숨이 막힐 지경이었다. 그들은 의상, 예식, 피로연 얘기를 했다. 결혼은 여름휴가가 지난 후 10월이었다. 그러니까, 모든 게 이미 정해졌는데도 엄마는 내 의견을 묻는 척했던 것이다! 나는 끝없이 징징대기 시작했다. "이 아이는 신경질적이야, 왜 이러는지 모르겠네."

다행스럽게도 우리는 유럽으로 떠났다. 거기에 가면 할머니가 말하는 그 "미남 사관생도"를, 그의 버터색 장갑과 지팡이와 거드름을 다시 볼 일이 없을 것이었다. 그는 기계적으로 내 볼을 토닥이며 인사를 건네곤 했다. 나는 그가 내게 관심이 없다는 걸 알았다. 그의 아내가 죽으면서 두 아기를, 엄마는 열렬히 좋아하지만 나는 질색인 금발의 못난이들을 남겼다는 사실은 차치하고서라도 말이다. 마침내 나는 엄마와 단둘이 배에 올랐다. 나니와 오빠는 오지 않았다. 이제 엄마와 나 사이에 롤랑은 없었다.

파리로 가는 기차를 타기 전 우리는 포르방드르의 큰 호텔에서 하루 묵어야 했다. 왜 이렇게 복잡한 여정을 거치지? 호텔에 도착하자 붉은 제복 차림에 붉은색과 금색으로 된 사탕과자 상자처럼 생긴 우스꽝스러운 모자를 쓴 젊은 직원이 짐을 받아들고 우리를 방으로 안내했다. 계단은 단이 높았고, 가운데 구리 봉으로 깔개가 고정되어 있었다. 직원은 엄마보다 앞서 올라갔고, 내가 맨 뒤였다. 야자수 화분들이 늘어선 난간을 따라 모퉁이를 돌았다. 눈을 드니 층계참에, 붉은 깔개를 배경으로, 광을 낸 부츠 두 짝이 보였다. 롤랑! 그가 거기 있었다! 엄마가 나만 데려온 건 그 때문이었다! 여정을 바꾼 것도 그 때문이었다! 목구멍이 오그라들고, 몸속에서 폭풍이 우르릉대기 시작했다. 싫어, 저 사람은 안 돼, 저 남자가 여기 있어선 안 돼! 나는 징징거리기 시작했다. 배가 아팠고, 토했다. 왜인지 엄마는 나를 방 한가운데, 그 남자가 보는 앞에서 요강에 앉혔다! 견딜 수 없는 상황이었다!

나는 고함과 눈물의 기세를 한층 올렸다.

"의사를 불러야겠어요. 롤랑, 자리를 비켜줘요. 내 방에 당신이 있는 게 사람들 눈에 띄면 좋지 않아요."

"멋진 저녁을 그토록 기대했는데!"

"어쩌겠어요, 애들이 있으면 다 그렇죠."

그날 밤 엄마는 평소보다 더 정성껏 나를 보살펴주는 것 같았다. 엄마는 후련하고 훨씬 가뿐해 보였으며, 욕실에서 콧노래를 불렀다. 다음날 아침 우리는 떠났고 나는 두 번 다시 롤랑을 보지 않았다.

……한참 뒤, 내가 여덟인가 아홉 살쯤 되었을 때, 이번에는 다른 아저씨가 우리집에 자주 드나들게 되었다. 이 사람은 얼굴이 번드레한 멋쟁이로 나이가 더 많고, 포마드를 바른 회색 머리에 손가락에는 문장이 새겨진 반지를 끼고 배가 나오기 시작한 파리 사람이었다. 가엘 드퓌장. 반쯤은 사교계 인사이자 반쯤은 사업가인 남자.

전개는 똑같았다. "가엘이 언젠가 네 아버지가 될 수도 있단다. 너만 좋다면."

이 남자는 보다 집요하게 굴었다. 아마 그가 집 밖에서 만나자고 했던지, 이번에도 엄마는 산책의 진정한 목적을 말해주지 않은 채 나만 데리고 나섰다. 우리는 프랑스 시골 도로를 따라 걸었다. 엄마가 내 손을 잡았다. 엄마에게선 좋은 냄새가 났다. 나와 자신의 몸치장에 특별히 공을 들인 터였다.

나도 어느 정도 나이를 먹었을 때라, 멀리서 다가오다 속도를 늦추고 우리 옆에 멈춰 서는 자동차를 보았을 때 엄마를 동요케 한 불안이 어떤 것이었는지 정확히 이해할 수 있었다. 운전석에는 가엘이 있었고, 혼자였다. 나를 향한 그의 눈빛을 결코 잊지 못할 것이다. 저 아이를 돌려보낼 수만 있다면! 그는 내 존재가 어떤 의미인지 깨달았고 나는 내가 엄마의 바람막이 역할, 엄마와 엄마의 애인들 사이의 가리개 역할이라는 것을 알았다.

그곳 장의자 위에서 나는 엄마의 종교는 구실에 불과했음을, 엄마를 괴롭히던 것, 분명 원하던 그 남자들에게 다가가지 못하게 막았던 것이 종교만은 아니었음을 깨닫게 되었다. 엄마는 다른 것을 두려워하고 있었다. 악몽이라는 두려움.

나는 여자로 산다는 것에 대해 전에는 결코 해보지 않았던 식으로 생각하기 시작했다. 우리의 몸에 대해, 내 몸, 엄마의 몸, 다른 이들의 몸에 대해 생각했다. 모두 똑같고, 모두 뚫려 있다. 나는 몸에 구멍이 뚫려 침략자에게 노출된 이 거대한 무리에 속해 있었다. 내 구멍을 보호하는 것은 아무것도 없었다. 눈꺼풀도, 입도, 콧구멍도, 창구도, 미로도, 괄약근도. 구멍은 내 의지대로 반응하지 않으며 자연히 그곳을 지키지 못하는 보드라운 살 한가운데 깊숙한 자리에 숨어 있다. 그곳을 보호하기 위한 단어조차 없다. 우리가 사용하는 어휘 중에서 여자 몸의 그 부분을 가리키는 말들은 흉하고, 저속하고, 더럽고, 상스럽고, 그로테스크하지 않으면 기술적인 전문용어다.

　질입구주름이 하는 보호에 대해, 남자들의 맹렬한 공격에 연약한 막이 피를 흘리며 벌어져 손가락, 주머니칼, 무엇이든 들어올 수 있는 통로를 남길 때 생기는 빈 곳에 대해 나는 한 번도 생각해본 적 없다…… 거기에서 인류만큼이나 오래되고 무의식적으로 느껴지는, 잊고 있던 본질적인 공포가 솟아나는 걸까? 오직 여자들만이 느끼고 이해하며 본능적으로 서로서로 전달하는, 그들의 비밀이 될 공포가? 우리가 남자들의 난폭한 진입에서 비롯되었다 여기는 그 공포는 사실 그보다 훨씬 더 방대하고 심원할 것이다. 여자들이 만들어내고, 여자들이 다른 여자들에게 가르치는 공포. 우리의 취약함에 대한, 스스로를 완전히 닫을 수 없는 전적인 무능력에 대한 공포. 어떤 여자가 제 아이가 자신을 찢으며 몸에서 나오는 것을 막을 수 있겠는가? 어떤 여자가 진심으로 여자를 뚫고 그 안에 이물질인 제 정액을 남기려는 남자를 막을 수 있겠는가? 아무도 없다.

　정신분석 상담 중 무슨 일이 일어날 때는 그 속도가 매우 빠르다. 꿈속의 아라베스크 문양이 현실의 아라베스크 문양을 불러낸 순간부터 "왜 해 끼치지 않는 것을 두려워하는

382

가?"라는 질문까지, 이어 구멍 뚫린 존재라는 생각을 떠올리기까지, 고작 몇 분이 흘렀을 뿐이다.

왜 꿈속 건물의 여인상 기둥이나 덧문이 아니라 하필 계단통을 분석 대상으로 골랐을까? 왜 펠라가나 검은 옷을 입은 여인들이 아닌 주머니칼에 집착할까? 왜 몇몇 세세한 사항은 선택하고 다른 것은 내버려두었을까? 왜냐하면 바로 그 지점들을 무의식이 힘주어 누르고 있었으니까. 꿈에서는 작은 주머니칼만이 내게 수수께끼였고, 의사에게 이야기할 때 나는 계단통에 대해 놀라우리만치 고집스럽게 묘사했다. 나의 무의식이 정확히 그 두 지점에서 신호를 보냈던 것이다. 한번은 자는 동안, 다른 한번은 깨어 있는 상태에서. 나는 평소 무의식과 아주 밀접해 있었다. 이제는 무의식이 언제 제 존재를 드러내는지, 언제 내가 무의식과 접촉하는지 완벽하게 알았다.

나는 거기에 누워 있었고, 의사는 언제나처럼 말이 없었다. 또 한번, 나는 새로운 발견을 해냈음을 알게 되었다. 하지만 이 발견이 처음으로 나를 당혹스럽게 했다. 나는 그것이 정신분석 치료와 무관하다고 느꼈다. 그것이 내게 쓸모있는 곳은 바깥과 차단된 자그마한 의사의 진료실 안이 아니었다. 나는 떠나야 했다.

이 순간에 이르기까지 칠 년이 걸렸다. 존재하기까지의 칠 년! 나 자신을 찾기까지의 칠 년! 느릿하고 완벽하게 안정적인 움직임을 보이며 흘러간 칠 년이었다. 나는 먼저 건강을 되찾았다. 다음에는 내 성격이 조금씩 발현돼 개성을 발견했고, 온전한 한 사람이 되었다. 그다음, 내 항문 덕분에 나는 모든 것이 중요하며 우리가 더럽고 하찮고 수치스럽고 초라하게 여기는 것이 사실은 그렇지 않음을, 내가 속한 사회적 계급에서 사용하는 가치 서열이 특정한 사람과 사유와 사물에 위선의 베일을 드리워 깨끗하고 거창하고 화려하고 부유한 것을 보다 돋보이게 했음을 깨달았다. 이제 나는 내 질을 발견했고 이제부터 그것도 내 항문과 마찬가지일 것을 알았다. 우리는 함께 살아갈 것이다. 내가 내 머리카락과 발가락과 등의 피부, 내 몸의 모든 부위와 함께 살아가듯, 내 폭력성, 은폐, 관능, 독단, 용기, 명랑함과 함께 살아가듯. 조화롭게, 부끄러움 없이, 거부감 없이, 차별 없이.

내 발견의 진정한 의미는 막다른 골목 밖에서 찾게 되리라 확신했다. 조만간 다시는 올 일이 없다는 것을 알면서도, 그날 나는 자그마한 의사에게 또 뵙겠다는 말로 인사했다.

질이 있다는 것, 여자로 산다는 것을 이해한 건 실제로 막다른 골목이 아닌 밖, 즉 거리, 상점, 사무실, 집에서였다. 그

때까지 나는 한 번도 여성성이라는 개념에 의문을 가진 적이 없었다. 유방이 발달하고, 머리가 길고, 화장을 하고, 드레스를 입는 등 사람들이 거의 혹은 전혀 내놓고 언급하지는 않는 야하고 귀여운 성향이 장점이 되는 특정한 인간들의 고유한 특성. 파스텔톤, 특히 장밋빛, 하늘색, 하얀색, 연보라색, 병아리색, 모스그린으로 변화하는 특정 존재들. 이 세상에서 지배자의 하녀요 군인의 오락거리, 그리고 어머니 역할을 하는 특정한 사람들. 치장하고, 향수를 뿌리고, 성물함처럼 장식되고, 연약하고, 겉멋 부리고, 섬세하고, 비논리적이고, 새대가리이고, 언제든 손댈 수 있는, 항상 구멍이 열린, 항상 받아들이고 내줄 준비가 된 인간군.

틀렸다! 나는 여자라는 게 뭔지 알았다. 나도 여자였으니까. 나는 아침에 남들보다 먼저 일어나 아침식사를 준비하고, 일제히 뭔가를 빠르게 이야기하려는 아이들에게 귀를 기울인다는 게 뭔지 알았다. 새벽의 다림질, 이른 아침의 바느질, 동틀녘의 수업과 숙제. 그후 집이 비면 한 시간 동안 미친듯이 최소한의 집안일을 한다. 더러워진 세탁물 분류, 다림질 전 물 뿌리기, 그날 먹을 채소 다듬기, 화장실 닦기. 씻고, 머리를 빗고, 화장하고, 몸단장을 한다―하지 않으면 양심의 가책이 든다. "여자는 언제나 깨끗하고 보기 좋아야 해." 아이들을 어린이집이나 유치원에 데려다준다. 이따 장을 봐야 하니 장바구니 챙기는 것도 잊지 않는다. 직장에 간다. 유일하게 노동으로 취급받는 일, 돈을 받는 일, 하지 않으면 극도로 궁핍해질 일. 점심식사를 차리러 돌아온다. 큰애들은 학교에 있고, 막내딸은 집에 있다. 아이가 엄마의 따스한 존재를 느낄 수 있도록 애정을 줘야 한다. 큰애들이 저녁에 막내 여동생을 봐줄 것이다. 사고 치지 않고, 불장난하지 않고, 똑바로 살피지도 않고 길을 건너지 않기만 바랄 뿐이다. 바구니를 들고 다시 집을 나선다. 상사의 지시 사항을 최대한 빨리, 잘 처리한다. 저녁 장보기. 주머니에 한푼도 없다. 별일 아니다. 어떻게든 맛있고 몸에 좋은 식사를 준비한다. "맛있는 식사는 모든 근심거리를 잊게 하는 법이지." 팔에 들린 바구니가 무겁다. 피로가 머리와 허리를 갉아대기 시작한다. 전혀 중요하지 않다. "여자는 아이를 낳는 행복에 수고로서 대가를 치러야 해." 집에 돌아온다. 온 가족의 말을 들어준다. 저녁식사를 준비한다. 빨래를 넌다. 아이들을 씻기고, 숙제를 봐준다. 김이 오르는 맛 좋은 수프를 식탁에 내놓는다. 가족들이 면 요리를 다 먹는 동안 사과 도넛을 노릇노릇하게 튀긴다. 다리가 묵직하다. 머릿속엔 잠이 가득하다. 설거지. 먼지 낀 유리창과 문과 벽의 손자국들이 마치 비난의 목소리 같고, 뜨개질은 도무지 진도가 나가지 않는다. "만사가 자기 하기 나름이란다, 딸아. 여자가 지저분하면 집도 지저분하지." 일요일에 다 할 거야, 일요일에 다 할 거야. 다음날 똑같은 일이 되풀이된다. 가구를 옮기고, 엎드려 바닥을 청소하고, 바구니를 들고, 어린것을 안아들고, 뛰고, 그나마 없으면 아무것도 못 살 돈 몇 푼을 끝없이 세고 또 센다. 한 달 월급보다 더 비싼 진열창 안의 아름다운 드레스를 바라본다…… 그리고 자고 싶은, 쉬고 싶은 마음뿐일 때도 밤일에 응한다. 거리끼는 마음으로 장단을 맞추고, 제대로 즐기지 못해 아쉬워하고, 또 임신할까봐 겁낸다. 그런 이기적이고 못된 생각을 떨쳐내야 한다. "좋은 남편을 갖고 싶다면 어머니 역할은 물론 배우자 역할도 잘해야지." 월경까지 며칠 남았더라? 내 계산이 틀린 건 아닌가, 그가 조심했을까? 월말까지 며칠 남았지? 생활비가 충분할까? 그때까지 버틸 수 있을까? 하느님 맙소사, 애가 운다! 제일 어린 막내다. 제발 아픈 게 아니었으면, 올해 벌써 맏이의 홍역과 다른 아이의 감기 때문에 너무 많이 결근했는데, 이러다간 눈 밖에 나겠어. 잠이 확 달아나 어둠 속에서 몸을 일으킨다. 콘크리트 건물들의 밤, 멀리서 들리는 울음소리, 악몽을 꾸는 다른 아이들, 밤늦게 귀가하는 이웃들의 물 내리는 소리, 4층

아저씨가 술에 취해 아내에게 고래고래 고함치는 소리. 잠든다. 잠든다.

질이 있다는 건 이런 것이다. 여자로 산다는 건 이런 것이다. 늙을 때까지 남편을 섬기고 아이들을 사랑하는 것. 그러다가 요양원이나 양로원으로 실려가면 그곳 사람들이 노망난 바보나 어린아이 대하듯 덜떨어진 소리로 말을 걸며 당신을 맞이할 것이다. "할머니는 여기서 잘 지내실 거예요! 그렇죠, 할머니?"

나이든 여자의 인생에 종종 자녀들의 웃음소리가 만들어내는 무지갯빛, 사랑의 오래된 금빛, 가끔은 애정의 장밋빛이 어리기도 했던 건 사실이다. 하지만 가장 많았던 건 피의 붉은색, 피로의 검은색, 남편과 아이들의 기저귀와 팬티에 묻은 똥의 갈색과 오줌의 노란색이었다. 그후에는 피로의 회색과 체념의 베이지색이다.

아, 정말이지, 내 여성적 특성을 자각하면서 나는 얼마나 많은 걸 발견했는지! 카드로 지어진 성, 바로 얼마 전 내가 비웃었고, '똥'과 '똥덩이'와 '똥 무더기'라는 말을 (조금은 어색하게) 입에 올리면서 벗어나고 무너뜨렸다고 여긴 그 성은 여전히 멀쩡하게 서 있었고, 그 기반은 건재했다! 이제 와서야 나는 내가 신문 한 부 읽은 적 없고, 뉴스도 귀기울여들은 적 없으며, 알제리전쟁을 감상적인 사건으로, 아트레우스 후손들의 이야기에 견줄 만한 슬픈 가족사로 받아들였다는 걸 깨달았다. 왜 그랬을까? 내가 태어나고 미쳐버리게 된 그 사회에서 내가 맡을 역할이 아무것도 없었기 때문이다. 사내애들을 낳아 전쟁과 정부가 굴러가게 하고, 여자애들을 낳아 그들이 또 사내애들을 낳게 하는 역할 말고는. 삼십칠 년간의 절대 복종. 아무 불만 없이, 심지어 의식하지도 못한 채 불평등과 부당함을 받아들였던 삼십칠 년!

끔찍했다! 어디서부터 시작해야 할까? 다시 머리가 돌아버리는 게 아닐까?

공동空洞. 커다란 공동. 더 규칙적으로 상담을 계속해야 할 필요성. 자그마한 의사를 향한 분노의 물결이 다시금 밀려왔다.

"부르주아적 사유라는 굴레에서 벗어나자마자 또다른 굴레에 빠져버렸어요. 분석의 굴레죠. 똑같아요. 어떤 체계 안에 사람들을 가두어놓고 당신은 사람들을 감시하는 간수예요."

"적어도 인지하고 계시잖습니까."

그가 옳았다. 그 얼간이가! 내가 거기 가고 싶지 않다면 그냥 가지 않으면 된다. 정당함과 부당함, 평등과 불평등에 대한 이 모든 이야기를 바로잡아야 할 사람은 나다. 내가 전과 같은 여자가 될 수 있을까? 아니다. 지금 진보를 멈춘다는 건 비데와 욕조 사이의 미친 여인을 다시 만나고, 그녀와 함께, 그녀 안에서 몸을 웅크리고, 그것에게 결정적으로 나를 내맡기겠다고 수락한다는 뜻이었다. 무슨 일이 있어도 안 된다!

그렇다면 무엇을 해야 하나? 어떻게 행동해야 하나?

이 동요, 이 고독, 이 어색함, 이 혼란!

다른 악몽이 나를 해방시키러 왔다.

나는 장피에르와 우리의 가장 친한 친구들과 함께 해변에 있었다. 앙드레와 바르바라가 또 나왔고, 앙리와 이베트도 있었다. 조금도 타협을 모르는 꼿꼿한 성격을 지닌 커플이었다. 특히 앙리는 융통성 없고 고지식한 정직함으로 우리를 종종 웃게 하고 애정을 불러일으켰다. 그는 알제리에서 OAS*에 쫓겼었다.

그러니까 우리 여섯 명은 높은 파도가 몰아치는 아름답고 넓은 금빛 대서양 해안에 있었다(언젠가 장피에르가 여자를

---

* 알제리 독립에 반대하여 전쟁 말기에 활동한 프랑스 준군사조직.

데려갔던 해안과 비슷한 곳이었다). 눈부시게 화창한 날씨였다. 바다는 거칠지만 위험하지는 않았고, 부서지는 파도 물마루에서 물거품이 햇빛에 반짝였다. 우리는 가벼운 거품에 뒤덮였다가 불규칙한 레이스 모양으로 흩어지는, 활기차게 소용돌이치는 물속으로 뛰어들고 잠수를 하며 놀았다. 나는 바다를 사랑한다. 바다에 뛰어들고, 헤엄치고, 물기를 털어내고, 개처럼 바닥을 구르는 게 좋다.

물속에서, 장피에르와 친구들과 함께 나는 행복했다. 우리는 파도를 마주하고 파도를 향해 다가갔고, 파도가 높이, 우리보다 더 높이 솟으면 마지막 순간 그 속으로 뛰어들었다. 나는 어릴 때부터 이 놀이를 알았기에 아주 능숙했다. 비명을 지르고, 웃다가 바닷물을 마시고, 벽처럼 높이 솟아 우리 위로 무너지는 거대한 물기둥 앞에서 달아나는 다른 친구들보다 더 능숙했다.

별안간 다른 파도보다 훨씬 높은 엄청난 파도가 나를 들어올리더니 곤두박질치게 했고, 물거품과 소용돌이 속으로 집어삼켜 마침내 해변 높은 곳, 마른 모래 가까이 내던지듯 난폭하게 떠밀었다. 나는 어안이 벙벙하고 넋이 나가 숨을 고르려 애썼다. 밀려들었다 빠져나가는 파도의 물살에 휩쓸려 미끄러지며 내 등과 골반 밑에 그야말로 욕조를 파놓은 모래의 감촉이 감미로웠다. 그때 끔찍하게도 거대한 뱀 한 마리가 내 한쪽 허벅지를 휘감고 내 두 다리 사이로 머리를 꼿꼿이 쳐들고 있는 것이 보였다. 마치 청동으로 된 듯 푸른색과 녹색 광택이 나는 근사한 뱀이었다. 뱀은 그저 고개를 들고 있을 뿐 나를 공격하지 않았지만 그래도 무서웠고, 두 손으로 떨쳐내려 해보았으나 헛수고였다. 녀석은 단단하고 기운 찼고, 나는 벗어나고 싶었지만 아무것도 할 수 없었다. 친구들이 내 주위에 모여 웃었다.

"독 없는 뱀이야. 무서워하지 마. 그놈이 널 더 무서워할걸."

정말로 뱀은 나를 조금도 해치지 않고 가만히 나타난 것처럼 가만히 사라졌다. 하지만 여전히 충격과 불안과 걱정이 가시지 않았다. 집으로 돌아가 나는 정원에서 일하던 나이든 일꾼에게 그 이야기를 했다.

"그런 뱀은 조금도 두려워할 필요 없어요. 이 지방 어디든 잔뜩 있는걸요. 절대 공격하지 않을 거예요. 독도 없답니다."

그래도 나는 진정하지 못하고 짙은 청록색 벨벳으로 덮인 침대 위에 누웠다. 옆으로 누워 손으로 머리를 받치고(장피에르가 내 첫 글을 읽었을 때 자세였다) 꿈속에서 내 공포를 분석했다. 뱀: 남성의 성기에 대한 공포. 뱀을 두려워할 이유는 전혀 없다. 남자 성기를 두려워할 이유도 전혀 없다. 게다가 나는 성기가 두렵지 않았다. 그러니까 내가 뱀을 두려워할 이유는 없었다.

갑자기 내 팔꿈치 옆에, 침대 시트처럼 청록색을 띤, 해변에서 본 뱀과 비슷하게 생긴 뱀이 똬리를 틀고 머리를 치든 채 주둥이를 벌리고 있는 게 보였다. 이번에는 내 허벅지 사이가 아니라 내 머리 아주 가까운 곳에 있었다. 훨씬 더 위험했다. 관자놀이에 독니 한 방이면 나는 죽은 목숨이다. 심한 동요, 격렬한 공포! 너무나 가까운 곳에서 입을 쩍 벌리고 혀를 쉼없이 날름거리는 뱀. 공포에 마비되어 도망갈 수 없을 것 같다. 나는 아무것도 하지 못하고 겁에 질려 움직이지도 못한 채 마냥 그 자리에 있다. 그런데 돌연, 신속한 동작으로 내 팔이 풀리고 나는 뱀의 목, 입 바로 아래를 붙잡아 꼭 조인다. 동시에 자리에서 일어난다. 뱀이 내 팔 저 끝에서 몸부림치며 꼬리로 허공을 휘젓는다. 어디로 가지? 어떻게 하지? 이대로 오랫동안 목을 죄고 있을 힘은 없다. 뱀은 숨막히는 기색도 없이 격분한 듯 몸을 뒤틀고 있다. 나는 강렬한 공포를 느낀다. 대담한 행동에 호된 대가가 따르리라는, 뱀이 이번에는 복수를 하고 말리라는 생각이 든다.

나는 욕실로 뛰어간다. 장피에르가 욕조 안에 있다. 눈과 존재 전체에 두려움이 담긴 채 팔을 쭉 뻗어 뱀을 들고 들어오는 나의 모습을 그는 엄숙히 지켜본다. 나는 그에게 다가 간다. 이제 나는 그와 함께 따뜻하고 기분좋은 물속에 있다. 그가 뱀의 목 위로, 내 손가락들 건너편에서 자기 손가락들을 가져다댄다. 그러곤 뱀의 아가리가 찢어질 때까지 잡아당긴다. 뱀이 두 줄의 길고 아름다운 가죽끈, 부드러운 청동색 리본 두 줄기가 될 때까지 계속 잡아당긴다. 평온.

그랬다! 그렇게 어렵지 않았다! 이해하기 그렇게 복잡하지 않았다! 나를 마비시키고, 엄마와 검은 옷 입은 여인들을 마비시켰던 공포는 남근, 음경, 자지에 대한 공포가 아니었다. 그건 남성의 권력에 대한 공포였다. 그 공포를 떨치려면 권력을 나눠 갖는 것으로 충분했다. 그것이 내 꿈의 의미였다고 나는 확신했다.

그리고 나로서는, 사회에서 한 가지 역할을 수행하고자 한다면 가까운 데서부터, 내가 가장 잘 아는 데서부터 시작해야 했다. 장피에르와 아이들, 우리 다섯, 가족, 소우주, 사회를 이루는 한 요소.

그 해결책은 나의 것이었다. 분명 다른 방식들도 있었으나, 나는 그것만이 내게 적합하다는 걸 알았다. 분석 덕분에 나는 특정한 방식으로 사유하는 습관을 들인 터였다. 내 생각 속으로 깊이 파고들고 계속 다른 생각을 이어가다가 마침내 가장 단순하고 가장 직접적인 것에 이르렀다. 그리고 가장 단순한 방법은, '정치'라는 말과 그 의미의 일부를 갓 발견하고 칠 년의 노력 끝에 세상에 나와 내 인생이 조직된 사회와 얼마나 깊이 관련되어 있는지 막 이해한 내게 가장 단순한 방법은, 장피에르와 나, 그리고 장피에르와 아이들과 나 사이에 진정한 관계를 구축하는 데서부터 시작하는 것이었다.

얼마나 힘든 일인가! 위선과 거짓말은 사방에 들끓는다. 가장 일상적인 말과 행동이 가면이고 위장이며 탈이었다. 그리고 그 안에서 우리의 상상력은 어디로 갔는가? 잘려나갔다! 아이들의 상상력조차 학교와 집에서 주입된 판에 박힌 생각으로 대체되고 말았다. 내 방식대로 아이들에게 말하고, 내 방식대로 아이들에게 옷을 입히고, 내 방식대로 아이들을 살게 하면서, 나는 그들에게 내 법, 내 생각, 내 취향을 강요하고 있었던 것이다. 나는 내가 아이들 말을 많이, 제대로 듣지 않았고, 그래서 아이들을 잘 모른다는 것을 깨달았다. 아이들 덕분에 나는 걷고, 말하고, 쓰고, 읽고, 셈하고, 웃고, 사랑하고, 놀기를 다시 배우기 시작했다.

신나는 일이었다, 하루가 너무도 짧았다! 난장판이었다!

문이 모조리 열리고, 밧줄이 모조리 풀렸다. 얼마나 행복한가!

이번 일격에 카드로 지어진 성은 정말로 무너졌다.

16

분석의 마지막 해에 엄마는 쇠락해가고 있었다. 의심할 나위가 없었다.

원고 초안에, "엄마는 쇠락_{agonie}의 과정을 지나고 있었다"고 쓰려다 실수로 "엄마는 분석_{analyse}의 단계를 지나고 있었다"고 썼다. 이 실수는 단지 우연이 아닐 것이다. 내 생각에 제대로 진행된 정신분석은 한 사람이 죽고 자신만의 자유, 자신만의 진실을 간직한 채 새롭게 태어나게 해주기 때문이다. 과거의 나와 지금의 나 사이에는 측량할 수 없는 거리가 있고, 그 격차는 너무 커 두 여자를 비교하는 것조차 불가능할 정도다. 그리고 이 격차는 계속해서 커질 수밖에 없으니, 분석이란 결코 끝나지 않으며 삶의 방식으로 자리잡기 때문이다. 그럼에도 그 미친 여인과 나는 동일한 한 사람이며, 우리는 서로 닮았고, 서로 사랑하고, 잘 어울려 살아간다.

그래서 예순이 넘은 나이에 자신의 세계 밖으로 내동댕이쳐졌음을 깨달았을 때, 알제리전쟁 때문에 당신의 평생에 의문을 제기해야 했을 때, 엄마는 차라리 죽고 싶었다. 격변이 너무 심해 엄마는 스스로 감당할 수 있을 것 같지 않다고, 그러기엔 너무 늦었다고 생각했다. 엄마의 모든 것이 전복된 건 '퍼터널리즘'이라는 말의 의미를 무의식적으로 분석해냈을 때일 것이다. 엄마는 종종 짜증스레 말했다. "그래도 퍼터널리즘 신봉자인 게 아무것도 안 하는 것보다 낫지, 요즘 우리에게 설교해대는 사람들처럼 말이야. 난 아랍인들을 사십 년 동안 보살폈어. 우리더러 퍼터널리즘 신봉자라며 욕하는 사람들은 절대 그런 말 못할걸." 그 끔찍한 단어 속에 당신의 존재이유이자 구실, 정당성이 되어주었던 기독교적 자선에 대한 유죄선고가 담겨 있음을 엄마는 너무도 잘 알고 있었다. 스스로를 옹호하는 엄마는 자비를 구하는 것 같았다.

엄마와 할머니가 프랑스에 오게 되었을 때, 우리는 교외에 있는 같은 아파트 건물 같은 층의, 거실을 통해 연결된 두 집에 살았다.

내가 정신분석을 시작한 지 일 년이 지난 무렵이었다. 여전히 심하게 아프고 고치 속에 단단히 틀어박혀 있던 시기라, 나는 이 재회가 반가웠고 엄마와 함께 살게 되어 기쁘기까지 했다. 엄마는 아이들을 돌보고 집안일하는 나를 도와줄 터였다. 생활이 빠듯한 월말에 할머니가 분명 금전적 도움을 줄 터였고.

치료 초반 의사가 내게 경고했었다. "의사로서 의무상, 정신분석이 환자분의 인생을 완전히 뒤바꿀 수도 있다는 점을 주지시켜드려야 합니다." 그 말을 듣고 나는 생각했다. 내 인생에 어떤 격변이 일어날 수 있을까? 아마 이혼하게 되겠지, 그것이 뿌리내린 건 결혼하고부터니까. 어쩔 수 없어, 이혼하지 뭐. 두고 보면 알겠지. 그것 말고는 내 인생에서 바뀔 만한 것이 보이지 않았다……

거의 한집에 사는 거나 마찬가지인 그 반동거 상태로 이삼 년이 흘렀다. 그 이삼 년 동안 나는 마침내 세상에 나왔음을 자각하기 시작했다. 그 이삼 년 동안 나는 막다른 골목에서 엄마를 향한 은밀한 증오를, 그때껏 오점처럼 감춰왔던 감정을 표출했다. 그 결과, 나와 엄마의 관계는 의미가 달라졌다. 이제 분석 덕분에 더 강하고, 더 현명하고, 더 책임감이 생긴 나는 엄마의 유약한 면과 순수함과 희생자로서의 입장을 발견했다. 엄마는 나와 긴밀한 관계는 아니었지만—삼십대에 접어든 딸을 둔 엄마와, 공식적으로 '다자녀 가족의 어머니'가 되어 30퍼센트 할인카드로 기차 여행을 할 수 있게 된 딸의 정형화된 관계일 뿐이었다—그 변화를 감지했다. 그러나 우리는 서로 말하지 않았다. 엄마는 실패한 낙태 시도에 대해 이야기했을 때를 제외하면 한 번도 나와 대화라는 것을 한 적이 없었고, 나 역시 엄마와 소통해보려는 생각을 접은 지 오래였다. 그 시기에 내가 엄마와 재결합하고 싶어했다면 분명 그럴 수 있었을 것이다. 전투 뒤에 오는 평온함, 패배한 전투의 환멸과 피로, 사랑하는 태양을 제물로 바친 가증스러운 종주국 프랑스의 무미건조함 속에서, 엄마는 극심한 혼란에 사로잡혀 있었기에 서로를 마주하기에 더없이 적절한 순간이었다. 하지만 나는 더이상 그럴 마음이 없었다. 나는 엄마의 약함과 무심함을 확인했을 뿐이다. 나는 엄마를 딱하게 여겼고, 엄마에게 신경쓸 시간이 없었고, 그것에서 벗어나기 위해 할일이 너무도 많았다.

그런데 그것이야말로 우리를 하나로 이어주는 유일한 연결고리였다. 엄마는 그것을 알았고, 그것을 내게 물려주었다. 내 병이 가장 심했을 때, 엄마는 내 병이 마치 보물처럼 빛나는 것을 보고 존중을, 어쩌면 사랑까지 품고 내게 다가

왔다. 내 떨림과 땀과 피, 무언에도 물러나지 않았다. 엄마는 내 다른 어떤 증상에도 보이지 않았던 관심을 보였다. 그리고 그것의 지배력이 확연히 약해졌을 때, 그것이 설 곳을 잃어감을 느꼈을 때, 엄마의 혼란은 한층 심해졌다. 엄마는 자신의 손아귀에서 알제리를 놓쳐버렸을 뿐 아니라 미친 여자도, 자신의 아프고 비정상인 아기, 고통받는 태아도 잃게 된 것이다. 그러자 엄마는 예측을 불허하는 엄청난 노력을 통해 태도를 바꾸어 나를 따라오려고, 객차처럼 내게 매달리려고 애썼다. 나는 그러도록 놔두지 않았다. 엄마는 왜 그러려고 했을까? 자기보존 본능에서? 어떤 이득을 위해? 사랑 때문에? 나는 결코 알 수 없으리라.

할머니가 돌아가셨다. 엄마와의 동거를 견딜 만하게 해주던 유일한 존재였는데. 할머니가 사라진 이후, 할머니의 장난스러움, 젊음, 호기심, 현명함이 사라진 이후, 엄마와 내가 단둘이 대면하는 일은 치명적일 수밖에 없었다. 둘 중 하나는 거기서 죽어야 했다. 할머니가 몇 년 더 일찍, 즉 분석을 시작하기 전에 돌아가셨다면, 죽은 것은 내 쪽이었을 것이다.

그런 상황이 얼마간 이어졌다. 나는 엄마가 내 아이들에게 끼치는 영향을 더이상 견딜 수 없었지만 차마 그 말을 할 수 없었고 엄마를 버릴 수도 없었다. 금전적으로 얼마나 곤궁한 상황에 처해 있는지 알고 있었기 때문이다. 당시 나는 자격증들을 활용해 돈벌이를 해보라고 엄마를 설득했다. 무료로 사람들을 치료하는 대신 돈을 받으라고. 그 제안에 엄마는 격하게 반발했다. 마치 내가 몸이라도 팔라고 한 것처럼. 엄마는 가난한 사람들을 치료하고, 그들의 몸을 닦아주고, 밤새도록 지켜보고, 해산을 돕고, 위로하는 일을 기꺼이 계속하고자 했지만 그 대가로 돈을 받고 싶어하지는 않았다. 평생 실천해온 봉사를 그만두는 것이 엄마에게는 너무나 수치스럽고 치욕스러운 일이었다. "우리 가문에서 그런 일은 없다." 차라리 구걸하는 편이 낫다는 것이었다. 보살핌의 대가로 돈을 받는다는 건 최후의 특권, 최후의 부적을 박탈당하는 셈이었다. 그러니 말도 안 되는 일이었다.

그렇게 똑똑한 사람이 어찌 이토록 어리석을 수 있을까? 어떤 착오, 어떤 두려움 때문에 엄마는 그렇게 멍청한 규칙들을 따를 수 있었던 걸까? 부자들은 하느님을 기쁘게 하기 위해 빈자들에게 베풀어야 하니, 그들의 자선은 향이 되어 천국으로 올라가 하느님의 수염에 감미롭게 맴돌리라! 지배자들은 모범을 보이고, 역경 속에서도 의연하게 처신해야 한다. 지배자가 된다는 건 상황이 아니라 정신의 상태다.

"들어봐요, 엄마는 이제 가진 거라곤 노령연금뿐인 무일푼

신세라는 거 아시잖아요. 이제 부자가 아니에요. 가난하다고요. 심지어 극빈층에 속한다고요."

"난 한 번도 부자였던 적이 없다. 얘야, 그렇지만 돈을 받으려고 치료한 적은 결코 없어. 이제 와서 그러지는 않을 거다."

무슨 헛소리인가! 얼마나 미친 짓인가! 무슨 코미디인가! 이에 그치지 않고 엄마는 자신의 궁핍을 자랑스러워하며 뒤축이 닳은 신발, 얼룩투성이 드레스, 올이 풀려 헐렁한 스타킹, 좀먹은 스웨터를 보란듯이 걸쳤다. 하지만 남들이 오해하지 않도록 여왕 같은 손을 많이 움직였는데, 오른손 새끼손가락에는 가문의 문장이 새겨진 자그마한 금반지를, 약지에는 다이아몬드 결혼반지를, 왼손에는 브릴리언트 방식으로 세공된 에메랄드 반지를 끼고 있었다. 실추한 부르주아 여인의 위엄 그 자체의 이미지 아닌가! 너무나 우스꽝스러웠다!

마음 깊은 곳에서는 그토록 부르주아답지 않았던 엄마가 이 지경에 이르다니! 무의식적으로 돈의 특권을 혐오하던 엄마가. 할 수만 있었다면 그 아름다운 손이 닳도록 일했을 엄마가. 엄마는 땅을, 돌을, 나무를, 피부를 만지는 걸 좋아했다. 그리고 감각적이었다. 자신만의 고유하고 결코 규정할 수 없을 미학적 작업을 위해 살았어야 했다는 것을 스스로는 몰랐다. 엄마는 도예가가 되었을까? 건축가? 세공인? 외과의? 정원사?

우리 사이의 균열은 내 폭력성을 발견한 이후에 생기기 시작했다. 교외의 아파트는 내게 견딜 수 없는 곳이 되었다. 너무 크고, 너무 비싸고, 너무 멀고, 너무 허세였다. 더이상 그 위선과 가식의 콘크리트 상자에서 살 수 없었다. 부르주아 생활을 누리기 위해서는 두꺼운 벽걸이 천, 깊숙한 내실, 천장이 높고 어둑한 방, 잘 지켜진 비밀들이 필요하다. 그렇다면 조악한 벽들 사이에, 비밀이 그대로 드러나는 창 너머에 사는 이들은 어떤 어리석은 코미디를 벌이고 있는 것일까? 학대당한 원숭이, 우리에 갇힌 칠면조, 기만당한 거위, 서커스 당나귀, 우리는 그들을 그렇게 여겼다! 나를 둘러싼 사치스러운 건물, 수양버들과 삼나무와 잔디가 있는 정원, 연철 대문, 하얀 울타리, 곱게 자란 아이들이 떠드는 소리와 쇼팽의 소나타도 좀처럼 깨뜨리지 못하는 고요함, 이것들은 더이상 내 것이 아니었다. 나는 내 자리를 반납했다!

마음은 이미 굳어졌다. 고민도, 부끄러움도 없이 나는 방에 있는 엄마에게 갔다.

엄마는 죽은 이들의 유물에 둘러싸인 채 침대에 있었다.

사진, 초상화, 여러 물건. 협탁에는 담배꽁초가 가득한 재떨이와 붉은 액체가 담긴 잔이 놓여 있었다(나는 까막까치밥나무 열매 시럽이라고 생각했다).

"중대한 결정을 내렸다는 말씀을 드리려고요. 우린 앞으로 따로 살 거예요. 일단 저는 더이상 여기서 살고 싶지 않고, 또 아이들하고만 살고 싶기도 해요. 아이들을 제 방식대로 기르고 싶어요…… 엄마는 여름 동안 머물 곳을 알아보세요…… 식구들 중에서 제가 제일 가난하니까 다들 저보다 엄마를 잘 모실 수 있을 거예요."

엄마는 아무 말도 하지 않았다. 그저 고개를 숙이고 조용히 울기 시작했다. 나는 방을 나왔고, 그게 끝이었다.

나는 내 인생을 구축할 생각뿐이었고, 아주 굳게 작정했다. 감정을, 건강을, 궁핍을, 혹은 늙음을 내세워 아무리 협박하더라도 내 계획을 바꾸지 못하리라는 걸 엄마는 잘 알았다. 무엇보다도 엄마는 나의 유년기, 어린 시절, 청소년기가 어땠는지를, 나를 향한 자신의 무관심과 이따금 역정을 쏟아냈던 일을 잘 알고 있었다. 엄마는 할말이 없었다.

어쩌면 처음에는 내가 해내지 못할 거라고, 체력적 부담을 견디지 못해 도움을 청하게 될 거라고 생각했을지도 모른다. 하지만 나는 문제없이 잘해나갔다. 어쩌면 새로운 삶의 어려움들이 분석을 진척시켰을 수도 있다.

엄마는 남편이 중병을 앓고 있는 한 친구의 집에 몸을 의탁하게 되었다. 그곳에서 알제에 살던 시절의 활기를, 그리고 아픈 노신사를 위해 헌신할 이유들을 찾았다. 어떤 의미에서 엄마에게 그는 프랑스 식민 시대의 알제리를 구현했다. 나는 이 별거가 엄마에게도 유익하다고 생각했다. 때때로 엄마를 만났고, 거의 매일 늦은 오전에 전화를 했다.

그러다가 노신사가 사망했고, 엄마는 그 일에 큰 영향을 받았다.

내게는 그 전부가 다른 세계에서 일어나는 일이었다. 내가 떠나온 그 세계는 엄마와 전화로 주고받는 몇 마디로만 연결되어 있었다. 혐오감을 느끼며 저버린 그 세계에 나는 이제 전혀 호기심이 일지 않았다. 그곳에 대해서는 충분히 알았으니 내 시간을 단 한 시간도 쏟고 싶지 않았다. 다른 곳에서 배우고, 보고, 할 것이 너무나 많았다. 매일 아침 나는 삶의 의지와 어마어마한 호기심을 느끼며 눈을 떴다. 내 과거와 완전히 작별했다고 생각했다.

그런 이유로, 어느 날 이른 시각 수화기 너머 엄마와 함께 지내는 분의 목소리를 들었을 때 나는 전혀 영문을 알 수 없었다.

"그러니까…… 제가 하려는 말은 이거예요. 이런 상태로는 더이상 당신의 어머니를 우리집에 모실 수 없어요. 당신이 어머니를 보살펴야지, 내가 할 일은 아니잖아요…… 전화하기 전에 당신네 의사 친척에게도 알려뒀어요. 그분이 오전 늦게 오실 거예요. 그쪽도 와주면 좋겠어요. 미리 말해두지만, 더는 단 하루도 그쪽 어머니를 모시지 않을 거니까요."

"갈게요."

엄마가 어떤 상태인지 차마 물어볼 수 없었다. 곧 보게 되리라. 여자의 목소리는 날이 서 있었고, 더이상 견딜 수 없는 기색이 역력했다.

열한시 반에 그 집에 도착했다. 청진기와 혈압계를 든 친척도 와 있었다. 엄마는 헝클어진 침대 가장자리에 앉아 있었다. 몇 주 만에 얼마나 늙었는지! 보기에도 끔찍했다. 초췌해진 얼굴에 시선조차 흐리멍덩했다. 그 눈으로는 그저 장애물을 피하는 정도밖에 할 수 없었으리라. 하얗고 파란 잔꽃무늬가 그려진 때투성이 장밋빛 플란넬 잠옷에 감싸인 육신은 무너져내린 커다란 덩어리에 불과했다. 더럽고 부은 발이 허공에서 흔들리고 있었다.

친척은 내가 들어오는 것을 보았으나 아무 말 없이 청진을 계속했다. 그다음 혈압을 쟀다.

"250! 알기나 해요, 혈압이 250이라고요!"

엄마는 말하기가 힘에 부친 듯 천천히 대답했다.

"그럴 줄 알았어, 신경성이야."

"신경성이든 아니든 엄격한 식이요법에 들어가고, 우선 담배부터 끊어야 해요. 이 담배꽁초들 봐요!"

그는 재와 짓이겨진 담배로 가득한 협탁을 역겨운 듯 바라보았다.

"무절제한 짓은 전부 그만둬야 해요, 알겠어요?"

엄마는 정신 나간 노파처럼 고개를 끄덕였다. "재미있네, 계속해봐" 하는 듯한 기색으로.

"제대로 치료하는 유일한 방법은 병원에 입원하는 거예요. 게다가 폴레트가 더이상 당신과 함께 지내고 싶어하지 않아요. 당신이 무섭다는데, 그것도 이해가 가요. 본인이 어떤 상태인지 좀 봐요."

엄마는 몸을 일으키더니 특유의 황후 같은 분위기를 풍기며 대꾸를 허용하지 않는 어조로 말했다.

"입원은 말도 안 돼. 병원에서 지내지는 않을 거야. 그럴 필요도 없고. 여길 떠나야 한다면, 딸네 집에 가서 쉬겠어."

날벼락이었다. 안 돼, 우리집은 안 돼! 장피에르가 프랑스에 돌아온 터였다. 14구에 방 두 개짜리 집을 구해 우리 다섯 식구가 살고 있었다. 거기서 우리는 정말 잘 지냈다. 저녁마다 대화를 나누고 우리만의 방식으로 가족을 재편성하는 데더 넓은 공간은 필요 없었다. 우리는 행복했다. 물리적으로도, 다른 면에서도 우리집에 엄마의 자리는 없었다. 특히 지금 같은 상태의 엄마라면 더더욱. 엄마에게는 형제들과 아들이 있는데, 그들은 내 집보다 더 큰 집이 있고, 수입이 있고, 어린애들도 없는데. 엄마는 왜 우리집에 오고 싶어하지?

주춤하며 거부하는 내 기색을 알아챘는지, 친척이 말했다.

"아들 집이 더 편할 텐데요."

"아니, 딸 집에 가겠어. 거기 말고 다른 곳은 가고 싶지 않아."

나는 이 남자가 엄마에게 말하는 방식이 마음에 들지 않았다. 엄마가 노망이 들기라도 한 듯 을러대는 말투. 방금 여기 들어오면서부터 첫눈에 나는 엄마가 그것에 사로잡혀 있으며, 거대한 살덩어리 속에서 절망적인 싸움을 벌이고 있음을 알아챘다.

"좋아요. 저희 집에 모시겠지만 오래 계시지는 못해요. 아시다시피 집이 아주 작거든요. 엄마가 주무실 침대도 없어서 애들 중 하나나 장피에르가 바닥에서 자야 할 거예요."

일순간 엄마는 표정이 달라지고, 생생한 시선으로 나를 바라보았다. 나와 함께 가게 되어 기뻐하고 있었다!

나는 눈으로 대답했다. 엄마는 우리와 살 수 없어요, 당치도 않은 일이에요, 난 엄마를 돌봐드릴 수 없어요. 그리고 말했다.

"정말로 오빠 집에 안 가실 거예요? 거기가 나을 텐데요."

"싫어, 너희 집으로 갈래."

엄마의 시선은 또다시 흐릿해졌다.

당장 엄마의 짐을 챙겨 그 집을 떠나야 했다. 나는 격분을 꾹 억눌렀다.

나흘이 흘렀다. 거처를 옮긴 날인 일요일을 빼면 나는 엄마를 거의 보지 못했다. 엄마는 하루종일 혼자 지냈다. 아침이면 아이들은 학교에 갔고 거기서 점심까지 먹었다. 그다음에는 장피에르와 내가 출근했다. 우리는 밤이 되어서야 귀가했다. 내가 주방에 가벼운 점심식사 거리를 마련해두었지만 엄마는 손도 대지 않았다. 나는 우리집 아주 가까이에 성당이 있으니 편하게 미사를 보러 갈 수 있다고 엄마에게 알려주었다.

"이제 성당에는 발을 들이지 않아. 더이상 그들의 헛소리를 믿지 않는다. 그리스도는 조롱당하고 있어."

건물 관리인을 통해 나는 낮 동안 엄마를 찾아오는 이가 아무도 없다는 것을 알았다. 엄마 쪽 식구들에게 내 평판은 좋지 않았고, 우리집에 살러 오면서 엄마는 당신이 무슨 일을 하는 건지 잘 알고 있었다. 엄마는 스스로를 소외시킨 것이다. 저녁에 우리집을 방문하거나 직장으로 찾아와 엄마 소식을 들으려는 사람도 없었다. 나는 엄마를 어떻게 부양해야 할지 몰랐다. 시간도 돈도 없었다. 계속 우리집에 머무르기를 바라지 않았지만 보호시설로 옮기는 건 생각할 수도 없는 일이었고, 그건 엄마로서도, 나로서도, 엄마 쪽 가족들로서도 용납할 수 없는 비겁한 행동이자, 또다른 거짓말일 터였다. 엄마는 자신이 치료받아야 한다는 것을 알았다. 고작 예순다섯 살이었고 겉모습만큼 늙지도 않았다.

그 나흘 동안 나는 엄마가 거실의 흐트러진 침대 위에 늘어져 있는 것을 보았다. 엄마는 움직이지도 말하지도 않고, 더러운 발만 바라보았다. 더이상 씻지 않았다. 세면도구가 가방 안에 그대로 들어 있는 걸 보아 엄마가 욕실에 가지 않는 것이 분명했다. 나는 그 모든 증상을 너무 잘 알았다. 그것에 사로잡히면 더이상 밤도 낮도 없어지고, '몸단장'이 아무 의미 없으며, '잠' '아이들' '거실'도, 다른 무엇도 다 마찬가지라는 것을. 싸움이 너무나 맹렬하고 내면의 동요가 너무 심해 다른 것은 아무것도 존재하지 않는다. 불안하고, 음침

하고, 이따금 끔찍하게 공격적이며, 늘 무겁고, 힘과 의지를 모조리 동원하는 자기만의 세계 속에서 살아가는 것이다. 주의해야 한다. 조심!

그런 꼴을 보는 게 견딜 수 없었다. 아이들이 늦은 오후 학교에서 돌아와 우리가 귀가할 때까지 엄마하고만 지낸다는 사실이 나를 미치게 했다. 엄마에게는 내게 있던 은폐의 본능이 없었다. 엄마는 아무것도 신경쓰지 않았고, 반대로 자신의 상처들을 내보이며 즐기기라도 하는 듯 스스로를 드러냈다. 나는 엄마가 증오스러웠다.

내 증오심을 분석하기 위해 막다른 골목에 갔다.

나흘째 저녁, 나는 회담에 참석해야 했다. 그래서 저녁식사 후 집을 나섰는데, 황폐해진 집에 장피에르를 엄마와 둘이 남겨놓아야 했기에 비겁하게 도망치는 기분이었다.

저들은 결코 나를 평온히 놔두지 않을 것이다!

돌아왔을 때는 자정에 가까운 시간이었다. 회담은 흥미로웠고, 나는 장피에르와 그 이야기를 할 생각에 들떠 있었다. 현관문을 열면 거실로 바로 이어졌다. 문을 연 순간 보인 엄마의 꼴에 속이 뒤집혔다. 순식간에 무시무시한 잔혹함과 야만성의 폭풍이 나를 휩쓸며 머리를 후려갈기고, 내 정신을 되돌아온 광기의 소용돌이에 빠뜨렸다.

엄마는 거기, 내 맞은편 침대에 평소처럼 앉아 있었다. 원피스 잠옷이 배 위로 말려올라가 털이 듬성듬성한 성기가 보일 정도였다. 변을 보아 똥이 바닥까지 흘러 있었다. 가까운 탁자 위에는 네모난 럼주 병 두 개가 놓여 있었는데, 한 병은 완전히 비고 한 병은 반쯤 빈 상태였고, 옆에 있는 큰 잔은 가득차 있었다. 엄마는 자신을 달래려는 듯 몸을 앞뒤로 흔들고 있었다.

내가 들어오는 소리에 엄마가 고개를 들고 바라보았다. 역겨웠다. 눈밑 살이 볼까지 처지고, 볼살은 목까지 늘어지고, 입은 가슴팍에 닿을 정도로 크게 벌어져 있었다. 엄마는 나를 알아보았다. 나를 쳐다보고, 자기 똥을 보고, 어디인지 모를 자신의 깊은 곳에서 할말을 찾으려 애썼다. 엄마가 겪고 있을 일이 전부 생생히 느껴졌고, 뒤죽박죽인 내면의 이미지들 속에서 외부의 이들과 소통하기 위한 몸짓과 신호를 찾으려고 어떤 노력을 기울이고 있을지 잘 알았다. 엄마의 얼굴에 가장 먼저 떠오른 것은 놀라움이었으나 그것은 엄마가 표현하고자 했던 바가 아니었다. 엄마는 얼굴에 놀란 기색을 그대로 드러낸 채 다른 표현을 더 찾기 위해 내면으로 다시 침잠했다. 그리고 드디어 찾아냈다. 나는 엄마의 낯빛이 달라지고 피부 주름들이 위치가 바뀌고 펴지는 것을 보았다.

엄마는 미소를 지었다!

이윽고 엄마는 말을 시작했다. 더듬거리며 말을 찾았고, 발음은 명확치 못했다. 마침내 나는 알아들었다.

"내가…… 잘못을…… 저질렀어."

엄마의 장난스러운 눈빛이 배설물에서 나를 향했고, 피폐한 얼굴에 미소가 다시 떠올랐다.

그 순간 엄마를 죽이지 않은 건 내가 앞으로도 아무도 죽이지 않으리라는 뜻이며, 정신분석이 잘 버텨준 덕에 분노의 절정 속에서도 폭력성을 다스리는 데 성공했다는 의미였다. 나는 온몸으로, 아주 민감하게, 빠르게 뛰는 심장박동에 맞춰 징처럼 진동하는 파괴적인 광기를 온전히 인지했다. 오랫동안 받아온 정신분석 경험이 없었더라면, 나 자신을 이해하기까지 칠 년간의 그 치밀한 작업이 없었더라면, 나는 엄마에게 달려들어 때리고, 벽을 부수고, 천장을 뚫고, 격분한 미친 여자처럼 고함치고 또 고함치다가 미치고 말았을 것이다.

그러는 대신 나는 엄마 쪽으로 세 발짝 다가갔다. 모질게 나가야 한다는 생각이 들었다. 아프게 하기 위해서가 아니라 엄마가 표면으로 올라오도록, 제 상태를 자각하도록, 맞서 싸우겠다고 결심하고, 혼자 힘으로 해나갈 용기를 찾도록. 그러지 않으면 엄마는 결코 벗어나지 못할 터였다. 손톱만큼의 의식이라도 남아 있다면 엄마는 내가 아무것도 보지 못한 것처럼, 똥도 술도 못 본 것처럼 행동해주길 바랄 게 틀림없었다. 그리하여 나는 힘있지만 침착한 목소리로 말했다.

"가엾은 엄마, 아주 고주망태로 취하셨네요."

과음하고 자리에서 볼일을 본 것이 별일 아니라는 듯 그 말을 했다.

효과가 있었다. 내 말은 엄마에게 닿았다. 엄마의 몸에서 부산스러운 동요 같은 게 일어나는 게 보였다. 표정이 정돈되고 등이 펴지더니, 몹시 취한 상태였으므로 발음을 똑똑하게 하려고 무진 애를 쓰며 엄마가 대꾸했다.

"딸아…… 엄마한테…… 그런 식으로…… 말하는 게…… 아니다."

그러더니 침대 한복판에 벌렁 드러눕듯 쓰러졌다. 내가 더 가까이 다가갔을 땐 벌써 코를 골며 잠들어 있었다. 마침내 자신의 비밀을 나와 나누고 마음을 놓은 모양이었다. 엄마는 내가 당신을 해방시켜주리라 생각했고, 내게 모든 걸 맡겼다.

나는 장피에르가 나를 기다리며 일하고 있는 우리 침실로 달려갔다. 그는 아무 소리도 듣지 못했다. 거실과 집의 다른 공간 사이에 문으로 분리된 부속실 같은 곳이 있던 터였다.

나는 침대에 몸을 던졌다. 더이상 참을 수가 없었다. 그런 상태의 엄마를 본 것이 얼마나 충격적이었는지! 그보다 끔찍하고 불쾌한 꼴은 본 적이 없었다. 장피에르는 엄마와 나 사이에 무슨 일이 있었다는 걸 눈치챘다. 그는 아무것도 묻지 않고 조용히 말했다.

"계속 이럴 수는 없어. 당신은 또 병이 날 거야. 당신 혼자서 어머님을 책임져야 할 이유가 전혀 없잖아. 당신의 행복, 그리고 아이들과 나의 행복을 위해 오늘밤 당장 해결책을 찾아야 해. 더이상 질질 끌 수 없어."

"하지만 그 사람들 전부 자고 있을 텐데."

"당신 혼자만 뜬눈으로 밤을 지새우는 건 괜찮고?"

나는 엄마의 가까운 친척들과 형제들, 아들에게 전화를 돌렸다. 그리고 무슨 일이 있었는지 설명한 뒤 내일은 목요일이라고, 아이들을 저런 상태의 엄마와 종일 같이 둘 수는 없다고 했다. 의사 친척이 선언했다.

"중독치료를 받아야 해."

"술 드시는 거 알고 계셨어요?"

"그래, 폴레트가 말해줬다. 그 노신사가 세상을 떠난 뒤로 술을 마셨지, 알제리를 또 한번 잃은 셈이었던 거야…… 그리고 그전부터도 겁없이 과음을 했어."

"왜 그러도록 내버려두었죠?"

"알다시피, 말하기 난처한 일이라…… 네 엄마는 그 얘길 하지 않았고, 나도 말을 꺼낼 생각이 없었지. 그 지경까지 갈 줄 몰랐거든. 그 정도 혈압이라면 죽을 수도 있어."

"하지만 의사시잖아요, 엄마 혈압이 아주 높다는 거 아셨잖아요."

"이 정도는 아니었다. 하지만 최근에 그런 것처럼 많이 마시면 이로울 리가 없지."

"엄마도 알고 있어요? 이러다 죽을 수도 있다는 걸 아세요?"

"당연하지. 최소한의 의학적 지식이 있는 사람이라면 누구라도 알아. 네 어머닌 누구보다 잘 알고 있어. 적십자 무료 진료소에서 늙은 술꾼들을 많이 돌봤으니까."

"당장 어떻게든 해야 해요."

그는 짜증 섞인 긴 한숨을 내쉬었다.

"알겠다…… 가족 일은 뭐 하나 쉽지가 않지…… 내일 전문병원에 입원시키마. 내가 알아보지. 전화하마."

나는 그 모습을 머리에서 지울 수가 없었다. 우리 엄마가 흉측한 부랑자 노파 꼴이라니. 그토록 아름답고, 근엄하고, 엄격하고, 그토록 자제력 강하던 엄마가! 어떤 절망이 그 지경까지 몰아붙였을까! 대체 그들은 무슨 짓을 한 것인가! 정신병원에는 그런 사람들이 가득했다. 거리에도, 집들에도, 젊은이며 노인이며 남자, 여자 할 것 없이 무너져버린 이들, 어느 순간 더이상 조련을 견디지 못한 이들이 있었다. 어떤 재앙이 우리 민중을 덮친 것인가!

한밤중의 전화. 날카롭고, 히스테릭한 소리!

"여보세요."

"여보세요. 됐다, 내일 아침에…… 아니, 지금 시간이 이러니 잠시 후라고 해야겠구나…… 이따 열시에 아무개 의사와 약속을 잡았다. 입원시키기 전에 그가 먼저 진찰을 해야 하는데 모레나 되어야 받아줄 수 있다는구나, 빈 병실이 없대."

"내일까지 우리집에 모실 순 없어요."

"그거야 네 일이니까 잘 알아서 해보렴, 나는 더이상 해줄게 없다. 네 오빠에게 물어봐."

장피에르가 침실로 돌아왔다. 심각한 표정이었다.

"엄마 봤어?"

"응. 제대로 눕혀드렸어. 내가 다 치웠어. 걱정하지 마, 괜찮으셔, 평온히 잠들어 계셔."

"당신이 했다고?"

"당연하지, 당신 어머니잖아. 당신은 그런 모습 볼 만큼 봤

418

고…… 게다가 너무나 딱하고 안쓰럽더라. 럼주로 스스로를 죽이다니…… 할 짓이 아니야!"

다음날 장피에르는 나와 함께 집에 머물렀다. 오빠에게는 엄마를 모시고 병원에 들렀다가 오빠 집으로 갈 것이며 그다음날 오빠가 병원으로 모셔다드리면 될 거라고 일렀다.

나는 엄마의 짐을 쌌다. 전에 싸온 가방들을 엄마가 열어보지도 않은 상태라 금방 끝났다. 몹시 무겁고 큰 가방 안에 빈 술병들이 달그락거리지 않도록 조심스레 감싸인 채 들어 있었다. 어디다 버릴 작정이었을까? 준비하느라 바쁘게 움직이는 나를 보고 엄마가 물었다.

"뭐하는 거니?"

"엄마 짐 싸요. 병원에 갔다가 오빠 집에 모셔다드릴 거예요."

"나는 여기 있고 싶다."

"그건 안 돼요."

어젯밤 일을 정말 잊어버린 걸까? 아니면 기억하고 싶지 않은 걸까? 우리 사이에 무슨 일이 있었다는 것, 내게 자신을 날것 그대로 드러냈으며, 내가 평소와 다른 거친 투로 말을 했다는 것을 아는지 모르는지 엄마의 태도에서는 아무것도 드러나지 않았다. 엄마는 멍하고 무기력했으며, 다시금 초점을 잃은 채 깊이 절망해 있었다.

병원에서 우리는 말없이 오랫동안 기다렸다. 엄마는 몇 차례 투덜댔다. "목말라, 목이 말라." 우리는 물 한 잔을 청했다. 잠시 후 의사가 엄마를 맞이했다. 엄마는 면담 자리에 우리도 같이 있어야 한다고 고집했다. 의사는 엄마만 따로 보고 싶었을 테고 우리도 밖에서 기다리고 싶었지만, 그렇게 되지 않았다. 엄마가 고집하는 통에 우리는 함께 진료실로 들어갔다. 엄마는 책상 앞에, 우리는 조금 물러나 뒤에 있는 의자에 앉았다.

나이, 과거 건강상태, 혈압, 복용하는 약 등에 대한 문진이 끝나자, 의사는 마침내 엄마에게 엄마 인생에 대해 말해달라고 했다.

나는 엄마가 전문의 앞에서도 자세를 바로하지 않는다는 사실에 큰 충격을 받았다. 엄마에게 의학은 즐겁고 자신 있는 분야였다. 스스로가 뛰어난 의료인이었고, 엄마가 내리는 진단은 매우 정확했으며 자신의 손으로 능숙하게 촉진하고, 치료하고, 고통을 가라앉혀주었다. 엄마에게는 그런 재능이 있었다. 당신도 그 사실을 알고 자부심을 가졌으며, 평소 의료인과 만나면 활기를 띠는 게 느껴졌다. 그날은 전문의를 만나면서도 태도가 달라지지 않았다. 여전히 기운이 없었고,

다른 방으로 옮겨갈 때도 마지못해 발을 끌며 걸었고, 메마른 입술은 얼굴 한복판에 늘어져 있었다.

그러나 의사가 인생 이야기를 해달라고 하자 엄마는 생기를 띠기 시작했다. 말소리가 보다 빠르고 분명해졌다. 그때까지 엄마의 입에서 나오던 것은 웅얼거림에 가까웠다. 엄마는 알제리를 떠난 일과 프랑스에 대해 이야기를 했다. 프랑스도, 프랑스인도, 드골 장군도 좋아하지 않는다고 했다. OAS 역시 좋아하지 않는다고 했다. 전부 가증스럽다고. 엄마가 그리워하는 것은 옛날의 알제리, 누더기 차림으로 자신의 치료를 기다리는 병자들의 기나긴 줄, 병자들이 감사의 뜻으로 가져온 과자와 야생 튤립 다발이었다.

그리고 엄마는 더 먼 과거로 거슬러올라갔다. 어쩌다 사람들을 치료하기 시작했는지, 아침마다 이어지던 카스바의 진료소 순회, 의료 트럭에 올라 외진 농촌 마을들을 누비며 가난한 이들에게 백신을 접종하고, 붕대를 감고, 주사를 놓고, 청진하던 긴 여행을 어쩌다 시작하게 됐는지.

이어 엄마는 더 멀리, 더 오래전으로 거슬러갔다. 결혼, 어린 딸의 죽음으로.

엄마가 그 주제에 대해 허심탄회하게 털어놓는 이야기를 나는 한 번도 들어본 적이 없었다. 자신에게 놀라움을 안겨주면서 동시에 매력적이었던 남자와 그 남자를 닮은 사랑하는 아이. 그 이야기를 하는 엄마가 저속해 보였다. 어젯밤 다리를 벌린 채 자기 똥을 깔고 앉아 있는 모습을 보았을 때는 저속하다는 생각이 들지 않았건만. 지금까지 그녀는 내 엄마, 오직 엄마일 뿐 한 인간이 아니었다.

나는 고개를 숙였다. 엄마의 이름을 생각했다. 나에게 엄마는 이름이 없는, 그저 '엄마'였다. 이곳 파리의 진료실에서 나는 처음으로 솔랑주 드탈비아크(참 변변찮은 이름이다!)을 만났다. 친구들이 부르는 애칭은 '소소'. 햇살 속에 커다란 모자를 쓰고서 모자 그늘 아래서 붉은 머리 특유의 더위에 약한 여린 피부 때문에 윗입술 위에 진주 같은 땀방울이 송글송글 맺힌 소소. 부모님 집 정원의 소소. 팔에는 꽃을 한아름 안고 하얀 모슬린 드레스가 오솔길의 로즈마리에 걸린 소소. 모험의 냄새를 짙게 풍기며 자신을 향해 다가오는 잘생긴 프랑스 남자에게 예상치 못한 욕망을 느끼는 소소. 다정하고, 아주 젊고, 순진한 소소. 소소의 초록색 눈은 너무나 아름답고, 너무나 순수하고, 너무나 행복을 갈망하며, 너무나 무지하다……

감정이 북받쳐 목이 메었다. 말하고 있는 저 여인. 너무나 너무나 순진하고 필사적인 여인을 보며 가슴 뭉클함을 느꼈으나, 이제 너무 늦었다.

엄마는 계속해서 남편의 병에 대해, 첫아이의 죽음에 대해 이야기했다. 병세의 진행 과정을 매우 상세하게 설명했다. "내 남편이 이렇게 했어요" "내 남편이 그렇게 말했어요" "내 남편이 거기에 갔어요"…… 아버지를 그런 식으로 부르는 걸 그때껏 나는 한 번도 들은 적 없었다.

지난 일을 떠올리며 엄마는 울었다. 빛바래지 않은 오래된 장면들이 되살아날수록 눈물이 얼굴에 흘러내렸다.

곧 내 오빠에 대한 이야기로, 오빠까지 결핵균에 접촉했을 때 느낀 공포에 대한 이야기로 이어졌다. 다행히 그 시절에는 이미 BCG 백신이 나와 있었다. 엄마는 결핵 치료법에 대해, 그 분야의 과학적 성과에 대해 말했다. 그러다가 또 아들의 척추측만증 이야기가 이어졌다……

이혼, 종교, 혹은 나에 대한 이야기는 한마디도 없었다. 엄마의 인생은 아들의 탄생, 1924년에 멈춰 있었다. 그때 엄마는 스물세 살이었다. 나는 그 인생의 일부가 아니었다. 상담을 마치고 나왔을 때 나는 두들겨맞기라도 한 듯 진이 빠지고 녹초가 되어 있었다. 장피에르와 나는 길에 나가 엄마를 부축했다. 엄마는 우리의 팔에 마음놓고 몸을 맡겼다. 긴 독백으로 마음이 가벼워진 모양이었다. 진료실을 나올 때 의사가 엄마에게 말했다. "우울증이 심각하지는 않군요. 장담하는데, 보름 만에 퇴원할 수 있을 겁니다. 길어야 석 주예요." 그리고 복도에서 내게 말했다. "중독이 심하지는 않습니다. 회복하실 거예요." 내 생각은 달랐다. 엄마는 망가져 있었다.

우리는 엄마를 오빠 집에 데려다주었다. 장피에르는 그들에게 내가 그날 바로 시골에 쉬러 갈 거라고, 며칠 동안은 나를 없는 셈 쳐야 한다고 못박아두었다. 그 집을 나서자 그가 말했다. "회사에 업무 전화 연결하지 말라고 해. 당신은 할 만큼 했어. 지금은 아무것도 신경쓰지 마. 할일이 생기면 내가 알아서 할게."

다음날 정오 무렵, 동료 한 사람이 내 사무실로 왔다. 그는 내 어깨에 손을 얹고 어색하게 입을 열었는데, 하기 쉬운 말이 아니라서 어떻게 처신해야 할지 몰랐기 때문이었을 것이다. "어머님이 돌아가셨대. 방금 소식을 알리는 전화가 왔어."

엄마가 죽었다! 세상이 폭발한다!

열한시에 엄마를 병원으로 이송할 구급차가 오기로 되어 있었다. 구급차 운전사가 도착해 엄마가 잠들어 있는 방으로 갔다. 엄마는 바닥에 있었다. 사망한 지 이미 열 시간에서 열

두 시간이 지난 뒤였다. 엄마는 잔뜩 웅크린 채였다. 사후경직 때문에 몸과 얼굴에 공포가 굳게 새겨져 있었다. 경건한 자세로 똑바로 누일 수도, 평온한 표정으로 바꾸어줄 수도 없었다. 엄마는 고통과 두려움으로 끔찍한 표정을 짓고 있었다. 무시무시했다.

엄마가 죽었다! 세상은 미쳤다! 종말이다!

거리는 추웠지만 햇빛이 났다. 온통 햇빛이 가득했다.

나는 그들을 다시는 보지 않을 것이다. 장례식에도, 묘지에도 가지 않을 것이다. 그들의 가장행렬에 나를 내맡기기를 거부한다. 완전히 끝이다.

마지막 인사로, 나는 시작부터 끝까지 거짓이었던 인생 앞에 공포로 일그러진 엄마의 얼굴을, 그녀가 겪어온 모든 절단으로 고문당한 표정을, 그 그랑기뇰* 가면을 그들에게 남긴다.

충격이 심했다. 나는 막다른 골목에 더 자주 가야 했다.

엄마의 죽음 이후 처음 며칠의 혼란에 이어, 안도와 자유의 느낌이 찾아들었다. 모든 것이 바로잡힌 느낌이었다. 엄

---

* 잔혹한 살인이나 폭동 따위를 다루며 관객에게 공포를 느끼게 하는 연극.

마는 끝을 냈고 나도 그랬다. 엄마는 자유로웠고 나도 그랬다. 엄마는 치유되었고 나 역시 그랬다.

그럼에도 무언가 걸렸다. 말한 것만큼 완전히 자유로운 기분이 들지 않았다.

몇 달 동안 나는 뭔가를 완전히 끝내지 못했다는, 스스로에게 완전히 정직하지 못했다는 막연한 느낌에 시달렸다. 적어도 한 번은 묘지에 가봐야 할 것 같았다. 동시에 어리석은 짓이라는 생각도 들었다. 묘지에는 아무것도 없으니까. 아무것도.

그 문제가 나를 괴롭히고 짓눌렀다. 그래서 어느 아침 나는 차를 타고 묘지에 갔다. 봄이 왔고, 날씨가 맑았다. 묘지는 파리에서 아주 가까운 시골에 있었다.

묘지와 무덤은 아무 어려움 없이 찾을 수 있었다. 그리 오래지 않은 얼마 전 할머니의 장례식 때 왔던 곳이었다. 브리 대평원이 시작되는 곳의, 나무가 듬성하게 심긴 언덕 기슭에 자리한 아주 작은 시골 묘지였다. 〈정다운 프랑스〉* 그 자체였다. 엄마에게는 전혀 어울리지 않았다. 엄마에게 어울리는 건 불그레하고 메마른 자갈, 올리브나무, 부채선인장이었

---

* 샤를 트레네가 1943년 발표한 곡으로, 애국심과 향수어린 가사를 담고 있다.

다…… 어쨌든 그건 중요하지 않았다. 사람들이 제 죽은 육신에 머무르는 건 아니니까.

나는 그 쓸모없고 척박한 장소에 우뚝 서 있었다. 시끄럽게 삐걱이며 열리는 철책문 가까이 빈약한 가시나무가 네 그루 있었다. 멀지 않은 곳에 화창한 하늘을 배경으로 서 있는 예수그리스도 수난상이 보였다. 예수그리스도보다는 툴루즈 로트레크나 반 고흐를 더 떠올리는, 세기 초의 오래된 십자가였다.

내가 뭐하러 여기 왔을까? 무덤에는 이름조차 없었다.

땅이 깨끗하고 빛나는 잘 마른 모래로 덮여 있는 걸 보니 이곳에서 석공 작업을 했던 모양이었다. 모래를 만져보고 싶을 정도였다. 그래서 나는 회색 묘석에 앉아—엄마가 자기 딸의 묘석으로 골랐던 것만큼 아름다운 것은 아니었다—모래 장난을 했다. 모래는 아름답다. 해변은 아름답다. 특히 폭풍이 지나가고 바다가 형형색색 조개와 해초를 잔뜩 뿌려놓고 간 뒤에는.

기억해요? 당신이 날 보물찾기에 데려갔잖아요. 파도가 젖은 모래 위에 구불구불한 장식 띠 모양으로 소소한 전리품을 늘어놓았어요. 내가 스라소니처럼 눈이 밝다고, 진주조개, 별보배조개, 고둥, 전복, 맛조개를 누구보다 잘 찾는다고 하셨죠. 별들의 이름을 알듯 그 이름을 전부 알고 계셨어요. 그것들에 구멍을 뚫고, 윤나게 닦고, 놋쇠 줄과 판지로 한데 꿰고 이어붙이면 당신의 손에서 아름다운 꽃다발이 나왔죠. 무더운 밤, 바다가 고르게 한숨을 내쉬는 동안, 난 감탄에 겨워 당신을 바라보면서 긴 여름밤들을 보냈어요.

그제야 나는 엄마에게 말을 걸기 시작했다. 엄마가 생퇴젠의 묘지에서 당신의 아이에게 그랬던 것처럼. 내가 왜 이러는 걸까! 좀 우스꽝스러운 짓을 하고 있다는 생각이 들었다. 보는 이가 아무도 없어 다행이었다! 그 묘지에서 혼자 중얼거리고 있자니 기묘한 기분이었다.

날은 화창했고, 등에 내리쬐는 햇살이 따사로웠다. 나는 검지로 모래 위에 줄곧 커다란 뱀들을, 뒤엉킨 S자들을 그렸다.

소소, 무도회 날 밤 당신이 드레스를 보여주러 내 방에 들어왔을 때 당신은 얼마나 아름다웠는지요. 난 이미 잠자리에 들어 있었죠. 눈이 부셨어요. 그날 밤, 길고 하얀 드레스를 입고 허리에 당신의 눈동자 색과 같은 넓은 초록색 띠를 둘러 뒤에서 묶은 당신보다 더 아름다운 사람을 나는 결코 보지 못했어요. 당신이 제자리에서 빙글빙글 돌자 치맛자락이 풍성하고 넓게 퍼졌죠. 그리고 나에게 활짝 웃어 보였어요.

사랑해요. 그래요, 나는 당신을 사랑해요. 꼭 한 번은 그 말을 하고 싶어서 여기 왔어요. 당신에게 말하기가 부끄럽지는 않아요. 이 말을 하고 또 하니 기분이 좋아요. 사랑해요, 나는 당신을 사랑해요.

그 말을 밖으로 내어 기뻤다. 평생에 걸쳐 수천 번이나 입 안에서 말이 되었다가 다시 삼켜진 그 세 어절의 말은 쌓여 있다가 결국은 가벼운 공이 되어 당황스럽고, 거북하고, 잡을 수 없이 내 머릿속 이곳저곳으로 튀어다니고 있었을 것이다. 파국적인 죽음이 있고서야, 그 죽음이 내 안에 격동을 일으키고서야 공은 내 의식의 표면으로 떠올랐고, 최후의 저항, 최종 방어를 극복할 수 있었다. 막다른 골목으로부터 멀리 떨어져서야, 장의자 위에 있을 때 내 앞에 자주 나타나던 장소와 무척이나 닮았지만 이번에는 햇빛이 비치는 이곳, 이 단조로운 곳에 홀로 서서야 나는 용기를 내어 그 세 어절을 발음하는 내 목소리를 들을 수 있었다. "나는"(나, 미친 여자, 미치지 않은 여자, 아이, 여자), "당신을"(엄마, 아름다운 여인, 전문가, 오만한 사람, 정신착란자, 자살자), "사랑해요"(애착과 결합, 또한 따스함과 입맞춤, 그리고 가능한 기쁨과 바라던 행복).

우리가 벌이던 끔찍한 전투 이후, 마침내 빛 속에서, 봄 속에서, 마음을 터놓고 엄마를 사랑하게 되어 얼마나 좋은지!

온몸을 무장하고 발톱을 한껏 세운 채 우리의 계급이라는 경기장에 있던 두 맹인. 엄마가 내게 어떤 타격을 가했는지, 내가 퍼뜨린 독은 또 어땠는지! 어떤 참혹함이, 어떤 대학살이 있었는지!

미치지 않았다면 나는 결코 거기서 벗어나지 못했을 것이다. 반면 엄마는 끝까지, 알제리를 떠나는 순간까지 광기를 밀어냈다. 그땐 이미 너무 늦어 괴저가 이미 골수를 파고들었다. 엄마는 반항의 말과 몸짓으로 반발하길 두려워했다. 그런 말과 몸짓을 몰랐고, 그들은 결코 엄마에게 알려주지 않았다. 심지어 엄마는 그들에게 당신의 자살을 숨겨진 결함 탓이라 여길 가능성마저 남겼다. 엄마가 당신의 술병을, 그 서커스 권총을 보여준 것은 나뿐이었으니!

17

　마지막으로 와보는 막다른 골목, 빼곡히 늘어선 그곳의 작은 집들과 어긋난 포석들, 금간 보도, 길 끝의 철책문, 작은 정원의 계단, 앙리 2세풍의 대기실, 진료실, 들보 끝의 장식 석조물, 장의자, 수수께끼 같은 자그마한 남자.

　"선생님, 이제 정산할게요, 이제 더는 올 일이 없을 거예요. 앞으로는 혼자서도 살아갈 수 있을 것 같아요. 강해진 기분이에요. 엄마는 저에게 그것을 물려주었고, 선생님은 제게 분석을 전해주셨죠, 완벽한 균형이에요. 그 점에 대해 감사드려요."

　"제게 고마워하실 것 없습니다. 환자분이 직접 찾아내신

거니까요. 환자분이 아니었다면 저는 아무것도 할 수 없었어요."

"안녕히 계세요, 선생님."

"안녕히 가세요. 원하실 땐 언제든 힘이 되어드리겠습니다. 괜찮으시다면 소식 전해 듣길 기대하지요."

망할 놈의 작달막한 의사, 그는 끝까지 가면 뒤에 있을 것이다!

내 등뒤로 문이 닫힌다. 내 앞에는 막다른 골목이, 거리가, 도시가, 나라가, 지상이 있고, 그만큼 크나큰 삶과 구축을 향한 의욕이 있다.

18

며칠 뒤 68혁명이 일어났다.

옮긴이 **김희진**
성균관대학교에서 불어불문학과 영어영문학을 전공했으며, 동 대학원을 졸업했다. 출판·
기획·번역 네트워크 '사이에'의 위원으로 활동중이며, 『이상한 나라의 앨리스』『내 어머
니의 자서전』『찬란한 종착역』『시간의 밤』『송라인』 등의 소설을 비롯해 다수의 그래픽
노블과 예술서를 우리말로 옮겼다.

문학동네 세계문학
말하기 위한 말

초판 인쇄 2024년 2월 19일 ┃ 초판 발행 2024년 2월 28일

지은이 마리 카르디날 ┃ 옮긴이 김희진
기획 송지선 ┃ 책임편집 김미혜 ┃ 편집 홍상희 김혜정
디자인 김이정 최미영 ┃ 저작권 박지영 형소진 최은진 서연주 오서영
마케팅 정민호 서지화 한민아 이민경 안남영 왕지경 정경주 김수인 김혜원 김하연 김예진
브랜딩 함유지 함근아 고보미 박민재 김희숙 박다솔 조다현 정승민 배진성
제작 강신은 김동욱 이순호 ┃ 제작처 천광인쇄사

펴낸곳 (주)문학동네 ┃ 펴낸이 김소영
출판등록 1993년 10월 22일 제2003-000045호
주소 10881 경기도 파주시 회동길 210
전자우편 editor@munhak.com ┃ 대표전화 031)955-8888 ┃ 팩스 031)955-8855
문의전화 031)955-1927(마케팅) 031)955-8860(편집)
문학동네카페 http://cafe.naver.com/mhdn
인스타그램 @munhakdongne ┃ 트위터 @munhakdongne
북클럽문학동네 http://bookclubmunhak.com

ISBN 978-89-546-9805-4 03860

www.munhak.com